Max Oban

Leichen im Keller

Kri

federfrei

Marchtrenk, 2014
www.federfrei.at

Umschlagabbildung: © lofik - Fotolia.com
Lektorat: S. Bähr
Satz und Layout: Verlag Federfrei
Druck und Bindung: Finidr s.r.o.

ISBN 978-3-902784-36-0

Für meine Schwester Evi

Kanada
Grönland
Irland
Island
London
NOR
SEA
Paris
Dänemark
Frankfurt
Chiemsee
Donau
Hotel Sacher
Makartsteg
SALZACH

DIE WELT VON SALZBURG AUS GESEHEN
(NICHT MASSSTÄBLICH)
© Paul Peck
BARENTS SEA
Zwickau
Donau
Linz
Wien
Kapuziner=
Berg
Hotel Stein
Platzl
Café Bazar
Staatsbrücke

»Wie alt man geworden ist, sieht man an den Gesichtern derer, die man in der Jugend gekannt hat.«
Ludwig Wittgenstein

»Ein Mann kommt in die besten Jahre, wenn die guten vorbei sind.«
Groucho Marx

»Bei Männern lassen im Alter alle Sinne nach. Ausgenommen der Starrsinn.«
Sophia

Prolog
26. April 1945

Befehl ist Befehl. Der Offizier sieht mich ernst an. Die Sache ist gefährlich, sagt er. Will er mich warnen? Ein Transport nach Süden. In die Alpenfestung. Gefährlich, aber kriegswichtig. Ein total überladener PKW mit Anhänger. Wahrscheinlich ein *Hanomag*. Ich soll den Fahrer machen. Der Kommandierende für das Unternehmen kommt von der *SS*, ein Obersturmführer, den ich kurz gesehen habe. Jünger als ich. Kurze blonde Haare. Sehr nordisch, und sehr arrogant. Und dann noch ein *SS* Sturmscharführer, ein älterer Mann mit Augenklappe. Bei Tobruk hat's mich erwischt, sagt er. Gemeiner Hinterhalt der Tommies. Aber denen haben wir dann kolossal eins übergebraten … Heute ist der 26. April. In Berlin funktioniert kein Telefon mehr, und die Russen stehen schon vor dem Schöneberger Rathaus.

Wir fahren jetzt schon seit sechs Uhr früh. Hitze in München. Nur noch zehn Liter Benzin im Tank. Ich irre zwei Stunden durch die ganze Stadt. Schwierig, Treibstoff aufzutreiben. Und genau als ich tanke, kommt der Bombenangriff. Eine Stunde im Luftschutzbunker in der Luisenstraße. Zuerst Sprengbomben. Und als ich schon hoffe, dass der Bombenhagel zu Ende ist, kommt eine zweite Welle. Diesmal Brandbomben. Meine zwei SS-Leute haben überlebt. Um 18 Uhr wollen wir weiterfahren. Kriegswichtig. Ich konnte den Tank voll machen, und noch zwei Reservekanister, die hinten auf dem Anhänger liegen. Wir verlassen fluchtartig die Stadt. Ich soll über Garmisch fahren, sagt der *SS*-Offizier. Salzburg ist zu gefährlich. Mir recht. Das Essen in der Gebirgsjäger-Kaserne Mittenwald ist gut und reichlich. Sogar ein Bier kann ich trinken. Während ich die Kisten vom Anhänger ins Offizierskasino trage, wo sie über Nacht verschlossen werden, ist der Obersturmführer immer neben mir. *Kriegswichtig*. Hoffentlich kommen wir morgen gut durch, sagt der mit der Augenklappe, der schon mehr als ein Bier getrunken hat.

Ich fahre jetzt schon seit einer Stunde auf der schmalen Sandstraße genau nach Süden. Stubachtal heißt das hier. Da müsste man Urlaub machen. Zu Friedenszeiten natürlich. Der Sturmscharführer rechts neben mir schläft. Eigentlich könnte der sich auch mal ans Steuer setzen. Aber die Herren von der *SS* sind ja was Besseres.

Und plötzlich kommt der Fliegerangriff. Raus aus dem Wagen. Schnell! Ich liege am Waldrand in einer kleinen Mulde und drücke mein Gesicht in das feuchte Moos. Es riecht nach feuchter Erde und Pilzen. Hier so liegen bleiben können, denke ich. Ein ganzes Leben. Oder zumindest, bis der Krieg aus ist. Dann laufen wir zurück auf die Straße. Unser Wagen wurde nur einige Male getroffen. Nichts Ernstes. Ringsherum weißes Gebirge. So hohe Berge habe ich noch nie zuvor gesehen. Ewiges Eis. Was wohl in den Kisten ist, die auf dem Anhänger liegen? *Kriegswichtig*. Hier rechts rein!, befiehlt der Obersturmführer mit schneidiger Stimme. Als vorhin die feindlichen Flieger kamen, hatte er nicht so forsch geklungen. Noch zwanzig Kilometer bis Tannwald. Wir müssen vorsichtig sein, sagt der *SS*-Mann neben mir. Die 80. US-Infanterie ist schon sehr nahe.

Tannwald besteht nur aus einer Kirche und einigen niedrigen, strohgedeckten Häusern. Was für ein Unterschied zu meinem Berlin. Gleich weiterfahren!, höre ich die schneidige Stimme von hinten. Zwei Kinder stehen vor dem Kirchenwirt und staunen uns mit offenem Mund an. Da links weg! Ich schalte das Licht ein. Hier in den Bergen beginnt die Dämmerung früher als anderswo. Der Weg ist schmal und felsig. Ich muss langsam fahren. Da rechts bei dem Bauernhof stehen bleiben! Die zwei *SS*-Männer klopfen laut an die Tür. Los!, ruft der Kommandierende barsch. Ich brauche noch drei Männer! Und spann deine Ochsen an. Führerbefehl! Ich soll das Auto hier stehen lassen. Mir recht.

Der Karren des Bauern ächzt, als die Ochsen den Anhänger auf dem holprigen Weg bergauf ziehen. Ich trotte langsam hinterher. Da taucht ein See vor uns auf. Glattes schwarzes Wasser. Unheimlich. Rechts ein Hügel und eine halb verfallene Burg. Das Gelände wird immer unwegsamer. Hier wäre ich mit dem Auto nicht durchgekommen. Die Ochsen schaffen das mühelos. Der Bauer und seine beiden Begleiter schauen bedrückt drein. Und zornig. Der Saumpfad, auf dem wir gehen, ist wie eine Sackgasse. Links und rechts bewaldete Hänge und genau vor uns eine steil aufragende felsige Bergkuppe. Oben kreisen einige schwarze Vögel um den Gipfel.

Jetzt fängt unsere Arbeit erst an, sagt der Sturmscharführer laut. Ich bin gespannt, wie es wohl weitergeht.

Montag, 5. Juni

Paul Peck nutzte den Vormittag, um in seinem Büro in der Innsbrucker Bundesstraße alte Unterlagen zu ordnen, in Aktenordner zu stopfen und tief in seinem IKEA-Schrank zu verstauen, als die Glocke einen Besucher ankündigte. Er betätigte den Türöffner, und wenige Augenblicke später betrat eine etwa fünfzigjährige, korpulente Frau sein Büro. Sie blieb einige Sekunden in der Tür stehen und sah zuerst Peck, dann sein Büro mit prüfenden Blicken an.

»Ich wohne nicht weit von hier«, sagte die Frau mit resoluter Stimme und machte mit dem rechten Arm eine ausladende Bewegung zum Fenster, wie um die Richtung anzuzeigen, aus der sie gekommen war. Sie ließ sich auf den Stuhl fallen, der Pecks Schreibtisch gegenüberstand.

»Und ich habe beim Einkaufen schon einige Male Ihr Schild unten am Haus gesehen.«

Seit einigen Wochen war im Erdgeschoss des Hauses, genau unter seinem Büro, ein Supermarkt eingezogen. Und seit nunmehr einem Jahr hing das Schild an der Wand neben seiner Haustüre: »*Berufsdetektiv Paul Peck: Seriosität & Durchblick. Innsbrucker Bundesstraße 31. Termin nach Vereinbarung.*«

»Beschatten Sie den Dreckskerl«, sagte die Frau. »Ich brauche Beweise.«

Sie sah Peck mit fiebrigen Augen an und atmete schwer, wobei sie keuchende Geräusche von sich gab. Auf ihrer Stirn zeigten sich einige Schweißtropfen. Das graue Haar lag in einer Dauerwelle fest betoniert auf ihrem kugelförmigen, leicht geröteten Kopf.

»Was genau haben Sie auf dem Herzen?«, fragte Peck und versuchte ein freundliches Lächeln.

»Ich bin in meinem Leben schon zweimal sitzen gelassen worden«, sagte die Frau. »Beim dritten Mal bin ich klüger. Und ich werde mit aller Härte gegen den Mann vorgehen.« Peck runzelte die Stirn.

»Ich war beim Rechtsanwalt, und er sagt, ich soll Beweise bringen. Sonst stehe ich ohne Geld da. Und ohne Altersversorgung.«

»Geben Sie mir bitte Ihren Namen«, sagte Peck, immer noch lächelnd.

»Karin Moser, Tegetthoffstraße 134. Mein Gatte heißt Kurt.«

»Habe ich das richtig verstanden?« Peck beugte sich etwas vor. »Sie vermuten, dass Ihr Mann eine Geliebte hat?«

»Eine Geliebte«, wiederholte sie. »Wie das klingt, nach über zwanzig Jahren Ehe.« Zeigten sich jetzt Tränen in ihren Augen? Sie drückte eine Papiertaschentuch-Kugel gegen ihre Nase.

»Kurt ist Abteilungsleiter. Ein höherer Beamter beim Land. Ich habe ihm in den vielen Jahren alles gegeben, was ich konnte.«

Ihre Stimme gewann jetzt an Schärfe. »Unsere Wohnung glänzt vor Sauberkeit, und ich führe den Haushalt vorbildlich und sparsam, wie ich es von meiner Mutter gelernt habe. Dreimal pro Woche wasche ich das Auto, das in der Garage steht.« Sie sah ihn kurz an. »Wir nutzen den Wagen nur am Wochenende«, ergänzte sie.

Alles an der Frau war grau: der Mantel, der Peck für die Jahreszeit viel zu warm vorkam, ihre Haare, das Kleid und auch ihr Gesicht.

»Und ich koche für mein Leben gern«, sagte sie. »Jeden Tag, wenn das Essen fertig auf dem Tisch stand, kam er pünktlich aus dem Büro nach Hause, genau um achtzehn Uhr fünfunddreißig. Und jeden Morgen gebe ich ihm sein Käsebrot mit ins Büro. Das isst er doch so gerne. Dachte ich. Bis dann die große Enttäuschung kam.«

Eine erstklassige Hausfrau. Peck bekam eine leichte Gänsehaut. Er mochte keine Käsebrote.

»Ich habe alles für ihn getan!« Ihre Stimme wurde lauter. »Die Männer haben mich nur ausgenützt in meinem Leben. Aber damit ist jetzt Schluss.« Sie stopfte das Papiertaschentuch in ihrer Tasche und hob ruckartig den Kopf.

»Geht das auch etwas systematischer?«, fragte Peck.

Sie sah ihn böse an.

»Doch, versuchen wir es. Was genau ist passiert? Nochmals von vorne.«

Kurzes Nachdenken. »Es begann vor einigen Wochen«, sagte sie dann. »Mein Abendessen stand fertig auf dem Tisch, aber er kam nicht. *Plötzliche Überstunden*, behauptete er. Das wiederholt sich seitdem immer öfter. Ein- oder zweimal in der Woche kommt er sehr spät nach Hause. Und dann ist er schlecht gelaunt und riecht eigenartig. Nichts passt ihm mehr. Sogar meine Teddybären, die ich über die Jahre gesammelt habe und die mit uns auf der Fernsehcouch sitzen dürfen, gefallen ihm plötzlich nicht mehr. Dabei hat er sie immer gemocht. Dumme Viecher hat er sie neulich genannt, stellen Sie sich das vor. Manchmal habe ich große Lust, meinen Mann umzubringen. Was soll ich tun?«

»Ich würde ihn nicht umbringen.«

»Ich brauche Beweise«, sagte sie. »Finden Sie heraus, mit wem er sich trifft und wie ich dran bin. Aber bitte, schnell!«

»Haben Sie ein Foto?«, fragte er.

»Von mir?«

»Von Ihrem Mann.«

»Zu Hause. Brauchen Sie das Bild jetzt gleich?«

»Machen wir später.«

»Wenn ich nur wüsste, mit wem er seine Zeit verbringt, der Schuft!«

»Wo arbeitet Ihr Mann?«

»In einem der großen Gebäude am Mozartplatz. Genau weiß ich es nicht, aber es ist das Haus neben dem Museum.«

»Hat Ihr Mann ein Handy?«

»Handy? So was machen wir nicht.«

Ein höherer Beamter … und kein Mobiltelefon? Peck konnte das nicht glauben.

»Wie heißt die Abteilung, in der Ihr Mann arbeitet?«

Sie schüttelte den Kopf. »Ich wollte schon mal im Büro anrufen. Aber ich kenne ja dort niemanden.«

»Okay«, sagte Peck, »ich werde herausfinden, ob Ihr Mann sich mit jemandem trifft.«

»Und bringen Sie mir Beweise!«

Er sah auf die Uhr. »Ich habe hier noch zu tun. In einer Stunde komme ich bei Ihnen vorbei und hole mir das Bild ab.«

»Tegetthoffstraße 134. Im ersten Stock«, murmelte sie. »Aber seien Sie pünktlich.«

»Haben Sie eigentlich Kinder?«

»Ich habe mehr Kinder als Freunde. Und Luisa sagt immer ...«

»Luisa?«

»Meine Tochter. Sie ist achtundzwanzig und lebt in Wien.«

»Hat sie Kontakt zu ihrem Vater?«

»Kurt ist nicht der Vater. Luisa ist von einem anderen Mann. Auch ein höherer Beamter.«

*

Was machen wir hier überhaupt, fragte sich Elisabeth Stein und sah auf ihren Vater, der breitbeinig und mit großem Besteck vor dem Holzkohlengrill stand. Normalerweise sind Männer kaum in der Lage, sich allein ein Bier aus dem Kühlschrank zu holen, doch kaum qualmt irgendwo ein Gartengrill, binden sie sich eine lächerliche Schürze um und spielen den imposanten Küchenchef. Elisabeth stand im Schatten der kleinen Veranda, gegen das aus rohen Baumstämmen gezimmerte Haus gelehnt, und betrachtete das geräuschvolle Treiben auf der sonnenbeschienenen Waldlichtung. Warum bin ich eigentlich hier? Nur, weil ich mit denen verwandt bin, weil mein Vater zu seiner Geburtstagsfeier eingeladen hat oder sich alle langsam, aber zielsicher besaufen?

»Es ist schön hier«, hörte sie ihren Bruder Christian sagen, der mit einem Teller Fleisch und dicken Würsten aus der Hütte stolperte. »Ich liebe Grillen.«

»Der Grill stinkt«, sagte Elisabeth, und Günther, ihr Mann, der wie träge neben ihr im Liegestuhl lag, pflichtete ihr bei. »Außerdem bekommt man von gegrilltem Fleisch Krebs.« Ihr Sohn Billy saß teilnahmslos daneben im Gras und spielte mit seinem Handy. Irgendwo in der Ferne hörte man das leise Motorengeräusch eines Autos.

»Kaltes und warmes Buffet mitten in der freien Natur ist etwas Herrliches.«

Schwägerin Renate ist natürlich der Meinung ihres Gatten, dachte Elisabeth.

Diese Kleinbürger!

Ungesunde, fetttriefende Würste mitten in der dreckigen Wildnis, zwischen Ameisen, Stechmücken und dem Dung der Waldbewohner … und nur mit einem Allrad erreichbar …

»Sag endlich deinem Sohn, er soll von dem Baum herunter!« Christian, der jetzt neben ihrem Vater beim Grill stand, rief es gellend seiner Frau Renate zu. »Und du, hör endlich mit dem blöden Handy auf!«, rief er dem am Boden Sitzenden zu.

»Lass meinen Sohn in Ruhe«, knurrte Elisabeth laut.

»Warum feiern wir deinen Geburtstag eigentlich hier in der Wildnis?«, fragte Günther aus dem Liegestuhl und wedelte mit einer Flasche Bier. Er lallt bereits, dachte Elisabeth. Das wievielte Bier das wohl war? »Warum sind wir nicht bei dir im Garten oder im Haus, wo es gekühlte Getränke und ein ordentliches Klo gibt?« Keine Antwort. Mein Vater ist jetzt zweiundsechzig und sieht immer noch gut aus. Elisabeth sah auf die groß gewachsene, biegsame Gestalt, sein scharf geschnittenes, glatt rasiertes Gesicht mit dem dicht gewellten, nach hinten gekämmten Haar. Wie ein gut aussehendes Fotomodell mit grauen Schläfen, das in Hochglanzmagazinen für ein teures Aftershave wirbt. Trifft er sich hier im Wald mit seinen jungen Weibern? Irgendwie ist er heute anders als sonst, etwas weniger laut, etwas nachdenklicher.

Plötzlich glaubte sie, einen Mann zwischen den Bäumen auf der anderen Seite der sonnenbeschienenen Lichtung zu sehen. Nein, dachte sie nach einem zweiten Blick, da ist niemand. Nur das Geflirre der Sonne und das laute Summen Tausender stechender Ungeziefer.

Einige Minuten später saßen sie an dem gedeckten Tisch unter der Veranda. Das weiße Tischtuch passt nicht zu dieser rustikalen und dreckigen Umgebung.

Elisabeth hob ihr Glas. »Herzlichen Glückwunsch zum Geburtstag, Papa«, sagte sie und hob ihr Glas in Richtung ihres Vaters.

»Es ist schön hier«, sagte Christian.

»Das hast du schon mal gesagt.« Mein Bruder ist ein Kleinbürger, ohne Drive und ohne Ehrgeiz. Mit dieser Einstellung findet der nie einen Job.

Elisabeth wandte den Blick für einige Sekunden ihrem Vater zu, der ihr schräg gegenübersaß und sich eine riesige Serviette um den Hals gebunden hatte. Was treibt der Mann eigentlich immer? Als sie vor einigen Wochen bei ihm im Haus war, hatte sie Bücherstapel auf seinem Schreibtisch gesehen, alte zerfranste Bände zumeist. *Der Nationalsozialismus* las sie und *Das Ende des Dritten Reiches*. Schrieb ihr Vater ein Buch? »Nur eine historische Aufarbeitung«, sagte er.

Plötzlich klopfte ihr Vater mit dem Messer an das Weinglas. »Ich möchte euch eine wichtige Mitteilung machen.« Er sprach laut, und seine bassbetonte Stimme hallte über die ganze Waldlichtung.

»Ich habe eine Frau kennengelernt. Sie heißt Kerstin.« Er blickte in der Runde von einem zum anderen und genoss sichtlich, schlagartig die Aufmerksamkeit aller am Tisch zu haben. Stille. Nur das Summen der Insekten und Wespen war zu hören. Alle Gesichter waren erstarrt und ihm zugewandt.

»Eine neue Oma«, rief das kleine Mädchen und klatschte in die Hände.

»Halt den Mund«, sagte ihre Mutter. Günther, ihr Mann, hatte sich als Erster gefasst. »Aber wir hätten uns doch auch um dich gekümmert!«

»Habt ihr aber nicht.«

»Kerstin.« Elisabeth sah zu ihrem Vater. »Das ist aber keine von hier. Wie heißt sie noch?«

»Kerstin Kramer. Neununddreißig Jahre, attraktiv, gescheit, und genau das Richtige für euren Vater.«

Neununddreißig! Die könnte seine Tochter sein. Elisabeth nahm einen großen Schluck aus ihrem Weinglas. Tausend Gedanken flogen durch ihren Kopf. »Wo hast du diese Frau kennengelernt?«

»Wenn du mit *dieser Frau* Kerstin meinst, ich traf sie an einem kulturellen Abend des Wirtschaftsbundes.«

Du und deine Kultur, dachte Elisabeth. Laut flog eine dicke Hummel einmal rund um den Tisch.

»Hat euch meine Grundsatzrede aufs Gemüt geschlagen?«

Elisabeth sah auf die Kinder, die still die Gesichter der Erwachsenen beobachteten. Nur Billy, der Zwölfjährige, stand mit dem Rücken an einen der Bäume gelehnt und bearbeitete sein Handy.

Wenige Minuten später brachen alle auf. Sie gratulierten ihrem Vater nochmals mit oberflächlicher Höflichkeit und verließen gemeinsam, ohne weiter miteinander zu reden, die Waldlichtung. Dann sah Elisabeth, wie ihr Mann nochmals zurücklief. Er setzte sich verkehrt herum auf einen der Holzstühle und redete mit erhobenem Zeigefinger auf ihren Vater ein. Zu leise, um ein Wort zu verstehen.

*

Mit schwindender Begeisterung brachte Peck seine Arbeit zu Ende, verließ eine Stunde später das Büro und machte sich auf den Weg zu Karin Moser. Er fühlte sich schon am Vormittag müde, außerdem plagten ihn seit dem Aufstehen seine Rückenschmerzen wieder. Die Überwachung eines treulosen Ehegatten … der Traum eines jeden Detektivs …

Peck durchquerte die Aiglhofsiedlung und betrat kurze Zeit später durch eine runde Einfahrt den großen Innenhof, um den sich der gesamte Wohnblock in quadratischem Grundriss erstreckte. Einige Kinder spielten in dem Hof, andere übten mit lautem Geschrei die ersten Anfänge des Fahrradfahrens. Er ging an einer Frau vorbei, die Wäsche auf eine Leine hängte und ihn müde ansah. Von ganz ferne hörte man gedämpft den Autoverkehr, und aus einem Fenster kamen Marschmusik und der Geruch nach Schweinsbraten. Peck stapfte kurzatmig in den ersten Stock und kam sofort ins Schwitzen. Er läutete und hörte kurz darauf, wie innen jemand fünf Schlösser aufsperrte.

»Endlich«, sagte Frau Moser zur Begrüßung. »Ich dachte, Sie haben unsere Verabredung vergessen. Putzen Sie Ihre Schuhe gut ab, ich dulde keinen Schmutz in der Wohnung. Am besten, Sie ziehen sie ganz aus.« Peck beschloss spontan, seine Schuhe anzubehalten.

»Sehen Sie!« Frau Moser zeigte auf einige Schmutzflecken im Stiegenhaus. »Das waren wieder die Kinder der Nachbarin. Ich bring die allemal um.«

Das Erste, was Peck auffiel, war die vorbildliche, sterile Sauberkeit, die sich durch die ganze Wohnung zog. Und die graue Betonfrisur, die in unverrückbarer Festigkeit den Kopf der Frau zierte. Sie trug eine mit rosa Blumen verzierte Kittelschürze, die sich um ihren Leib spannte.

Mit einem einladenden »Kommen Sie herein« wurde Peck in das helle Wohnzimmer geführt. Alles braun, Schrank, Stühle, Fernseher und die unzähligen Teddybären, die ein Regalbrett sowie die an der Wand stehende Couch bevölkerten. *Dumme Viecher* soll ihr Mann die Tiere genannt haben. Peck hatte viel Verständnis für Kurt Moser.

Sie saßen sich in der Mitte des Zimmers auf zwei Stühlen gegenüber, getrennt durch einen braunen, quadratischen Tisch.

»Das ist der Schuft«, schnaufte sie und legte ein kleines Foto vor Peck auf den Tisch.

Kurt Moser, dachte er, ein braver und tüchtiger höherer Beamter. Ein Mann mit Pflichtbewusstsein sah ihn auf dem Foto an, ungefähr sechzig Jahre alt, mit Glatze und einer dicken Hornbrille. Das Foto erinnerte Peck an einen Schauspieler, den er vor einigen Jahren in der Rolle des Willy Loman gesehen hatte: unauffällig, etwas kleinbürgerlich, aber meist liebenswürdig.

»Er hat fast eine Glatze, und bisher habe ich ihm den kleinen Rest an Haaren immer selbst geschnitten«, sagte sie, »aber plötzlich gab er ein Vermögen für Frisörbesuche aus. Außerdem wechselt er seine Unterwäsche viel öfter als früher.«

Sie ging zum Fenster und winkte ihm. »Kommen Sie her. Sehen Sie da vorne auf dem Gehsteig den Laternenmast und den Mülleimer?« Peck sah sie starr an.

»In diesen Mistkübel hat er jeden Morgen mein Käsebrot geworfen. Ich habe zufällig die gesammelten Brote einer Woche da drin entdeckt.« Peck sah sie überrascht an und konnte ein leichtes Grinsen nicht vermeiden.

»Lachen Sie nicht!«

Peck setzte sich wieder und überlegte, ob er noch Fragen an die Frau hatte.

»Ich hoffe, das Ganze wird nicht allzu teuer für mich«, sagte sie und wischte mit der flachen Hand über den Tisch. »Ich bin keine reiche Frau.«

»Ich arbeite effizient, effektiv und preiswert.«

»Dann bringen Sie mir Beweise, aber rasch. Nur das zählt.«

»Ich melde mich, wenn ich mehr weiß«, sagte er zu Frau Moser, steckte das Foto ein und ging zur Türe.

Im Stiegenhaus spielten zwei Kinder, die von Karin Moser angebrüllt wurden, dass sie hier nichts verloren hätten, worauf die Kinder in Panik aus dem Haus rannten. Peck lief hinterher.

Es war warm, als er auf die Straße trat. Beim Vorbeigehen warf er einen Blick in den Mülleimer auf der Straße. Doch da war kein Käsebrot. Es stank nach Autoabgasen, und Peck war froh, als er in der Aiglhofstraße das Gelände des Landeskrankenhauses betrat. Er hatte einen neuen Auftrag, und der sah nicht allzu kompliziert aus.

Ein neuer Auftrag erfordert neue Investitionen, dachte Peck und beschloss, zu seinem Fotoapparat ein Teleobjektiv zu kaufen. Mit starken Teleobjektiven fängt man Ehebrecher. Weiß jeder. Außerdem erstand er ein kleines schwarzes Notizbuch. Jeder neue Fall ein neues Buch für neue Erkenntnisse. Je stärker das Gehirn altersbedingt Fakten unterschlägt, desto wichtiger ist es, sie akribisch aufzuzeichnen.

Peck stieg schnaufend den Müllner Hügel hinauf und ging dann die wenigen Stufen hinunter zur Salzach, die grün und träge dahinfloss. Er sah die Dächer und Kirchtürme der Altstadt vor sich, die Festung und im Hintergrund den Untersberg an der Grenze zu Bayern. Er hatte Durst. Sollte er noch ein Glas trinken, bevor er zu Sophia in die Buchhandlung ging? Er dachte kurz nach, entschied sich gegen die Vernunft und betrat eines dieser Lokale, die fast nur aus einer raumfüllenden Theke bestanden und einem wandhohen Regal mit unzähligen Flaschen in allen Formen und Farben dahinter. Neben Büchern ist das die zweitvernünftigste Verwendung für ein Wandregal. Nach einem großen Guinness und einem kleinen Lagavulin verließ er gestärkt, aber mit schlechtem Gewissen das Lokal.

Eine halbe Stunde später betrat Peck *Sophias Bookshop* am Waagplatz.

Sophia war gerade in ein intensives Beratungsgespräch mit einem älteren Mann verstrickt, worauf Peck wortlos in der fensterlosen Dämmerung des Antiquariats verschwand und sich in seinen Ledersessel fallen ließ. In einem der Regale sah er eine kleine Schachtel mit der

Aufschrift *E-Book Reader*. Verkaufte jetzt auch schon Sophia diese elektronische Alternative zum gedruckten Buch? Die Entwicklung lässt sich nicht aufhalten. Sollte er sich so ein Gerät anschaffen? Er müsste dann nicht mehr mit einem Bücherkoffer in Urlaub fahren. Aber eine Wohnung ohne Bücher konnte er sich nicht vorstellen. Peck war es in seiner Jugendzeit nach einem weinseligen Abend öfters mit den Worten »Darf ich Ihnen meine Bibliothek zeigen?« gelungen, eine Frau noch in seine Wohnung zu locken. Sollte er jetzt sagen: »Darf ich Sie mit meinem *E-Book Reader* bekannt machen?« Aber heute war sowieso alles anders …

Er beobachtete Sophia aus der Ferne. Sie redete mit dem ganzen Körper, wenn sie auf eines der Bücherregale an der Wand zeigte oder zwei Stufen auf die Bibliotheksleiter turnte. Die schlanke Figur war ständig in Bewegung, und ihre schulterlangen braunen Haare flogen in einem Bogen um ihr Gesicht. Peck war sehr einverstanden mit dem, was er von seinem Platz aus sah. Nur der Kunde wirkte unzufrieden, er schüttelte ärgerlich den Kopf und verließ mit seltsam gestelzten Schritten das Geschäft.

»Du siehst nicht gut aus«, sagte Sophia zur Begrüßung und gab ihm einen Kuss. »Muss ich mir Sorgen um dich machen?«

»Was wollte der unzufriedene Kunde?«, fragte Peck.

Sie seufzte. »Er wollte ein Bilderbuch über Philosophie.«

»Kein Intellektueller«, sagte Peck. »Intellektuelle lesen Bücher ohne Bilder.«

»Und warum liest du dann deine alten Comics?« Sophia grinste. »Die bestehen doch nur aus Bildern.«

Er wollte dieses Thema nicht ausdiskutieren. »Gehen wir! Ich lade dich zum Essen ein.«

Sophia stellte sich ihm in den Weg. »Du gefällst mir nicht!«

»Aber ich habe dir bis jetzt immer ganz gut gefallen.«

»Du hast eine Fahne, ein graues, müdes Gesicht, rot umränderte Augen und Tränensäcke.«

»Viel Arbeit.« Peck versuchte aufzustehen, doch sie drückte ihn zurück in den Sessel.

»Gestern Abend hast du wieder mal mehr als eine Flasche Rotwein getrunken. Und heute? Whisky oder Bier?«

Beides, dachte Peck. Er wäre am liebsten aufgesprungen, um dieser hochnotpeinlichen Befragung zu entgehen. Doch Sophia stand unmittelbar vor ihm.

»Ich bin kein Alkoholiker!« Er kniff die Augen zusammen und fühlte, wie seine Kopfhaut zu jucken begann.

»Eine Flasche am Abend ist zu viel.«

»Geh alleine zum Essen«, sagte er und versuchte, möglichst schwungvoll auf die Beine zu kommen. »Ich habe die Lust verloren.«

»Schau der Wahrheit ins Gesicht!«, rief sie ihm nach.

»Das ist deine Wahrheit! Mit der will ich nichts zu tun haben.«

»Grundfalsch! Du musst die Antennen ausfahren und in dich hineinhorchen. Hör auf deinen Körper!«

»Mein Körper ist ein Autist.«

»Du bist kleinlich und rechthaberisch!« Sophia ging mit raschen Schritten um ihn herum.

Wie um ein Denkmal, dachte er. Sie stand jetzt direkt vor ihm und starrte ihn an. Was sollte er tun?

»Bin ich wirklich kleinlich und rechthaberisch?«, murmelte er. Und dann reagierte sie plötzlich anders, als er erwartet hatte. Sophia hängte sich bei ihm ein und zog ihn zur Türe. »Komm«, sagte sie. »Ich habe Hunger, und auf dich wartet bereits das Schnitzel.«

Es hatte zu regnen begonnen, und Peck nahm zwei Regenschirme aus dem bemalten Holzfass, das neben der Türe stand.

Das Gasthaus *Zum Wilden Mann* war ziemlich voll. Peck kannte kein anderes Lokal in Salzburg, wo es einfach selbstverständlich war, sich an einem Tisch dazuzusetzen, auch wenn dort bereits andere Gäste saßen. Peck liebte den *Wilden Mann*, der versteckt in einem der Durchhäuser zwischen der Getreidegasse und dem Hanuschplatz lag. Sollte er nach dieser empfindlichen Diskussion mit Sophia jetzt ein Glas Wein bestellen? Sie tat es, und damit war auch für ihn der Weg frei.

Er erinnerte sich an das Foto von Kurt Moser, legte es vor sich auf den Tisch und betrachtete es gedankenverloren. Nachdem Peck nun die Ehegefährtin kannte, entwickelte er immer mehr Verständnis für die Absatzbewegungen des Herrn Gatten.

Von weit her drang Sophias Stimme an sein Ohr: »… ich rede schon die ganze Zeit mit dir!«

»Sorry«, sagte er, »ich war offline.«

»Du solltest mir gegenüber nicht offline sein. Ich verlange mindestens eine Art von Online-Modus.«

Der Kellner brachte den Teller, der so groß war wie das Schnitzel, das genauso schmeckte wie früher bei seiner Mutter: nicht zu dick, eher trocken, mit Ribiselmarmelade und einem unvergleichlichen Geschmack. Seufzend lehnte er sich zurück. Das Schnitzel und die damit verknüpfte Erinnerung an seine Kindheit … wie bei Marcel Proust mit seinem muschelförmigen Kuchen, den die Franzosen *Madeleine* nennen. Peck war überzeugt: Was für Proust die *Madeleine*, war für ihn das Schnitzel, mit dem Vorteil, dass das Wort Schnitzel nicht mit einem weiblichen Vornamen zu verwechseln war.

Erst jetzt bemerkte er, dass Sophia ihn schon die ganze Zeit ansah. Er wurde unsicher. Hatte er das Schnitzel angelächelt?

»Ich habe einen neuen Auftrag«, sagte Peck nach dem ersten Schluck Wein. »Der reinste Horror!«

Sophia sah ihn an und hob ihre Augenbrauen.

»Wenn ich früher das Wort Detektiv hörte«, sagte er, »sah ich ihn in Gedanken immer mit einem Fotoapparat in der Hand einen untreuen Ehemann verfolgen. Und jetzt habe ich das alles vor mir.«

»Das ist nur, weil sich Ehemänner junge Freundinnen suchen«, erwiderte Sophia.

»Aber ich habe ein Foto von dem Mann«, sagte Peck, »ein älterer Mann mit Glatze, und absolut kein Adonis.«

»Ein Mann mit einer Million Einkommen ist immer schön, mein Schatz.« Sophia lächelte.

»Er ist ein sogenannter höherer Beamter auf irgendeinem Amt.«

»Höhere Beamte haben eine höhere Pensionsberechtigung. Das ist für manche Frauen betörend genug.«

Sophia sah Peck sehr konzentriert in die Augen. Jetzt kommt noch was, dachte er.

»Jetzt kommt noch was«, sagte Sophia. »Mein Verhalten nach der Alkoholpredigt im Büchergeschäft bedeutet nur, dass ich die Situation entspannen wollte. Das besagt nicht, dass ich hiermit klein beigebe oder alles vergessen ist.«

»Sondern?«

»Sondern nur ein Intermezzo. Ab sofort habe ich ein neues Motto dir und deinem Alkoholkonsum gegenüber.«

»Und das Motto lautet?«

»Voller Kampf voraus!«

»Du sollst mich lieben, nicht bekämpfen.«

»Ich liebe dich, und deshalb kämpfe ich um dich.«

»Bin ich wirklich kleinlich und rechthaberisch?«, fragte er mit leiser Stimme.

»Ja, das bist du!«

*

Der Regen hatte aufgehört, und Peck faltete den Regenschirm zusammen. Er ging bereits seit einer Viertelstunde auf dem Mozartplatz auf und ab und ließ dabei das große Gebäude, in dem er den Arbeitsplatz Kurt Mosers wusste, nicht aus den Augen.

Vor dem Mozart-Denkmal stand eine große Reisegruppe, die sich eifrig gegenseitig fotografierte, den steinernen Tonsetzer Amadeus im Hintergrund. In diesem Moment verließ Kurt Moser das Gebäude und überquerte in einer schrägen Diagonale mit quirligen Schritten den Platz. Er liebt braun, dachte Peck, Anzug, Schuhe und sogar die Aktentasche, die der Mann, leicht im Takt seiner Schritte hin- und herschwenkend, in der rechten Hand trug. Ob da die Käsebrote drin waren? Herr Moser ging die lange Front des *Salzburg Museums* entlang und verschwand links um die Ecke. Peck eilte ihm nach und sah gerade noch, wie Moser, in einem Taxi sitzend, quer über den Mozartplatz fuhr. Peck überlegte nicht lange und bestieg das dahinterstehende Taxi.

»Gestern war *Tatort* im Fernsehen«, sagte der Fahrer. »Da gab es auch so eine Verfolgungsjagd im Taxi. Und dann fanden sie eine Leiche.«

»Das ist kein Tatort«, sagte Peck. »Ich möchte aber trotzdem von dem Fahrgast vor uns nicht entdeckt werden.«

Es war viel Verkehr in der Innenstadt. Sie fuhren über die Salzach, und dann immer geradeaus bis zum Bahnhof. Peck bezahlte in aller Eile das Taxi, während Kurt Moser bereits im Bahnhofsgebäude verschwunden war.

»Halt!«, rief der Taxifahrer und stoppte Peck, der schon im Laufschritt in Richtung Eingang unterwegs war. »Ihr Schirm!«

Peck hatte Glück und traf Kurt Moser wieder, der gerade mit einer Zeitung unter dem Arm aus dem Kiosk kam und dann in den am Nebengleis wartenden Zug stieg, der sich wenige Minuten später in Bewegung setzte. Wohin? Peck hatte nicht die leiseste Ahnung. Er fand einen Platz in einem Großraumwagen der zweiten Klasse, schräg gegenüber von Kurt Moser, von dem er zumindest die untere Hälfte des braunen Anzugs gut im Blick hatte. Den oberen Teil verdeckte eine tonnenförmige Frau in einem weit geschnittenen, hellgrauen Sommermantel, die mindestens zwei Plätze gut ausfüllte, ein dick belegtes Wurstbrot in beiden Händen hielt und sich Peck mit einem freundlichen Lächeln zuwandte.

Peck lächelte nicht zurück. Er bereitete sich mental auf das unmittelbar bevorstehende Aufeinandertreffen mit dem Zugschaffner vor, der sich ihm drohend, mit Umhängetasche und einem schwarzen Gerät in der Hand näherte. Die nun folgende Diskussion würde Peck noch sehr lange in Erinnerung bleiben.

»Ihre Fahrkarte, bitte!«

»Ich habe keine Karte.«

»Warum haben Sie keine Karte?«

»Ich steige immer erst im letzten Moment in den Zug ein.«

»Wohin fahren Sie?«

»Das kommt darauf an, wohin dieser Zug fährt.«

»Und wo werden Sie aussteigen?«

»Das entscheide ich unterwegs spontan.«

»Wie heißt das Theaterstück, das wir gerade spielen?«, fragte der Schaffner und sah auf die übrigen Fahrgäste, die neben Peck saßen, wie um sie in die Diskussion mit einzubinden. Alle sahen Peck feindselig an, der schließlich für sehr viel Geld eine Fahrkarte bis Wien bezahlte, sich dann im Sitz zurücklehnte und schlafend stellte.

In Linz stellten sich, halb hinter dem Vorhang des gegenüber befindlichen grauen Mantels verborgen, die braunen Anzugbeine auf ihre Füße, dann erschien Kurt Moser und verließ den Zug. Peck eilte ebenfalls in Richtung Ausgang, bis die dicke Dame ihn mit einem schrillen Schrei stoppte: »Sie haben ihren Schirm vergessen!«

Als Kurt Moser eiligen Schrittes das Bahnhofsgelände in Richtung Landstraße verließ, folgte Peck in sicherem Abstand. In Linz beginnt's, dachte er, ging hinter Moser in den kleinen Park nahe dem Bahnhof, in dem zwei alte Dampflokomotiven standen. Er sah die Straßenbahn auf der Landstraße fast geräuschlos von Haltestelle zu Haltestelle gleiten. Früher ging das nur mit viel Getöse und Gekreische von einem Ende der Stadt bis zum anderen. *Linz an der Tramway* hatten sie damals gesagt, und wenn sein Großvater einmal ausnahmsweise bereit war, eine Fahrkarte für die Tram auszugeben, sagte er: »Fahr'ma mit der Elektrischen!«

Kurt Moser ist sehr zielstrebig unterwegs, dachte Peck, er weiß genau, wohin er will. Sie überquerten riesige Baustellen, und nach zehn Minuten erreichten sie auf der Wienerstraße die Unionkreuzung, wo er hinter Moser nach links in die Hamerlingstraße folgte. Peck kannte die Gegend gut, weil er als Kind hier in der Nähe gewohnt hatte. Während Peck hinter Moser herging, gelang es ihm, unbemerkt einige Fotos zu schießen.

Am Ende der Lenaustraße bog Moser links in die Raimundstraße ab, wo er in einem großen Wohnblock verschwand. Peck sah sich das große Gebäude aus einiger Entfernung und von der anderen Straßenseite aus an. Eine fleckige graue Fassade mit mehr Satellitenschüsseln als Fenstern, und alle zwanzig Meter war eine Haustüre, neben der jeweils die Namen der Wohnparteien standen, mit den zugehörigen Klingelknöpfen. Haus Nummer 40 stand über der Türe, durch die Kurt Moser das Haus betreten hatte. Er las die Namen der sechs Hausparteien, die hier wohnten. Was sollte er nun tun? In einigen Wohnungen brannte Licht. Bei dem Gedanken, von Tür zu Tür zu gehen, verließ ihn schlagartig die Motivation. Klinkenputzen war auch früher im Vertrieb noch nie seine Lieblingsbeschäftigung gewesen. Er sah die Raimundstraße hinunter. Links und rechts langweilige Wohnhäuser und einige Firmen mit hohen Schloten, und ganz weit am Horizont sah er durch schmutzig graue Nebel die Hochöfen und Gasbehälter der *Voest Alpine*. Eisen- und Stahlwerke. Früher wurden die Hochöfen noch mit Koks befeuert, das Wort Umweltschutz war noch nicht bekannt, und er erinnerte sich, dass seine Mutter immer wütend war, wenn die weiße Wäsche, die zum Trocknen nachtsüber auf dem Balkon hing, am nächsten Morgen mit kleinen schwarzen Punkten übersät war. »Reiner Kohlenstoff«, hatte sein Vater gesagt, der Lehrer für Naturgeschichte und Physik war, »manche sagen auch Ruß dazu.« Sein Großvater hatte manchmal noch von den *Hermann-Göring*-Werken gesprochen, und Peck erinnerte sich, dass er in den Schulferien dort gearbeitet hatte. Ferialpraxis hieß das damals. Heute nannte sich das *Jobben*.

Es war fast neun Uhr, und die Dämmerung hatte sich bereits über das Haus und die Straße gelegt. Konnte er um diese Zeit noch bei den Hausparteien läuten? Er konnte! Also sprach er sich Mut zu und ging mit Energie an die Arbeit.

Auf der ersten Wohnungstüre im zweiten Stock stand der Name *Alfons Gabler*. Ein Student im höheren Semester, dachte Peck, als er den nicht mehr ganz jungen Vollbart sah, der ihn müde und mit dunklen Ringen unter den Augen ansah. Peck hielt ihm das Foto von Kurt Moser vor die verschlafenen Augen. »Dieser Herr wohnt offensichtlich hier im Haus. Kennen Sie ihn?«

Der Vollbart kannte ihn nicht. Die Nummer zwei in seinem Durchlauf war ein Ehepaar (Ivo und Draga Denic), das den Mann auf dem Bild ebenfalls noch nie gesehen hatte. »Wir kennen nicht mal einen der anderen hier neben uns«, sagte die Frau, bevor sie wieder die Türe schloss. Nummer drei war die freundliche weißhaarige Anna Krachel, die ihn mit blitzenden Augen ansah.

»Ich kaufe nichts«, sagte sie lächelnd und selbstbewusst.

»Ich verkaufe Ihnen ganz bestimmt nichts«, sagte Peck und lächelte zurück. »Haben Sie diesen Mann hier im Haus schon mal gesehen?«

»Polizei?«, fragte die Weißhaarige und hatte spontan auf Flüsterton umgeschaltet. Peck ließ die Frage unbeantwortet, weil seine Gesprächspartnerin begann, der Fotografie, die Peck in der Hand hielt, zuzunicken. »Ich glaube, der wohnt unten bei Frau Lamprecht. Aber ich bin nicht sicher.«

Von irgendwoher war plätschernde Klaviermusik zu hören. Wahrscheinlich eine Sonate von Beethoven, vielleicht auch Schubert.

Bei *J. Lamprecht* öffnete niemand, obwohl Peck lange läuten ließ.

Als Nächstes klingelte Peck bei *Rudolf u. Emilie Horvath*. Als sie das Wort *Detektiv* hörten, blickten sie sich erschrocken nach eventuellen Zuhörern im Treppenhaus um und baten ihn mit einladenden Gesten sofort in die Wohnung, wo Peck Kurt Mosers Fotografie aus seiner Tasche holte. Sie standen zu dritt in der Küche, und Peck beobachtete die beiden, während sie das Gesicht auf dem Bild studierten. Emilie Horvath sprach laut und begleitete jedes Wort mit beeindruckendem Kopfnicken. Ihr Mann, bleich und leise, stand etwas im Hintergrund und glitt leise mit großformatigen Filzpantoffeln und geheimnisvoll lächelnd um seine Frau herum. Nein, war schließlich das gemeinsame Ergebnis. Nein, sie kannten den Herrn nicht. Nie gesehen!

Fünf Minuten später stand Peck müde und durstig in einem der dunklen Flure. Ende des Kreuzzuges. Auf dem Weg zur Haustüre läutete er nochmals bei *J. Lamprecht*. Keine Reaktion.

»Kennen Sie einen dieser Namen«, rief Peck ins Telefon. Er stand vor dem Wohnhaus, erzählte Karin Moser, was geschehen war, und las ihr die Namen aller Hausparteien vor, wobei er besonders auf *J. Lamprecht* hinwies. Sie kannte keinen der Namen.

»Die, mit denen ich sprechen konnte, haben Ihren Mann nach dem Foto nicht erkannt. Sagen sie jedenfalls.« Peck hörte irgendein Grunzen durchs Telefon. »Ihr Mann wird heute wohl sehr spät nach Salzburg kommen. Oder überhaupt nicht. Und ich kann heute hier nichts mehr erreichen.«

»Und was weiter?«

»Ich werde hier noch ein bis zwei Stunden vor dem Haus warten. Vielleicht kommen die Lamprechts ja noch. Dann fahre ich nach Salzburg zurück. Ich komme morgen früh kurz zu Ihnen, und dann beschließen wir, was wir weiter tun. Ich habe schon eine Idee ...«

»Das wird auch langsam Zeit«, sagte Karin Moser mürrisch. »Bringen Sie mir endlich Beweise. Ich bezahle Sie nicht für sinnloses Zugfahren.« In diesem Moment bemerkte Peck, wie sich bei einem Fenster der Vorhang bewegte und ein blasses Gesicht ihn beobachtete, bis ihre Blicke sich trafen und der Vorhang zugezogen wurde. Peck war sicher, dass dies die Wohnung von J. Lamprecht war. Er blieb diesmal eine halbe Minute auf dem Klingelknopf, dann verließ er das Haus.

Eine Stunde später saß Peck auf der Rückfahrt nach Salzburg wieder in der Bahn. Kurz nachdem der Zug Linz verlassen hatte, betrat der Schaffner das Abteil. Peck erkannte ihn sofort wieder: der gleiche Beamte wie auf der Hinfahrt. Er stellte sich genau vor Peck hin, zog die Augenbrauen hoch, sagte aber kein Wort.

»Ich habe eine Fahrkarte«, sagte Peck beflissen. »Ich bin mir im Klaren, wohin dieser Zug fährt, und ich weiß, wo ich aussteigen muss.«

»Ich bin stolz auf Sie«, erwiderte der Schaffner und entwertete Pecks Fahrschein. Plötzlich begann einige Meter von ihm entfernt ein Mann, laut mit seinem Mobiltelefon zu reden. Spricht man automatisch mit dem Handy lauter als mit einem nebenan sitzenden Menschen? Alle im Waggon hörten aufmerksam zu, was der Mann seinem unbekannten Gesprächspartner zu sagen hatte. »Ich werde gleich weg sein«, hörte Peck den Mann sagen. »Auf der Strecke nach Salzburg sind lauter Funklöcher, aber ich bin zu unserem Meeting pünktlich da. Und das Memo habe ich vorbereitet.« Peck stellte sich vor, wie der Mann von einem auf Höhe Attnang-Puchheim hinterhältig lauernden Funkloch verschluckt wurde und plötzlich verschwand. Wie in einer der Theorien von Stephen Hawking.

Spät abends saß Peck müde und durstig in seinem Wohnzimmer, in dem zwei Dinge dominierten: alte, meist dunkelbraun glänzende Möbel und Unmengen von Büchern, gestapelt auf Sideboards, Tischen sowie in zahlreichen überfüllten Regalen. Direkt neben seinem Leseplatz lagerten jene Bücher griffbereit im Regal sowie am Fußboden, die er besonders mochte und immer wieder zur Hand nahm: Kafka, Joseph Roth, Thomas Mann, Wittgenstein und Carl Barks.

Er war zu müde zum Lesen. Nur etwas Mozart. Also nicht Glenn Gould, denn der mochte Mozart nicht. Peck legte das Klavierkonzert Nummer 25 in einer alten Aufnahme aus dem Jahr 1955 auf.

Plötzlich wurde er Opfer einer massiven Hungerattacke. Was sollte er tun? Zum Kochen hatte er keine Lust. Vor Kurzem hatte Peck herausgefunden, dass eine spezielle Sorte italienischer Käsekekse besonders gut zum Rotwein passte, aber auch für sich allein hervorragend schmeckte. Seitdem fand sich bei Peck ein stets gut gefüllter Käsecracker-Speicher. Vor dem Zubettgehen fiel ihm ein, dass er noch ein Stück Schnitzel im Kühlschrank hatte. Um diesem das Schicksal des Schlechtwerdens zu ersparen, verzehrte er es gemeinsam mit einer Scheibe Brot sowie zwei Handvoll Käsecracker.

Müde und wegen seiner Rückenschmerzen etwas verkrümmt, kroch Peck früher als sonst ins Bett. Wie immer legte er sich zum Einschlafen auf den Rücken und überkreuzte die Füße. Langsam fühlte er, wie die Müdigkeit des Tages in ihm hochkroch und der Schlaf näher kam. Und genau in diesem Moment drang von den Nachbarn aus den Nebenwohnungen sowie durch das geöffnete Fenster ein infernalisches Freudengeheul, das, durch vielfältige Echos in der Siedlung verstärkt, an sein Ohr drang.

Österreich gegen Deutschland! Er hatte auf das Länderspiel völlig vergessen. In dieser Nacht schlief er schlecht. Im Traum befand er sich in einem voll besetzten Stadion in einem viel zu weiten Fußballdress mit einer großen Nummer zehn auf dem Rücken. Hunderttausende jubelten ihm zu, als er, elegant den Ball vor sich hertreibend, dem gegnerischen Tor zulief. Paul riefen alle, Paul! Und er holte weit aus und schoss den Ball ins Tor. Ein einziger Aufschrei hallte durch das Stadion. Paul, riefen alle, Paul … das war das eigene Tor! Er fühlte noch im Schlaf, dass ihm der Schweiß auf der Stirn stand.

*

Philipp Schalk mochte Salzburg nicht. Er wohnte jetzt schon mehrere Wochen in dieser schrecklichen Pension in der Nähe des Bahnhofs, wo nicht nur die Züge seinen Schlaf störten, sondern tagsüber auch eine Baustelle, die sich täglich wie ein gewaltiger Flächenbrand weiter um den Bahnhof herum ausbreitete. Noch ein bis zwei Wochen, sagte er sich. Es klang fast wie ein Versprechen. Sobald seine Mission hier zu Ende war, würde er wieder nach Wien fahren, wo er zu Hause war. Seine Gedanken wanderten zurück in die Vergangenheit, wie es in letzter Zeit immer öfters geschah. Er dachte an seinen Vater, der vor einem Jahr gestorben war. Trauerte er um ihn? Er hatte seine Eltern in den letzten zwanzig Jahren kaum gesehen, obwohl sie in derselben Stadt gelebt hatten. Dabei hatte es nie einen Streit gegeben, sie waren einander nur fremd geworden und hatten sich nichts zu sagen, zumindest nichts von Bedeutung. Seine Mutter lebte noch, irgendwo in einem Altersheim. Zweiundachtzig Jahre. Als er sie das letzte Mal gesehen hatte, sprach seine Mutter ihn mit »Erika« an. Erika war seine Schwester. Philipp Schalk riss mit schlechtem Gewissen eine weitere Packung *Manner Schnitten* auf. Keinen Zucker, keine Kohlenhydrate und keinen Alkohol, hatte der Arzt gesagt. Ihr Blutzuckerwert ist viel zu hoch. Wenn Sie Ihre Ernährung nicht ändern, müssen Sie Insulin spritzen. Schalk lehnte sich zurück und starrte auf die menschenleere Straße, über die sich langsam die Dämmerung legte. Neun Uhr vorbei. Vor wenigen Minuten waren mit einem Flackern die Straßenlampen angegangen. Jetzt könnte sie langsam kommen. Er wusste, dass die Frau wenig Freunde hatte, und die Supermärkte waren schon lange geschlossen. Wo war sie so lange? Er stand hier schon seit drei Stunden. Und dann sah er sie. Hundert Meter vor ihm war sie im Schein einer Straßenlampe um die Ecke des Wohnblocks gebogen, in jeder Hand eine dick gefüllte Einkaufstasche. Langsam watschelte sie auf ihn zu wie eine dicke, fette Ente. Er rutschte auf dem Autositz nach unten, aber sie sah ohnehin nicht in seine Richtung. Sie blieb vor ihrer Haustüre stehen, stellte umständlich die beiden Plastiktaschen ab und rührte lange in ihrer Handtasche herum, bis sie den Schlüssel gefunden hatte. Wenige Sekunden später war sie im Hausflur verschwunden. Philipp Schalk wollte schon die Autotüre öffnen, überlegte es sich aber anders, als er hinter sich Motorengebrumm hörte, und dann eine zugeschlagene Autotüre. Er sah in den Außenspiegel und verfolgte einen schwarzen Schatten, der sich ohne Eile auf dem Gehsteig seinem Wagen näherte. Langsam und behäbig schlenderte ein rundlicher Typ vorbei wie ein Mann, dem der Arzt empfohlen hatte, nach dem Fernsehprogramm nochmals um den Häuserblock zu gehen. Schalk parkte mit seinem Wagen zwischen zwei Straßenlampen, dort, wo es am dunkelsten war, und konnte das Gesicht des Mannes nicht erkennen. Die Gestalt ging an dem Haus, in dem Karin Moser wohnte, vorbei und immer geradeaus, bis die Dunkelheit ihn verschluckt hatte. Schalk wartete noch einige Minuten, dann öffnete er die Wagentüre, schaute aufmerksam nach links und rechts und ging dann langsam zu dem Haus, in dem die Frau vor wenigen Minuten verschwunden war.

Dienstag, 6. Juni

Es war noch sehr früh, als der Wecker längere Zeit versucht hatte, Peck wach zu bekommen. Er trottete barfuß ins Badezimmer, wo er in den Spiegel schaute. Ein Mann sah ihn an, der alles tat, dass man ihm seine achtundfünfzig Jahre ansah. Als er instinktiv begann, seine Falten unter den Augen genauer zu betrachten, wandte er den Blick ab. Keine Details!

Nach dem Duschen ging er zum Kleiderschrank und erinnerte sich daran, wie er sich früher, an dieser Stelle stehend, immer gefragt hatte, was er anziehen sollte und welche Hose zu welchem Sakko und welche Krawatte zu welchem Hemd passen würde. Diese Zeiten sind vorbei, dachte er und nahm eine der zahlreichen schwarzen Hosen, eines der vielen schwarzen Hemden und Sakkos sowie eines der fünfzig Paar roten Socken aus dem Schrank. Passt immer! Krawatten gab es für ihn schon lange nicht mehr. Als er nicht ganz freiwillig vor zwei Jahren aus seinem Beruf gedrängt wurde, hatte er am nächsten Tag seine gesamte Krawattensammlung in den Müll geworfen.

Was hatte er heute vor? Zuerst zur mentalen Stärkung ins *Café Bazar* und danach ein Besuch bei seiner Auftraggeberin. Und morgen nochmals nach Linz …

Die Sonne schien, und Peck beschloss, zu Fuß in die Stadt zu gehen. Er war noch keine fünf Minuten am Kai unterwegs, als ein in lange weiße Gewänder gekleideter Mann sich ihm plötzlich in den Weg stellte, der ein großes Schild in der Hand hielt: *Das Ende ist nahe!*

Was sollte Peck jetzt tun? Zurück in die Wohnung und zurück ins Bett? Er nickte dem Weißgekleideten freundlich zu und ging die Salzach entlang in Richtung Innenstadt.

Unterwegs begegnete er am Kai zahlreichen Menschen, die in beiden Richtungen sportlich unterwegs waren. Er beobachtete sie, und in seinen Gedanken teilte er sie in zwei Gruppen ein. Die eine Gruppe schaute verbissen nach vorne und bewegte sich mit Schistöcken in den Händen und in unnatürlicher Schrittgeschwindigkeit den Weg entlang. Die zweite Gruppe war joggend unterwegs und machte einen durchwegs fröhlicheren Eindruck. Sie trugen einen kleinen Kopfhörer und irgendwo in der Hose ein zigarettenschachtelgroßes Gerät, aus dem sie laute Musik in ihr Ohr bliesen. Hunderte Gigabyte auf kleinstem Volumen, dachte Peck, ein Wunder der Technik. Er erinnerte sich an seine Kindheit, als er im Schwimmbad lag und sein älterer Bruder ein Kofferradio neben sich stehen hatte, das vibrierend die Gegend mit Peter Kraus und Connie Francis beschallte, wahrscheinlich zur Freude aller, die in Hörweite auf der Wiese lagerten. Beim Nachhausegehen trug dann sein Bruder stolz das laut plärrende Kofferradio auf der Schulter. Das war *leiwand*. Heute hieße das cool.

Zwanzig Minuten später saß Peck an einem der quadratischen Marmortische im *Café Bazar*. Gemeinsam mit dem ersten Großen Braunen überflog er in zwei Zeitungen einige Artikel zur deutschen Innenpolitik, die – mit anderen Protagonisten – auffallend vergleichbar mit den aktuellen Diskussionen in Österreich war. Entweder waren die anstehenden politischen Probleme in beiden Ländern ähnlich, oder die österreichische Politik war zu einfallslos, um eigene Themen zu besetzen. Plötzlich ertappte er sich dabei, wie er in der Zeitung die Todesanzeigen las. Erschrocken ließ er die Zeitung sinken. Das hatte er früher nie getan. War das auch eine Alterserscheinung? Peck dachte an das vierzigjährige Maturajubiläum, zu dem er vor Kurzem eingeladen war. Sie waren fünfunddreißig Schüler gewesen, und davon waren acht bereits gestorben. Über zwanzig Prozent, überschlug er und bekam eine Gänsehaut. Sie hatten sich gut gelaunt zum fünfzigjährigen Jubiläum wieder verabredet. Ob er da überhaupt noch dabei sein würde? Während er auf seinen zweiten Kaffee wartete, sah er sich im Café um. Jetzt in der Früh war da eine ganz andere Stimmung als tagsüber oder am Abend. Fast eine feierliche Stille. Das *Bazar* war noch nicht ganz erwacht. Wenige Gäste verteilten sich überwiegend an den Tischen am Fenster. Rascheln der Zeitungen und halb geflüsterte Worte. Der Kellner brachte ihm auf leisen Sohlen den zweiten Kaffee. Neben ihm hatte eine mehrköpfige Familie Platz genommen. Er hörte, wie sich die Leute vom Kellner die unterschiedlichen Kaffeesorten auf der Getränkekarte erklären ließen, was sie laut schnatternd kommentierten. Nach dem Dialekt Frühaufsteher aus Norddeutschland. Kurze Zeit später sagte die Tochter vom Nebentisch: »Gott, ist der Kaffee stark! Das kann man ja nicht trinken.« Und darauf die Mutter: »Verdünne den Kaffee mit Wasser. Deshalb servieren die hier immer ein Glas Wasser dazu.«

Peck spürte die Gänsehaut zuerst im Nacken, und er erinnerte sich an den Ausspruch eines Schriftstellers: »Auf der ersten Silbe betont, ist Kaffee ein Getränk für Gäste aus Deutschland, auf der zweiten Silbe bedeutet Café eine Philosophie.«

Er bezahlte und beschloss, zu Fuß zu Karin Moser zu gehen. Die Bewegung würde ihm und seinem Rücken guttun.

Die Haustüre in der Tegetthoffstraße Nummer 134 war offen, und Peck ging in den ersten Stock, wo er bei *K & K Moser* läutete. Keine Reaktion. Dann bemerkte er, dass die Wohnungstüre nur angelehnt war und trat langsam in das dämmerige Vorhaus. Wieder der bereits bekannte Geruch nach Sauberkeit und Putzmitteln. Doch da war noch ein Geruch, den er gestern nicht wahrgenommen hatte. Peck blieb stehen, und durch die geöffnete Küchentüre sah er Karin Moser am Boden liegen, genau zwischen einem Tischbein und dem Kühlschrank. Warum war er sich sofort sicher, dass sie tot war? War es die Tatsache, dass sie etwas verdreht auf dem Rücken lag, den Kopf weit nach hinten geneigt, sodass sie mit Sicherheit Probleme beim Luftholen hätte, wenn sie noch am Leben wäre? Oder war es die Stellung des linken Beines, das eigenartig abgewinkelt war und wie krampfhaft zur Seite zeigte. Ihr braun karierter Pantoffel lag mit der Sohle nach oben einen Meter neben ihrem Fuß. Peck bückte sich und sah das weiße Gesicht der Toten und die halb entblößte Schulter, da ihr die Bluse seitlich von der Schulter gerutscht war. Ihre Augen waren geöffnet und, wie von den Geschehnissen, die über sie hereingebrochen waren, überrascht, starrten sie auf irgendeinen Punkt an der Decke. Unter ihrer rechten Brust zeichnete sich auf der Bluse ein großer Blutfleck ab, und hinter ihrem etwas zur Seite gedrehten Körper verlief eine dünne rote Spur, die, ein unregelmäßiges Muster formend, auf den hellgrauen Fliesen einige Zentimeter weit geronnen war. Er wickelte sein Taschentuch über die Hand, und vorsichtig berührte er ihre Schulter und den Oberarm mit dem Zeigefinger. Alles hart. Die gesamte Muskulatur steif und starr. Peck zog ihr die Bluse seitlich etwas herunter und sah die bereits voll ausgebildeten Totenflecken. Mindestens zehn bis zwölf Stunden tot. Eher zwölf. Also war der Mord gestern Abend geschehen, etwa gegen zweiundzwanzig Uhr. Er spürte sein Herz laut schlagen, und erst jetzt fiel ihm der Gestank in der Küche auf. Als er sich mühsam aufrichtete, wurde ihm schwarz vor den Augen, und er konnte sich gerade noch an einem der Holzstühle festhalten.

Langsam ging er zur Wohnungstüre und fand am Türschloss keine Spuren irgendwelcher Gewaltanwendung. Hatte sie ihrem Mörder die Türe geöffnet? Oder war sie vielleicht gemeinsam mit ihm nach Hause gekommen? Er blieb einen Moment ratlos im Vorhaus stehen und warf dann nochmals einen Blick in die Küche. Gestern hatte er von ihr den Auftrag erhalten, ihren Mann der Untreue zu überführen. Und heute war sie tot. Er sah auf die schwarze Blutspur auf dem Boden und die kleinen Spritzer auf der Kühlschranktüre. Ein Messerstich in die Brust? Mit dem Taschentuch um die Hand öffnete er den Kühlschrank, der gut gefüllt war. Viel Käse, fiel ihm auf. Herr Moser hasst Käsebrote, aber deshalb bringt man seine Frau nicht um. Ob Kurt letzte Nacht zu Hause geschlafen hatte? Bald würde er es wissen, dachte Peck, und beschloss, den Ehemann in seinem Büro aufzusuchen.

In Gedanken versunken, ging Peck ins Wohnzimmer und setzte sich auf den gleichen Holzstuhl, auf dem er auch gestern während des Gesprächs mit Karin Moser saß. Peck war in seinen früheren Fällen schon öfters auf Leichen gestoßen, aber noch nie war er so überrascht und erschüttert gewesen. Wie wenn er eine persönliche Schuld an ihrem Tod auf sich geladen hätte. Ein ganz harmloser Auftrag. *Bringen Sie mir Beweise!* Und: *Manchmal habe ich Lust, meinen Mann umzubringen! Suchen Sie den Schuft!* Wo war der Schuft? Hatte Kurt Moser seine Frau umgebracht? Er sah sich im Wohnzimmer um, und plötzlich hatte er das Gefühl, dass sich einiges im Zimmer verändert hatte. Es waren nur kleine Details, die ihm auffielen. Eine nicht ganz geschlossene Schublade, ein leicht schief hängender Vorhang vor einem in den Wohnzimmerschrank eingelassenen Glasfenster und zwei Bilder, die etwas schief hingen. So etwas hätte Frau Moser nie akzeptiert. Er wusste nicht, wonach er suchte, aber seine Neugierde war geweckt, und vorsichtig, um keine Spuren zu hinterlassen, öffnete er die Schranktüren und Schubladen. Er fand Karins Reisepass. In einigen Tagen wäre sie fünfzig geworden. Sie hatte älter gewirkt, mit ihrer Kittelschürze, der altmodischen Dauerwelle und ihren behäbigen Bewegungen. Peck holte sich einen Sessel aus dem Wohnzimmer. Der raumhohe Einbauschrank auf der linken Seite des schmalen Flures hatte seine Aufmerksamkeit erregt. Er öffnete die beiden oberen Flügeltüren und fand ganz hinten eine alte, schwarz glänzende Damenhandtasche. Die Tasche musste schon lange da oben liegen. Aber warum war kein Staub auf der Tasche? Er öffnete den Schnappverschluss und stieß auf ein ledernes Etui, mit dem er zurück ins Wohnzimmer ging. Nicht sehr ergiebig. Ein altes, vergilbtes Schwarz-Weiß-Foto, auf dem drei Soldaten vor einem Gebüsch standen, zwei davon in einer schwarzen Uniform. Ein junger Bub mit blonden kurzen Haaren und einem ironischen Zug um den Mund. Wer wohl hinter der Kamera gestanden hatte? Und warum war Peck sich sofort sicher, dass der Blonde der Boss der anderen war? War es die schwarze Uniform oder die Art, wie der blonde Jüngling breitbeinig dastand und selbstbewusst in die Kamera grinste? Peck drehte das Foto um. *April 1945* stand da mit zittriger Füllfederschrift, und darunter standen noch drei Zeilen, die sich wie eine Adresse lasen:

Avenida Augustin Debenedetti 146
Rio de La Plate
Dock Sud.

Wo das wohl war? Peck konnte damit nichts anfangen. Er steckte das Foto in seine Brusttasche.

Was sollte er jetzt tun? Ein Fall für Funke, dachte er und suchte sein Mobiltelefon. Bereits zwanzig Minuten später hörte Peck das Gepolter auf der Stiege, und Leopold Funke vom LKA Salzburg betrat als Erster die Wohnung, gefolgt von zwei Beamten, die jeder einen großen Alukoffer schwungvoll in der Hand trugen.

Auf den ersten Blick sah Funke gar nicht wie ein Polizist aus, eher wie ein älterer, freundlicher Mann, der nach dem Frühstück zum Taubenfüttern in den Park geht. Peck sah ein zerfurchtes Gesicht, dichtes, zurückgekämmtes Haar und nikotinbraune Zähne, die Peck frech angrinsten. »*Seriosität und Durchblick*, Sie kann man auch nicht einige Tage alleine lassen, Herr Detektiv! Wo liegt die Leiche? Und was machen Sie in der Wohnung einer Toten?« Er reichte Peck kurz die Hand, dann rannte er weiter in Richtung Küche.

»Welche Frage soll ich zuerst beantworten?«, fragte Peck. Funke sah zuerst auf die Leiche und dann vorwurfsvoll zu Peck, so als ob er ihm die Schuld gäbe, dass die Polizei mit Blaulicht hierher hatte rasen müssen.

»Ich habe von der Frau hier einen Auftrag erhalten, stehe aber jetzt vor der Schwierigkeit, mein Honorar zu bekommen.« Peck überlegte, ob er Funke von seiner gestrigen Linzreise erzählen sollte, entschied sich aber dagegen.

Einer der Beamten hantierte in der Küche mit Blitzlicht und Fotoapparat, der andere kniete neben der Leiche und leuchtete ihr mit einer Taschenlampe in den Mund. Offensichtlich der Polizeiarzt.

»Wie lange ist sie schon tot?«, fragte Funke.

»Zehn bis zwölf Stunden«, sagte Peck.

»Und was meint der Fachmann?« Funke sah den Polizeiarzt fragend an.

»Zehn bis zwölf Stunden«, sagte der Mediziner.

Funkes graues Gesicht wirkte genauso zerknittert wie sein Hemdkragen. Er roch, so als ob er vor dem Betreten des Hauses noch in aller Eile eine Packung Zigaretten geraucht hätte.

»Seit wann sind Sie hier?«

»Wenige Minuten.«

Mit seinem nikotinbraunen Zeigefinger zeigte Funke auf die Leiche. »Haben Sie sie angerührt?«

»Bin ich ein Anfänger?«

»Gehen wir ins Wohnzimmer. Und dann erzählen Sie mir, was Sie hier in der Wohnung wirklich zu tun haben.«

»Was möchten Sie hören?«

»Am besten die Wahrheit. Aber die ganze.«

»Besteht Ihnen gegenüber Schweigeverbot?« Peck grinste und erzählte dann von seinem Auftrag, den er von Karin Moser erhalten hatte. »Ich wollte mit ihr über das weitere Vorgehen reden. Aber das geht nun nicht mehr.«

In diesem Moment kam der Mediziner ins Wohnzimmer und wischte sich die Hände an einem Tuch ab. »Zweifellos erstochen, und das Messer stammt wahrscheinlich aus der Besteckladе in der Küche. Nach der Obduktion weiß ich mehr.«

»War sie sofort tot?«

Der Arzt nickte. »Nach der Einstichstelle und was nach dem ersten Augenschein über Lage und Winkel des Stichkanals erkennbar ist, war der Mörder Linkshänder.«

*

Kerstin Kramer stand vor dem Spiegel und ordnete nochmals ihre langen blonden Haare. Sie hasste das frühe Aufstehen, und sie hasste diese Wohnung in der Lasserstraße, die sie vor wenigen Tagen angemietet hatte. Die Wohnung hat keinen Chic, dachte sie, und sie ist genauso laut wie teuer, eine kostspielige Investition. Hoffentlich zahlt sich diese aus. Kerstin drehte sich um und sah in das kleine Wohnzimmer, dessen Wände in einem hässlichen Hellgrün gestrichen waren. Vor dem Fenster das durchgesessene Sofa und an der Wand ein Bücherregal, in dem sich kein einziges Buch befand. Neben dem Fenster stand ein kleiner Tisch mit ihrem Laptop. Mein Tor zur Welt, dachte sie, und lächelte, mein digitaler Kanal zu den Männern dieser Welt. Durch das geöffnete Fenster hörte man kein Vogelgezwitscher, nur den Lärm des nahen Schwerverkehrs auf der Bayerhamer- und Sterneckstraße. Das alles ist meiner nicht würdig, sagte sie zu sich, aber diese Wohnung ist der Startpunkt zum Geld dieses Mannes, den sie schon einige Male getroffen hatte. Einem Mann muss man das Gefühl geben, dass er die Frau erobert hat. Sie lächelte. Anbaggern nannte man das früher. Ihre letzten beiden Bekanntschaften waren sehr unbefriedigend gewesen. Karl-Fritz hatte ihr wochenlang die fünfzigtausend Euro für die Wohnung versprochen. Dann stellte sich heraus, dass er Alkoholiker war und selbst nichts hatte. Und von Hannes, ihrer letzten Eroberung, hatte sie das Geld bekommen, aber sie musste auch viel investieren.

Hannes war ein anstrengender Typ gewesen. Alle Männer, die Hannes hießen, waren anstrengend. Kerstin war sicher, dass er die Polizei einschalten würde. Aber sie hatte alle Spuren gut verwischt. Er wusste nicht mal, dass sie jetzt in Salzburg wohnte. Wilhelm, dachte sie, schon nach dem zweiten Treffen nannte sie ihn Willy, ein gebildeter und für sein Alter immer noch gut aussehender Mann. Und vor allem stinkreich. »Es ist lohnenswert, sich mit Willy abzugeben«, hatte ihre Freundin gesagt. »Also kümmere dich zuerst um eine Wohnung in Salzburg und dann um diesen Mann. Willy kann dir das Leben vergolden. Sein Reichtum ist von ganz besonderer Art.«

*

Eine halbe Stunde später verließ Peck die Wohnung. Er wollte schon die Stiegen hinuntergehen, als er es sich anders überlegte und bei der Türe läutete, die Karin Mosers Wohnung genau gegenüber lag. *SEIDLBÖCK* stand in großen Lettern auf dem Türschild.

Nach längerem Warten öffnete sich die Türe und durch einen Zwei-Zentimeter-Spalt sah Peck ein Auge. Und darüber silberfarbene, dauergewellte Locken.

»Frau Seidlböck, ich möchte Sie was fragen.«

Sehr langsam öffnete sich die Tür. »Ist was mit der Nachbarin?« Die leise, brüchige Stimme einer Hundertjährigen. Eine kleine, magere Person mit faltigem Gesicht und einem Stock in der Hand stand wackelig vor ihm. Wie die Hexe in *Hänsel und Gretel*.

»Es ist ihr etwas zugestoßen«, sagte Peck.

»Zugestoßen?«, wiederholte die Alte, um auch ganz sicher zu sein, dass ihr Gehör sie nicht getäuscht hatte.

»Das muss gestern am Abend passiert sein. Haben Sie um diese Zeit irgendetwas gehört?«

»Ich bin neunzig«, sagte die Frau, »und ich höre noch ganz passabel. Da war ein Schrei. *Tatort* war gerade im Fernsehen, und der gut aussehende Kommissar hatte gerade den Mörder gefangen, als der Schrei zu hören war.«

»Hat vielleicht der Mörder bei der Festnahme im Fernsehen geschrien?«

»Halten Sie mich nicht für blöd, junger Mann. Der Schrei kam von drüben.« Sie deutete mit ihrem knochigen Zeigefinger in Richtung Wand. »Außerdem war noch ein Krawall zu hören. Ganz sicher.«

»Frau Seidlböck, die Wohnung Ihrer Nachbarin war unversperrt, als ich vor zwei Stunden hier ankam. Hat sie manchmal vergessen abzusperren? Schlösser gab es ja genug.«

»Karin war eine sehr ängstliche Frau. Es gibt mindestens zwei Schlösser an der Wohnungstür. Und immer sorgsam abgesperrt.«

»Haben Sie sonst irgendetwas Ungewöhnliches gesehen? Oder gehört?«

»Doch. Mein Wohnzimmerfenster geht auf die Straße. Als ich die Jalousien geschlossen habe, das war, bevor der *Tatort* begann, stand da ein Wagen vor dem Haus. Auf der anderen Straßenseite ...«

»Aber ein parkendes Auto ist doch nichts Ungewöhnliches.«

»Sobald Sie mich ausreden lassen, erkläre ich es Ihnen ... in diesem Wagen saß ein Mann drin. Ein älterer Mann mit Hut, und er hat dauernd irgendwas gegessen.«

»Kennen Sie sich bei Autos aus?«

»Junger Mann, Julian, mein Urenkel, erklärt mir alle Autos, die hier vorbeifahren.« Sie sah Peck mit blitzenden Augen an. »Es war ein Golf. Älteres Modell und dunkle Farbe. Könnte schwarz gewesen sein.«

Während Peck die Treppe hinunterstieg, überlegte er, wann ihn zuletzt jemand mit *junger Mann* angesprochen hatte. Plötzlich wurde die Haustüre aufgestoßen, und zwei kleine Buben stürmten herein. Der erste prallte zielsicher auf Peck, rief ein lautes »Tschuldigung, Opa!«, befreite sich hektisch aus Pecks Armen und trampelte die Stiege nach oben. Peck stutzte. Innerhalb von dreißig Sekunden war er vom jungen Mann zum Opa gealtert. So was schmerzte.

Als Peck das Haus verließ, stieß er wieder auf den hageren, weißbärtigen Mann in langen Gewändern, den mit dem Schild *Das Ende ist nahe!*. Der Weißgewandete lächelte ihm zu. Wie recht er hat, dachte Peck und sah dem Mann nach, wie er mit merkwürdig steifen Schritten die Tegetthoffstraße nach unten ging.

*

Es war wärmer geworden, und Peck schlenderte, in Gedanken versunken, die Salzach entlang in Richtung Innenstadt. Er dachte an Karin Moser, und fragte sich, ob es einen Zusammenhang gab zwischen ihrem gewaltsamen Tod und seinem Auftrag, dem Ehemann die Untreue nachzuweisen. Nein, sagte er sich, kein Zusammenhang. Irgendjemand hasste die Frau so sehr, dass er sie umgebracht hatte. Keine Vorwürfe, Paul! Diesen Mord hatte keiner vorhersehen können.

Die Festung Hohensalzburg lag etwas im Dunst. Jedes Mal, wenn er die Festung betrachtete, sah sie anders aus, einmal hoch und schlank mit zahlreichen Türmchen, mal wuchtig und breit. Hing das nur davon ab, aus welcher Richtung und welchem Standort er die Festung beobachtete? Oder war es seine Gemütslage, die das Aussehen des Bauwerks auf geheimnisvolle Weise beeinflusste? Heute war das Bild der Festung fragil und durchsichtig, mit grazilen Aufbauten und Zinnen, fast zerbrechlich und wie auf unsicheres Fundament gebaut.

Die Mittagszeit war schon lange vorbei, doch er verspürte keinen Hunger. Seine grimmigen Gedanken liefen zu Kurt Moser. Ob der überhaupt schon wusste, dass er seit einigen Stunden Witwer war? Oder vielleicht wusste er es aus gutem Grund schon viel länger …? Die meisten Mörder sind innerhalb der Familie zu suchen, hatte Sophia einmal gesagt. Oder war es Funke gewesen? Plötzlich klingelte sein Handy.

»Wie geht es dir?«, fragte Sophia.

»Das berichte ich dir heute Abend.«

»Großes Geheimnis?«

»Mord und Totschlag. Ich möchte jetzt nicht darüber reden. Heute Abend komme ich zu dir.«

»Du kommst immer dann zu mir, wenn dein Kühlschrank leer ist.«

»An diesem Tag ist es anders, heute bin ich nicht gut drauf.«

»Vielleicht schaffst du es, vor mir zu Hause zu sein. Dann kannst du mich bekochen. Glaub mir, Kochen lenkt ab und renkt die Seele wieder ein. Mir ist heute nach Fisch.«

»Ich habe keinen Appetit.«

»Das kann sich erfahrungsgemäß bei dir blitzartig ändern.«

Eine Viertelstunde später betrat Peck das lang gestreckte Gebäude am Mozartplatz und stieß nach einigen Irrwegen im Erdgeschoss auf einen Informationsschalter. *Sie sind unser Kunde – wir sind Ihr Service* stand auf einem klobigen Schild, das an zwei Ketten über der großformatigen Glasscheibe hing, hinter der eine grauhaarige Frau in erhöhter Sitzposition saß. Sie hatte ihn genau gesehen, ließ ihn aber warten und schlug ohne Unterbrechung auf eine vor ihr stehende Tastatur. Offensichtlich war sie zur Meinung gekommen, dass Peck entweder kein Kunde war oder hier nichts verloren hatte. Mit frostigem Blick beugte sie sich schließlich zu Peck herunter. »Kann ich Ihnen helfen?« Ihr Tonfall zeigte, dass sie ihm lieber nicht geholfen hätte.

»Ich suche einen Herrn Moser. Kurt Moser. Er arbeitet hier.«

Sie schlug wieder auf die Tastatur und sah ihn lange über den oberen Rand ihrer Brille an. »Das wird nicht einfach werden. Wenden Sie sich an Herrn Reinhard Glaser.«

»Wo finde ich diesen Herrn?«

»Das ist unsere Zentralabteilung *Human Resources*. Zweite Etage, Raum Nummer 2138. Aber ich muss Sie dort anmelden.« Peck sah, dass sie nach dem Telefonhörer griff. *Human Resources*. Früher hieß das Personalabteilung. Peck stieg die breite Treppe nach oben. Er war fasziniert, welches Bild sich ihm darbot, als er im ersten Stock vom Stiegenhaus die erste Türe öffnete und sich in einem riesigen Labyrinth aus dunklen, fast tageslichtlosen Gängen wiederfand, die sich in einem strikt geometrischen Muster nach allen Richtungen ausdehnten. Wie der Grundriss von Manhattan, dachte er. Er ging zuerst dreißig Meter geradeaus und bog dann nach rechts ab. Links und rechts waren die weiß lackierten Türen mit kleinen Namensschildern versehen, die jedoch keinen Rückschluss auf Funktion und Aufgabe jener Person zuließen, die hinter dieser Türe ihr Büro hatte. Peck fühlte sich an Orson Welles und seine Kafka-Verfilmung des *Prozess*-Romans erinnert. Er verließ Downtown-Manhattan wieder in Richtung Stiegenhaus, wo er auf eine menschliche Gestalt in Form einer jungen Dame stieß, die er nach den *Human Resources* fragte. »Zweiter Stock links«, sagte sie und verschwand nach rechts.

Peck stieg eine Etage höher und betrat das gleiche Labyrinth wie unten. Wie die Suche nach Ariadne, dachte er einige Abbiegungen weiter, ich hätte ein Wollknäuel zum Abwickeln mitnehmen sollen. Sloterdijk hat recht. Betonstädte, Bürodemokratie und Lustlosigkeit dominieren unseren Alltag. Er nennt das den allgegenwärtigen Zynismus. Dann entdeckte Peck linker Hand auf einem Schild die beiden Buchstaben *HR* und einige Meter weiter eine dick gepolsterte Türe mit der Aufschrift *Wirklicher Hofrat Reinhard Glaser*. Ein ziemlich austauschbares Chefbüro eines höheren Beamten. Schwarzes Telefon, Bildschirm und zwei geflochtene Körbe auf dem Schreibtisch, die mit *Eingang* und *Ausgang* beschriftet waren. Beide Körbe waren leer. Peck zeigte dem Wirklichen Hofrat seinen Ausweis und murmelte einige Worte als Begründung, warum er hier war.

»Und warum bitte soll ich Ihnen Auskunft über Herrn Moser geben? Da könnte ja jeder kommen!« *Allgegenwärtiger Zynismus*. Ganz sicher zu hoher Blutdruck, dachte Peck. Der Herr Hofrat hatte einen geröteten, kugelförmigen Kopf und sprach mit einer hohen, fast piepsenden Stimme, die nicht zu seiner äußeren Erscheinung passte. »Ich bin nicht jeder«, sagte Peck. »Und auch nicht grundlos.«

»Ich höre.« Der Wirkliche Hofrat lehnte sich zurück und kreuzte die Arme vor der Brust.

»Es geht um eine Millionenerbschaft. Eine reiche Tante, eine gewisse Berta Panislowski aus Massachusetts, ist in den USA gestorben. Ich habe den Auftrag, die Erben ausfindig zu machen, und Herr Moser gehört zu den Glücklichen.«

»Herr Kurt Moser arbeitet nicht mehr hier.«

»Was?!« Peck war überrascht und wohl etwas zu laut geworden.

Der Hofrat musterte ihn mit zusammengekniffenen Augen. »Wie ich sagte: Er arbeitet schon seit vier Wochen nicht mehr hier. Eines Tages packte er seine persönlichen Sachen aus dem Büro zusammen, verabschiedete sich von mir. Und weg war er.«

»Haben Sie seine neue Adresse?«

Glaser griff zum Telefon und wählte eine kurze Nummer und sprach mit irgendjemandem. »Nein. Keine Adresse. Aber Kurt ist verheiratet. Warum gehen Sie nicht zu seiner Frau?«

Peck bedankte sich und tauchte wieder ins Labyrinth ein. An der Ecke Fifth Avenue und siebenundfünfzigster Straße Ost erreichte er das Stiegenhaus.

Vor dem Mozart-Denkmal setzte er sich auf eine der Bänke, die vor der langen Reihe der Andenkengeschäfte auf dem Mozartplatz standen.

Irgendwie wurde er das Gefühl nicht los, dass er irgendetwas falsch gemacht hatte. Hatte er einen Fehler begangen? Und was sollte er jetzt mit seinem Auftrag tun? Herrn Mosers mögliche Untreue interessierte jetzt niemanden mehr. Selbst wenn er sie beweisen konnte, würde er diese Leistung nicht bezahlt bekommen. Egal. Er beschloss, am nächsten Tag noch einmal nach Linz zu fahren, um Kurt Moser aufzustöbern. Pure Neugierde. Wie hatte die alte Frau im zweiten Stock gesagt? *Ich glaube, der wohnt unten bei Frau Lamprecht.* Peck hatte seit dem Frühstück noch nichts gegessen. Und er war müde. Hunger macht schlapp. Sollte er noch zu Sophia in die Buchhandlung vorbeigehen? Er entschied sich dagegen, ging langsam in Richtung Grünmarkt, wo er lange das Angebot an Gemüse und Käse prüfte, ohne Einfall, was er für das Abendessen kaufen sollte. Schließlich erstand er bei einem der Marktstände vor der Kollegienkirche eine Flasche Cabernet Shiraz und beschloss, zu Fuß in die Josefiau zu gehen.

Peck hatte kaum Sophias Küche betreten, als sein Handy klingelte.

»Hallo, Papa.« Sein Sohn Peter. Mit leiser, deprimierter Stimme. Irgendetwas musste passiert sein.

»Wie geht es dir?«

»Scheiße.«

»Was ist los?«

»Ich bin gekündigt worden.«

»Warum das?«

»Ohne Grund! Oder doch ein Grund. Mein Chef sagt: Es wird umorganisiert, und sie können mich nicht mehr brauchen.«

»Was heißt umorganisiert?«

»Ganz einfach. Die legen in der Firma zwei Abteilungen zusammen, nennen das Ganze Synergie und sparen mich ein.«

»Geh heute noch zu einem guten Anwalt!«

»Ich sehe keinen Ausweg für mich. Sagt auch der Betriebsrat. Betriebsbedingte Kündigung heißt das hier. Da bist du so gut wie chancenlos.«

Peck erinnerte sich an ähnliche Fälle in seiner früheren Firma. Und er musste seinem Sohn recht geben. »Nein!«, sagte er. »Auf keinen Fall solltest du das einfach so hinnehmen. Schließlich hast du in der Firma keine silbernen Löffel geklaut.«

»Du bist mit deiner Meinung wieder mal total daneben. Ich nehme nichts einfach hin. Ich bin gekündigt!«

»Das habe ich verstanden, aber du darfst nicht klein beigeben.«

»Du wirst Opa immer ähnlicher.«

»Opa?«

»Deinem Vater. Kein Wort verstanden, aber sofort und ohne nachzudenken irgendeine Meinung vertreten. Du bist wie immer: kleinlich und rechthaberisch. Und mit beidem ist mir nicht gedient.«

Es entstand eine längere Pause. »Hat Monika wenigstens einen sicheren Job?«

»Die ist gerade dabei, Karriere zu machen.«

»Und was machst du?«

»Ich saufe mich heute abends an.«

»Ich glaube, das würde ich an deiner Stelle auch machen«, sagte Peck.

»Hervorragend! Das ist heute der erste vernünftige Satz von dir.«

Nach einigen belanglosen Höflichkeiten und Pecks besten Wünschen und Grüßen an Peters Frau Monika legten sie auf. Einmal ansaufen ist erlaubt. Vor allem in so einer Situation. Pecks ohnehin schon vorhandene Niedergeschlagenheit hatte sich während des Telefonats nicht gebessert. Er sah auf die Uhr. Schon sechs vorbei. In einer halben Stunde würde Sophia da sein. Langsam ging er zu den Kochbüchern, die ihren Ehrenplatz auf einem Regal über dem Kühlschrank hatten. Peck und Sophia hatten schon vor Jahren begonnen, von all ihren Urlaubsreisen ein Kochbuch der dortigen regionalen Küche mitzunehmen, wobei Peck sich angewöhnt hatte, beim Kochen mit großer Flexibilität sowohl bei den Ingredienzen als auch bei der Zubereitungsart beliebig vom Kochbuch abzuweichen. »Egal, nach welchem Rezept du auch kochst«, sagte Sophia einmal vorwurfsvoll, »bei dir kommt immer Eintopf raus.«

Heute gibt es Mehrtopf, dachte Peck grimmig. Er hatte nach wie vor keine große Lust zu kochen, aber er hatte es Sophia versprochen. Einem der französischen Kochbücher entnahm er das Rezept *Soupe au Cantal,* eine genauso schnell zubereitete wie sättigende Käsesuppe aus der Auvergne. Dazu würde er Knoblauchbrote machen und als Hauptgericht *Scaloppine al Limone*, ein Rezept aus der Lombardei. Zubereitungszeit fünfzehn Minuten.

»Was ist das?«, fragte Sophia mit schneidender Schärfe, als sie mit wehenden Haaren in die Küche geflogen kam und auf die Weinflasche zeigte.

»Rotwein.«

»So was gibt's bei mir nicht.«

»Weiß ich. Deshalb bring ich ihn ja mit. Außerdem war das ein Sonderangebot am Grünmarkt. Je mehr ich davon trinke, desto mehr spare ich.«

Sophia sah ihn an und runzelte die Stirn. »Was ist passiert?« Peck setzte sich und erzählte von der Leiche in der Küche.

»Wer könnte sie getötet haben?«, fragte Sophia. »Ihr Mann?« Peck hob die Schultern.

»Du sagtest, er ist Beamter auf irgendeinem Amt.«

»Nicht mehr.« Dann erzählte Peck von seinem Besuch bei den *Human Resources*.

»Und seine Frau wusste nicht, dass er schon vor Wochen gekündigt hatte?«

»Er ist jeden Morgen mit einem Käsebrot aus der gemeinsamen Wohnung weggegangen. Nur beim Nachhausekommen wurde er in letzter Zeit etwas unzuverlässig.«

»Und jetzt?«

»Im Unterschied zur Polizei glaube ich zu wissen, wohin der Ehemann sich abgesetzt hat.«

»Nach Linz? Bevor die Männer verblühen, verduften sie. Übrigens, das Essen ist eine Wucht!«

»Ich habe das heutige Rezept so abgewandelt, dass es nicht nur dir schmeckt, sondern der gesamten Menschheit zum Vorbild gereichen könnte.«

»Quatsch!«

»Das ist kein Quatsch. Ich nenne das den kulinarischen Imperativ. Ist nicht zu viel Knoblauch drin?«

»Knoblauch verschafft Freiräume.«

»Wie Kurt Moser. Wer Knoblauch isst, kann auch nicht verduften. Morgen besuche ich den Herrn. In Linz beginnt's.«

»Später sahen sie im Fernsehen *Endstation Sehnsucht* mit dem jungen Marlon Brando.

»Ein toller Film«, sagte Peck.

»Weil er schwarz-weiß ist?«

»Weil er werkgetreu verfilmt wurde.«

»Werktreue ist noch lange kein Qualitätsmerkmal. Jeder Theater- und Filmregisseur hat das Recht, das Ganze zu modernisieren.«

»Hat er nicht! Modernisieren kann man ein Haus, aber nicht ein Theaterstück, zumindest nicht, was den Text oder den Charakter von Figuren betrifft. Ich brauche keinen Hamlet mit einer Videokamera auf der Bühne. Ich will die Handlung genauso sehen, wie der Autor sie geschrieben hat.«

»Aber manche Stoffe verlieren an Aktualität ...«

»Dann haben die Stoffe eben Pech! Gute Literatur bleibt immer aktuell, auch ohne Renovierung.«

Peck erinnerte sich an eine Inszenierung von *Endstation Sehnsucht* bei den Salzburgern Festspielen. Einzige Katastrophe! Er hatte am nächsten Tag das Theaterstück lesen müssen, um zu verstehen, wer überhaupt die handelnden Personen waren und was sie während des Stückes getan und gesagt hatten. Sophia hatte zu diesem Thema eine völlig andere Meinung.

Mittwoch, 7. Juni

»Rückenschmerzen?«, fragte Sophia, als Peck mit leicht nach vorne gebeugtem Oberkörper in die Küche gestapft kam und sich mit leisem Stöhnen auf die Eckbank beim Fenster fallen ließ, das voller Regentropfen war, sodass man kaum nach draußen sehen konnte. Kein Durchblick. Der Tag fing gut an.

»An manchen Tagen fühle ich mich alt, fett und niedergeschlagen«, seufzte er.

»Niedergeschlagen verstehe ich nicht«, sagte Sophia lächelnd. Peck schloss kurz die Augen.

»Du machst zu wenig Bewegung!«

»Ich verfolge seit gestern die Spuren eines Mörders. Da ist Dramatik und viel Bewegung drin.«

»Kauf dir ein Fahrrad.«

»Um Gottes Willen! Ich habe vor einigen Tagen die eiserne Skulptur des Radfahrers beim Makartsteg gesehen, ein unansehnlich spindeldürrer Mensch. Offensichtlich Schwindsucht. Und wahrscheinlich ausschließlich vom Radfahren.«

»Geh wegen deines Rückens wenigstens mal zum Arzt.«

»Mein Vater hatte sein ganzes Leben Kreuzweh. Und er ging nie zum Arzt.«

»Darwin hat recht. Alles vererbt sich.«

Eine Stunde später saß Peck in einem leeren Abteil der zweiten Klasse im Zug nach Linz. Sein Handy zeigte ihm, dass er eine Nachricht bekommen hatte. Eine Salzburger Festnetznummer, die ihm nicht bekannt war.

»Hier ist Elisabeth Stein.« Eine feste, selbstbewusste Stimme.

»Sie haben mich angerufen.«

»Wir möchten Ihnen einen Auftrag geben.«

»Wer ist *wir*?«

»Mein Bruder und ich. Eigentlich mehr ich als mein Bruder.«

Peck diktierte der Frau seine Adresse, und sie verabredeten sich für den nächsten Tag in seinem Büro.

In Attnang-Puchheim stieg ein altes Ehepaar zu, das ein freundliches Lächeln und einen schwarzen Riesenschnauzer in Pecks Abteil brachte. Peck sah auf die graue vorbeiziehende Landschaft. Der Regen zeichnete schräge, schmutzige Streifen an das Fenster. Warum fuhr er überhaupt nach Linz? Seine Auftraggeberin war tot. Neugierde, dachte er. Langsam wurde die Fahrt langweilig. Er hätte doch eine Zeitung kaufen sollen. Die beiden alten Leute saßen ihm händchenhaltend und mit einem glückseligen Lächeln gegenüber. Würde er auch so lange mit Sophia zusammen sein? Peck hatte da seine Zweifel, schließlich warf sie ihm vor, kleinlich und rechthaberisch zu sein. War er das wirklich? Irgendeiner der Chefs in seiner früheren Firma hatte mal zu ihm gesagt: »Sie sind kein pflegeleichter Arbeitnehmer!« Pflegeleicht zu sein, war aus Sicht Pecks kein positives Merkmal. Außerdem war das Jahre her.

Die beiden Alten sahen sich liebevoll in die Augen, sprachen aber kein Wort. Peck hatte das Gefühl, dass sie sich mit Blicken verständigen konnten. Sahen sie sich nicht auch etwas ähnlich? Peck hatte irgendwo gelesen, dass Ehepaare sich nach jahrzehntelangem Zusammenleben vom Aussehen her ähnlicher werden. Plötzlich kam der Riesenschnauzer unter dem Sitz hervorgekrochen, setzte sich genau vor Peck hin und sah ihn mit treuen braunen Augen an. Kein Zweifel, sie sahen sich alle drei ähnlich. Der Hund hatte die Augenpartie der Frau und den gleichen Schnauzbart wie der Mann. Wer hatte sich hier wem angepasst?

In der Gepäckablage über ihm fand er die Tageszeitung von Vortag. Lustlos versuchte er, ein bereits zur Hälfte gelöstes Kreuzworträtsel fertig auszufüllen, scheiterte dann aber schnell an *Kirchliches Fest mit sechs Buchstaben*, weil nur der Begriff *OGTERN* gepasst hätte. Auf Seite 4 stieß er auf einen Artikel über die wiedererstarkten neonazistischen Aktivitäten in Salzburg. Alles historisch gut begründete Tradition, dachte Peck, und legte die Zeitung wieder nach oben.

Der Regen war schwächer geworden, als Peck in Linz aus dem Zug stieg und auf direktem Weg zu dem großen Mietshaus in der Raimundstraße ging.

Er läutete bei *J. Lamprecht* und musste sich eine halbe Minute gedulden, bis eine Frau mit hochgestecktem Haar vor ihm stand und ihn mit müdem Blick und einem noch müderen »Hallo« begrüßte. Er zeigte seinen Ausweis, der sie nicht interessierte. »Wir haben die Polizei bereits erwartet«, sagte sie, drehte Peck den Rücken zu und ging zurück in die Wohnung. Die Frau stand, mit dem Rücken gegen eine Schrankwand gelehnt, und beobachtete ihn, wie er das Wohnzimmer betrat, sich orientierend umsah und dann auf einer Couch Platz nahm. Gehobenes Bürgertum. Die Couch, auf der er saß, gehörte zu einer Sitzgruppe, die fast unbenutzt aussah. Eine *Wohnlandschaft*, dachte er, so was hatte er vor vielen Jahren auch besessen, als er noch mit Gerlinde zusammenlebte. Neben der Couch stand ein wuchtiger, altmodischer Fernseher und eine Stereoanlage mit beeindruckenden turmförmigen Lautsprecherboxen.

»Möchten Sie einen Kaffee?« Peck schüttelte den Kopf, überlegte es sich dann aber. »Doch ja, eine Tasse Kaffee würde mir guttun.«

Die Sitzfläche der Couch war so niedrig, dass er die abgewinkelten Knie fast in Augenhöhe hatte.

»Wir haben Sie schon erwartet«, wiederholte die Frau.

»Ich habe Ihren Namen vorhin nicht verstanden«, sagte Peck.

»Ich habe Ihnen den auch nicht gesagt. Ich heiße Jutta.«

»Jutta-und-wie-noch?«

»Nein. Jutta Lamprecht. Kurt ist beim Einkaufen. Er kommt jeden Moment zurück.« Es klang wie eine Drohung.

»Wir wissen, dass seine Frau in Salzburg ums Leben kam.«

»Woher kam die Information?«

»Fragen Sie Kurt.«

»Sie sind mit ihm befreundet?« Hätte er dies nicht eleganter formulieren können? Ihm taten jetzt der Rücken und die Knie gleichzeitig weh. Langsam entspannte er sich, lehnte sich zurück und ließ die Füße auf den Fersen nach vorne gleiten. Wie bei einer Gymnastikübung.

»Wir beabsichtigen zu heiraten. Macht uns das jetzt verdächtig? Natürlich warten wir die übliche Trauerzeit ab.«

Wie lange trauert man üblicherweise? Ein Jahr? »Hat die Polizei sich bei Ihnen gemeldet?«

»Nein.« Plötzlich waren Schritte zu hören, und dann betrat der Mann, den Peck vom Foto her kannte, den Raum und setzte sich nach einer frostigen Begrüßung neben Peck.

»Was wollen Sie?« Die Frau war kurz aus dem Zimmer verschwunden und kam mit einer Tasse Kaffee zurück, die sie Peck mit ausgestrecktem Arm hinhielt. Mit der linken Hand, wie ihm auffiel.

»Erstmals möchte ich Ihnen mein Beileid aussprechen.« Der Mann wischte dies wie eine Belästigung zur Seite. »Und zweitens?«

»Möchte ich Sie fragen, wie Sie vom Tod Ihrer Frau erfahren haben.«

»Luisa hat mich angerufen.«

»Ihre Tochter?«

»Die Tochter meiner Frau … meiner soeben verstorbenen Frau. Ich bin nicht Luisas Vater.«

Jetzt erinnerte Peck sich an sein Gespräch mit Karin Moser. *Luisa ist von einem anderen Mann. Auch ein höherer Beamter.* »Und die Polizei?«

»Ich habe vor einer Stunde mit einem Beamten telefoniert. Sie kommen heute noch hierher.«

»Wenn du dich früher von dieser furchtbaren Frau hättest scheiden lassen, müssten wir jetzt nicht dauernd dumme Fragen beantworten.« Sie sah Peck herausfordernd an.

»Wo waren Sie vorgestern? Am Montagabend.«

»Fernsehen«, sagte die Frau, ohne nachzudenken, und Kurt Moser nickte eifrig mit dem Kopf. »Wir haben ferngesehen. Möchten Sie wissen, welches Programm?«

Peck nahm einen Schluck Kaffee und sah auf Jutta, die breitbeinig vor ihm stand, immer noch mit dem Rücken gegen die Schrankwand gelehnt. »Und Sie sind sicher, dass Sie an diesem Abend nicht irgendwo unterwegs waren? Zum Beispiel mit dem Auto nach Salzburg? Dauert nur eine Stunde.«

»Hören Sie auf damit! Ich habe kein Auto.«

»Jutta hat nicht mal einen Führerschein«, sagte Kurt Moser. »Und lassen Sie diese unverschämten Verdächtigungen.«

»Geben Sie mir bitte die Telefonnummer von Luisa.«

»Luisa Miller«, sagte Kurt und tippte mit der rechten Hand auf sein

Mobiltelefon.

Oh Gott, dachte Peck, würde er von jetzt ab jeden Menschen auf seine Links- und Rechtshändigkeit testen?

»Ich glaube zu wissen, warum Sie eigentlich zu uns gekommen sind«, sagte Kurt Moser. »Sie haben von Karin einen Auftrag bekommen, mich betreffend.« Er begann zu lächeln. »Sie haben Ihre Pflicht vorbildlich erfüllt. Sie können stolz sein. Nur Honorar bekommen Sie von mir nicht.«

Als Peck eine Viertelstunde später von der Wohnung hinunter zum Ausgang ging, stand eine Frau auf der Stiege, in einer Pose, wie wenn sie auf ihn gewartet hätte.

»Ich weiß, was in Salzburg passiert ist.«

»Was ist in Salzburg passiert?«, fragte Peck.

»Die Wände sind dünn in diesem Haus.« Lächeln.

»Und?«

»Ich mag es nicht, wenn Gottes Wille missachtet wird.«

»Und was will Gott?«

»Gott sagt: Wer in einer Wohnung Tisch und Bett teilt, muss vorher in den Bund der Ehe eintreten.«

Zwei Sekunden Pause. Die Frau lächelte noch immer.

»Sie möchten mir doch ganz bestimmt noch etwas sagen.«

»Die Schlampe war vor zwei Tagen mit dem Auto unterwegs. Ich habe sie gesehen.«

»Montagnachmittag?«

»Vorgestern, ja. Sechs oder sieben Uhr. Ein kleines Auto.«

»Was für ein Auto?«

Sie zuckte mit den Achseln. »Ein roter Kleinwagen. Mit großen schwarzen Punkten auf beiden Türen und dem Dach. Wie ein Marienkäfer.«

»Und Sie wissen sicher auch, wie lange sie weg war.«

»Lange. Ich bin nach dem Fernsehfilm und den Nachrichten um elf ins Bett. Da war sie noch nicht zurück.«

Peck bedankte sich und sah der Frau nach, die einige Stufen nach oben lief und in ihrer Wohnung verschwand.

Peck verließ das Haus und machte sich auf den Weg zum Bahnhof.

Das Wetter hatte aufgeklart, und es war wärmer geworden. Ein eigenartiger Gestank lag in der Luft. Es roch nach Chemie. Industriestadt Linz, dachte er und stutzte, als er am Ende der Hamerlingstraße auf eine *Shell*-Tankstelle stieß, und daneben einen Parkplatz, auf dem einige Kleinwagen standen. Mit großen schwarzen Punkten auf Türen und Dächern. Wie Marienkäfer. Auf einem der Autos stand ein großes Schild.

Nur 50 € pro Tag
Und die ersten 100 km frei.

Peck betrat die Tankstelle. Hinter der Kassa stand ein junges Mädchen in einem weit ausgeschnittenen, geblümten Kleid. Peck fragte sie nach den Mietwagenpreisen.

»Ich nix wissen«, sagte das Mädchen mit tschechischem Dialekt. »Chef fragen!«

Der Chef war ein ölverschmierter, bärtiger Mann, dessen blauer Overall um die Mitte herum spannte. »Vor zwei Tagen?«, fragte er und blätterte in einem schmutzigen Buch, das neben der Kassa lag.

»Mittelalterliche Dame«, sagte Peck. »Müsste am späteren Nachmittag gewesen sein.«

»Über fünfzig und hochgesteckte Haare?«

»Klingt gut.«

»Ich glaube, die wohnt hier irgendwo in der Nähe.«

»Klingt gut. Haben Sie noch die Rechnung?«

»Sind Sie vom Finanzamt?«

Peck grinste. »Persönliche Gründe. Sie wissen schon, so von Mann und Frau …«

Der Mann sah ihn ratlos an. Offensichtlich verstand er Peck nicht. Er suchte in einem ölverschmierten Aktenordner. »Hier! Ich habe sogar die Kopie ihres Führerscheins. Jutta Lamprecht aus Linz. Sie hat den Wagen um achtzehn Uhr dreißig abgeholt und um halb eins in der Nacht bei meinem Kollegen vom Nachtdienst zurückgegeben.«

»Wie viele Kilometer?«

»Sie musste für hundertsiebzig Kilometer zahlen. Die ersten hundert sind frei.«

Einmal von Linz nach Salzburg und zurück. Peck bedankte sich bei dem Bärtigen, und nickte dem jungen Mädchen freundlich zu. Als er vor der Tankstelle auf dem Gehsteig stand, überlegte er, ob er zurückgehen und Jutta Lamprecht zur Rede stellen sollte. Gerade als er auf die Straße trat, hielten ein Stück weiter vorne zwei Polizeiautos mit quietschenden Reifen. Drei Männer, davon einer in Polizeiuniform, sprangen heraus und gingen im Eilschritt zu dem Wohnhaus. Einer der drei war Leopold Funke. Sollte er Funke über Jutta Lamprechts Lügen und ihre Autofahrten informieren? Lieber nicht, beschloss er dann.

Um diese Zeit darf bei jedem gesunden Menschen der Hunger kommen, dachte Peck und stieg gleich in den Speisewagen ein. Er wollte schon an einem der Tische Platz nehmen, überlegte es sich dann aber, ließ sich den Tisch reservieren und stellte sich mit dem Handy draußen ans Fenster.

»Hier ist Paul Peck aus Salzburg. Ich möchte Ihnen mein Beileid zum Tod Ihrer Mutter aussprechen.«

Kurze Pause. »Sind Sie dieser Detektiv, den sie beauftragt hat?« Luisa Miller sprach langsam und zog alle Worte in die Länge, so als ob sie alle ihre Formulierungen genau abwägen müsste. »Meine Mutter hat übrigens nur Positives über Sie erzählt.«

»Wer könnte Ihre Mutter getötet haben?«

»Woher haben Sie meine Telefonnummer?«

»Kurt Moser. Ich habe heute mit ihm gesprochen. Hatte Ihre Mutter Feinde?«

»Vielleicht.«

»Ich würde mich gerne gelegentlich mit Ihnen unterhalten.«

»Ich fahre übermorgen mit dem Zug von Wien nach Innsbruck, da könnte ich einen Zwischenstopp in Salzburg einplanen.«

»Wann?«

»Entscheidet sich morgen. Ich habe ja jetzt Ihre Handynummer und melde mich.«

Peck beendete das Gespräch und begann im Speisewagen mit einem intensiven Studium der Speisekarte. Er fand einen 2010er Blaufränkischen vom Weingut Igler aus Deutschkreutz im Mittelburgenland. Dazu passt am besten ein Schnitzel mit Reis, entschied er. Draußen zogen dunkle Wälder und grüne Wiesen an ihm vorbei. Bilderbuchlandschaft, irgendwo zwischen Wels und Salzburg.

Peck genoss den Rotwein und lehnte sich in seinem Sitz zurück. Er erinnerte sich, dass er vor Kurzem in *Felix Krull* von Thomas Mann von jener Zugfahrt gelesen hatte, in der der Protagonist im Speisewagen einen *Professor Kuckuck* trifft, der dem Hochstapler Krull die Welt, den Kosmos sowie das Phänomen von Raum und Zeit erklärt. Und den Urknall: Das Sein ist aus dem Nichts entsprungen, dozierte Kuckuck, und so würden dereinst Raum und Zeit, da ohne Raum keine Zeit, wieder ein Ende finden. Und irgendwann würde das Sein wieder zum Nicht-Sein und die Episode des Kosmos ein Ende finden. Anders als *Felix Krull* hatte Peck kein Wort verstanden. Ob Thomas Mann das verstanden hatte? Das Ende des Kosmos. Wann wird diese Zugfahrt ein Ende finden, dachte Peck und sah aus dem Fenster, als der Lautsprecher als nächste Haltestelle Salzburg ankündigte.

*

Philipp Schalk mochte seinen Auftraggeber nicht. Ein verlogener Mensch und ein schmieriger, wahrscheinlich sogar gefährlicher Charakter. Ob die Polizei schon herausgefunden hatte, wo Kurt Moser sich aufhielt? Als er noch bei der Polizei war, hätte er all dies schnell durchschaut. Er dachte an die tote Karin Moser. Kein Mitleid. Sie war eine dumme Frau gewesen. Dumm und wahrscheinlich nicht würdig, weiter zu leben. Und mit einem Versager als Sohn, der es im Leben nie zu etwas bringen würde, so wie es die Mutter nie zu etwas gebracht hat. Gott hab sie selig! Und dann dachte er an den reichen Alten und an seine missratenen Kinder.

Was sollte er als Nächstes unternehmen? So viele Wege und Möglichkeiten lagen vor ihm. Er versuchte, sie in Gedanken zu verfolgen, scheiterte aber. Zu kompliziert. Zu viele durcheinanderlaufende Pfade und Richtungen. Wie bei einem Schachspiel. Er hob die Hand, was die Wirtin hinter der Theke mit einem Kopfnicken beantwortete.

Eine aufmerksame Frau, dachte er und leckte sich die Lippen. Katharina nannten sie die Bauern und Arbeiter, die an zwei Tischen in der Gaststube saßen und Bier tranken. Katharina, du gefällst mir. Er sah ihr entgegen, als sie ihm mit ausgeprägten Hüftschwüngen das Bier brachte.

»Heute sind weniger Gäste hier als sonst«, sagte er zur Wirtin. Sie sah ihn gedankenverloren an und zuckte mit den Schultern. Einer der Männer am Nachbartisch sprach laut von wundersamen Dingen, die er beobachtet hatte. Sturzbetrunken, dachte Philipp Schalk und hörte dem Mann zu, der lallend von geheimnisvollen Flugzeugen sprach, die in der letzten Nacht über sein Haus geflogen waren. »Vier Meter Durchmesser und kleine runde Fenster an der Seite. Wie ein UFO in einem der Filme im Fernsehen.«

»Du bist entweder besoffen oder verrückt«, sagte ein anderer, und alle lachten. Der Betrunkene schüttelte heftig den Kopf, sodass seine langen, fettigen Haare durcheinandergerieten.

»Die alte Ruine ist verkauft worden«, sagte er undeutlich. »Und jetzt sind die am Renovieren.«

»Wer, die?«

»Nazis. Deshalb auch die UFOs. Die haben damals im Dritten Reich schon diese Flugscheiben gebaut. Und jetzt sind sie hier bei uns. Da drüben beim See.« Und er zeigte mit ausgestrecktem Arm zur Türe.

»Du spinnst!«, wiederholte der neben ihm Sitzende.

»Selber Spinner! Außerdem tauchen die im See. Ich hab's von meinem Hof aus gesehen.«

In diesem Moment flog krachend die Türe der Gaststube auf, und vier junge Männer mit kahl rasierten Köpfen trampelten in die Gaststube. Einer blieb bei der Türe stehen, schlug laut die Absätze aneinander und hob den rechten Arm. Ein vollendeter Hitlergruß, doch dann reagierte der Nebenabstehende, riss ihm den Arm herunter und zischte ihn strafend an. Schalk sah auf die vier, die wortlos auf einen der leeren Tische zusteuerten und lautstark nach der Wirtin riefen. Aggressive Skinheads. Schalk kannte einige der Gesichter bereits. Es war schlagartig ruhig geworden in der Gaststube, und Schalk beobachtete, wie einige der Bauern rasch ihr Bierglas leer tranken, einen

Geldschein auf den Tisch legten und mit eiligen Schritten das Wirtshaus verließen.

»Wer nicht unser Kamerad ist, ist gegen uns«, rief einer der Skinheads ihnen nach. Plötzlich sah Schalk an einem Tisch in der hinteren Ecke noch einen Gast sitzen, den er von einem früheren Besuch kannte. August, dachte er. Schalk kannte nur seinen Vornamen und dass der Mann irgendein offizielles Amt hier im Dorf bekleidete. Vielleicht Bürgermeister. Noch im Sitzen erkannte er, dass der Mann wuchtig und groß gewachsen war, und trotz der Dunkelheit in der Ecke der Gaststube konnte er dessen gerötete Knollennase und das breite, kantige Gesicht erkennen. Aufmerksam beobachtete der Mann die Skinheads, die jetzt über ihre Schweinsbraten herfielen und dabei gierig ihre Biergläser leer tranken. Und dann sah Schalk, wie der Mann, von dem er nur den Vornamen kannte, sein Mobiltelefon auf den Tisch legte und eine Nummer wählte.

*

Mit schlechtem Gewissen holte sich Peck seinen dritten Lagavulin, setzte sich wieder in seinen Lehnsessel und überflog die wenigen Sätze, die er über seine heutigen Linzer Gespräche in sein Notizbuch geschrieben hatte. Ob Funke wohl bereits wieder in Salzburg war? Er wählte dessen Nummer.

»Guten Abend, Herr Polizist. Schon zurück aus Linz?«

Er hörte Funke schnaufen. »Ich möchte gar nicht wissen, wie Sie vor meinen Leuten und den Kollegen vom LKA Oberösterreich herausgefunden haben, wo Kurt Moser sich aufhält.«

»Hat der Mann seine Frau auf dem Gewissen?«

»Immerhin schwer verdächtig.«

»Haben sich die beiden auch bei Ihnen in gegenseitiger Harmonie ein Alibi gegeben?«

»Ich sagte ja, schwer verdächtig.«

»Diese Jutta macht einen etwas obskuren Eindruck auf mich. Könnten Sie nicht mal in Ihrem Computer ...«

»Bereits erledigt.«

»Und?«
»Die Lamprecht ist vorbestraft. Diebstahl, falsche Zeugenaussage und versuchte Erpressung. Und noch etwas: Es gibt eine Spur nach Salzburg.«
»Alle Wege führen nach Salzburg.«
»Sie war mal verheiratet. Mit einem Schauspieler vom Landestheater Salzburg. Der hat dann nach einigen Jahren Ehe Selbstmord begangen. Das muss nach den Akten ein ganz eigenartiger Fall gewesen sein.«
»Weil ich Sie sympathisch finde, Herr Polizist, erzähle ich Ihnen noch, dass Jutta Lamprecht wahrscheinlich zur Zeit des Mordes an Karin Moser in Salzburg war. Mit einem Mietwagen.«
Peck hörte, wie Funke einen Pfiff ausstieß. Sie beendeten ihr Gespräch, und Peck beschloss, sich noch einen Lagavulin zu gönnen. Nur zwei Zentimeter! Dann überlegte er, ob er Sophia anrufen sollte, als sein Handy klingelte.
»Hier ist August Rieger. Hallo, Paul!«
»August, wie geht es dir?«
»Ich brauche deine Hilfe.«
»Wie geht es Barbara?«
»Meine Frau ist vor einem halben Jahr gestorben.«
»Das tut mir leid! Aber du bist immer noch Bürgermeister in dem kleinen Dorf hinter den sieben Bergen?«
»Tannwald heißt das Dorf. Und so klein ist es nicht mehr. Wann kannst du kommen?«
»Was ist los?«
»Wenn ich das genau wüsste! Hier passieren eigenartige Dinge. Wir haben Neonazis hier, unsere Dorfbewohner beobachten, wie in der Nacht schwarz gekleidete Männer aus dem See steigen, und unsere Proporz-besetzten Behörden verkaufen ganze Berge direkt neben unserem Ort, samt historischer Burgruinen.«
»Wer sind diese Behörden?«
»Irgendwelche ignoranten Beamten von der Immobilienverwaltung in Wien. Die sind alle verrückt geworden …«
»Und wegen verrückter Wiener Beamter soll ich zu dir kommen?«
»Paul, ich muss mal mit einem vernünftigen Menschen reden. Es hat

auch bereits einen Toten gegeben. Ein junger Mann ist beim Tauchen im Schwarzklammsee verunglückt.«

»Ich habe im Moment sehr viel Arbeit.«

»Komm nach Tannwald! Ich verspreche dir, es lohnt sich. Schöne Landschaft, schönes Gasthaus, schöne Wirtin.«

»Ich werde es mir überlegen«, sagte Peck.

Donnerstag, 8. Juni

Müde stand Peck, die Hände auf dem Rücken, in seinem Büro und sah auf den kleinen Park vor seinem Fenster und das schmutzig graue Haus auf der anderen Straßenseite, als Elisabeth Stein läutete und eine Minute später sein Büro betrat. Schwungvoll ging sie auf Peck zu und drückte ihm lasch die Hand. Das Kostüm sah teuer aus, irgendein glänzender Stoff, der sich an ihren schlanken Körper schmiegte und alle kurvigen Ausprägungen deutlich zur Geltung brachte.

»Nehmen Sie das, was ich Ihnen gleich mitteilen werde, nicht nur als Botschaft von mir, sondern auch von meinem Bruder.« Dann nahm sie auf dem Besuchersessel Peck gegenüber Platz, der sich bemühte, einen ausgeschlafenen und konzentrierten Eindruck zu machen. Ihre Stimme hatte am Telefon sympathischer geklungen.

»Sagen Sie mir zuerst, wer Sie und Ihre Geschwister sind, und schildern Sie mir dann, was ich für Sie tun kann.« Peck sah die Frau freundlich an und legte das Notizbuch neben seinen Laptop.

»Das war ohnehin meine ursprüngliche Intention«, sagte sie und begann, in ihrer Handtasche zu kramen. Dann reichte sie Peck eine Visitenkarte.

Elisabeth Stein, Bakk. MS
Georg-Trakl-Weg 156
Salzburg

»Es dreht sich um meinen Vater«, sagte sie. »Zuerst einige Eckdaten zu Ihrer Orientierung: Er ist zweiundsechzig, vermögend und seit vielen Jahren geschieden.« Sie fixierte Peck regelrecht mit ihrem Blick.

Teurer Schmuck und eine etwas überkandidelte Ausdrucksweise, dachte Peck. Die lange zweireihige Perlenkette schimmerte matt, bevor sie in der Tiefe ihres Dekolletés verschwand. Sie war nicht direkt hübsch, aber insgesamt eine attraktive Erscheinung, schwarzes, glänzendes Haar, die Lippen leicht aufgeworfen, eine etwas zu spitze Nase und schmale Augenbrauen, die zwei geschwungene Bögen über die dunkel geschminkten Augen zeichneten. Sie hatte zwischenzeitlich eine Fotografie aus ihrer Handtasche gezogen, die sie vor Peck auf den Tisch legte.

»Mein Vater residiert alleine in einer auserlesenen, exquisiten Herrschaftsvilla in Morzg«, sagte sie. »Und seit drei Tagen kennen wir Papas Pläne. Die Frau heißt Kerstin Kramer.« Sie deutete auf das Bild. »Das hat mein Bruder gestern aus der Ferne geschossen, als die Frau bei meinem Vater aus dem Haus kam.«

Teleobjektiv, dachte Peck, und nahm das Bild in die Hand. Wenn man jemanden beschattet, braucht man ein gutes Tele. Das Foto zeigte etwas verwaschen ein hübsches Gesicht mit langen, blonden, vom Wind oder einer raschen Bewegung zerzausten Haaren. Sie lächelte irgendjemandem seitlich Stehenden zu, und zwischen ihren Schneidezähnen konnte man eine kleine Lücke erkennen. Aber nicht störend. Sah sogar ganz charmant aus.

»Zirka vierzig«, sagte er mehr zu sich selbst und legte das Foto wieder auf den Tisch. »Und was soll ich dabei tun?«

»Diese Frau hat wohl die letzten Jahre in Wien verbracht, ihre Wurzeln liegen aber in Deutschland. Kein Wunder, bei dem Vornamen.«

»Und?«

»Auf der Rückseite steht übrigens ihre Salzburger Adresse. Sie hat eine Wohnung in der Lasserstraße gemietet. Sie sehen, wir haben schon vorgearbeitet.« Peck verneigte sich leicht ob dieser Professionalität.

»Und was soll ich tun?«

»Mir etwas geduldiger zuhören! Unsere Familie hat vor drei Tagen Papas Geburtstag gefeiert, in seinem Forsthaus, in dem es, ich sage das ungern, etwas schmuddelig und sehr naturverbunden zuging.«

»Also dreckig und stinkend.«

»Mein Vater erzählt irgendein Märchen von Liebe auf den ersten Blick und dass er sie bei einem Kulturevent kennengelernt hat.«

»Und Sie glauben nicht an Märchen?«

»Ich glaube eher daran, dass die aufreizende Blondine sich in ungebührlicher Form an meinen Vater herangemacht hat. Männer sind ja manchmal etwas naiv, besonders, was Frauen betrifft.«

Wenn diese Äußerung von Sophia gekommen wäre, hätte er spontan eine Antwort gewusst. Aber zu einer Mandantin könnte er das nicht sagen. Er stand auf, füllte ein Glas mit Wasser und stellte es vor Elisabeth Stein auf den Tisch.

»Und was stört Sie daran, dass Ihr Vater sich von der blonden Dame besuchen lässt?« Er tippte mit dem Finger auf die vor ihm liegende Fotografie. »Haben Sie Angst um Ihr Erbe?«

»Herr Peck, mein Vater ist ein Vierteljahrhundert älter als diese Frau! Und er ist, wie ich schon versucht habe anzudeuten, als Mann etwas ahnungslos und blauäugig. So sehr er beruflich erfolgreich war.«

»Was macht Ihr Vater beruflich?«

»Er leitete jahrelang ein Geldinstitut in Salzburg, ist aber seit einiger Zeit in Pension.«

Bankdirektoren sind nie leichtgläubig, dachte Peck. Er fühlte, wie seine Kopfhaut plötzlich zu jucken begann. Die Frau trommelte ungeduldig mit den Fingern auf die Tischplatte.

»Ich komme jetzt zu meinem Auftrag an Sie.« Peck beugte sich leicht nach vorne.

»Sie sollen recherchieren, wer diese Frau ist, mit der sich mein Herr Vater hier einlässt. Es ist ganz einfach. Wir möchten nur alle unangenehmen Dinge von ihm fernhalten.«

Also ist der Herr Papa stinkreich, dachte er. »Wie heißt Ihr Vater?«

»Wilhelm Metzner. Seine Freunde nennen ihn Willy. Am besten, Sie bringen Beweise, dass diese Frau Dreck am Stecken hat, einen schlechten Ruf, dunkle Vergangenheit und zehn Leichen im Keller …«

»Sie sagten, Ihr Vater ist geschieden. Wo lebt Ihre Mutter?«

»Irgendwo in Salzburg. Wir haben keinen Kontakt zu ihr.«

Sie sah ihn durchdringend an. »Wer ist Kerstin Kramer wirklich? Das ist unsere Frage an Sie. Finden Sie es heraus. Wir brauchen Munition gegen dieses Weib!«

»Und das ist ein Gemeinschaftsauftrag von Ihnen und Ihrem Bruder?«

»Mehr oder weniger. Christian … mein Bruder … er hat zwar die gleiche Meinung wie ich, was diese Frau betrifft, aber ich glaube, dass er die Situation nicht richtig einschätzt.«

Männer sind ja manchmal etwas naiv. »Ist Ihr Vater sehr vermögend?«

Sie nahm einen großen Schluck aus dem Wasserglas. »Sagte ich schon. Ich kenne keine Zahlen, aber alleine seine Villa ist millionenschwer.«

»Warum dann eine Geburtstagsfeier im Wald und nicht in der millionenschweren Villa?«

»Das haben wir uns auch gefragt. Verstehen Sie?! Ich brauche Argumente, dass mein Vater die Hände von dieser Frau lässt.«

Peck sah auf das Foto. Der Alte wird die Hände auf der Frau lassen, dachte er.

»Bevor ich's vergesse, ich habe vorhin mit meinem Vater telefoniert. Diese schreckliche Blondine ist jetzt gerade bei ihm, sie muss aber bis spätestens zwölf Uhr sein Haus verlassen haben.«

»Woher wissen Sie das?«

Elisabeth Stein lächelte. »Weil mein Vater heute bei mir zum Lunch eingeladen ist. Aber ohne dieses Weib.«

»Wie kann ich Sie erreichen?« Peck notierte sich nochmals die Namen und die Adressen der Geschwister. Dann sagte er pathetisch: »Ich nehme den Auftrag an!«

Als Elisabeth Stein sein Büro verlassen hatte, öffnete er das Fenster. Er sah den lebhaften Verkehr auf der Innsbrucker Bundesstraße und roch bis in den ersten Stock den Gestank der Autos. Peck blieb einige Sekunden am Fenster in der Sonne stehen, die wie durch einen diffusen Dunstschleier gefiltert ins Zimmer schien.

Dann schaltete er den Rechner ein und fand einige Hinweise, dass Wilhelm Metzner jahrelang Geschäftsleiter bei der *Bülow Bank* gewesen war, einer der größten und erfolgreichsten Privatbanken in Salzburg, wie er im Internet las. Vor drei Jahren war er plötzlich aus der Geschäftsführung ausgeschieden und hatte die Bank *im gegenseitigen Einvernehmen* verlassen. Wenn eine Firma darauf hinweist, dass das Einvernehmen gegenseitig war, dann ist es entweder nicht gegenseitig oder kein Einvernehmen.

Irgendwas war da vor drei Jahren geschehen. Da war Willy neunundfünfzig. Kein Bankdirektor geht in diesem Alter freiwillig in Pension. Aber warum zerbrach er sich den Kopf darüber? Peck nahm nochmals das Foto der Blondine zur Hand. Nur das war jetzt seine Zielperson. Er sah auf die Uhr. Kurz vor elf.

Schwüle Hitze begrüßte ihn, als er auf die Straße trat und zu seinem Auto ging. Die angekündigte Hitzeperiode war in Salzburg eingetroffen. Er parkte in der Gneisfeldstraße, kurz bevor der Offingerweg abbog, der zu Willy Metzners Haus führte, das hinter mächtigen Rhododendronbüschen verborgen war. Beim Vorbeigehen konnte Peck nur einen breiten, blumengesäumten Weg sehen, der wohl zu dem Haus führte. Ein blauer Audi A4 mit Wiener Nummer parkte auf der Straße. Er sah auf die Uhr. Kurz vor halb zwölf. Wo sollte er auf Kerstin Kramer warten? Schräg gegenüber war ein Café mit einer menschenleeren Terrasse, auf der einige rote Sonnenschirme aufgespannt waren. Er ging die Stufen nach oben und setzte sich an einen der Tische. Von hier sah er zwar nicht die gesamte Straße, konnte aber den Eingang zu Metzners Haus gut im Blick behalten.

Die Sonne brannte auf den gefliesten Boden, und Peck begann augenblicklich zu schwitzen. Bei einem unfreundlichen Kellner bestellte er ein Mineralwasser und einen Großen Braunen. Dann setzte er die Sonnenbrille auf, holte sich eine der abgegriffenen Zeitschriften, die im Café auf einem Stapel lagen und las mit wachsender Begeisterung über die akute Ehekrise in einem europäischen Königshaus und dass das bestbezahlte Schauspielerehepaar Hollywoods mitten in einem Sorgerechtsstreit um das gemeinsame Kind steckte, von dem nicht einmal feststand, wer der Vater war. Der Kaffee schmeckte leicht nach Abwaschwasser. Mit einem Auge war er stets bei dem Eingang zu Metzners Grundstück. Plötzlich blieb ein japanischer Kleinwagen stehen, und eine junge Frau stieg aus, suchte irgendetwas in ihrer großen Handtasche und sperrte dann das Eisentor auf. Jeans und ein enges schwarzes T-Shirt. Am auffälligsten aber waren die roten Haare, die ihr in langen Locken bis auf die Schultern fielen. Zehn Minuten später erschien Kerstin Kramer an der Gartentüre und betrat lachend und offensichtlich bestens gelaunt den Gehsteig. Pecks Eindruck war, dass Kerstin in Wirklichkeit noch besser aussah als auf dem Foto, eine schlanke, gut proportionierte Vierzigerin, die sich nochmals in Richtung Garten umdrehte und laut einige Worte mit jemandem sprach, der für Peck hinter der Hecke verborgen blieb. Hatte Willy seinen blonden Gast bis zum Ausgang begleitet?

Kerstin Kramer stieg in den blauen A4 und fuhr mit laut aufheulendem Motor weg. Peck legte einen Geldschein unter das Wasserglas und spurtete zu seinem Wagen, soweit es sein Rücken erlaubte. Er sah gerade noch, dass der Audi in einer der Seitengassen verschwunden war. Fuhr sie in Richtung Alpenstraße? Es war einiger Verkehr, und es war kein Problem, ihr unerkannt zu folgen.

Als Peck von der Gneisfeldstraße weggefahren war, hatte er zwanzig Meter hinter sich einen schwarzen Golf bemerkt. Als er nun parallel zur Salzach durch die Herrnau unterwegs war, entdeckte er den gleichen Wagen im Rückspiegel. Er versuchte, die Autonummer zu lesen, aber der Golf war dafür zu weit weg. Er sah auf den blauen Audi vor sich, in dem Kerstin Kramer langsam, sich genau an das Tempolimit haltend, auf der Alpenstraße in Richtung Innenstadt fuhr. Ein Blick in den Rückspiegel zeigte ihm, dass der schwarze Golf nicht näher kam, obwohl er jetzt sehr langsam fuhr. Peck schüttelte den Kopf. Nicht paranoid werden! Warum sollte jemand ihn verfolgen? Aber dann hatte er das Gefühl, den Golf auch schon gestern gesehen zu haben.

Er hatte sich zu stark auf den Wagen hinter ihm konzentriert und bemerkte mit Schrecken, dass er auf dem Rudolfsplatz sehr dicht an den Audi herankam, und als der unmittelbar vor ihm fahrende Wagen ohne Blinken abbog, fuhr er nach dem Kreisverkehr direkt hinter Kerstin Kramer auf die Karolinenbrücke. Plötzlich hatte er den Eindruck, dass ihre Augen ihn intensiv im Rückspiegel beobachteten. Als die Frau den Kopf nach hinten wandte, bog er in Panik nach rechts ab, fuhr parallel zu ihrer Route durch einige Nebenstraßen und sah sie gerade noch drei Autos weiter vor sich wieder. Die Frau fuhr zügig stadtauswärts, und Peck folgte in ausreichendem Sicherheitsabstand. Der schwarze Golf war jetzt nirgendwo mehr zu sehen. Vielleicht hatte er ihn durch sein rasches Abbiegen nach der Brücke abgehängt.

Schließlich erreichte sie die Freyhammerstraße, ein Stadtviertel, in dem er sich nicht gut auskannte. Peck stoppte sein Auto nahe der Abbiegung in die Weingartenstraße; von dort hatte er freien Blick auf das Haus, vor dem soeben der blaue Audi geparkt hatte. Sie stieg aus und schaute etwas orientierungslos die Straße rauf und runter, holte dann ihre Tasche aus dem Wagen und durchquerte den mit Blütenstauden und einigen Lorbeersträuchern eingesäumten Vorgarten. Die Haustüre öffnete sich, und eine Frau, von der Peck nur ein langes, wallendes Kleid und einen dunklen Haarschopf zu Gesicht bekam, begrüßte Kerstin Kramer, fröhlich und gut gelaunt, wie es ihm aus der Entfernung erschien. Peck blieb im Wagen sitzen und öffnete das gehsteigseitige Fenster. Es gab viel Grün in der Straße, und es roch nach Frische und Sommer. Er angelte den Fotoapparat mit dem langen Teleobjektiv vom Rücksitz und schoss ein Foto von dem Haus. Das einstöckige Gebäude stammte wohl aus den Achtzigern und sah so aus wie die meisten Einfamilienhäuser in der schmalen Gasse, nur, dass es einen frisch renovierten Eindruck machte. Das dunkle Holz der Türe und der Fenster war erst vor Kurzem gestrichen worden. Der Vorgarten wirkte ungepflegt, und der Rasen war schon länger nicht mehr gemäht worden. Nach fünf Minuten stieg Peck aus und schlenderte die Weingartenstraße entlang. Nummer 48 stand auf einem blauen Schild neben der Haustüre. Und darunter der Name *V. Herder*.

Peck sah kurz auf das Nachbarhaus, bei dem der Putz rissig war und die ehemals gelbe Farbe großflächig abblätterte. Es hatte leicht zu regnen begonnen, und er ging gerade zu seinem Wagen zurück, als das Handy läutete. Luisa Miller, die Tochter von Karin Moser. »Sorry, dass ich Sie mit meinem Anruf überfalle, aber ich musste meine Reise nach Innsbruck vorverlegen.« Sie sprach mit einer etwas belegten und undeutlichen Stimme.

»Wann kommen Sie nach Salzburg?«

»Der Zug fährt gerade aus Wien raus. Ich werde um vier in Salzburg sein. Dort kann ich meine Fahrt für eine Stunde unterbrechen.«

Peck sah auf die Uhr. »Ich hole Sie am Bahnsteig ab.«

Der Himmel hatte sich zugezogen, und einige schwere Tropfen klatschten auf die Scheibe. Der Autositz knarrte, als er sich zurücklehnte und gelangweilt die stille und leere Straße beobachtete. Nur einmal kam ein den Gehsteig entlang schnüffelnder weißer Foxterrier vorbei und dann ein älterer Mann mit einer baumelnden Hundeleine in den auf dem Rücken verschränkten Händen. In dem heruntergekommenen Nachbarhaus mit der Nummer 46 musste jemand zu Hause sein. Peck bemerkte einige Male eine leichte Bewegung des Vorhanges, der den Blick auf ein rundes Frauengesicht freigab. Nach über einer Stunde im Auto immer noch keine Spur von Kerstin Kramer. Vielleicht hatte sie vor, den ganzen Tag bei *V. Herder* zu verbringen. Oder dort zu übernachten. Langeweile macht müde. Er holte sein Mobiltelefon und wählte Sophias Nummer. »Ich lade dich heute zum Abendessen ein.«

»Also hast du gerade Hunger. Paul auf Schnitzeljagd?«

»Ins *Pfefferschiff* nach Hallwang. Und ich freue mich auf einen gemeinsamen Abend.«

»Du zahlst! Und eigentlich habe ich schon lange keine Blumen mehr von dir bekommen.«

»Musst du sofort von der Beziehungsebene auf die Gebührenebene wechseln?«

»Ich liebe dich, mein Schatz.«

»Ich hole dich vom Buchgeschäft ab.« Peck sah sich bereits Auge in Auge mit einem Schnitzel und bekam spontan eine Hungerattacke. Er schrieb *V. Herder* und die Adresse in sein Notizbuch. Ob Elisabeth Stein der Name bekannt war? Er sah nochmals auf die Uhr. Langsam wurde es Zeit, zum Bahnhof zu fahren. Gerade als er den Motor startete, bog ein gelber Wagen der Post um die Ecke und parkte hinter ihm.

Peck irrte einige Minuten in dem Einbahnsystem des Viertels herum, bis das Schicksal ihn zu einer Fleischhauerei führte. Vier Euro vierzig für zwei Leberkässemmeln. Eine gute Investition in die nahe Zukunft. Damit würde er bis zum Abendessen das Überleben sichern.

Als er wieder im Auto saß, fiel ihm sein Sohn ein. Wie es ihm wohl mit seiner Arbeitslosigkeit erging? Er beschloss, ihn am Abend anzurufen. Dann wählte er die Nummer seiner Tochter Julia.

»Hallo, Papa!«

»Geht es dir nicht gut? Du klingst abgehetzt.«

»Ich bin im Stress.«

»Das ist für dich nicht gut, und nicht gut fürs Baby. Was ist los?«

»Es ist alles mühsamer geworden. Ich bin erst im fünften Monat, und trotzdem sieht mein Bauch aus, als ob ich einen Fußball geschluckt hätte. Wir haben eine Hitzewelle hier in Zürich, und ich dampfe vor mich hin.«

»Pass auf dich auf!«

»Das sagst du so leichtfertig! Ich bin extrem *schaffig*, wie man hier in der Schweiz sagt, und Gerhard gibt mir kein bisschen Rückhalt. Keine Unterstützung!«

»Dein Gerhard ist nicht nur faul, sondern auch rücksichtslos.«

»Papa, ich sitze zehn Stunden im Büro, dann wasche ich zu Hause die Wäsche, putze und schwitze, und er legt die Füße hoch und sieht fern.«

»Veranstalte ein Donnerwetter! Schmeiß ihm seine Schmutzwäsche vor die Füße!«

»Habe ich alles schon hinter mir. Gerhard ist seit vier Wochen im Außendienst und selten zu Hause. Genau jetzt, wo ich ihn brauche, sehe ich ihn kaum.«

»Ich freue mich darauf, Opa zu werden.«

»Das nützt mir genauso viel, wie wenn Gerhard mich am Abend aus irgendeinem Kanton anruft und ›Gruezi, wie geht es dir?‹ durchs Telefon säuselt.«

»Soll ich mit ihm reden?«

»Vielleicht wäre das eine Möglichkeit. So von Mann zu Mann. Aber nicht am Telefon, da müsstest du schon mal herkommen. Und er müsste dann mal nüchtern sein …«

»Alkohol?«

»Zu oft und zu viel. Und dann wird er aggressiv und fordernd. Manchmal habe ich Zweifel, ob das noch lange gut gehen wird.«

»Es muss einfach gut gehen! Du bist in vier Monaten Mutter.« Stille am Telefon. Peck wusste nicht mehr, was er sagen sollte. »Ich sehe im Kalender nach und maile dir einige Termine, an denen ich nach Zürich kommen könnte.«

Dann verabschiedeten sie sich. Sie hat nicht mal gefragt, wie es mir geht, dachte Peck, als er den Wagen startete. Oder verlangte er zu viel?

*

Schade, dass der Film zu Ende ist, dachte Karoline Scherer, ging keuchend zum Fenster und ließ sich auf den dort stehenden Sessel fallen. Es hatte leicht zu regnen begonnen, und der Wind schüttelte die Baumkronen auf der anderen Straßenseite. Obwohl früh am Tage, war es dunkel in ihrer Küche. Sie sah Herrn Zauner, der mit schräg gegen den Wind gestemmtem Schirm gerade vom Einkaufen zurückkam. Sie sah auf die Uhr. Höchste Zeit, dass sie mit ihrem Hund nach draußen ging. Der Boxer lag auf der alten Decke und hob den Kopf, so als ob er ihre Gedanken lesen könnte. Wo ist Frau Zauner, fragte sie sich. Schon lange nicht gesehen. Karoline holte sich eine Tafel Schokolade und beobachtete, hinter dem Vorhang ihres Küchenfensters sitzend, weiter das Geschehen auf der Straße. Bei schönem Wetter würde sie wieder den kleinen Polster auf das Fensterbrett legen.

Sie sah auf die Uhr. Erst halb elf. Der Film im Fernsehen hatte sie in eine romantische Stimmung versetzt. Aber dann spürte sie wieder ihr Kopfweh kommen. Immer wenn einer dieser mit viel Liebe und Erotik erfüllten Filme zu Ende war und sie aus der Traumwelt in die Realität ihrer Küche zurückkehren musste, kam ihr Kopfweh zurück. Früher, als sie noch zur Arbeit ging, hatte sie nie unter Kopfschmerzen gelitten, heute hatte sie unterschiedliche Arten an Kopfweh zur Auswahl. Sollte sie vielleicht mal ins Theater gehen? Nein, dachte sie, Ausgehen ist nur etwas für Paare, nichts für Alleinstehende. Vielleicht hätte sie doch auf ihre Mutter hören und heiraten sollen. Bei diesem Gedanken musste Karoline laut kichern. Sie hatte all die Jahre nur zwei Arten von Männern kennengelernt: Die einen wollten sie nicht ehelichen, die anderen waren bereits verheiratet. Sie konnte nicht sagen, welche der beiden Gruppen die größere war. Rechts von ihrem Haus hörte sie eine Autotüre. Ihre Nachbarin? Sie wechselte in das Esszimmer und sah, wie ein blauer Audi vor dem Haus ihrer Nachbarin stehen blieb. Das war wieder diese langbeinige Blondine, die bereits mehrmals ihre Nachbarin besucht hatte und mit der sie sich schon ein- oder zweimal über Baldo unterhalten hatte. Vielleicht biete ich ihr mal einen Weißwein an. Als Karoline ins Wohnzimmer zurückschlurfte, sah sie, dass ihr Hund bei der Haustüre stand und leise wimmerte.

»Baldo, du nervst!« Dann hörte sie draußen noch ein Auto und beobachtete durch das Wohnzimmerfenster einen alten VW Käfer auf der anderen Straßenseite. Ein weißhaariger Mann saß hinter dem Steuer, der sich ein Mobiltelefon ans Ohr hielt. Dann sah sie das gelbe Auto der Post, das vor ihrem Haus stehen blieb. Bevor der Mann läutete, hatte sie bereits die Haustüre geöffnet.

»Ein Brief für Sie.«

»Kommen Sie doch herein«, sagte Karoline zu dem Briefträger. »Ich habe einen guten Weißwein. Ein kleines Gläschen nur.«

Der Mann war kurz angebunden. Er sah sie abwesend an, murmelte einen kurzen Dank und verschwand eiligen Schrittes wieder in seinem gelben Wagen.

*

Luisa Miller war eindeutig betrunken. Bereits auf dem Bahnsteig war Peck der unsichere Gang der Frau aufgefallen, und jetzt, wo es ihr erst beim dritten Versuch gelang, im *Café Fabiani* auf einen der Barhocker zu klettern, war er sicher. Ihr Atem roch nach Pfefferminze, und sie redete verworren. Kaum dass sie endlich ihren Hochsitz erklommen hatte, bestellte sie lautstark ein Bier. »Aber nichts Kleines. Was für Erwachsene!«

Peck schätzte Luisa Miller auf dreißig. Sie trug enge Jeans und eine viel zu weite Windjacke. Ihr hellbraunes Haar war strähnig und fett, ihr Gesicht stark geschminkt.

Umständlich sah sie auf ihre Armbanduhr und verschüttete dabei einen Teil ihres Bieres. »Danke, dass Sie mich vom Zug abgeholt haben. Ich habe nicht viel Zeit. Um kurz vor sechs muss ich wieder drüben am Bahnhof sein.«

Pecks Kopfhaut begann zu jucken, und plötzlich verspürte auch er große Lust auf ein Bier. Oder sollte er ein Glas Wein bestellen? Nur ein Glas! Doch in spätestens einer Stunde würde er Sophia treffen, und sie würde es sofort merken. Er sah auf die Frau vor ihm, die leicht schwankend einen tiefen Zug aus ihrem Bierglas machte. Sophia würde es auch dann merken, wenn er zur Tarnung Pfefferminze lutschte.

»Wie ich schon am Telefon sagte …«, begann sie, überlegte dann kurz und orderte noch ein Bier, indem sie vor dem Kellner das leere Glas hin- und herschwenkte.

»Meine Mutter hat positiv über Sie gesprochen, sie hatte hohe Erwartungen an Ihre detektivischen Künste.«

»Ihre Mutter muss eine kluge Frau gewesen sein.«

Sie begann, so laut und ungestüm zu lachen, dass ihr das Bier aus den Nasenlöchern spritzte. »Meine Mutter war die Dummheit in Person, stupide, leichtgläubig und kritiklos!«

»Sie sind in Wien verheiratet?«

»Wien stimmt, verheiratet stimmt nicht. Ich halte nichts von Männern. Männer machen nur Stress.«

»Und Ihr Vater. Wo lebt der?«

Sie begann wieder, laut zu lachen, verschluckte sich dann, sodass das Ganze in einem infernalischen Hustenanfall endete.

»Mein Vater ist irgendein gut aussehender Luftikus, in den sich meine Mutter verknallt hatte.« Sie sah Peck unvermittelt an und schüttelte leicht den Kopf. »Ich habe meinen Vater zuletzt gesehen, als ich in die Volksschule kam. Er hat mich gezeugt und sich dann aus dem Staub gemacht.« Sie lachte wieder und trank das Glas leer. »Ich habe noch einen Stiefbruder namens Benjamin, der ist einige Jahre jünger als ich. Noch ein Fehltritt meiner Mutter, und wieder von einem anderen Mann. Ich glaube, Benjamin lebt sogar irgendwo seit einiger Zeit hier in Salzburg.«

»Haben Sie Kontakt zu ihm?«

»Zuletzt gesehen zu Weihnachten vor drei Jahren.«

»Frau Miller, wer hätte Vorteile vom Tod Ihrer Mutter? Denken Sie bitte nach.«

»Darüber grüble ich schon die ganze Zeit nach. Und ich möchte, dass Sie das zu Ihrem Problem machen.«

»Wie das?«

»Ich gebe Ihnen den Auftrag, den Mörder meiner Mutter zu finden.«

Peck sah sie zweifelnd an, wie sie, einige Speichelbläschen im Mundwinkel und schwankend wie ein Schilfrohr, auf ihrem Barhocker thronte. »Ich mache Ihnen einen Vorschlag. Ich nehme das von soeben als Ihren mündlichen Auftrag entgegen und sende Ihnen morgen einen Vertragsentwurf zu und die Angaben für mein Honorar. Und wenn Sie dann noch immer der gleichen Meinung sind, senden Sie mir den Vertrag unterschrieben zurück.«

»Wie Sie meinen«, sagte sie und bestellte noch ein Bier.

»Wie gut kennen Sie Kurt Moser?«

»So gut, wie man einen Mann kennt, der fünfzehn Jahre mit der eigenen Mutter verheiratet war. Und jetzt fängt er wohl in Linz ein neues Leben an.« Luisa Miller trank mit beängstigender Geschwindigkeit das Glas in einem Zug leer. »Mit dieser absonderlichen Oberösterreicherin«, schob sie nach.

»Sie kennen Jutta Lamprecht?«

»Ich mag sie nicht.«

»Was denken Sie über sie?«

»Sie geht auf die fünfzig zu.«

»Aus welcher Richtung?« Sie sah ihn lange an, drückte ihre Augen zu schmalen Schlitzen zusammen und rutschte von dem Barhocker, woraufhin sie einknickte und Peck genau in die Arme fiel. Der Pfefferminzgeruch war zwischenzeitlich einer gewaltigen Bierfahne gewichen.

»Sagen Sie mir nochmals, was Sie gegen Jutta Lamprecht haben.«

»Sie war mit einem Schauspieler aus Salzburg verheiratet.«

»Und?«

»Jetzt ist sie nicht mehr verheiratet.«

»Geschieden?«, fragte Peck.

»Nein. Sie hat den Mann umgebracht.«

*

Es schien ein intensives Beratungsgespräch mit einem älteren Mann zu sein, in das Sophia gerade verstrickt war, und Peck ging wortlos in den Hintergrund des Raumes, dorthin, wo nicht nur die antiquarischen Bücher standen, sondern sich auch die Espressomaschine befand. Fünf Minuten später saß er in seinem Ledersessel und beobachtete Sophia von der Ferne. Ihr Kunde schien nicht zufrieden zu sein, jedenfalls schüttelte er den Kopf und rannte dann aus dem Geschäft.

»Ein grantiger Kunde?«, fragte Peck.

Sophia seufzte. »Ich muss noch einige Bücher verräumen.« Sie schleppte einige dicke Bücherpakete von hier nach dort, verschloss dann ihre Registrierkasse und steuerte mit fliegenden Haaren auf ihn zu.

»Gehen wir endlich! Ich habe Hunger«, sagte er.

»Du hättest mir auch helfen können. Bücherstöße sind schwer!«

»Ich habe heute nur zwei kleine Leberkässemmeln gegessen. Ich fühle mich sehr schwach.«

»Dein Hemd spannt über deinem Bauch.« Peck startete augenblicklich eine Simultanübersetzung dieses Satzes: ab sofort kein Schnitzel, keine Erdäpfel, am Wochenende Bergwandern oder tausend Runden im Hallenbad.

»Ich diskutiere nicht mit Leuten, die anders denken als ich«, brummte Peck. Auf dem Weg zum Kai, wo er seinen Wagen geparkt hatte, überraschte Sophia ihn mit ihrem Plan, ein verlängertes Wochenende in Oberreit zu verbringen.

»Wo ist Oberreit? Und mit wem verbringst du ein verlängertes Wochenende?«

»Meine Tochter kommt morgen früh aus Linz und hilft bei mir im Geschäft aus.«

»Ich hatte gefragt, wo Oberreit ist.«

»Du bist nur neugierig, wen ich dort besuche. Dort wohnt seit Jahrzehnten Klara, eine alte Freundin, die ich vom Mozarteum her kenne.«

»Ich kannte mal eine Klara. Das war eine unmögliche Person ...«

»Bleib ernsthaft. Meine Klara ist in Oberreit verheiratet und hat mich eingeladen, weil ihr Mann irgendwo in Deutschland auf Dienstreise ist.«

»Und?«

»Was, und? Wir verbringen einige Tage ohne Männer, kochen, ratschen und plantschen im Pool.«

»Kochen und ratschen würde ich auch gerne. Pool mag ich nicht.«

»Deshalb bist du auch nicht eingeladen.«

»Ich mache auf dem Weg zum Restaurant einen kleinen Umweg«, sagte er, als er in Richtung Staatsbrücke fuhr. »Ich zeige dir die Kulissen, in denen ein Teil meines neuen Falles spielt. Nur ein Katzensprung.«

»Ich bin aber keine Katze!«

Peck erwiderte nichts. Was sollte er auch darauf antworten? Außerdem fiel ihm nichts ein. Er fuhr in Richtung Morzg, wo er nach einigen Links und Rechts den Offingerweg erreichte.

»Was gibt es da zu sehen?«

Peck war in der beginnenden Dämmerung zwischen zwei Straßenlampen stehen geblieben.

»Hier wohnt der reiche Mensch, der sich eine um vieles jüngere Gespielin angelacht hat.«

»Oder sie sich ihn.«

»Du könntest recht haben«, sagte Peck. Er blickte zu dem Grundstück hinüber, wobei man das Haus hinter dem mannshohen Gebüsch nur erahnen konnte. Geheimnisvolles bläuliches Licht strahlte aus dem Hintergrund des Anwesens.

»Ob die jüngere Gespielin gerade ihr Spiel macht?«

»Das Haus wirkt leer und dunkel.«

»Hier im Auto ist es auch dunkel. Und romantisch. Muss ich jetzt mit dir schmusen?«

Peck löste den Sicherheitsgurt, beugte sich zu ihr hinüber und küsste sie, währenddessen er nach wie vor auf das Haus schielte.

»Ich verlange von jedem Mann, der mich küsst, Blickkontakt und die volle Aufmerksamkeit!«

Plötzlich schälte sich ein schwarzer Schatten aus der Dunkelheit des Gehsteiges.

»Eine Frau«, flüsterte Sophia. Eine schlanke Gestalt trat langsam in das gelbe Licht der Straßenlampe, und für eine Sekunde sahen sie das Gesicht hell erleuchtet.

»Ein Mann«, sagte Peck, »ein junger Mann mit langen Haaren.« Der

Schatten blieb vor dem Eingang zum Grundstück stehen, rüttelte an der Türe und sah nach links und rechts. Dann schwang er sich, fast vom Schatten der Sträucher verschluckt, behände über das schmiedeeiserne Tor.

Peck pfiff durch die Zähne. »Herr Metzner bekommt Besuch.«

»Wenn er zu Hause ist … wer das wohl ist?«

»Behalte das Geschehnis genau im Gedächtnis. Würdest du den Typen erkennen, wenn du ihn auf der Straße triffst?«

»Ich treffe mich nicht mit jungen Männern. Und schon gar nicht auf der Straße. Und erst recht nicht mit Langhaarigen.«

»Ich bin sicher, dass ich ihn wiedererkennen würde.«

»Solltest du als pflichtbewusster Detektiv jetzt nicht eingreifen und den Einbrecher auf frischer Tat ertappen?«

»Ich bin nicht für alle Ungerechtigkeiten auf dieser Welt verantwortlich.«

»Mir knurrt der Magen«, sagte Sophia. »Ich wundere mich, dass es uns hier im Auto noch nicht verraten hat.«

»Nur noch eine Minute.« Peck hatte das Fenster heruntergekurbelt und starrte in die Dunkelheit.

»Wir könnten uns hier im Auto eine Pizza kommen lassen«, sagte Sophia.

»Meinst du, wir sollten jetzt zum Restaurant fahren?«, fragte Peck.

»Wenn du meine Äußerung auf dein Verständnisniveau herunterziehen willst, dann ja!«

Eine halbe Stunde später saßen sie im *Pfefferschiff* in Hallwang und sprachen nicht mehr über seinen Fall und das, was sie soeben beobachtet hatten. Sie genossen ihre Gespräche und das vielversprechende Studium der Speisekarte.

Sophia bestellte einen Wolfsbarsch im Kartoffelmantel mit Kalbskopfcarpaccio und Gemüse-Trüffelvinaigrette. Peck entschied sich für Krustenravioli mit Blutwurst, Gamberoni und Mango-Chutney. Vorher aßen sie eine Rindsuppe mit drei Einlagen.

Während er die Suppe aß, erinnerte Peck sich an seine Kindheit, in der zum Essen neben Salz und Pfeffer immer eine Flasche Maggi auf dem Tisch stand. Und zur obligatorischen Rindsuppe hatte er fasziniert seinem Vater zugesehen, der, ohne vorher zu kosten, stets viel Maggi in die Suppe gab. Er hatte heute noch den Verdacht, dass sein Vater die richtige Würzmischung nach dem Farbton der mit zunehmendem Maggi-Gehalt immer dunkler werdenden Suppe entschieden hatte. Peck überlegte, was passieren würde, wenn er hier im *Pfefferschiff* beim Kellner eine Flasche Maggi bestellte.

Nach einem harmonischen Abend und gut gesättigt, fuhr Sophia mit dem Auto nach Hause.

»Ich finde es fair, dass wir uns beim Autofahren abwechseln«, sagte Peck während der Fahrt. »Ich fahre zum Restaurant hin und du zurück.«

»Möchtest du die letzten Kilometer zu Fuß gehen, mein Schatz?«, sagte Sophia. Dies war eine Frage, die er als unsachlich bewertete und demzufolge nicht beantwortete.

Irgendwann in der Nacht kamen die Schmerzen. Sophia stöhnte und wand sich verkrümmt im Bett. »Hier«, flüsterte sie und zeigte auf ihre rechte Seite.

»Da sitzt die Leber«, sagte Peck. »Zu viel Rotwein.« Sie boxte ihn in die Rippen.

»Das sind richtige Koliken! Die Schmerzen kommen jetzt in richtigen Wellen.«

Peck kam in Panik. Was sollte er tun? Seine Kopfhaut juckte, und er begann zu schwitzen, während er vor ihrem Bett kniete.

»Soll ich den Doktor rufen?«

»Kein Arzt! Im Allibert sind Schmerztabletten.«

Peck fand eine Packung Aspirin und studierte die Verpackung. »Die sind drei Jahre alt! Nimm höchstens eine.«

Sie nahm zwei. Und dann noch eine Schlaftablette.

»Wenn es darauf ankommt, bist du mindestens genau so unvernünftig wie ich.«

Nach einer Viertelstunde begann Sophia, regelmäßig zu atmen, dann war sie fest eingeschlafen.

Er legte sich in lupenreiner Königsstellung neben sie und war nach einer Stunde immer noch hellwach. Im Schlafzimmer war es heiß, und Peck warf die dicke Daunendecke aus dem Bett. Er starrte zur Decke, und wieder erschienen ihm die Leiche von Karin Moser und der braun karierte Pantoffel neben ihrem unnatürlich abgewinkelten Fuß. Viel später verlor Peck sich in einen Traum, der ihn in eine unwirtliche, bergige Gegend führte, in der er sich als muskelbepackter und von allen gefürchteter Highlander sah, mit seinem überdimensionalen Schwert und begleitet von zwei blonden, kurvigen Frauen auf der Suche nach dem geheimnisvollen Feind. Highlander Paul war in dem Traum stark, selbstbewusst und furchtlos wie ein Schauspieler, der einen Highlander spielt. Und als die Feinde über die nahe gelegene Bergkuppe wuselten, stellte er sich mannhaft zum Kampf, erhob seine Waffe und merkte erst in diesem Moment, dass die Schwertklinge aus biegsamem Gummi war und bei der geringsten Belastung wie weich gekochte Spaghetti nachgab.

Freitag, 9. Juni

Die Hitzewelle hielt an. Schon in der Früh zeigte das Thermometer fünfundzwanzig Grad. Peck hatte schlecht geschlafen. War es die nächtliche Hitze gewesen? Er lag auf dem Rücken und hörte Sophia in der Küche hantieren. Machte sie schon das Frühstück? Er schloss einige Sekunden die Augen und sah dann auf die Tapete mit den hellgrauen senkrechten Streifen, die er schon einige Male gezählt hatte. Langsam und systematisch begann er nochmals, die Striche an der schmalen Seite des Schlafzimmers zu zählen. Es fehlte kein einziger Streifen.

Und dann kamen die nächtlichen Erlebnisse und Sophias Schmerzattacken an die Oberfläche. Er rollte sich behutsam aus dem Bett und stapfte in die Küche.

»Meine Tochter steht seit einer Stunde im Geschäft und hat bereits zwei Bücher verkauft.«

»Ist das vernünftig?«

»Dass meine Tochter das Buchgeschäft ankurbelt?«

»Dass du das Wochenende nach Dingsda fährst. Du siehst blass aus.«

»Nicht Dinsgda, Oberreit heißt mein Ziel. Es geht mir gut, keine Schmerzen mehr, und das in der Nacht war nur eine vorübergehende Unpässlichkeit. In einer halben Stunde fährt das Taxi mich zum Bahnhof, und in Zell holt Klara mich ab.«

»Ich hätte dich gerne zum Bahnhof gefahren ... wer ist Klara?«

»Schon vergessen? Klara, meine Freundin. Und mach nicht so ein Gesicht! Ich fühle mich wohl, bin das ganze Wochenende unter Aufsicht, also kann mir nichts passieren.«

Brummend wandte Peck sich ab und ging wie nach einer Niederlage mit gesenktem Kopf in Richtung Badezimmer. Was hatte er heute vor? Er würde sich nochmals um Kerstin Kramer kümmern. Als er sich an den Mann erinnerte, der spätabends bei Metzner über den Zaun gestiegen war, beschloss er, nochmals mit Elisabeth Stein zu sprechen. In diesem Moment klingelte sein Telefon. Elisabeth Stein. So als ob sie seine Gedanken telepathisch empfangen hätte.

»Ich möchte Sie darüber informieren, dass ich soeben mit meinem Vater telefoniert habe. Kerstin Kramer, diese Frau, über die Sie endlich etwas herauskriegen sollen, befindet sich jetzt gerade bei ihm im Haus. Also spricht nichts dagegen, dass Sie sofort irgendwelche investigativen Recherchen unternehmen. Es wird auch langsam Zeit.«

Peck verbeugte sich leicht im Sitzen. »Das ist ein außerordentlich wertvoller Hinweis, Frau Stein, den ich sofort in Taten umsetzen werde.« Würdig und seiner vornehmen Klientin angepasst formuliert, dachte er. »Aber vorher habe ich noch zwei Fragen. Ich bin im Rahmen meiner investigativen Recherchen auf eine junge Frau gestoßen, die einen Schlüssel zumindest für das Gartentor zum Haus Ihres Vaters besitzt ...«

»Rote Haare?«

»Rote Haare.«

»Uninteressant! Das ist meines Vaters Raumpflegerin, die Dame für's Grobe sozusagen.«

Also die Putzfrau. »Man könnte die rothaarige Dame sogar als attraktiv bezeichnen.«

»Pah! Aber ungebildet und dumm.« Peck glaubte zu hören, dass sie ihre Bemerkung mit einem leisen Lachen begleitete.

»Kennen Sie sie?«

»Nein. Und die zweite Frage?«

»Es hat möglicherweise nur am Rande mit Ihrem Auftrag bezüglich Kerstin Kramer zu tun, aber bei geduldiger Beobachtung des Grundstücks Ihres Vaters fallen einem interessante Begebenheiten auf.«

»Sagen Sie's schon!«

»Zum Beispiel junge Männer, die sich mit einem eindrucksvollen Felgaufschwung über das schmiedeeiserne Gatter Zugang zum Garten verschaffen.«

»Ein Einbrecher?«

»Zumindest kraxelte er über den Zaun ...«

»Wie sah er aus?«

»Junger Mann mit schulterlangen Haaren. In der Dämmerung sah er fast wie eine Frau aus.«

Peck hörte einen leisen Aufschrei. Dann eine lange Pause.

»Sind Sie noch da?«, fragte er. »Wer könnte der nächtliche Leichtathlet sein?«

»Ich habe keine Ahnung!«, sagte sie. Schnell und bestimmt.

Dann nicht, dachte Peck. Sie verabschiedete sich kühl und legte auf.

Langsam ging Peck die Stiege hinunter und trat vor das Haus. Bestimmt schon dreißig Grad. Als er auf bereits bestens bekannten Wegen nach Morzg fuhr und bei der Pizzeria von der Berchtesgadener Straße abbog, sah er, wie Kerstin Kramer gerade in ihrem blauen Audi Platz nahm und mit Vollgas wegbrauste. Sie schlängelte sich durch einige Nebenstraßen, folgte dann lange der Moosstraße, bis sie links abbog. Zur Autobahn, dachte Peck, als sie in der Kleßheimer Allee beim *Billa* rechts abbog. Doch er irrte. Sie blinkte und reihte sich nach links in Richtung Shopping Center ein. Langsam fuhr er hinter ihr die spiralförmige Rampe nach oben und sah, wie sie ihr Auto direkt neben dem Lift parkte. Peck fand lange keinen Parkplatz, und als er schließlich angelaufen kam, war sie längst verschwunden. Er hetzte die Stiege nach unten. Wo war sie aus dem Aufzug ausgestiegen? Obergeschoss? Oder ganz nach unten? Obergeschoss, entschied er, ohne zu wissen, warum, und betrat durch eine raumhohe Glastüre die gerammelt volle Verkaufsebene. Mist, dachte er, sah lange nach links und rechts und nahm den Aufzug ins Erdgeschoss, wo Menschentrauben sich vor den großen Lebensmittel- und Textilgeschäften drängten, genervte Frauen ihre Köpfe in die Kinderwagen steckten, um ihre brüllenden Babys zu beruhigen, und Scharen Jugendlicher, die hier Kids hießen, ihre Smartphones spazieren trugen. Im Eiltempo suchte Peck einmal die gesamte Shopping Mall rauf und runter und fuhr dann mit der Rolltreppe wieder ins erste Obergeschoss. Keine Zeit für Bücher! Verbissen ging er an *Thalia* und wenig später an *Morawa* vorbei und durchsuchte mit konzentrierten Rundum-Blicken die herumflanierenden Menschen nach einem bekannten Gesicht ab. Und dann sah er sie. Kerstin saß gemeinsam mit einem älteren Paar an einem der kleinen Tische im *Café Cappuccino*, direkt vor dem Textilgeschäft *H&M*. Lächelnd hob sie gerade ihr Weinglas und prostete zuerst der Frau, dann dem neben ihr sitzenden Mann zu. Peck war stehen geblieben und stellte sich vor die Auslage eines Schmuckgeschäfts und beobachtete die drei Personen, die sich offenbar gut kannten. Alle lachten. Lustige Geschichten wurden da erzählt.

Peck schlenderte langsam vorbei, nahm an einem der Tische am Rande der Cafeteria-Zone Platz und bestellte bei einem wachsamen jungen Kellner ein Achtel Grünen Veltliner. Als der junge Mann den Wein brachte, fragte Peck nach einer Tageszeitung und beobachtete dabei aus den Augenwinkeln aufmerksam das Paar, mit dem Kerstin zusammensaß. Möglicherweise ein Ehepaar. Die Frau trug ein eng geschnittenes, teuer aussehendes Kostüm aus irgendeinem glitzernden Stoff, ihre schwarzen Haare glänzten im Licht der tausend Lichter an der Decke und den umgebenden Schaufenstern der Geschäfte. Der Mann war an die sechzig, hatte eine spiegelnde Vollglatze und erinnerte Peck an einen längst gestorbenen Hollywoodschauspieler, der meist in überlangen Monumentalschinken aufgetreten war, die damals *Cinemascope* hießen. Und dann fiel ihm der Name des Schauspielers ein: Yul Brynner. *Die glorreichen Sieben*. Peck hatte als Jugendlicher diese Filme heiß geliebt. Auch der Glatzkopf, der neben Kerstin saß, war ein gut aussehender, selbstbewusst wirkender Mann, der sich eben mit gezierten Bewegungen eine Zigarette anzündete, teuer gekleidet mit dezent blauer Krawatte und dazu passendem beigefarbenen Sakko.

Peck machte mit seinem Handy einige Aufnahmen von den drei Personen, die ohne Unterbrechung durcheinanderredeten und nicht auf ihre Umgebung achteten. So schien es Peck wenigstens. Dann ging er auf die andere Seite und schoss weitere Bilder, die Yul Brynner deutlicher von vorn zeigten. Fünf Minuten später bezahlte der Glatzkopf die Rechnung, und die beiden Frauen ordneten ihre Handtaschen und tauschten einige Wangenküsse aus. Abschied. Peck ging ihnen langsam in Richtung Lift nach, und dann stellte sich heraus, dass er die Entscheidung treffen musste, ob er Kerstin Kramer auf das obere Parkdeck oder Yul Brynner mit der Frau folgen sollte, die sich auf den Weg nach unten in Richtung Tiefgarage machten. Peck wusste nicht, warum er sich für das Paar entschied, mit dem er jetzt alleine in der

Aufzugskabine stand. Die Frau trug eine große Tragtasche mit der Aufschrift irgendeiner Modefirma, die Peck nicht kannte.

»Jetzt wird sich zeigen, ob mein Tipp sich für Kerstin auszahlt«, sagte die Frau. »Darüber sprechen wir später«, sagte der Mann und sah misstrauisch zu Peck. Sie stiegen aus dem Lift, und Peck fuhr wieder nach oben, spurtete zu seinem Wagen und raste mit quietschenden Reifen die gewundene Abfahrt hinunter, wo er genau an der Schranke auf einen weißen Opel Corsa stieß, in dem Yul Brynner hinter dem Steuer saß. Pecks Auto hatte oben in der Sonne gestanden, und er sah, wie sich auf seinem Hemd feuchte Flecken bildeten, die schnell größer wurden. Vorsichtig folgte er dem Opel, der auf der A1 in Richtung Osten fuhr. Peck wurde nervös. Was, wenn die beiden von hier nach Wien fuhren? Oder auf Urlaub an die rumänische Schwarzmeerküste? Sein Hunger wuchs. Erleichtert atmete er auf, als der weiße Kleinwagen Rumänien links liegen ließ und an der Ausfahrt *Salzburg Nord* die Autobahn verließ. In der Vogelweiderstraße gelang es ihm, die Autonummer zu erkennen. Eine Salzburger Nummer mit den Buchstaben VH am Schluss. Langsam bog der Wagen links in die Sterneckstraße ein, und Peck begann zu ahnen, wohin die Fahrt gehen würde. *VH*, dachte er, stand nicht *V. Herder* an dem Haus, in dem gestern Kerstin Kramer verschwunden war? Wenige Minuten später sah er, wie der Corsa vor der Hausnummer 48 in der Weingartenstraße stehen blieb. Peck sprang auf die Bremse und verfolgte aus sicherer Entfernung, wie die beiden zwei Einkaufstaschen aus dem Wagen holten und im Haus verschwanden. Er notierte sich die Autonummer und überlegte, was er jetzt tun sollte. Nach zehn Minuten wurde sein Hunger unerträglich. Es war halb drei, und er hatte immer noch nichts gegessen. Außerdem war es druckend heiß im Auto. Schließlich stieg er aus und fand sich in der prallen Sonne wieder, wo es noch gefühlte zehn Grad heißer war. Sollte er bei *V. Herder* anläuten? Lieber nicht. Er erinnerte sich an das Buch eines amerikanischen Psychologen: *Was sagen Sie, nachdem Sie »Guten Tag« gesagt haben?* Da ihm auf diese Frage keine passende Antwort einfiel, bummelte er wie ein harmloser Spaziergänger den Gehsteig entlang und kam zu dem ungepflegten Garten des Nachbarhauses, das ihm gestern schon aufgefallen war, weil es das einzige in der Straße war, das nicht frisch gestrichen war. Die hölzernen Fensterrahmen waren genauso rissig wie der ehemals gelbe Putz, das Gras im Vorgarten wucherte einen halben Meter hoch, und die Obstbäume neben dem Haus, die schon lange auf einen Baumschnitt warteten, waren zu dicht verwachsenen grünen Baumkugeln verkommen. Und wie schon gestern hatte er plötzlich das Gefühl, dass jemand aus dem Haus ihn beobachtete. Nur eine kleine Bewegung des Vorhanges. Die verwitterte hölzerne Gartentüre öffnete sich mit einem leisen Quietschen, und genau in diesem Moment setzte im Haus ein bedrohliches Knurren ein, das in lautes Gebell überging. *Karoline Scherer*. Das Türschild war aus Emaille, und noch bevor er läuten konnte, stand sie vor ihm, einen Fuß nach vorne gesetzt, um den wild an der Leine zerrenden Boxerhund festzuhalten.

»Was is'n los?«, rief sie, und versuchte, das Bellen ihres Hundes zu übertönen.

»Ich komme vom Magistrat Salzburg.« Peck hielt der Frau seinen Ausweis einen Sekundenbruchteil vor das Gesicht, woraufhin es ihr gelang, den offensichtlich von Würgesymptomen bereits erschöpften Hund endgültig ins Vorhaus zurückzuzerren.

»Ganz ruhig, Baldo!«, rief sie dem Hund zu.

Schmutz, große dunkle Flecken auf dem Teppich und ein Geruch nach Wein waren sein erster Eindruck, als er ins Wohnzimmer trat. Obwohl draußen gnadenlos die Sonne schien, war das Zimmer dämmrig. Im Vorbeigehen warf er einen Blick in die Küche und sah einen vollen Mistkübel am Boden und gestapeltes Geschirr in der Abwasch. Der Hund war vorausgelaufen und bellte nicht mehr, sondern wedelte, neben der Frau stehend, mit dem für Boxer typischen Schwanzstummel. Im Fernsehen endete gerade irgendein Film aus der Serie *Corinna und die Liebe*. Neunhundertvierzigste Folge, las er. Frau Scherer seufzte und schaltete den Ton des Fernsehers ab. Dann sah sie Peck unfreundlich an. Baldo freute sich über den Besuch. Sie war eine fette, etwa fünfzigjährige Frau mit hautengen, rosafarbenen Stretch-Leggings.

»Wir beide haben großen Durst«, sagte sie und streichelte wieder den Hund. »Und Sie?«

Die Frau saß, die dicken Schenkel leicht geöffnet, tief in die Couch versunken und den mächtigen Oberkörper gegen einige rosarote Polster gelehnt, die dort aufgeschichtet waren.

Peck bat um ein Glas Wasser. »Keinen Wein?« Sie kicherte, ging in die Küche und kam mit einem Tablett zurück, auf dem neben zwei Wasserbehältern ein bis zum Rand gefülltes Weinglas stand. »Wasser für den Hund und Sie, Weißwein für mich«, sagte sie und kicherte nochmals. Nicht ihr erstes Glas.

In der Ecke neben dem Fenster lehnten einige leere Weinflaschen. Den Ehrenplatz im Wohnzimmer hat der Fernseher, dachte er, der genau der Couch gegenüberstand. Über dem Tisch hing eine nackte Glühlampe mit einem leicht gebogenen weißen Blechreflektor darüber, der aussah wie ein umgedrehter Suppenteller. In einem braunen Schrank an der Wand entdeckte er zwei Bücher, beide in rosa Papier eingebunden. Den einzigen Leseprozess, den sie kennt, dachte er, ist die Weinlese.

Das Wasser war lauwarm, was aber den Hund nicht störte. Baldo hatte mehr Wasser aus der vor ihm stehenden Schüssel auf den Teppich geschlabbert als getrunken und lag jetzt zusammengerollt vor Karolines Füßen. Sie kraulte ihm mit hektischem Hin und Her das Fell, was ihm offensichtlich gefiel. Manche Hunde haben keinen Geschmack. Peck sah den Polster beim Fensterbrett und daneben das Fernglas, ein Blatt Papier und das Mobiltelefon. Eine funktionstüchtige Kommandozentrale. Er saß unbequem auf einem niedrigen Hocker und sah die dicken Fettwülste, die unter Karolines T-Shirt hervorquollen. Sie nahm einen beängstigend großen Schluck aus ihrem Weinglas.

Es war eine spontane Entscheidung gewesen, hier in das Haus zu kommen, und Peck wusste jetzt nicht genau, was er fragen sollte.

»Haben Sie Kontakt zu Ihrer Nachbarin?«, fragte er und deutete mit der Hand nach rechts.

»Sie ist was Besseres«, flüsterte Karoline, wie wenn es keiner hören dürfte. »Und sie redet kaum mit mir. Wahrscheinlich bin ich ihr zu mittelständisch. Nur Baldo mag sie.« Sie kicherte, neigte den Kopf leicht nach hinten und bugsierte den Rest aus dem Glas in ihre Kehle.

»Dieser Kahlköpfige, den ich zufällig draußen gesehen habe. Ist das ihr Mann?«

»Aber nein! Sie ist geschieden. Und der Eierkopf ist ihr neues Pantscherl.« Kichern. »Das Auto, mit dem die beiden vorhin angekommen sind, gehört Frau Herder. Normalerweise reist der Herr Hausfreund in seinem silbernen Mercedes an.« Sie streckte den Arm zur Seite und deutete eine Art Hofknicks an. »Nur heute ist er bei ihr im Auto mitgefahren.«

»Kommt er oft?«

Sie winkte abfällig mit der Hand. »Mehrere Male in der Woche.«

»Welche Autonummer hat sein Mercedes?«

»Das steht da drüben auf dem Zettel.« Sie zeigte mit der Hand zu ihrer Kommandozentrale. Peck erhob sich langsam und ging zu dem niedrigen Fenster, durch das man die flirrende Hitze auf der Straße und dem Gehsteig fast sehen konnte. Ganz rechts war gerade noch eine Ecke des Nachbarhauses sichtbar. Dann studierte er das Blatt Papier auf dem Fensterbrett. Er sah eine krakelige Kugelschreiberschrift wie von einer Volksschülerin, die gerade erst schreiben gelernt hatte. *Mercedes*, konnte er einige Male entziffern. Und daneben stand *S-139OL*. Peck prägte sich die Nummer ein.

»Was wollen Sie eigentlich von mir«, fragte sie übergangslos.

»Wir vom Magistrat der Stadt schätzen es außerordentlich, wenn Bürgerinnen und Bürger sich so vorbildlich um das Wohl ihrer Nachbarn kümmern. Es handelt sich nur um eine Kleinigkeit, Frau Scherer.« Peck nahm wieder seine unbequeme Sitzposition auf dem niedrigen Hocker ein. »Es ist uns eine Beschwerde zugetragen worden, dass auf der Straße zwischen ihrem Haus und dem Anwesen der Nachbarin ein Kanaldeckel locker ist, der höllisch klappern soll, wenn ein Auto darüberfährt. Wir vom Magistrat fühlen uns auch für Ihre Nachtruhe verantwortlich.«

»Ich habe mich nicht beschwert! Möchten Sie nicht doch ein Glas Wein? Süffig und lieblich. Guter Weißwein aus den Ländern der EU.« Sie kicherte. »Ich bin eine Anhängerin der europäischen Idee.« Ihre Wangen röteten sich zusehends. »Was sind Sie eigentlich für ein Sternzeichen?«

»Waage.«

»Das dachte ich mir.«

Sollte Peck jetzt nachfragen, was diese Antwort bedeutete? Er beschloss, zu seinem eigentlichen Thema zurückzukehren. »Was wissen Sie sonst noch über Ihre Nachbarin?« Peck schielte zu dem Fernglas, das neben dem Fenster lag.

»Der Glatzkopf, kommt der öfters zu Frau Herder?«

»Sagte ich schon. Oft. Aktives Sexleben. Er bleibt häufig über Nacht. Aber Frau Herder liebt den Mann nicht.«

»Und vice versa wahrscheinlich«, sagte Peck.

»Witze was?«

Peck schloss kurz die Augen, dann erhob er sich. »Ich danke Ihnen. Sie haben dem Magistrat viel Geld gespart.« Baldo begleitete ihn zur Türe.

Peck kroch in sein Auto und hatte sich gerade die Autonummer Yul Brynners notiert, als sein Handy klingelte. »Kommst du auch bestimmt?« Er hörte die knarrende Stimme von August Rieger, seinem Bürgermeister-Freund aus Tannwald. Er hatte völlig auf ihn vergessen. »Vielleicht schaffe ich es kurzfristig.« So hatte es Peck in seinem früheren Job immer formuliert, wenn er irgendeinen lästigen Gesprächspartner abwimmeln wollte.

»Es ist wichtig für mich«, hörte er noch Augusts Stimme, dann verabschiedeten sie sich.

Zehn Minuten später kaute Peck an einer Leberkässemmel, als er am Kreisverkehr beim Gasthaus *Steinlechner* die Aignerstraße erreichte. Wie es wohl Sophia ging? *Kochen, ratschen und im Pool plantschen. Und alles ohne Männer!* Hoffentlich, dachte er. Und was sollte er tun? Kochen, Lesen und Rotwein. Und alles ohne Sophia! Sein Weindepot zu Hause war bis auf rudimentäre Restbestände geschmolzen, also erstand er beim *SPAR* am Ignaz-Rieder-Kai eine Flasche Mineralwasser gegen die Hitzewelle, zwei Flaschen kalifornischen Shiraz gegen die Einsamkeit und einige weitere ungesunde Zutaten, die er nur kaufen konnte, wenn er nicht unter Beobachtung stand.

Überlebensmittel.

Peck stieg im fünften Stock aus dem Aufzug und ging in dem fahlen

Licht einer einzigen Deckenlampe zu seiner Wohnungstüre am Ende des Ganges.

Er stellte die Lebensmittel in die Küche, als das Telefon läutete.

»Krankenhaus Zell am See. Ich verbinde.« Schlagartig war sein Puls auf hundert. Er ließ sich auf den Sessel fallen. »Hallo!«, rief er ins Telefon. Keine Antwort. Dann ein leises Stimmchen. Wer war das? Sophia?

»Ich bin operiert worden.«

»Sophia!« Er sprang auf, als ob er ihr dadurch helfen könnte.

»Reg dich nicht auf.« Sie sprach langsam, als müsste sie jedes Wort erst lange überlegen. »Ich bin vor vier Stunden operiert worden. Es geht mir aber schon besser.«

»Operiert? Was? Wie?«

»Blinddarm. Akut, hat der Arzt gemeint. Fünf vor zwölf.«

»Und jetzt?«

»Jetzt ist es fünf vor fünf.«

»Es geht dir tatsächlich schon besser«, sagte Peck.

»Ich habe eine vier Zentimeter lange Narbe am Bauch, und ich liege in einem Zimmer mit Ausblick auf die Berge. Ich habe keine Schmerzen, aber ich bin hundemüde.«

»Ich komme sofort!«

»Du bleibst bitte, wo du bist! Du hörst ja, dass ich unter Drogen stehe. In einer Stunde bekomme ich noch ein Schmerzmittel und eine Schlaftablette.«

»Morgen bin ich bei dir!«

»Bitte erst am Nachmittag. Morgens wird zuerst meine Narbe begutachtet, und am Nachmittag bist du willkommen. Warum schnaufst du so?«

»Ich bin aufgeregt, und ich ängstige mich um dich!«

»Brauchst du aber nicht. Und trink nicht zu viel Rotwein heute Abend.«

Peck schnaufte und sah auf die beiden Rotweinflaschen auf dem Tisch. »Ich liebe dich!«

»Bis morgen. Und mach dir keine Sorgen um mich.«

Keine Sorgen! Natürlich sorgte er sich. Blinddarm! Und Sophia alleine im Krankenhaus. Ohne seine Fürsorge.

Er schaltete den Fernseher ein und sah irgendeinen Krimi mit einer weiblichen Kommissarin in der Hauptrolle, dargestellt von einer nicht mehr ganz jungen Schauspielerin, charmant, schlagfertig und mit den alltäglichen, menschlichen Sorgen ausgestattet, von Liebeskummer bis zu Gewichtsproblemen. Eine Kommissarin, wie du und ich, das realistische Abbild einer durchsetzungsstarken Frau, die den Männern zeigt, wo es lang geht. Peck ahnte, warum diese Krimis bei Frauen so beliebt waren.

Geistesabwesend sah er sich im Wohnzimmer um. Büchertürme, wohin er schaute.

Seine Putzfrau hatte ihm schon mehrfach gedroht, sein Wohnzimmer im Dreck ersticken zu lassen, da sie keinen Platz mehr für den Staubsauger fand, was natürlich maßlos übertrieben war. Der Staubsauger war einfach zu wuchtig.

Das Ende der ersten Flasche Shiraz war bereits absehbar, als er August Rieger anrief.

»Mein Programm für morgen hat sich geändert. Ich kann um zwölf in Tannwald sein.«

»Ich warte beim Kirchenwirt auf dich.«

»Gute Idee.«

»Ist was mit deiner Stimme los? Du sprichst verändert.«

»Verändert?«

»Im Vergleich zu vor vier Stunden. Hast du Schlaftabletten genommen?«

»Ich nehme nie Schlaftabletten«, erwiderte Peck.

Samstag, 10. Juni

Es war Samstag, und Peck war erst spät aufgewacht. Gestern war Siebenschläfer, heute schlafen wir bis acht. Ältere Menschen brauchen weniger Schlaf, sagte Sophia immer zu ihm und sprach von seniler Bettflucht. Zumindest in diesem Punkt fühlte sich Peck sehr unsenil. Langsam öffnete er die Augen, legte sich in Habt-acht-Stellung und sah der weiß-blauen Helligkeit zu, wie sie langsam durch die Vorhänge in sein Schlafzimmer drang und die unsichere Welt der Träume vertrieb.

Dann kroch er stöhnend aus dem Bett und trottete mit schwankenden Schritten zum Fenster. Ein weiterer heißer Tag kündigte sich an. Als seine Gedanken zu Sophia wanderten, griff er zum Telefon und wählte die Nummer des Krankenhauses. »Unsere liebe Patientin ist leider derzeit telefonisch nicht erreichbar. Unser Primar hält gerade seine Visite.«

Das klang nach Audienz. Er bat, der lieben Patientin auszurichten, dass er sie um siebzehn Uhr besuchen komme.

Es war schon nach zehn Uhr, als er Uttendorf hinter sich gelassen hatte und jetzt genau in Richtung Süden fuhr, wo die schmale Straße im Stubachtal ihn in großen Kehren bergauf führte. Gut gelaunt hörte er *Duke For Dinner* von Erroll Garner und bewunderte die unterschiedlichen Grüntöne der Laub- und Nadelwälder, manchmal unterbrochen von gezackten Felsrippen und steil aufragenden Steinwänden. Nur die Hitze war unerträglich. Mit großer Kraftanstrengung kurbelte er bei jeder der zahlreichen Spitzkehren am Lenkrad, zerrte am Ganghebel, und trotz reichlichem Zwischengas krachte das Getriebe jämmerlich. Peck hätte seinen VW schon längst zum Service bringen sollen. Sobald er rechts blinkte, schaltete sich das Radio lauter, und wenn er den Scheibenwischer anstellte, blinkte es. Die raue Asphaltdecke flimmerte in der Hitze, Schotter lag auf der Straße, und Peck hörte, wie die Steine gegen den Unterboden des Wagens prasselten. Am Ende eines dunkelgrünen, zusammenhängenden Waldgebietes sah er das Schild *Tannwald 20 km*, wo er nach rechts abbog.

Wann hatte er August Rieger zuletzt gesehen? Bei einem der letzten Klassentreffen in Salzburg, mindestens zehn Jahre her, oder noch länger. Einmal hatte Peck auch Barbara, seine Frau kennengelernt, eine schweigsame brünette Frau mit dunklen Augen, die in ihrem Haus einen kleinen Frisörladen betrieb. Und die vor einem halben Jahr verstorben war, wie er von August wusste. Groß und bullig hatte Peck ihn in Erinnerung, schon als junger Mann dem Kraftsport und dem Turnen zugetan und wie Peck ein mittelmäßiger Schüler. Nur bei Deutsch-Aufsätzen war August ein wahrer Meister gewesen, ganz im Gegensatz zu Peck. »Du bist mit zu viel Fantasie bei der Sache«, sagte sein Deutschlehrer immer. Einmal hieß das Thema *Der Frühling*, und Peck erinnerte sich, dass er den Aufsatz mit einer beseelten Beschreibung der erwachenden Natur begann, mit dem zarten Duft der ersten Blumen und friedvollem Vogelgezwitscher. Dann aber tauchte plötzlich eine riesige Spinne in den Blumen auf, groß wie eine Kuh, und ab sofort kreiste der Aufsatz nur noch um die Riesenspinne, ihre Abenteuer und die Furcht der Menschen vor diesem schrecklichen Vieh. Der Frühling kam nicht mehr vor. *Themenverfehlung* schrieb der Lehrer darunter.

War dieses Treffen mit August wirklich notwendig? Peck wischte sich den Schweiß von der Stirn. Er hatte noch keinen vernünftigen Anhaltspunkt über Kerstin Kramer gefunden, den er seiner Auftraggeberin berichten konnte. Und dann brauchte nur ein Kumpel aus vergangenen Schulzeiten anzurufen, und schon vergeudete er wertvolle Zeit für eine Besichtigungstour in die Hohen Tauern. Aber heute war Samstag. Also Wochenende. Also frei von beruflichen Verpflichtungen.

Manchmal bot sich Peck ein Ausblick auf schneebedeckte Gletscher. Die Straße führte jetzt durch ein enges Tal, an einem Bachbett entlang, das sich im Laufe der Jahrtausende tief in die felsige Landschaft eingegraben hatte. Irgendwo aus der Höhe fiel tosend ein Wasserfall in die Tiefe und spritzte bis auf die Windschutzscheibe. Tannwald erschien in der flirrenden Sonne als Sammlung weiß getünchter Häuser, die sich entlang der Ortsstraße aneinanderreihten, die Peck zu einem rechteckigen Platz führte, auf dem genau in der Mitte ein gelbbrauner Hund schlief, der sich farblich kaum von dem sandigen Marktplatz abhob. Sommerbehagen in einem Pinzgauer Dorf. Die gesamte dörfliche Infrastruktur war übersichtlich rund um den Platz aneinandergereiht. Die niedrige, schindelgedeckte Kirche, daneben der Friedhof, der sich hinter einer mannshohen Mauer verbarg, das Gemeindeamt, der Greißler und das Dorfgasthaus. Auf der Glastüre des nebenan stehenden kleinen Postamtes klebte ein weißer Zettel: *Geschlossen*. Peck stieg aus, und die Hitze umfing ihn wie ein glühender Luftpolster. Bis auf den träge in der prallen Sonne liegenden Hund war der Marktplatz leer. In diesem Moment stimmten zwei armselig bimmelnde Glocken ein kurzes Geläute an. Peck sah auf die Kirchturmuhr. Halb zwölf. Er war eine halbe Stunde zu früh. Er drehte sich um, und erst jetzt bemerkte er, dass das Dorf an drei Seiten von den Felswänden eingeschlossen war, die zu den ringsum stehenden Zweitausendern gehörten, die das Tal fest umklammerten. Wie eine Sackgasse. Keine Flucht möglich.

Kirchenwirt entzifferte Peck auf der verwitterten Holztafel und darunter in kleinerer Schrift *K. Fellinger*. Hier war er in einer halben Stunde mit August verabredet. Er sah sich um. Aus der Kirche drangen leise Orgeltöne. Oder war es ein Harmonium? Das schmale schmiedeeiserne Tor war nur angelehnt, und er betrat den Friedhof, der die Kirche fast kreisförmig umschloss. Warum er Friedhöfe mochte, hätte Peck nicht erklären können. Ehrfürchtige Stille herrschte im Schatten der ausladenden Bäume, selbst das Vogelgezwitscher war nur gedämpft zu hören, wie aus weiter Ferne. Von der Trockenheit braunes Moos wucherte die Grabsteine hoch. Peck wollte gerade den Friedhof verlassen, um einen Blick in die Kirche zu werfen, als er die Frau bemerkte, eine schmale, zierliche Person, über einen Grabstein gebeugt, das schwarze Haar vom Wind zerzaust. Sie stand völlig regungslos, so wie eine der Steinstatuen, wie sie auf den benachbarten Gräbern standen, erstarrt in ihrer Trauer um die Toten. Waren ihre Hände gefaltet? Nein, sie hielt einen kleinen Blumenstrauß, beugte sich hinunter und legte ihn auf das Grab. Peck blieb stehen, und um die Frau nicht zu stören, tat er so, als würde er mit großem Interesse die kaum leserliche Inschrift auf einem der ungepflegten Gräber nebenan betrachten. Die Frau war noch keine fünfzig. Ihr schwarzes Haar glänzte jetzt in der Sonne, und plötzlich hörte Peck ihr Seufzen, während sie beide Hände an ihre Wangen presste und es einen Moment schien, als ob sie etwas wankte.

»Ist Ihnen schlecht?« Peck war zu der Frau getreten und hatte seine Hand leicht auf ihre Schulter gelegt. Sie drehte ruckartig den Kopf und wandte sich ihm überrascht zu, als ob sie bei etwas Verbotenem ertappt worden sei.

»Die Hitze«, sagte sie und lächelte etwas verlegen, worauf sie ihm ihre dunklen Augen rasch entzog. Sie hob den Kopf, als hätte sie von irgendwoher ein Geräusch gehört. Peck drehte ebenfalls den Kopf und folgte ihrem Blick, der zu dem Gasthaus gerichtet war, dessen wuchtige Mauern über der niedrigen Friedhofsmauer zu sehen waren.

»Die Hitze macht mich auch manchmal schwindlig«, sagte Peck und ärgerte sich augenblicklich über diese nichtssagende Bemerkung. Kaum stand eine attraktive Frau vor ihm, wurde er einfallslos wie ein Volksschüler.

»Vielleicht darf ich Sie auf eine Erfrischung einladen.« Peck deutete auf das Gasthaus. »Vielleicht nicht die erste Adresse«, sagte er, »aber irgendein stärkendes Getränk wird der Wirt ja wohl haben.«

Sie lachte laut auf, was nicht zu der Ruhe des kleinen Friedhofs passte, und sah ihn mit einem schelmischen Seitenblick an.

»Sehr freundlich von Ihnen. Gehen wir.« Angenehme Stimme und ein charmanter Pinzgauer Dialekt. Sie gingen nebeneinander auf dem schmalen Kiesweg bis zur Friedhofsmauer und machten dann eine kleine Runde um die Kirche, redeten über das Wetter und die Landschaft, und als sie die Runde das zweite Mal machten, unterhielten sie sich bereits wie zwei alte Freunde. »Darf ich Sie zum Essen einladen?«

»Sie sind von der ganz schnellen Sorte.« Wieder lachte sie spitzbübisch. »Sie meinen, irgendein stärkendes Gericht wird der Wirt ja wohl haben.«

Langsam gingen sie quer über den sonnigen Platz bis zu dem Gasthaus, wo Peck ihr den Vortritt ließ und sie in die kühle Dämmerung des Vorhauses traten.

Peck blieb stehen. »Ich möchte mich noch vorstellen. Paul Peck. Ich komme aus Salzburg.«

»Das hört man. Ich bin Katharina, und jetzt entschuldigen Sie mich einen Moment. Gehen Sie schon da mal rein. Ich bin gleich bei Ihnen.« Sie zeigte auf das kleine Schild *Gaststube* über der braun lackierten Holztüre, dann stöckelte sie, laut auf dem Steinfußboden klappernd, durch eine der Türen im Hintergrund.

Peck betrat die Gaststube, in der einige ältere Einheimische, die wie Bauern aussahen, an einem großen Tisch zusammensaßen und ihm lauernde Blicke zuwarfen. An zwei kleineren Tischen saßen Arbeiter in blauen, schmutzigen Anzügen beim Schweinsbraten. Kaum hatte Peck an einem der Tische beim Fenster Platz genommen, betrat August Rieger die Gaststube. Wenn ich ihn schnell wieder loswerde, könnte er sich später mit Katharina unterhalten. Schließlich hatte er sie zum Essen eingeladen. Breitbeinig kam August dahergestapft, ein wuchtiger, kompakter Mann mit gewölbter Brust und einem kugelförmigen Bauch. Graue Locken hingen ihm wirr ins aufgedunsene rote Gesicht. Er hatte freundliche Knopfaugen, mit denen er Peck anblickte. Peck hätte ihn nicht wiedererkannt.

»Ich habe großen Hunger«, sagte August, nachdem sie sich die Hände geschüttelt hatten. »Danke, dass du kommen konntest.« Schnaufend ließ er sich Peck gegenüber auf die Holzbank fallen, worauf diese ächzend protestierte, und griff nach der kleinformatigen, speckigen Speisekarte. Pecks Herzschlag beschleunigte sich, als sich hinter der Schank eine Tür öffnete und Katharina die Gaststube betrat. Wenige Augenblicke später kam sie mit einem Krügel Bier zum Tisch.

»Eine Halbe *Stiegl* wie immer, Herr Bürgermeister.« Lächelnd blieb sie vor Peck stehen und stemmte die Hände in die Hüften. »Was möchten Sie trinken? Irgendein stärkendes Getränk wird die Wirtin ja wohl haben.«

Peck starrte sie entgeistert an. »Machen Sie sich lustig über einen harmlosen Besucher aus der Stadt?«

Sie gaben ihre Essensbestellung auf, und Peck ließ die Frau nicht aus den Augen. Hatte er sich lächerlich gemacht?

»Ich werde später mal ganz sicher auf Ihre Einladung zurückkommen«, sagte sie lächelnd. »Jetzt stärken Sie sich zuerst. Unsere Bergluft macht hungrig.« Sie lächelte ihn wieder an und ging zurück in den Schankraum.

»Du kennst unsere schöne Wirtin?«

Die schöne Wirtin, dachte Peck. »Ist sie verheiratet?«

»Witwe.« August nahm einen gewaltigen Schluck aus seinem Bierglas. »Ihr Mann liegt seit einem Jahr da drüben. Auf dem Friedhof.«

Peck sah zur Theke. Katharina war verschwunden. Wahrscheinlich kümmerte sie sich um das Essen. Ob sie wohl mit jemandem zusammenlebte? Wahrscheinlich. Und wahrscheinlich war dieser Jemand irgendein hässlicher Mensch aus dem Dorf, der Schweißfüße hat und stinkende Unterwäsche trägt.

»Also, was ist los in Tannwald?« Peck hatte es laut gesagt, und alle im Raum drehten ihm die Köpfe zu. »Warum hast du gebeten, dass ich hierherkomme?«

»Mal ganz langsam! Die schöne Wirtin hat recht. Zuerst stärken wir uns, dann erkläre ich dir alles.«

Eine Viertelstunde später brachte die Wirtin das Essen und das zweite Bier für August, das sie, wie Peck feststellte, mit der linken Hand auf den Tisch stellte. August drapierte den Schweinsbraten, die Knödel und den Krautsalat wie in stummer Zwiesprache im Halbkreis um sich, lächelte dem Essen zu, und begann dann mit der Entschlossenheit eines Schwerathleten, große Bissen in sich hineinzuschaufeln. »Gott, ich verhungere«, seufzte er. »Das ist das Erste, was ich heute zum Essen bekomme. Seit meine Frau tot ist, sind mein Haushalt und meine Küche ein ziemliches Chaos geworden.«

Pecks Schnitzel hing über den Tellerrand und glänzte vor Fett. Als er mit dem Messer auf das Fleisch drückte, quoll das Öl aus der Panier. Katharina kam zu Peck und stützte sich auf den Tisch.

»Zufrieden? Ich habe das Schnitzel in Schweineschmalz heraus gebacken. Wenn Sie das brav aufessen, bekommen Sie ein Bier gratis dazu.«

Wenn ich das aufesse, dachte Peck, brauche ich einen Bypass für meine Herzklappen.

Katharina lächelte. Lachte sie über ihn, oder lächelte sie ihn an?

August legte eine dünne Broschüre vor Peck auf den Tisch. »Das habe ich dir mitgebracht.« *Tannwald, das Herz der Hohen Tauern.*

»Von unserem Tourismusverband herausgegeben«, sagte August, während er ein riesiges Stück Fleisch mit der Gabel geschickt in seinen Mund einfädelte.

Peck blätterte durch die Broschüre. Farbige Bilder von Wäldern, Hirschen, Wasserfällen und eisbedeckten Gletschern.

»Aber lass dich nicht täuschen«, sagte August, »mitten in unserer Naturschönheit war während des Krieges ein Nebenlager des KZ Dachau, und bis heute weiß niemand, wie viele Menschen damals starben. Die Zwangsarbeiter trugen trotz der Kälte nur dünne Kleidung, aber dafür mit weit sichtbaren roten Aufnähern wie Zielscheiben für die auf den Bergen ringsum sitzenden Maschinengewehr-Schützen.«

August war laut geworden. »Sprich leiser«, sagte Peck. »Möchtest du dich mit solchen Themen unbeliebt machen als Bürgermeister?«

August nahm einen tiefen Zug aus dem Bierkrug, seufzte und wischte sich mit dem Handrücken über den Mund. »Man kann die Vergangenheit nicht so einfach verdrängen«, murmelte er und wandte sich wieder dem Essen zu. »Außerdem passiert hier noch so einiges, das mich beunruhigt.«

»Was?«

»Bei uns hier findet ein Ausverkauf ganz besonderer Art statt.« Er spülte Fleisch und Knödel mit einem großen Schluck Bier hinunter. Auf der leintuchgroßen Serviette, die er um den Hals gebunden hatte, sammelten sich die Essensreste. August schüttelte leicht den Kopf. »Hörst du mir überhaupt zu?«

»Von welchem Ausverkauf sprichst du?«

»Ich zeige dir draußen, was ich meine. Da drüben bei der Burg und an unserem See, da gehen skandalöse Dinge vor sich.« Er fuchtelte mit dem fetttriefenden Messer vor Pecks Gesicht herum.«

»Sprich leiser!« Peck war mit seinem Essen fertig, als Katharina leise an ihren Tisch trat. Konzentriert in seinen Schweinsbraten vertieft, bemerkte August sie erst, als sie Pecks Teller vom Tisch nahm. »Liebe Katharina«, sagte er dann laut und mit vollem Mund. »Reduziere deinen Charme diesem Herrn aus der Stadt gegenüber. Meinst du, ich merke das nicht? Er ist mein alter Freund, und er ist mit einer hübschen Buchhandlung am Waagplatz in Salzburg fest liiert.«

»Du bist eine alte Tratschtante«, sagte Peck böse, als Katharina den Tisch verlassen hatte. »Was willst du erreichen?«

»Nur dein Bestes.«

Plötzlich flog die Türe auf, und zwei junge Männer betraten die Gaststube. Graugrüne Hosen, schwarze Lederwesten und kurzgeschorenes Haar. Plötzliche Stille im Raum. Einer der beiden, ein kräftiger, etwa Dreißigjähriger mit Nickelbrille trat zu ihnen an den Tisch. Unter der Nase ein kurz geschnittener Schnurrbart, sein Kinn zierte ein schmaler Bartstreifen, wie bei D'Artagnan von den *Drei Musketieren*.

»Wir mögen es nicht, Herr Bürgermeister, wenn Sie den netten Leuten hier im Ort und Fremden gegenüber unqualifizierte Äußerungen über unsere Bauvorhaben machen. Mein Kamerad ...«, er deutete mit dem Daumen über seine Schulter auf den hinter ihm stehenden Zwei-Meter-Mann, »... wird schon ganz unruhig.«

»Schreiben Sie mir einen Beschwerdebrief«, entgegnete August und wischte sich mit der Serviette umständlich den Mund ab. »In unserer Gemeinde herrscht uneingeschränkte Rede- und Meinungsfreiheit. Wenn Sie wissen, was das ist.«

Jeder im Raum starrte zu ihrem Tisch.

»Wir müssen dringend los«, sagte Peck und erhob sich. »Der Herr Bürgermeister will nur das Beste für seine Gemeinde!«

Peck war nicht sicher, ob es damit gelungen war, die Situation zu entspannen, aber immerhin wandten sich die beiden Gestalten ab und marschierten in Richtung Theke, wo Katharina begonnen hatte, zwei Bier einzuschenken. Während des Wortwechsels war ein ungefähr zwölfjähriger Bub in den Raum gekommen.

»Geh auf dein Zimmer«, rief Katharina barsch durch den ganzen Raum und zeigte zur Tür.

»Ihr Sohn«, sagte August. »Lukas.«

Sie bezahlten und verließen die Gaststube. Alle Blicke folgten ihnen.

Als Peck in die Hitze des Platzes trat, der auf ihrer Seite noch voll in der prallen Sonne lag, war er verwirrt. Was ging hier vor? Ein Ort, in dem Menschen bespitzelt wurden und der Bürgermeister sich für das rechtfertigen musste, was er in einem Vier-Augen-Gespräch erzählte?

»Ich mache mir Sorgen um unsere Gemeinde.« Er sah Peck mit ernstem Gesicht an und dann auf seine Füße. »Du hast das richtige Schuhwerk an. Wir haben nämlich eine kleine Wanderung vor uns.«

»Was ist eine kleine Wanderung? Von meiner Sophia lasse ich mir vor einem Ausflug immer die Länge des Weges in Kilometer und Minuten bestätigen.«

Der schmale Weg lag halb im Schatten der hohen, rauschenden Nadelbäume, die heiße, trockene Luft roch nach Tannennadeln. Pecks Rücken schmerzte bei jedem Schritt, und als sie nach zehn Minuten eine Holzbank am Rande des Weges erreichten, ließ Peck sich mit einem Seufzer nieder. August nahm sofort an, dass Peck die Aussicht genießen wollte, und begann, die Vorzüge der Gegend zu erläutern.

»Du hast recht«, sagte Peck. »Es ist schön hier, aber was wolltest du mir zeigen?«

»Hier!«, sagte August und zeigte auf einen schiefen Grenzstein am Rande des Weges. »Das ist die Gemeindegrenze.« Dann zeigte er auf den schmalen, grasbewachsenen Weg und auf den sich dahinter erhebenden Berghügel, auf dem sich saftige Wiesen und Nadelbäume abwechselten. Weiter vorne fiel Pecks Blick auf die sumpfigen Ausläufer eines Sees.

»Das ganze Gebiet hier stand plötzlich zum Verkauf«, sagte August.

»Seit wann kann man ganze Berge kaufen?«

»Seit die in Wien beschlossen haben, die Aufgaben der Bundesimmobilienverwaltung neu zu regeln.«

»Was heißt das?«

»Diese Beamten konzentrieren sich zukünftig auf die Verwaltung von Schulen, Tintenburgen und anderer Verwaltungsgebäude. Und alle Objekte, die nicht zum sogenannten Kerngeschäft gehören, werden verkauft.«

Sie gingen weiter, und der Weg wurde zusehends sumpfiger, das

Tal enger und die Berge rückten näher an den kleinen See, dessen schwarzes Wasser spiegelglatt vor ihnen lag.

»Das ist der Schwarzklammsee.« August wandte den Kopf kurz zu Peck, um sich zu vergewissern, ob er auch aufmerksam bei der Sache war, dann malte er mit seiner Rechten einen Kreis in die Luft. »Mitsamt der alten Burg da hinten, dem Hügel daneben und dem ganzen Wald, alles verkauft! Und ich war als Bürgermeister machtlos dagegen, weil das Gebiet nicht mehr zu unserer Gemeinde gehört.«

Am Ufer des Sees erhob sich die alte Burg, etwas auf einer Anhöhe und um diese Zeit im Schatten der hohen Bäume gelegen. Nur der obere Teil des Turms mit einigen, halb verfallenen Zinnen hatte noch Sonne. Rund um das alte Gemäuer lief ein zwei Meter tiefer Graben, der mit Unkraut, wilden Rosen und kleinen Laubbäumen zugewuchert war. Am bergseitigen Teil der hoch aufragenden Mauer war ein hölzernes Baugerüst erkennbar.

August zeigte in Richtung der Burg. »Das ist die *Schwarze Burg*. Mitte dreizehntes Jahrhundert, wahrscheinlich von den Babenbergern gebaut.«

»Und wer hat das alles gekauft?«

»Du hast zwei der Auserwählten heute bei Katharina im Gasthaus kennengelernt. Als Käufer sind offiziell österreichische Staatsbürger aufgetreten, aber das neonazistische Gesindel, das sich hier herumtreibt, kommt aus allen möglichen Ländern.« August deutete mit dem Kinn zur Burg. »Und jetzt sind die am Renovieren.«

Peck sah auf die spiegelglatte Schwärze des Sees, der zur Hälfte im Schatten des angrenzenden Berges lag. Leichter Dunst hing über dem Wasser. »Das Baugerüst ... wieso gibt es dafür eine Baugenehmigung? Als ich mal ein kleines Einfamilienhaus gebaut habe, hat man mir sogar die Firstrichtung und die Farbe der Dachziegel vorgeschrieben.«

August nickte. »Die haben das Kunststück vollbracht, aus dieser Burg da vorn eine sogenannte Betriebsanlage zu machen, mit dem Nachweis, dass damit keinerlei Gefährdung der Umwelt einhergeht. Und als sie sich noch dazu verpflichteten, die historische Fassade zu erhalten, hatten sie schon die Baugenehmigung!«

»Wer hat die erteilt?«

»Irgendwer in Wien. Ich habe eine Kopie bekommen. Nur zur Kenntnis, sodass ich nicht mal Einspruch erheben konnte!«

»Es sieht alles so ruhig aus.«

»Dachte ich auch. Aber im Gebäude arbeiten die wie die Blöden. Selbst am Wochenende.« August drehte Peck den Kopf zu. »Ich gäbe viel darum zu wissen, was da drinnen in der Burg vor sich geht. Man erzählt eigenartige Dinge.«

»Was … eigenartig?«

»Nichts Konkretes. Angeblich heidnische Bräuche und irgendwelche okkulten Zeremonien. Und alles arisch-nazistisch angehaucht.«

Peck blieb stehen und beobachtete die massiven Steinmauern und den wuchtigen Bergfried, der die äußere Ummauerung um einige Meter überragte. Plötzlich bemerkte er einen hellen Lichtblitz, der aus einem der schmalen Fenster im oberen Teil des Turmes zu kommen schien, der in der Sonne lag. Eine Spiegelung? Peck sah genau hin und erkannte ein langes Rohr, das genau auf ihn gerichtet war und gleich darauf in der Dunkelheit des dahinterliegenden Raumes verschwand. Ein Fernrohr. Oder ein langes Teleobjektiv. Da oben stand jemand und beobachtete sie. Peck suchte die Mauern nach einem Tor oder einer anderen Art von Zugang ab, doch da waren nur die gewaltigen Steinquader, die ihn an die zyklopischen Mauern in Mykene erinnerten. Wie immer der Eingang geartet war, er musste auf der Rückseite der Burg liegen. Im See spiegelte sich ein spitzes, senkrecht aufragendes Bergmassiv, das teilweise dicht bewaldet war und zum gegenüberliegenden Ufer hin steil abstürzte.

»Von da oben müsste man einen guten Überblick haben, was die da drinnen treiben.«

»Das *Teufelshorn*«, sagte August. »Sagenumwoben und verteufelt schwer zu erklimmen. Von der Rückseite gibt es einen steilen Pfad zum Gipfel, aber nur Blöde klettern da rauf.«

»Und was ist das?« Peck zeigte auf eine kleine Ansammlung von Holzhütten und einigen Wohnwagen am jenseitigen Ufer.

»Ein Campingplatz. Von der Baugenehmigung her auch nicht ganz sauber.« Er grinste. »Gehört nicht zu meiner Gemeinde. Wahrscheinlich fällt das unter das Gewohnheitsrecht. Hier soll schon vor dem

Weltkrieg ein Campingplatz gewesen sein.«

»Am Telefon hast du vor einigen Tagen von einem Tauchunfall und einem Toten gesprochen …«

»Davon wollte ich gerade erzählen. Der Campingplatz wird seit Jahren mehr recht als schlecht von einem Ehepaar betrieben, dessen Sohn vor vier Wochen hier am See tot aufgefunden wurde. Ertrunken. Die Polizei sprach von einem technischen Versagen bei der Taucherausrüstung.«

»Und? War es das?«

August zuckte mit den Schultern. »Wenn du mich fragst, haben sich an diesem Tag zu viele Neonazis hier herumgetrieben. Und es gibt einige in unserem Dorf, die Zweifel am Ergebnis der polizeilichen Untersuchungen und der Unfalltheorie haben.«

Sie hatten auf dem schmalen Weg die Burg und die bewaldeten Ausläufer des *Teufelshorns* hinter sich gelassen, und Peck sah jetzt, dass der Campingplatz hauptsächlich aus einer Ansammlung verbeulter, schmutziger Wohnwägen bestand. In einiger Entfernung sahen sie einen hoch aufgeschossenen Mann in einer blauen Latzhose und Gummistiefeln neben einem der Wohnwägen stehen. Er hielt eine Hacke in der Hand, sah zu ihnen herüber, dann ging er einige Meter zu einem schräg hängenden Gartenzaun und schlug mit wuchtigen Hieben einen Holzpfosten in die Erde, sodass die lauten Schläge wie Pistolenschüsse über den See hallten.

»Reden wir kurz mit ihm«, schlug August vor und betrat das Grundstück durch ein schief hängendes Gatter, das fast aus den Angeln fiel, als August es mit dem Fuß aufstieß. Genau in diesem Augenblick verschwand die Sonne hinter den westlich liegenden Berghängen, und schlagartig legte sich der Schatten wie eine graue Decke über das Gelände, auf dem die kleinen Holzhütten und die Wohnwägen standen.

»Rede du mit ihm«, sagte August.

»Worüber?«

»Über seinen Sohn und dessen angeblichen Unfalltod.«

»Und warum ich?«

»Weil du der Detektiv bist.«

Peck verzog das Gesicht.

»Der ganze Platz ist verdreckt und verlaust; ich hätte diesen Leuten den Pachtvertrag längst gekündigt«, murmelte August, als sie quer über das morastige Grundstück stapften, das mit Unkraut überwuchert war. Ein Boot, dessen Rumpf verwittert und voller Löcher war, lag verkehrt herum auf dem Boden. August blieb stehen und drehte sich zu Peck um. »Ich habe keine Handhabe hier. Wie du gesehen hast, gehört dieses Areal nicht mehr zu unserer Gemeinde.« Es klang fast wie eine Entschuldigung.

»Guten Tag, Herr Gattinger«, sagte August und hielt dem Mann die Hand hin, die dieser jedoch nicht ergriff. Mit dicken Falten zwischen den Augenbrauen sah er zuerst August, dann Peck unfreundlich an.

»Was wollen Sie hier, Herr Bürgermeister?«

»Ich zeige meinem Besuch aus der Stadt die Schönheit unserer Landschaft.«

»Hier auf meinem Campingplatz?«

Peck stand hinter August und sah ein niedriges, lang gezogenes Holzhaus, das ein Stück abseits des Platzes stand und von einer Reihe dunkelgrüner Nadelbäume abgeschirmt wurde. Auf den Stufen vor der Haustüre konnte Peck aus der Ferne eine stämmige Frau in einer roten Jacke erkennen, die zu ihnen herübersah.

»Wie geht das Geschäft?«, fragte Peck. »Viele Touristen?«

»Sie sehen ja: keiner da. Vier der Wohnwagen sind an die Bauarbeiter vermietet, die da drüben in der Burg arbeiten. Und hinter den Büschen stehen am Ufer zwei Zelte. Zwei Pärchen, irgendwo aus Deutschland.« Gattinger stand aufrecht da, er bewegte sich langsam und drehte den kantigen Kopf mit der breiten Nase dauernd nach links und rechts, so als ob er ständig den Überblick behalten müsste. Auf irgendeine Art wirkte er nervös, mit grauem Gesicht und den wenigen blassen Haaren, die früher vielleicht blond gewesen waren.

»Ich repariere den Zaun«, sagte er überflüssigerweise und hob wie zur Erläuterung etwas die Axt.

»Ich habe von dem Unglück gehört, das Ihren Sohn das Leben gekostet hat. Wie lange ist das schon her?«

»Genau zweiundvierzig Tage und fünf Stunden. Sind Sie von der Polizei?«

Peck schüttelte den Kopf.

»Herr Peck ist Detektiv. Er könnte Ihnen helfen.«

»Ich habe Ihnen nichts zu sagen.« Reinhold Gattinger wandte sich ab und ging zu dem Haus, vor dem immer noch, unbeweglich wie eine Statue, die Frau in der roten Jacke stand und herüberschaute. Aus der Ferne sah es so aus, als ob die Eheleute kurz miteinander sprachen, aber Peck konnte nur die Worte *ein Detektiv aus Salzburg* verstehen.

»Gehen wir diesen Weg zurück«, sagte August und zeigte nach rechts. »Hier ist es etwas weiter, aber trocken. Deshalb nehmen auch alle Fahrzeuge diese Route zur Baustelle.«

Peck sah über den See. Die Burg lag jetzt ebenfalls im Schatten, verlassen und ruhig, nur das eintönige Geräusch einer Zementmischmaschine drang über den See. Da drüben wurde noch gearbeitet.

»Wir bekommen Besuch«, sagte August und blieb stehen. Die Frau in dem roten Janker näherte sich mit wehendem Haar. »Das ist Elfriede Gattinger, seine Frau. Keine gute Ehe, erzählt man übrigens.«

Schwer atmend trat die Frau zwischen sie. »Kann ich Sie unter vier Augen sprechen?« Es war nicht klar, wen die Frau meinte, bis sie selbst das Missverständnis bemerkte und auf Peck deutete. »Sie!«

»Ich komme gleich nach«, sagte Peck.

August nickte, deutete mit seinem Zeigefinger grüßend an die Schläfe und entfernte sich langsam.

Frau Gattinger war einige Jahre jünger als ihr Mann und einige Kilo schwerer. Sie trug eine karierte Bluse unter der roten Weste, verwaschene blaue Jeans, und ihr üppiger Hintern wackelte bei jedem Schritt gewaltig, und es sah so aus, als würde die stramm sitzende Hose gleich platzen. Die schulterlangen braunen Haare waren zerzaust und mit grauen Strähnen durchsetzt.

»Sie sind Detektiv.«

»Ja. Und das tut mir leid.«

»Was?«

»Das mit Ihrem Sohn.«

»Mir tut alles leid!« Plötzlich lachte sie auf eine Art, wie jemand lacht, wenn er etwas nicht komisch findet, sondern betroffen oder verwirrt ist.

»Warum möchten Sie mich unter vier Augen sprechen?«

»Weil mein Sohn Werner von Anfang an wusste, dass das mit seinem Auftrag nicht gut gehen wird.«

»Welcher Auftrag?«

»Das mit dem Tauchen.«

»Sie meinen, es war kein Unfall?«

Sie senkte langsam ihren Kopf, wie wenn sie etwas am Boden suchen würde. »Sogar mein Mann ist in diesem Fall einig mit mir. Es war kein *technisches Versagen*, wie die Polizei behauptet. Reinhold hat sogar jemanden aufgetrieben, der uns helfen soll ...«

»Warum sind Sie und Ihr Mann so sicher, dass die Unfalltheorie nicht zutrifft?«

»Die Unfalltheorie ... Werner war kurz vor seinem Tod bei einem Medium in Salzburg, und diese Frau hat es vorausgesehen ... verstehen Sie? Diese Frau hat das *Zweite Gesicht*, sagte Werner.«

»Was hat sie gesagt?«

»Pythia hat Werners Tod vorausgesehen. In ihrer Glaskugel. Es war kein Unfall. Mein Sohn ist ermordet worden.«

*

Nachdenklich ging Peck den schmalen Weg weiter, der jetzt direkt am Ufer des Sees entlangführte. Einen Steinwurf weiter stand August und wartete auf ihn.

»Was wollte sie?«

»Sie glaubt nicht an einen Unfall.«

»Das war alles?«

»Das war alles.« Peck sah auf die Uhr. Verdammt! Er würde zu spät zu Sophia ins Krankenhaus kommen.

»Vielleicht besuche ich dich noch einmal hier in deinem Bilderbuchdorf.«

»Wegen der eigenartigen Dinge, die hier passieren, oder wegen der feschen Wirtin? Schau dir zumindest die Sache mit der Burg an.«

»Du hast vorhin von einer Baugenehmigung aus Wien gesprochen. Maile mir die zu. Ich kenne mich da von meinem früheren Job etwas aus.«

Sie verabschiedeten sich, und als Peck hundert Meter von seinem Auto entfernt war, sah er einen Mann bei seinem VW stehen, der, nach vorne gebeugt und mit offensichtlichem Interesse, in das Wageninnere spähte. Ein dicklicher, glatzköpfiger Mann, der etwas irritiert aufsah, als er Peck mit großen Schritten näher kommen sah. Die gut gepolsterten Wangen des Mannes waren von geplatzten Äderchen gerötet, und unter der Nase verdeckte ein dichter Schnauzbart die Oberlippe.

»Haben Sie alles gesehen, was Sie sehen wollten?«, fragte Peck.

»Sorry!« Der Mann richtete sich auf. »Nur eine Verwechslung. Ich habe mich im Auto geirrt. Meiner steht wohl da drüben.«

Peck setzte sich hinter das Steuer und wartete. Wenige Sekunden später brauste der Mann in einem schwarzen Golf an ihm vorbei. Verwechslung? Pecks VW Käfer war rot.

Eine halbe Stunde später erreichte Peck die Stubachtalstraße und fuhr schwungvoll und gut gelaunt in Richtung Uttendorf. Er verstand immer noch nicht ganz, warum August ihn gebeten hatte, nach Kleinbergdorf zu kommen. Nur das mit der alten Ritterburg interessierte ihn, weil er schon als Kind die Abenteuer *Dietrich von Berns* verschlungen hatte, und die Comics, die damals noch Schundhefte hießen: *Prinz Eisenherz* und *Sigurd*, der ritterliche Held, unerschrockener Rächer der Enterbten und Retter von Witwen und Waisen.

Als er nach Schüttdorf kam, suchte er vergeblich nach einem Blumengeschäft. Verdammt, alles geschlossen hier am Samstagnachmittag. In Panik blieb er bei einer kleinen Tankstelle stehen und erstand einen halb vertrockneten Strauß hellroter Nelken. Sophia hasste Nelken.

Nach einigem Suchen fand Peck das Krankenhaus in Wiesenlehen, einem Ortsteil am nördlichen Rand des Zeller Sees, wo er auf dem überfüllten Parkplatz fünf Minuten herumkurven musste, bis er eine freie Stelle gefunden und sich dann durch die eng stehenden Autos durchgezwängt hatte. Jemanden im Krankenhaus zu besuchen, folgt einem bestimmten Ritual, fast wie bei einer Beerdigung, nur etwas weniger traurig. So wie er strömten aus allen Richtungen Leute vom Parkplatz Richtung Haupteingang, alle mit Blumen oder mit einer Bonbonniere in der Hand. Als er in die endlosen Gänge des Krankenhauses eintauchte, in denen es nach desinfizierter Sauberkeit und Äther roch, fühlte er sich wie ein Mitglied der privilegierten Minderheit der Gesunden. Fast beschlich ihn schlechtes Gewissen; er fühlte sich wohlauf. Nicht mal sein Rücken tat ihm heute weh.

»Wie geht es dir?«, fragte Peck, als er mit hoch erhobenem Blumenstrauß an Sophias Bett trat.

»Ich warte schon drei Stunden auf dich, und die Blumen sehen wie von einer Tankstelle aus.«

Erst jetzt bemerkte Peck, dass zwei Nelken ihre Köpfe verloren hatten. »Du machst mich kopflos«, sagte er. »Ich bin aus der Ferne zu dir geeilt.« Er angelte sich einen Sessel an Sophias Bett. »Hast du noch Schmerzen?«

»Man hat mich gezwungen, eine halbe Stunde am Gang auf- und abzugehen. Es tut nicht mehr weh. Du bist grau im Gesicht. Ich tippe auf eine Flasche Rotwein gestern Abend.«

»Ich soll dich von August grüßen.«

»Dein Bürgermeisterfreund?«

»Die verkaufen die ganze Gegend rund um seine Gemeinde. Übrigens, du siehst gut aus.«

»Wahrscheinlich muss ich bis Dienstag oder Mittwoch hierbleiben. Der Arzt meint, ich hätte eine starke Konstitution.«

»Der Arzt hat recht. Kräftig und durchsetzungsstark.«

Sophia schloss kurz die Augen.

»Als gestern dein Anruf aus dem Krankenhaus kam, war ich wie geschockt. Ich wusste gar nicht, dass du noch deinen Blinddarm hast.«

»Wie geht es mit deinem Fall voran?«

»Dazu habe ich eine Frage. Kennst du eine Frau namens Pythia? Soll ein Medium sein, oder eine Art Wahrsagerin.«

»Kenne ich. Pythia ist die Priesterin des Orakels, wohnhaft in Delphi in Griechenland.«

»Ich spreche von Salzburg Downtown.«

»Pythia … der Name kommt mir bekannt vor … aber ich kann heute nicht denken.«

»Stehst du unter Drogen?«

»Ja. Schmerzmittel und Was-weiß-ich-noch. Darum bin ich heute etwas benebelt. Ab morgen nimm dich wieder in Acht.«

Auf der Nachhausefahrt fuhr Peck in einen Stau, und es war schon spät, als er durch die Innenstadt zu seiner Wohnung fuhr. Er öffnete das Kippfenster seines Autos und genoss die frische Luft. Überall riecht es anders, jeder Ort und jede Stadt hat einen ganz bestimmten Geruch, nur Salzburg hat zwei. Bei Schnürlregen riecht die Stadt nach morbidem Moder und feuchtem Loden, bei Sonnenschein wehte durch die Stadt eine trockene Hitze und der Duft nach Italien und Zitronen. In Tannwald roch es anders. Dort dominierten harzige Tannennadeln und der Geruch nach Moos, verbranntem Holz und Neonazis. Und Katharina.

In seinem PC fand er ein Mail von August. »Betrifft Bau- und Betriebsanlagen-Genehmigung *Schwarze Burg*.« Er öffnete die angehängte Datei und hatte einen Grundrissplan der Burg vor sich, den er aufmerksam studierte. Inmitten der meterdicken Mauern dominierte eine dreißig Meter lange Halle, in der zwölf mächtige Säulen und eine brunnenartige Vertiefung im Zentrum erkennbar waren. Wie ein Allerheiligstes. Peck suchte nach dem Namen des Architekten und fand diesen klein gedruckt in der rechten unteren Ecke des Plans: Architekturbüro Herrmann Stommel, Kreuzbergstraße 137, Salzburg Parsch. Und neben dem Namensstempel und etwas verwischt ein kleines, kreisrundes Symbol wie das Logo einer Firma: ein Ring mit eigenartig geformten Speichen wie ein Sonnenrad.

Plötzlich läutete sein Telefon, und als er die Stimme seiner Tochter hörte, beschlich ihn spontan schlechtes Gewissen. Seit ihrem letzten Gespräch waren schon drei oder vier Tage vergangen. Er hätte sich bei ihr melden sollen.

»Sophia ist im Krankenhaus. Blinddarmoperation. Ich war sehr beschäftigt. Es geht ihr aber schon besser.«

»Bevor du weiter über deine Buchhändlerin redest, könntest du mich auch fragen, wie es mir geht.«

»Wie geht es dir?«
»Er hat mich geschlagen!«
»Gerhard?«
»Wer denn sonst! Er war betrunken, und dann gab es Streit, und er gab mir eine Ohrfeige.«
»Und wie geht es jetzt weiter?«
»Am nächsten Tag hat er sich bei mir entschuldigt.«
»Und jetzt ist wieder alles in Ordnung?«
Peck hörte ein fast hysterisches Lachen. »Gar nichts ist in Ordnung. Er ist überhaupt nicht nach Hause gekommen. Kurzfristige Dienstreise, sagt er.«
»Und? Stimmt das?«
»Vielleicht ist das sogar die Wahrheit, aber er hätte mir das wenigstens sagen sollen. Nicht mal ein Anruf kam.« Dann schwieg seine Tochter einige Sekunden, und Peck hörte, wie sie sich lautstark die Nase putzte. »Bei unserem letzten Gespräch vor einigen Tagen hast du gesagt, du würdest nach Zürich kommen ...«
»Ich habe viel Arbeit ...«
»Aber ich bin deine Tochter!«
»Kannst du dir nicht frei nehmen und einige Tage zu mir nach Salzburg kommen?«
»Kannst du dir nicht frei nehmen und einige Tage in die Schweiz kommen?«
Es entstand wieder eine längere Pause. »Sag deinem Mann, wenn er sich nicht schnell und radikal ändert, bist du weg. Manche Typen verstehen nur diese Art von Sprache.«
»Manche Typen, und dazu gehört auch Gerhard, sind kleinlich und rechthaberisch, so wie auch du früher warst. Oder immer noch bist.«
»Ich bin nicht rechthaberisch, und ich liebe dich. Rede mit deinem Mann. Und denke daran, dass du hier bei mir ein Zimmer hast, das auf dich wartet. Wenn du es möchtest.«
»Ich überlege es mir.«
Dann beendeten sie das Gespräch, und wieder meldete sich sein schlechtes Gewissen. Er würde morgen in seinem Kalender nachse-

hen und nach Zürich fahren.

Plötzlich überfiel ihn eine Hungerattacke. Sollte er sich noch was kochen? Nein. Zu spät und zu müde. Außerdem war der Kühlschrank leer, bis auf einige kümmerliche, harte Käsereste, die er lustlos kaute, während er sich im Lehnstuhl zurücklehnte und seine hundertzehn Fernsehprogramme durchdrückte. Dann wankte er ins Bett. Wie es wohl Sophia im Krankenhaus ging? Dann war er trotz der Hitze sofort eingeschlafen.

Sonntag, 11. Juni

Peck hatte gut geschlafen, und – obwohl noch im Prä-Kaffeezustand – stand er gut gelaunt beim Fenster und sah einige Schäfchenwolken in dem ansonsten dunkelblauen Himmel. Der Wetterbericht sprach davon, dass die Hitzewelle gebrochen war, prophezeite aber heftige Gewitter und danach angenehm sommerliche Temperaturen. Das Salzburgerland ruft, dachte Peck und begann sofort, das Tagesprogramm zu strukturieren, das sich vor allem an *unserer lieben Patientin* im Krankenhaus orientieren sollte. Punkt eins: Spaziergang in Tannwald und Wanderung rund um den Schwarzklammsee, Punkt zwei: Pongauer Schnitzel beim Kirchenwirt, und ohne dass er es wollte, wanderten seine Gedanken zu Katharina, der Wirtin mit den dunklen Augen. War das vielleicht der Hauptgrund für seine Ausflugspläne? Der Punkt drei sah dann den Besuch Sophias im Krankenhaus vor. Hoffentlich merkt Sophia nicht, dass sie die Nummer drei ist.

Nach dem Frühstück rief er seine Tochter an, um sie über den aktuellen Stand der Ehekrise zu befragen, doch sie hob nicht ab.

Die kleinen Klavierstücke von Erik Satie plätscherten vor sich hin, als Peck, die *Hohen Tauern* vor sich, das Stubachtal nach Süden fuhr. Die schmale Landstraße war mit hellen Flecken der Vormittagssonne übersät, die durch das Blattwerk der Bäume schien. Eine sonnige Gegend, deren malerische Erscheinung nicht zu den bedrückenden Gedanken über Tod und Gewalt passten, die sich bei ihm einschlichen, je näher er Tannwald kam. Schließlich landeten seine Gedanken bei Luisa Miller und ihrem nun auch schriftlich vorliegenden Auftrag, den Mörder ihrer Mutter Karin Moser zu suchen. Ob die Polizei schon eine heiße Spur gefunden hatte? Oder stocherte diese genauso unwissend im Nebel herum, wie Peck nach einem Konzept suchte, dunkle Punkte aus der Vergangenheit Kerstin Kramers ans Tageslicht zu fördern, um seine Auftraggeberin zufriedenzustellen. In seinen ersten Berufsjahren hatte Peck einen Chef, der ständig in dem Glauben lebte, ihm vorzuschreiben, was er zu tun und zu lassen habe, was Peck regelmäßig auf die Palme trieb. Im Moment wäre er froh über einen

Tipp. Irgendetwas sagte ihm, dass er nochmals mit dem Ehepaar am Campingplatz sprechen sollte, zumindest mit Elfriede Gattinger. Er erinnerte sich an das Gespräch mit ihr. War das ein Hilferuf gewesen? Er würde versuchen, heute nochmals mit der Frau unter vier Augen zu sprechen.

Eine halbe Stunde später fand er eine Parkbucht ein Stück außerhalb des Ortes, wo der Güterweg zum Schwarzklammsee abbog. Er wählte heute den breiten Weg, der ihn im Uhrzeigersinn das Seeufer entlang bis zum Campingplatz führte. Seltsame Geräusche begleiteten ihn, die aus den umliegenden Wäldern zu kommen schienen, manchmal wie warnende Rufe und Geschrei, dann klang es wie das Ächzen berstender und fallender Bäume. Waren das Waldarbeiter? Am Sonntag? Bäume fällen und Holzarbeit ist eher das Betätigungsfeld für die Bauern, wenn im Spätherbst die Felder bestellt sind. Im Gegensatz zu gestern kam ihm jetzt der Weg deutlich länger und bergiger vor, der Wald dunkler und die mächtigen, steil aufragenden Felswände bedrohlicher. Leichte Nebelschwaden lagen über dem spiegelglatten schwarzen Wasser des Sees. Heute, am Sonntag, waren einige Spaziergänger zu sehen, die entweder wie in gesundheitsbewusster Pflichterfüllung mit todernster Miene und Schistöcken unterwegs waren oder mit einer Leine in der Hand ihre Vorliebe zu kleinen, trippelnden Pudeln oder dickbäuchigen Dackeln demonstrierten. Und dann begegneten ihm noch einige Jogger, und Peck dachte zurück an die Zeiten, als dies noch Dauerlauf hieß und man dabei Turnschuhe trug. Alle, denen er begegnete, grüßten freundlich. In der Stadt rennen alle ohne Gruß aneinander vorbei, dachte Peck; hier ist alles anders, hier grüßt man jeden, der einem entgegenkommt, und über tausend Meter Seehöhe wird dann nur noch geduzt.

Das *Teufelshorn* ragte hinter dem See steil und felsig in die Höhe, die Spitze in gelblichen Nebel getaucht. Von hinten kommt man problemlos zum Gipfel, hatte August gesagt. Und als nach der nächsten Wegbiegung die *Schwarze Burg* ins Blickfeld kam, wusste Peck, welches Projekt auf ihn wartete: Er würde auf das *Teufelshorn* steigen, morgen oder vielleicht übermorgen, und wie aus der Vogelperspektive würde die Burg ihm dann zu Füßen liegen, und dann würde sich offenbaren, welche geheimnisvollen Dinge zwischen den hohen Burgmauern vor sich gingen. Peck sah noch einmal zur Spitze des *Teufelshorns*, dann winkte er mit erhobener Hand hinauf. Der Berg ruft … Gipfel, bald komme ich zurück! Wann hatte er zuletzt so eine Bergbesteigung gemacht? Muss vor fast vierzig Jahren gewesen sein. Egal, dachte er, er hatte ein neues Ziel.

Peck näherte sich jetzt im Schatten der hohen Nadelbäume, die hier bis zum See hinunter standen, dem Campingplatz. Plötzlich hatte er wieder das Gefühl, die Zeit mit einem völlig unnützen Ausflug zu vergeuden. Er blieb stehen, und sein Blick schweifte einmal um das Ufer des Sees, der jetzt in seiner ganzen Ausdehnung vor ihm lag. Die Zeit, dachte er, sie läuft mir davon.

Vor ihm standen die schmutzig braunen Wohnwägen wie eine Wagenburg im Wilden Westen eng aneinander, wie um sich gegenseitig Schutz zu bieten. Peck ging quer über die Wiese, die bis ans Haus reichte, das aus der Nähe einen heruntergekommenen Eindruck machte. Im Vorgarten lagen verrostete Eisenteile, die wohl zu einer landwirtschaftlichen Maschine gehörten, deren Überreste neben der Haustüre lagerten. Als Peck läutete, hörte er ein überraschend melodiöses Geklingel, doch niemand kam an die Türe. Mit suchendem Blick umkreiste Peck das Haus und klopfte gegen eines der Fenster im Parterre. Dann vernahm er leise, schlurfende Schritte im Haus, und plötzlich stand Elfriede Gattinger mit einem Besen vor ihm, den sie wie einen Baseballschläger in beiden Händen hielt. »Sie schon wieder! Kommen Sie rein, und machen Sie die Tür hinter sich zu.« In der Wohnung roch es feucht und nach alter Pizza. Aber da war noch ein Geruch, den Peck aber nicht zuordnen konnte. Die Frau zeigte wortlos auf die an der Wand stehende Couch, deren fleckig glänzender Cordüberzug zerkratzt war. Hier war eine aggressive Pinzgauer Katze am Werk, dachte Peck. Ein eineinhalb Meter breiter *Sony*-Fernseher thronte genau der Couch gegenüber. Frau Gattinger hatte wohl gerade ferngesehen, irgendeine Kochshow, in der ein weiß gekleideter, lächerlich dick aussehender Mann mit Mütze hektisch in einer riesigen Schüssel herumrührte. Ein Gericht für zwanzig Personen. In diesem Moment stolzierten zwei Katzen mit hoch erhobenem Schwanz durch das Zimmer, ohne Peck zu beachten, der jetzt wusste, wonach es hier stank. Frau Gattinger lächelte Peck an. »Das sind *Ante* und *Portas*. Sie sind verlobt. Mein Mann ist übrigens draußen bei der Arbeit. Oder er schläft irgendwo im Schatten seinen Rausch aus.«

»Ich bitte Sie, mir zu erzählen, wie es damals zu dem Tauchunfall Ihres Sohnes kam.«

Die Frau setzte sich mit einem lauten Seufzer und drückte die Fäuste in ihren Schoß.

»Es ist da drüben passiert, am anderen Ufer, am Fuß des *Teufelshorns*.«

»Bei der Burg?«

»Ja. Direkt daneben. Drei dieser Uniformierten haben ihn gefunden.«

»Uniformierte?«

»Diese Kahlrasierten, die sich immer mehr breitmachen hier bei uns, treten ja nur in irgendwelchen Uniformen in Erscheinung.«

»Wann war das?«

»Vor eineinhalb Monaten. Spät am Abend. Es war ein warmer, sonniger Tag gewesen.«

»Wonach hat Ihr Sohn getaucht? Und in wessen Auftrag? Oder nur als Hobby?«

»Wenn wir das wüssten. Aber es war kein Zeitvertreib. Irgendjemand bezahlte ihn für das Tauchen, Werner hat aber nie erzählt, wer.« Dann schwieg sie einige Sekunden, bevor sie ihren Kopf hob und, wie in Gedanken versunken, zum Fenster sah.

»Wir haben viele Jahre in Südafrika gelebt ... aber nein, wir mussten den Fehler machen, hierher zurückzukommen!«

»Aber Sie leben doch in einer wundervollen Gegend hier, ruhig und einsam. Fast wie in der guten alten Zeit.«

»Für mich war die Zeit hier niemals die gute alte Zeit. Ich hasse es, hier zu leben.«

Peck sah sie fragend an.

»Ich stamme zwar aus dem Pinzgau, aber hier im Ort sind wir nie wie Einheimische behandelt worden. Es ist schwer mit diesem Menschenschlag ... wir sind bis heute die *Zuagroasten*.«

»Und Ihr Mann?«

»Reinhold sagt, es riecht nach Tod hier, nach dem stillen Tod, nach Verwesung und Unrat, so, wie Sie es hier auf unserem Campingplatz sehen können. Einsamkeit und Stillstand.« Sie machte wieder eine lange Pause, und Peck spürte, dass sie noch etwas über ihren Sohn erzählen wollte.

»Weiß Gott, von wem er das hatte, mein Sohn war ein eigenartiger Mensch. Er liebte die mystische Einsamkeit, die Nebel über dem See und die ewige Stille.« Sie wischte sich mit dem Handrücken über die Augen.

»Tut mir leid, dass ich davon angefangen habe.« Peck überlegte, wie er das Gespräch wieder auf neutrales Terrain bringen könnte.

Immer noch in Gedanken versunken, schüttelte sie langsam den Kopf. »Werner war feinfühlig und esoterisch interessiert und …« Plötzlich flog die Türe auf, und Reinhold Gattinger polterte herein. Die Frau stoppte mitten im Satz und sah auf ihren Mann. War Angst in ihrem Blick? »Ich hole was zu trinken«, sagte sie und hastete aus dem Zimmer. Gattinger sah stirnrunzelnd auf Peck, der sich erhoben hatte und zu dem Tisch ging, auf dem neben dem Fernseher einige gerahmte Fotos standen. Plötzlich erstarrte er. Er nahm das Bild, auf dem sein Blick hängen geblieben war, in die Hand. Drei junge Leute, fast noch Kinder, lachten in die Kamera. Ganz rechts ein Mädchen, schlank und mit braunen Haaren. Viel jünger als heute, aber es war eindeutig Luisa Miller, die Tochter der ermordeten Karin Moser.

*

»Wer sind diese jungen Leute?« Peck hielt Gattinger das Foto hin.

»Lassen Sie unsere Sachen in Ruhe.« Er riss ihm das Bild aus der Hand und stellte es wieder auf den Tisch. »Das ist Werner, unser Sohn mit zwei Freunden. Aus alten Zeiten.«

»Und das Mädchen?«

»Sie hieß Luisa.«

»Verwandte?«

»Sagte ich doch schon. Freunde, Nachbarskinder, glaube ich. Wir haben damals in Großgmain gewohnt, in einem Mietshaus mit mehreren Parteien und vielen Kindern.«

»Und der Bub auf dem Foto?«

»Keine Ahnung.«

»Haben Sie noch Kontakt zu Luisa?«

Er begann zu lachen. »Hören Sie, das ist zehn oder fünfzehn Jahre her. Seitdem hat sich die ganze Welt verändert, und wir sind in alle Winde zerstreut worden.«

In diesem Moment kam Elfriede ins Zimmer zurück und stellte ein Tablett mit zwei schäumenden Biergläsern auf den Tisch. Peck nickte der Frau dankend zu und griff nach dem Bier.

Gattinger leerte sein Glas glucksend in einem Zug und wischte sich mit dem Handrücken über den Mund. »Meine Frau hat recht. Wir glauben nicht an einen Unfall.«

»Wonach hat Ihr Sohn getaucht?«

Reinhold Gattinger warf einen kurzen Seitenblick zu seiner Frau, dann zuckte er mit den Achseln. »Diese Schweine haben ihn auf dem Gewissen. Diese Neofaschisten von da drüben.«

»Warum sind Sie da so sicher?«

»Die sind plötzlich hier am Campingplatz aufgetaucht. Zuerst waren es nur harmlos aussehende Treffen, später haben sie da draußen auf Werner gewartet und ihn bedroht, kaum, dass er das Haus verlassen hatte.«

»Bedroht?«

»Sie haben ihm keine Ruhe gelassen. Und sie haben sich immer wieder mit neuen Fragen an ihn rangemacht ... so als ob Werner ein großes Geheimnis hüten würde.«

»Fragen? Worüber?«

Gattinger hob die Schultern und ließ sie dann wie resignierend fallen. »Ich habe sie oft zusammenstehen gesehen. Dabei hatte Werner ganz andere Interessen als diese Neonazis.«

»Welche Interessen waren das?« Peck sah auf die Frau. Sie sah Peck lange geistesabwesend an, dann schüttelte sie den Kopf. »Er sagte es uns nicht.«

»Aber er hat mal erwähnt, dass es ein Auftrag war ... dieses verfluchte Tauchen. Dabei ist der See heimtückisch. Unterirdische Strömungen und so. Wir hatten immer Angst, wenn er wieder zum Tauchen ging.«

Reinhold Gattinger stellte das leere Bierglas neben den Fernseher. »Ich muss wieder an die Arbeit«, sagte er.

Ein leiser Seufzer kam aus ihrer Richtung, und Peck hatte den Eindruck, dass Elfriede plötzlich entspannter wirkte, als ihr Mann den Raum verlassen hatte.

»Sie erwähnten gestern, dass Ihr Mann jemanden beauftragt hat, Ihnen zu helfen.«

Sie nickte.

»Wen? Jemanden von der Polizei?«

Sie wischte diese Frage mit einer schnellen Armbewegung zur Seite. »Wir haben eine kleine Erbschaft gemacht, weshalb wir uns auch diese ganzen Reparaturen draußen leisten können. Und den Rest des Geldes geben wir aus, um herauszufinden, was mit Werner passiert ist.«

»Ihr Sohn ging zu einer Wahrsagerin. Sie haben es gestern erwähnt.«

»Pythia. Oder so ähnlich. Werner hatte viele Bücher über Esoterik, und er wusste viel über Telepathie, und Pythia war eine aufmerksame Zuhörerin. Sagte er einmal.«

»War Ihr Sohn oft bei ihr?«

»Ja. Einige Male. Ich glaube, die beiden mochten sich.« Als sie Pecks Gesichtsausdruck sah, ergänzte sie: »Nicht falsch verstehen. Die Frau hätte seine Großmutter sein können. Es war Sympathie, gemeinsame Interessen am Übersinnlichen, nicht mehr.«

»Frau Gattinger, wer könnte mehr wissen über Ihren Sohn und wonach er getaucht hat? Oder waren das nur sportliche Aktivitäten?«

»Vielleicht Anna.«

»Anna?«

»Werners Freundin. Vielleicht war es sogar die große Liebe.« Sie lächelte leise. »Aber auch darüber hat er nur wenig gesprochen. Unser Sohn war ein sehr verschlossener Sohn, auch seinen Eltern gegenüber.«

»Wo wohnt diese Anna? Hier im Ort?«

Kopfschütteln. »Sie haben sich auch deshalb selten gesehen. Anna lebt und arbeitet in Seekirchen. Ich habe aber ihre Adresse nicht, ich weiß nicht mal ihren Familiennamen.«

Anna aus Seekirchen, dachte Peck. Frau Gattinger besaß auch kein Foto und auch keine Telefonnummer, und als er sie bat, das Aussehen des Mädchens zu beschreiben, machte er sich einige Notizen.

Anna: Ungefähr 23, groß, schlank, hellbraune Haare, lange,
spitze Nase, immer ungeschminkt, legt wenig Wert auf ihr Äußeres.

»Wissen Sie sonst nichts über sie?«

Die Frau dachte kurz nach. »Sie liest gerne. Genau, wie Werner es getan hat. Und wie bei ihm war die Esoterik die Nummer eins.«

Peck überlegte. Ob es ihm gelingen würde, Anna zu finden? So groß war Seekirchen nicht ... Dann ging er nochmals zu dem gerahmten Bild neben dem Fernseher. »Kann ich das Foto haben?«

»Wozu?«

»Sie erhalten es nächste Woche zurück.«

Als Peck den Campingplatz verließ, sah er vor der Burg am anderen Seeufer einen Rettungswagen und die Polizei mit Blaulicht und einige Männer, die, so erschien es aus der Ferne, wild und aufgeregt durcheinanderliefen. Langsam und intensiv die Gegend betrachtend, so als ob er den Menschenauflauf nicht bemerkt hätte, schlenderte Peck näher und beobachtete gerade noch, wie zwei Rotkreuzhelfer einen jungen Mann in den Rettungswagen hoben. Ein Schopf brauner Haare war zu sehen, und ein dunkelgrünes Hemd; der Rest des Körpers war in eine Decke eingeschlagen und mit breiten Ledergürteln auf der Bahre festgeschnallt, die die beiden Männer mit kräftigem Ruck bis zum Anschlag in den Wagen stießen, sodass der Kopf des Mannes sich von einer Seite zur anderen drehte. Offensichtlich bewusstlos.

Die meisten der Herumstehenden waren junge Männer in uniformähnlicher Kleidung und hatten kahl geschorene Köpfe. Eines der Gesichter kam Peck bekannt vor. War das nicht der Typ mit dem D'Artagnan-Bart, den er gestern beim Kirchenwirt erlebt hatte? Breitbeinig und die Arme auf der Brust verschränkt, trat er auf Peck zu, dicht gefolgt von zwei grimmig aussehenden Kraftpaketen, wie Bodyguards mit schwarzen Sonnenbrillen, den Kopf langsam hin- und herschwenkend, um jede noch so kleine Gefahr schon im Ansatz zu registrieren.

»Ach, sieh an, da ist ja auch wieder der Schnüfflerfreund unsres Herrn Bürgermeisters.« D'Artagnan trat nahe an ihn heran, und Peck sah die blitzende Nickelbrille und die tiefen Aknenarben auf den Wangen und der hohen Stirn. Die beiden Begleiter traten jetzt ebenso nach vorne und schoben wie auf ein geheimes Zeichen hin ihre Sonnenbrillen auf die Stirn. Ihr kurz geschorenes Haar war um die Ohren herum ausrasiert. Mit trotzigem Ausdruck in den versoffenen roten Gesichtern schoben sie ihre massiven Oberkörper vor sich her, die eher fett als durchtrainiert wirkten. Sie standen jetzt so nahe, dass Peck ihren Gestank nach Zigarettenrauch riechen konnte, und langsam begannen die drei, Peck einzukreisen. Einige Zigarettenstummel lagen auf dem Boden. Dann öffnete der Anführer mit einer fragenden Geste seine Arme. »Was wollen Sie hier?«

»Ein Unfall?« Peck versuchte, dem Mann, der einen Kopf größer war, in die Augen zu sehen.

»Verzieh dich, Schnüffler!« Eine leise, etwas raue Stimme. Fast ein Flüstern.

»War das wieder ein Tauchunfall? So wie damals?«

Einen Moment starrte der Riese ihn wortlos und mit etwas verwirrtem Blick an. Peck sah, dass es in seinem Hirn ratterte und er nach einer Antwort suchte, so als ob er versuchte, 4 und 3 zusammenzuzählen, es kam aber immer 6,9 heraus.

»Verzieh dich, Anzugheini«, zischte der linke Häscher und trat einen Schritt nach vorne. Peck wich keinen Schritt zurück.

Plötzlich, noch bevor ein weiteres Wort fiel, klingelte ein Handy. Der Klingelton kam Peck bekannt vor. *Die Fahne hoch* ... Das Horst-Wessel-Lied. Mühsam zerrte der Riese vor ihm sein kleines Mobiltelefon aus der Hosentasche, drückte das Handy an sein Ohr und ging einige Schritte zur Seite.

Auch Peck trat den Rückzug an und bemerkte erleichtert, dass niemand ihm folgte. Die Besatzung des Rettungswagens, der immer noch mit Blaulicht vor der Burg stand, hatte ihre Arbeit abgeschlossen, und einer knallte die Hecktüre zu.

»Was ist passiert?« Peck fragte einen der Helfer, der in Rotkreuzuniform seitlich am Wagen lehnte und sich dann anschickte, einzusteigen.

»Eine Mauer ist eingestürzt und hat den jungen Mann unter sich begraben.«

»Und?«

Der Rotkreuzmann zuckte die Achseln. »Wissen wir nicht. Aber er lebt. Wahrscheinlich ein oder zwei Knochenbrüche und eine Gehirnerschütterung.«

»Wohin bringen Sie ihn?«

»Zell am See.«

Peck trat aus der Runde und sah dem Rettungswagen nach, der umständlich wendete und dann vorsichtig den schmalen Weg in Richtung Dorf holperte.

In der Gaststube des Kirchenwirts, die Peck eine halbe Stunde später betrat, war es laut, und Peck hatte den Eindruck, als ob alle über den Unfall redeten. Neuigkeiten sprechen sich hier schnell herum. Unverhohlen, fast schamlos, drehten einige der Männer ihm den Kopf zu und starrten ihn an. Peck tat so, als sei dies sein Stammlokal und der Tisch am Fenster der, an dem er immer saß. Einige der laut Diskutierenden standen vor ihren halb leeren Biergläsern an der Schank. Ihre roten Gesichter deuteten darauf hin, dass sie schon eine ganze Weile dort standen und dass dies nicht ihr erstes Bier war. Dann sah Peck, dass die Wirtin in einer Nische neben der Türe stand und ihn schon die ganze Zeit beobachtete. Und plötzlich beschlich ihn das Gefühl, dass er nur wegen ihr die weite Fahrt hierher unternommen hatte. Katharina balancierte mit erstaunlicher Kraft in jeder Hand zwei Bierkrügel, und als ihre dunklen Augen seinem Blick begegneten, strahlte sie ihn an.

»Ich habe mir gedacht, dass Sie kommen werden«, sagte sie zur Begrüßung. »Ich habe es jedenfalls gehofft«, schob sie nach. »Auch ein Bier?« Peck nickte.

Eine halbe Stunde später war es ruhiger geworden in der Gaststube. Peck lehnte sich zurück und sah sich um, wohlig gesättigt von dem abenteuerlich großen Schnitzel und zwei Halbe Bier. Einige Leute waren gegangen. Man hatte wohl alle Neuigkeiten und Gerüchte ausgetauscht, und die Männer gingen nach Hause, wo die Frauen bereits mit dem Sonntagsbraten warteten.

Katharina Fellinger trat an seinen Tisch. »Wie geht es Ihnen?« Peck sah auf die kleine Person, die mit weit aufgeknöpfter Bluse und leicht vorgebeugtem Oberkörper vor ihm stand, und bemühte sich, ihr in die Augen zu sehen. Er wusste nicht, was er antworten sollte. »Gut«, sagte er. Eine sehr einfallsreiche Antwort. Sie zog den Sessel heraus und setzte sich Peck gegenüber. An einem der seitlichen Tische saß aufrecht ein Mann vor seinem Bier, der durch seinen hellblauen Anzug, Weste und eine rote Krawatte auffiel, noch mehr aber dadurch, dass er Katharina unverhohlen anstarrte. Sie sah kurz zu dem Mann hinüber.

»Das ist Magister Blauensteiner, unser Gemeindesekretär«, flüsterte sie Peck zu, »ein überaus korrekter, aber stinklangweiliger Mann. Und er möchte mich gerne ins Bett kriegen.« Peck drehte leicht den Kopf und besah sich den Mann aus den Augenwinkeln.

»Und? Welche Chancen hat er?«

Katharina beugte den Oberkörper noch ein Stück weiter vor. »Es gab mal eine Zeit, da wollten Sie mich zum Essen einladen. Gar nicht lange her. Schon vergessen?«

»Sie können ja nicht weg von hier ...«

»Man kann alles planen.«

»Und Ihr Sohn?«

»Man kann alles planen.«

»Und wohin möchten Sie eingeladen werden?«

»Uttendorf, Zell am See oder Salzburg. Ein schönes, gemütliches Restaurant. Und viel Zeit mit Ihnen.«

Wie sollte Peck sich bei diesem Dekolleté auf eine Antwort konzentrieren?

»Gute Idee«, sagte er.

»Auf welche der drei Orte bezieht sich Ihre Antwort? Aber wozu soll ich mit Ihnen darüber reden? Sie sind ohnehin schon vergeben.«

»Ich hatte eigentlich nicht vor, Sie zu heiraten. Ich sprach nur vom Essen.«

Katharina lächelte säuerlich. »Schade. Sie sollten mal Urlaub hier in den Bergen machen. Ich würde mich auch um Sie kümmern.«

Peck sagte nichts.

»Es ist sehr einsam hier in unserem kleinen Dorf, immer die gleichen Leute, die Bauern, Arbeiter und am Wochenende die Touristen. Das war's dann ... nur in letzter Zeit sind dann diese glatzköpfigen Aggressionspotenziale aufgetaucht. Manchmal wünschte ich, ich könnte ...« Dann winkte sie mit der Hand ab. »Spielt keine Rolle.« Ihr Lächeln war verschwunden. Wenn sie sich nicht beobachtet fühlte, wirkte sie eher nachdenklich und traurig.

»Könnten Sie sich vorstellen, nicht in Salzburg zu leben, sondern in einem kleinen Dorf wie unserem?«

Peck fühlte, wie ihm heiß und kalt wurde. Sollte er diese Frage beantworten?

Katharina stützte das Kinn auf ihre gefalteten Hände und sah ihn erwartungsvoll an.

»Ich glaube, ich bin ein Stadtmensch«, sagte er dann langsam und war nicht sicher, ob das der Wahrheit entsprach.

»Manchmal möchte ich weg von hier«, sagte sie. »Dahin, wo ich Lukas in eine gute Schule geben kann, wo es Theater und Kinos gibt und wo mich nicht jeder kennt, wenn ich das Haus verlasse.«

Sie seufzte, stand dann auf und ging zu einem der Tische, wo irgendein Gast nach der Rechnung rief.

Peck beobachtete Katharina. Was trieb sie an? Und was war das für eine Frau? Eine traurige, alleinerziehende Mutter oder eine lustige Witwe? Peck kam zu keinem Ergebnis.

Später kam sie noch einmal zu ihm an den Tisch und sprach weiter über sich, das Leben im Dorf, und Peck hörte zu, doch alle paar Sekunden machten sich seine Gedanken selbstständig und kehrten zu dem Gespräch mit den Gattingers am Campingplatz zurück. Wer war der Junge auf dem Foto? *Keine Ahnung*, hatte Reinhold Gattinger gesagt. Was bedeutete das alles? Zuerst lernte Peck die biertrinkende

Luisa Miller kennen, die in Wien lebte und deren Mutter ermordet wurde, und dann entdeckte er dieselbe Luisa, fast noch als Kind, auf dem gerahmten Foto in einem Haus am abgelegenen Campingplatz in den Pinzgauer Bergen. Und neben ihr auf dem Bild ein junger Mann, der sechs Wochen zuvor bei einem ominösen Tauchunfall ums Leben kam. Zufall? Oder steckte da was dahinter? Und wenn ja, was? Zufall, redete Peck sich ein. Zumindest als vorläufige Arbeitshypothese.

Als er den gewundenen Güterweg von Tannwald zur Stubachtalstraße fuhr, war er in Gedanken versunken und hätte nach einer engen Rechtskurve fast einen umgestürzten Baum übersehen, der quer über der Straße lag. Er stieg aus, ergriff den dicksten Ast, und es gelang ihm fast mühelos, den Baumstamm zur Seite zu schleppen. Nur ein leises Knacken in der Wirbelsäule enthüllte ihm, dass sein Rücken die Mühelosigkeit anders bewertete.

Über eine Stunde später nahm Peck die Rotweinflasche aus dem Auto, die er für Sophia eingepackt hatte. Er wusste, dass sie sich über einen süßen Likör mehr freuen würde, hatte aber zu Hause auf die Schnelle nur den Syrah gefunden. Er freute sich, sie zu sehen, und nur ein bei jedem Schritt wiederkehrendes schmerzhaftes Stechen im Rücken störte sein Wohlbefinden, als er das Krankenhaus betrat.

»Deine Schuhe starren vor Schmutz«, sagte Sophia, als Peck immer noch mit anfallartigen Rückenschmerzen ihr Krankenzimmer betrat.

»Lass mich raten. Du warst zuerst auf einem entspannenden Spaziergang um den See herum, dann hast du dich einem tellergroßen Schnitzel hingegeben, und jetzt bin ich dran. Ich bin deine Prio drei.«

»Ich habe dir eine Flasche Syrah mitgebracht. Kräftigend, belebend und magenfreundlich.«

»Meine Mutter hat mich immer vor Männern gewarnt, die plötzlich mit einer Flasche Rotwein vor meinem Bett stehen, wenn es draußen schon langsam dunkelt.«

»Aber nicht in einem Krankenzimmer. Wie geht es dir? Du siehst gut aus. Und du fehlst mir.«

»Ich mag deine Botschaften. Küss mich!« Sie breitete im Liegen die

Arme aus und drückte ihn fest an sich.

Dann erzählte Peck von seinen Erlebnissen am Schwarzklammsee. »Da muss heute Nachmittag ein Mann hier im Krankenhaus eingeliefert worden sein. Ein eher jüngerer Mann.«

»Jünger als du?«

»Jünger als ich. Er soll auf einer Baustelle unter eine umstürzende Mauer geraten sein.«

»Und?«

»Vielleicht kannst du herausfinden, was ihm fehlt und wie es ihm geht …«

»Und wie er heißt«, ergänzte Sophia.

»Genau. Du verstehst mich eben sofort …«

Sophia richtete sich etwas auf. »Du benutzt frisch operierte und rekonvaleszente Patientinnen dieses Provinzkrankenhauses, um kostenlos für dich Recherchen durchzuführen zu lassen. Das bedeutet Honorar-Sharing!«

Peck griff sich mit einer *Mea-culpa-Geste* mit der flachen Hand auf die Brust und lächelte Sophia an. In diesem Moment fiel ihm ein, was Karoline Scherer gesagt hatte, nachdem er sich auf ihre Frage nach dem Sternbild als *Waage* geoutet hatte. »*Das habe ich mir gedacht*, sagte die Frau zu mir. Sag mir jetzt, was sie damit gemeint haben kann. Du kennst dich bei Sternzeichen besser aus als ich. Wofür ist die Waage typisch?«

»Normalerweise ist eine Waage ruhig, ausgeglichen, konfliktarm und langweilig. Sonst noch Fragen?«

»Womit bewiesen ist, dass ich entweder keine typische Waage bin oder diese Art von Sterndeuterei eher abstrus ist.«

In diesem Moment schob eine junge, hübsche Krankenschwester in kurzer blütenweißer Tracht einen Servierwagen mit einigen Thermoskannen herein.

»Was ist da drin«, fragte Peck.

»Früchtetee. Möchten Sie auch eine Tasse?« Peck schüttelte den Kopf, und die Schwester schwebte auf lautlosen Gummisohlen wieder in Richtung Tür. Peck machte schon Anstalten, einen Blick auf die schwesterlichen Beine zu werfen, als Sophia ihn mit der Küchengabel bedrohte. »Wenn du dich jetzt umdrehst …«

»Eine nette Krankenschwester«, sagte Peck. »Du bist hier in guten Händen.«

»Mir ist übrigens was eingefallen. Du hast neulich den Namen dieser Wahrsagerin erwähnt. *Pythia*. Ich kenne die Dame, genauer gesagt, ich kannte sie, aber unter dem Künstlernamen Sibylle Pythia.«

»Also hast du dir die Zukunft weissagen lassen.«

»Ich war ein- oder zweimal bei ihr, gemeinsam mit meiner damaligen Freundin. Außerdem erinnere ich mich an einen Fall, der vor einigen Jahren in Salzburg Stadtgespräch war. Es ging um ein vermisstes Kind, das bereits einige Tage von der Polizei und den verzweifelten Eltern gesucht wurde. Und diese Sibylle hat ihre Hilfe angeboten und dann in Trance auf dem Stadtplan eine Stelle in einem der alten Durchhäuser markiert, wo man später tatsächlich das Kind gefunden hat. Tot allerdings.«

»Und was hat die Dame dir Interessantes berichtet?«

»Sie prophezeite mir, dass ich irgendwann mal einen Mann kennenlernen würde; deutlich älter als ich, mit weißen Haaren und einem Dreitagebart.«

Urplötzlich hatte Peck das Gefühl, dass das Gespräch in die falsche Richtung lief.

»Und was sagte sie dann?«

»Die Wahrsagerin meinte, ich solle mich besser fernhalten von diesem Mann … oder, noch besser, davonlaufen.«

»Und?«

»Sie konnte aber auch in ihrer Kristallkugel erkennen, dass ich das nicht tun würde. Das mit dem Fernhalten, meine ich …«

»Sondern?«

»Sondern, dass ich bei dem Mann kleben bleibe. Und zwar lebenslänglich.«

»Warum gibt es eigentlich fast nur weibliche Wahrsager?«

Sophia schenkte Peck ein liebenswertes Lächeln. »Weil nur eine Frau über jene feinfühlige Intuition verfügt, um zu erkennen, was die Zukunft bringt.«

»Quatsch! Männer können das auch.«

»Männer finden sich nicht mal in der Gegenwart zurecht, geschweige denn in der Zukunft.«

»Ich glaube nicht, dass Menschen in der Lage sind, Ereignisse vorauszusehen.«

»Warum nicht?«

»Weil ich überzeugt bin, dass die Zukunft nicht hundertprozentig vorherbestimmt ist.«

»Drück dich so aus, dass ich kapiere, was du meinst.«

»Nur wenn in unserem Leben alles vorherbestimmt wäre, könnte jemand in der Lage sein, zukünftige Ereignisse vorauszusagen.«

»Unsere Zukunft ist nicht vorherbestimmt. Das wäre ja fatalistisch. Wir sind zur Freiheit verdammt!«

Peck grinste. »Ist das von dir?«

»Sartre. Nach ihm nutzt jeder Mensch seine individuellen Freiheiten.«

»Also ist die Zukunft nichts anderes als die Summe aller dieser individuellen Freiheiten. Abgesehen von plötzlich hereinbrechenden und unvorhersagbaren Katastrophen.«

»Zum Beispiel, dass ich dich kennengelernt habe.«

»Nein. Zum Beispiel für einen jungen Mann namens Werner aus Tannwald. Er war Kunde bei dieser Pythia.«

»Warum geht ein junger Mann zu einer Wahrsagerin?«

Peck schüttelte leicht den Kopf. »Er geht nicht mehr ...«

»Warum nicht?«

»Er ist tot.«

*

Einige Minuten später verließ Peck Sophias Zimmer und eilte gedankenversunken durch die Gänge des Krankenhauses dem Ausgang zu. Er war so sehr mit Pythia und ihren Kunden beschäftigt, dass er nicht bemerkte, wie kurz vor dem Hauptportal ein kleinwüchsiger Mann aus einem Gang von rechts hetzte, Peck genau vor die Füße. Es kam zu einem wuchtigen Zusammenstoß, und der Mann wurde von Peck unbarmherzig an die grob verputzte Mauer gewirbelt, wo er sich die Hände blutig schürfte und gerade noch einen Sturz vermeiden konnte.

»Was soll das, Sie augen- und hirnloser Dussel!« Peck überragte den Mann, dessen senfbraune Haare in allen Richtungen zerzaust waren, um gut eine Kopflänge. Aus dem Physikunterricht hatte Peck in Erinnerung, dass bei der Dynamik des unelastischen Stoßes zweier ungleicher Massen die Überlegenheit stets aufseiten der größeren Masse lag. Die Theorie stimmt, dachte Peck, stammelte irgendeine Entschuldigung und sah auf die zerschundenen Handflächen, die ihm der Kleine stöhnend wie ein blutiges Beweismittel vors Gesicht hielt; dann überschüttete er Peck mit einer Flut von Schimpfworten, die dieser nur teilweise verstand. Aus den Begriffen *Dussel* und *Saftsack* leitete Peck ab, dass es sich bei seinem Aufprallgegner wahrscheinlich um einen Touristen aus Deutschland handelte.

»Tut mir wirklich leid. Kann ich Ihnen helfen? Gleich da vorne um die Ecke können Sie Ihre Wunden versorgen lassen.«

»Sie gehen mir auf den Wecker«, rief der Mann mit den senfbraunen Haaren, machte dann eine eindeutige Bewegung mit dem Mittelfinger seiner blutigen Hand und lief die wenigen Stiegen hinunter zum Ausgang und dann quer über den Parkplatz, wo Peck ihn in einen großen Audi steigen sah. Deutsches Kennzeichen *Z*. Welche Stadt hatte den Buchstaben Z auf dem Nummernschild?

Als Peck in seinem Büro saß, spürte er, wie die Müdigkeit langsam von ihm Besitz ergriff. Aufmerksam las er nochmals das Mail, das er gestern von August bekommen hatte. Die *Schwarze Sonne* … er betrachtete die Grafik am Bildschirm, ein altes Nazi-Symbol der *SS*, über das sich sowohl auf seriösen als auch auf eindeutig rechtsradikalen Webseiten zahlreiche Informationen fanden. Ein germanisches Sonnenrad mit zwölf *SS*-Runen, das wie eine steinerne Intarsie in den *SS*-Ordensburgen im Boden eingelassen war wie ein marmorner Zeuge für die Zugehörigkeit zu dieser mörderischen Organisation. Auf einer der Webseiten stieß er auf einen Artikel vom 12. April 1945 im *Schwarzen Korps*, einer der letzten Ausgaben der damaligen *SS*-Zeitung. Auf der Titelseite gratulierte man dem Führer zum Geburtstag, also zu einem Zeitpunkt, als Deutschland schon so gut wie lückenlos besetzt war.

Und auf Seite vier des *Schwarzen Korps* fand Peck dann das Foto, das er sofort wiedererkannte. Die gleiche Szene wie auf der Fotografie, die er bei Karin Moser gefunden hatte. Drei Soldaten stehen vor einem Gebüsch, zwei davon in *SS*-Uniform, der links stehende fast noch ein Junge mit kurzen blonden Haaren und einem ironischen Zug um den Mund. Peck holte seine Unterlagen aus dem Schrank und verglich die beiden Fotos. Eindeutig das gleiche Bild. *April 1945* hatte jemand mit blauer Tinte auf die Rückseite des Fotos geschrieben. Fast wie auf einem Urlaubsfoto schauten die drei Uniformierten entspannt in die Kamera. Aber im April 1945 war keine entspannte Zeit mehr. Peck beschloss, mit einem Fachmann zu reden, der in der Lage war, ihm die Rangabzeichen, die auf den Uniformen gut erkennbar waren, zu erklären.

Er öffnete nochmals die Datei, die er von August erhalten hatte und die den Bauplan der *Schwarzen Burg* zeigte. Architekturbüro Herrmann Stommel. Zwei r und zwei n, dachte er, das deutet auf Germanien hin. Die Homepage der in Schwarz gehaltenen Webseite zeigte in der rechten oberen Ecke das Logo des Büros, eine kleine *Schwarze Sonne*. Als Peck auf *Team* klickte, pfiff er durch die Zähne. Dipl.-Arch. Herrmann Stommel, las er, Kreuzbergstraße 137 in Salzburg; und das Foto daneben zeigte einen schmächtigen Mittfünfziger mit senfbraunen Haaren, exakt jenen Mann, den er vor drei Stunden im Krankenhaus an die Wand gestoßen hatte und von dem er mit *Dussel* und *Saftsack* tituliert worden war. Er erinnerte sich, dass der Mann in ein Auto mit dem deutschen Kennzeichen Z gestiegen war. Z wie Zwickau, wie Peck im Internet schnell feststellen konnte.

Was bedeutete das alles? Peck lehnte sich zurück. Herrmann Stommel hatte den Auftrag, die *Schwarze Burg* zu renovieren, und er besuchte jemanden im Krankenhaus Zell am See. Vielleicht hatte seine Frau eine Blinddarmoperation hinter sich …?

Müde blätterte Peck durch seine Aufzeichnungen und stieß auf den Namen *Anna*, den Elfriede Gattinger ihm genannt hatte. Er suchte in Seekirchen nach dem Telefonanschluss einer Frau mit dem Vornamen

Anna, und nach zehn Minuten hatte er sich fünf Nummern notiert, die er lustlos der Reihe nach anrief. Ohne Erfolg. Die Frauen, die sich meldeten, waren entweder im großmütterlichen Alter, konnten mit Pecks Geschichte nichts anfangen oder beschimpften ihn wegen der plumpen Anmache. Peck fand, dass er nichts Plumpes angestellt hatte.

Als er in Google nach dem Tod Werner Gattingers suchte, stieß er im Onlinearchiv der *Salzburger Nachrichten* auf einen fünf Wochen alten Zeitungsartikel mit der Überschrift:

Rätselhafter Tauchunfall eines Sechsundzwanzigjährigen am Schwarzklammsee. Wahrscheinlich Tod durch Ertrinken. Einige Skinheads, die in der Nähe des Sees campierten, zogen den leblosen jungen Mann aus dem Wasser. Die Befragung der großteils unter Alkoholeinfluss stehenden und Uniform tragenden Männer brachte keine zweckdienlichen Hinweise und keine verwertbaren Spuren, die auf einen gewaltsamen Tod hinweisen. Nur ein kleines Fragezeichen bleibt. Aus der Obduktion werden weitere Erkenntnisse erwartet.

Peck dachte an die unangenehme Begegnung mit den Uniformierten am Nachmittag. Vielleicht sollte er sich doch noch genauer mit den Geschehnissen in der *Schwarzen Burg* beschäftigen. Demnächst würde er seinen Beschluss zu einer Besteigung des *Teufelshorns* in die Realität umsetzen. Von dort oben müsste man alles gut überblicken können.

Peck fuhr sich mit den Händen über sein Gesicht. Die Müdigkeit wurde stärker. Entweder er fuhr jetzt nach Hause, oder er schlief im Sitzen ein.

Er suchte in seinem Notizbuch den Namen der Wahrsagerin und fand im Internet die Webseite www.pythia-sibylle.eu. Die Dame hatte eine peppige Homepage.

Pythia Sibylle.
Ich nehme Dich an der Hand und führe Dich zum Glück.
Hellsicht, Hellfühlen, Tarot- und Engelkarten,
Lebensberatung, Wahrsagerin und Reiki-Meisterin.

Die meisten Begriffe hatte Peck schon mal gehört. Nur *Reiki-Meisterin* war neu für ihn. Unter *Besuchsadresse* stand die Scheiblgasse 118 in der Elisabeth-Vorstadt.

Auf der Homepage war eine Salzburger Festnetznummer angegeben, unter der sich nach längerem Läuten ein Anrufbeantworter mit einer interessanten, rauchigen Stimme meldete: »Die Engel sind meine Helfer für deine Seele. Dafür bin ich jeden Nachmittag während der Woche für dich und deine ganz persönliche Lebensberatung zu sprechen.«

Pecks Gedanken machten sich selbstständig, er starrte auf den Bildschirm, ohne zu lesen, was da stand. Der junge Werner Gattinger ging öfters zu Pythia, erzählte seine Mutter. Vielleicht steckte doch mehr dahinter als eine normale Kundenbeziehung? Und dann wird Werner von den Neonazis tot aus dem See gezogen, gleich neben dem Campingplatz und dem Haus der Gattingers, in dem er auf einer alten Fotografie Luisa Miller entdeckt, die Tochter jener Karin Moser, die Peck wenige Tage vorher ermordet in ihrer Wohnung findet. Zufall? Werners Leiche fand man direkt neben der Burg, die derzeit mit viel Aufwand von einem Architekten namens Stommel renoviert wird.

Peck kehrte nochmals zur Webseite Herrmann Stommels zurück und las die in holprigem Deutsch beschriebenen Kompetenzen der Firma, in der auch der Sohn des Architekten beschäftigt war, ein schmalgesichtiger blonder Jüngling, der wie sein Vater alles andere als architektonische Kompetenz ausstrahlte. Peck suchte die Kreuzbergstraße auf dem Stadtplan. Direkt am Gaisberg gelegen. Teure und gute Wohngegend. Und dann wusste Peck, was er jetzt tun würde. Er hatte einen neuen Plan.

Auf Wikipedia fand er einen Artikel über die Geschichte der Architektur im zwanzigsten Jahrhundert und stieß auf einer der Webseiten auf einen schick aussehenden Pavillon mit interessantem Grundriss und raumhohen Glaswänden. Er nahm ein Blatt Papier und einen Bleistift mit dicker Mine (alle innovativen Architekten zeichnen mit einem dicken Bleistift) und malte akribisch und mit professionellem Bleistiftstrich den Gebäudegrundriss aus der Wikipedia-Darstellung ab. Darunter schrieb er: Mein Haus und den Namen Maximilian Obanitsch, Getreidegasse 2.

Dann faltete Peck das Blatt, steckte es ein und verließ sein Büro.

Knorrige alte Kastanien standen in der Kreuzbergstraße, in der Peck sein Auto abstellte. Er sah die schmale Fahrbahn entlang, die in einem leichten Schwung bergauf führte. Kein Mensch war zu sehen. Das Haus Nummer 137, bereits leicht am Hang des Gaisberges gelegen, war ein hellgrauer Sichtbetonklotz mit riesigen, bläulich schimmernden Fenstern, in denen sich die untergehende Sonne spiegelte. Was macht ein gutsituierter Architekt an einem lauwarmen Sonntagabend? Relaxen. Oder mit einer langbeinigen Bikinischönheit am beheizten Pool sitzen und eisgekühlte Drinks aus schlanken Gläsern trinken, die oben mit einem bunten Papierschirmchen verziert sind. Obwohl Pecks Fantasie nicht ausreichte, sich das schmächtige Männchen mit dem senfbraunen Haar in der Partnerschaft mit einer wohlgestalteten Bikinidame vorzustellen. Peck ging am Haus vorbei und kletterte seitlich etwas den Hang hinauf und sah, dass zwei der Erdgeschossfenster hell erleuchtet waren. Er näherte sich dem ersten Fenster, stellte sich auf die Zehenspitzen und konnte den gesamten Raum überblicken, links neben der Türe ein mit Aktenordnern und Büchern vollgeräumtes Regal und davor der Herr Architekt mit dem senfbraunen Haar an einem Schreibtisch, einen großformatigen Plan vor sich. Kein Swimmingpool und kein Bikini. Nur ein schmächtiger Mann bei der Arbeit.

Peck ging zur Haustüre und läutete.

»Was wollen Sie?« Der Mann sah ihn unfreundlich an, und die Falten auf seiner Stirn legten an Intensität zu, als er Peck erkannte.

»Ich bin von weit hergereist, um Sie zu sprechen.«

Stommel zeigte seine blutig gekratzten Handflächen. »Das ist Ihr Werk! Wenn das ein Wiedergutmachungsversuch werden soll, hauen Sie lieber gleich ab. Es ist Sonntagabend. Wie haben Sie mich überhaupt gefunden?«

»Es geht um ein Geschäft. Ich habe einen Auftrag zu vergeben.«

»Am Sonntag.«

»Am Sonntag«, wiederholte Peck. »Es ist wichtig.« Und wie um die Wichtigkeit seines Anliegens zu beweisen, wedelte Peck mit seinem selbst gezeichneten Plan vor Stommels Gesicht herum.

Sie gingen über eine steile Holztreppe in den ersten Stock, und der Architekt bat ihn in ein kleines Besprechungszimmer. Der Mann war älter, als er auf den ersten Blick wirkte. Als er Peck in dem lichtdurchfluteten Raum gegenübersaß, erkannte man die schlaffe, faltige Haut und dunkle Tränensäcke unter den müden, glanzlosen Augen. Entweder Sorgen oder Erschöpfung. Erst jetzt sah Peck auf den hellen Holzboden, und wie eine dekorative Einlegearbeit prangte dort ein schwarzer Kreis mit zwölf, wie Speichen eines Rades angeordneten *SS*-Runen: Die *Schwarze Sonne*.

Stommel folgte Pecks Blick auf den Boden, dann lehnte er sich im Stuhl zurück, verschränkte die Arme vor der Brust und begann, so schien es Peck, ihn mit wachsender Aufmerksamkeit zu beobachten.

»Das ist mir bei unserem Zusammenprall im Krankenhaus nicht aufgefallen«, sagte Stommel leise. »Sie waren doch heute am Nachmittag auf unserer Baustelle am Schwarzklammsee. Ich habe Sie dort gesehen. Wie ein neugieriger Schnüffler kamen Sie daher.«

»Nur ein Spaziergang in einer wunderbaren Gegend.« Peck legte den Hausplan auf den Tisch und strich ihn glatt.

»Was soll ich damit?« Stommel beugte sich mit noch immer verschränkten Armen über das Blatt Papier. »Ihr Hausprojekt? Wer hat diese Skizze angefertigt?«

»Mein Sohn. Er studiert Architektur. Im ersten Semester.«

»Und Max Obanitsch. Sind Sie das?«

Peck nickte. »Es soll ein bescheidenes Heim für mich und meine Frau werden.«

Der Architekt nahm den Hausplan in die Hand, studierte ihn einige Augenblicke lang und ließ das Blatt dann achtlos auf den Tisch segeln. Irgendwas läuft schief, dachte Peck, und genau in diesem Moment rollte Stommel mit seinem Bürostuhl vom Tisch zurück. Physischer Abstand zeigt psychologische Distanz.

»Ihr Plan ist Scheiße.«

»Möglicherweise ist die Statik des Gebäudes nicht ganz in Ordnung.

Haben Sie Mitleid mit einem Erstsemestrigen. Sie haben auch mal jung angefangen.«

Der Architekt runzelte die Stirn. »Ihre Skizze ist ein *Fake*. Das Haus auf dem Blatt hier hat bereits jemand vor fünfundachtzig Jahren entworfen. Das stammt weder von Ihnen noch von Ihrem Sohn, Herr Obanitsch, oder wie Sie auch heißen mögen. Das ist abgekupfert.« Er sprang blitzartig auf, sodass der Bürosessel zurückrollte und scheppernd gegen eine Glasvitrine krachte. Stommel nahm ein dickes Buch aus dem Regal, blätterte durch einige Seiten und knallte dann den aufgeschlagenen Wälzer auf den Tisch, sodass Pecks Kugelschreiber einen Hüpfer tat.

»Voilà! Der Pavillon für das Deutsche Reich bei der Weltausstellung 1929 in Barcelona.«

Stommel sagte es leise, mit Ehrfurcht in der Stimme. »Bauhausstil pur. *Less is more* lautete das Konzept des Architekten. Und der hieß übrigens Mies van der Rohe. Noch Fragen?« Stommel setzte sich wieder Peck gegenüber. Sein Gesicht hatte sich gerötet. Es sah aus, als ob er angestrengt nachdachte.

»Wer sind Sie wirklich?«

»Möglicherweise sollte mein Sohn die Studienrichtung wechseln«, sagte Peck. Zeit für einen geordneten Rückzug. Er faltete den Plan zusammen.

»Ich bin ein potenzieller Kunde für Sie und Ihr Büro. Aber wenn Sie nicht wollen, wende ich mich an Ihre Konkurrenz.«

Der Architekt kniff die Augen zusammen und sah Peck wortlos an. An seinem Gesicht konnte man erkennen, dass Stommel begonnen hatte, entlang neuer Linien zu denken.

»Kommen Sie«, sagte er und erhob sich. »Ich möchte Ihnen was zeigen.« Sie gingen in einen noch kleineren Nebenraum, in dem in der Mitte ein runder Besprechungstisch mit fünf Stühlen stand. Alle Wände waren mit Regalen verbaut, in denen Hunderte Aktenordner standen, alle akribisch mit Name und Datum beschriftet. Peck warf einen kurzen Blick aus dem Fenster, und in diesem Moment lief Stommel durch die Türe und sperrte diese von außen ab. Peck war gefangen.

*

Ganz ruhig bleiben! Peck setzte sich auf den abgewetzten Ledersessel an der Wand und sah sich um. Dann stellte er sich an eines der Wandregale und las die Aufschriften der Aktenordner. *Einfamilienhaus Dr. med. H. Petersen* und *Verwaltungsgebäude Fa. Conrad GmbH*. Er zog diesen Ordner aus dem Regal und blätterte unaufmerksam einige Seiten um. Ganz vorne fand sich ein Deckblatt mit einer großformatigen *Schwarzen Sonne*, dem allgegenwärtigen Logo des Architekturbüros. Er blätterte weiter, dann pfiff er durch die Zähne. Zwischen Grundrisskonzepten und Exposés für die Conrad GmbH fand sich ein schmales Pornoheft, das Peck interessiert durchblätterte und auf viele nackte Frauen stieß, manche auf einem langflorigen Flokatiteppich im Kreis sitzend, und in der Mitte eine fette Blondine mit gespreizten Beinen und geföntem Schamhaar. Peck wog den prall gefüllten Ordner in der Hand. Mindestens drei Kilo, schätzte er; eine geeignete Waffe, gut in der Hand liegend und mit stabilen Eisenecken bewehrt.

Draußen hörte er die aufgeregte Stimme des Architekten, der mit irgendwem telefonierte. »Ein Schnüffler ... ja, genau, derselbe wie heute an der Baustelle. Holt ihn euch, Jungs! ... Er gehört euch!«

Pecks Herz begann, noch schneller zu schlagen. Wie kam er hier raus? Was, wenn in einigen Minuten eine Hundertschaft Skinheads ins Zimmer stürmte? Er sah aus dem Fenster. Zu hoch. Mindestens drei Meter. Dann ein leises, kratzendes Geräusch. Peck hielt den Atem an. Kein Zweifel, da drehte jemand langsam den Schlüssel im Türschloss. Peck stellte sich neben die Türe an die Wand, den schweren Aktenordner mit beiden Händen hoch erhoben.

»Wo sind Sie, mein Lieber?« Zuerst sah Peck die Pistole, dann betrat der Architekt leise den Raum. Es gibt nur einen Versuch, dachte Peck und konzentrierte sich auf den Schlag. Die kinetische Energie des Aktenordners wirkte augenblicklich. Graue Explosionswolken stoben aus beiden Seiten des Ordners und Peck ins Gesicht. Es musste sich um einen sehr betagten Ordner handeln. Stommel verkrampfte sich augenblicklich. Es gelang ihm noch ein kurzer Schrei, dann fiel die Pistole scheppernd auf den Holzboden. Wie wenn er den Fußboden nach etwas Verlorengegangenem absuchen wollte, fiel der kleine Mann im Zeitlupentempo nach vorne und drehte sich dann in einer letzten Reaktion auf den Rücken, wo er ruhig liegen blieb, die Arme wie ein Gekreuzigter zur Seite gestreckt.

Peck stellte den Aktenordner neben den Bewusstlosen, drehte ihn in die stabile Seitenlage und legte ihm das Pornoheft auf die Brust. In diesem Moment drang ein trostloses Seufzen aus Stommels Mund. Wahrscheinlich mochte er Pornos nicht.

Ob der Architekt allein im Haus war? Peck horchte. Alles ruhig. Jetzt schnell weg!

Er lief die Stiege hinunter, und als er in seinen Wagen stieg, blieb er mit laufendem Motor in sicherer Entfernung stehen und wartete. Nach ungefähr zehn Minuten kam ein großer Mercedes Kombi angerauscht, der mit quietschenden Bremsen vor Stommels Haus stehen blieb, worauf fünf Männer heraussprangen und ins Haus trampelten. Einen der Männer erkannte Peck wieder. Es war D'Artagnan aus Tannwald.

Noch etwas zittrig saß Peck eine halbe Stunde später in seinem Lieblingssessel und hatte die Beine hochgelegt. Die Wirkung des Adrenalins, dachte er, verengte Blutgefäße, gesteigerter Blutdruck und beschleunigter Puls. War er in seiner Wohnung überhaupt noch sicher? Kein Grund zur Panik. Die kennen weder deinen Namen noch den genauen Wohnort. Oder doch? Nein, Max Obanitsch wohnt in der Getreidegasse Nummer 2. Dort befindet sich in Wirklichkeit ein Kleidergeschäft oder ein Andenkenladen. Oder irgendein Gebäude, in dem Mozart mal gewohnt hat.

Peck legte das Es-Dur-Streichquartett von Dvořak auf und genoss das wunderbare Allegro gleich zu Beginn. Allmählich wurde er ruhiger, es blieb nur das Gefühl, dass er etwas vergessen hatte. Er lehnte sich zurück, und dann fiel es ihm ein. Der Architekt Stommel hielt die Pistole in der linken Hand.

Zwei Lagavulin später rief er nochmals Sophia im Krankenhaus an, erzählte andeutungsweise von seinen beiden Zusammenstößen mit dem Architekten und wählte dann die Nummer von Luisa Miller, die jedoch nicht abhob. Auch bei seiner Tochter ging niemand ans Telefon. Julia war jetzt schon einige Tage nicht erreichbar. Musste er sich Sorgen machen? In Gedanken versunken, legte er sein Handy auf den kleinen Tisch neben das Whiskyglas. Genau in diesem Moment begann das Mobiltelefon zu läuten.

»Hier ist Elisabeth Stein, guten Abend!« Seine Auftraggeberin. Sofort setzte er sich aufrecht wie ein Soldat hin. Wahrscheinlich wollte sie wissen, was er bisher über Kerstin Kramer herausbekommen hatte.

»Es gibt Neuigkeiten, Herr Peck«, sagte sie mit kühler Stimme. »Mich hat soeben mein Vater angerufen. Kerstin Kramer ist spurlos verschwunden.«

Montag, 12. Juni

»Habe ich dich aufgeweckt?« Sophia aus dem Krankenhaus.

»Nein«, sagte er gedehnt und orientierte sich dann, wo er war. »Ich bin schon lange munter und habe bereits gefrühstückt.«

»Dies fällt unter die Rubrik *Märchen und Sagen aus Salzburg*.«

Er zögerte mit einer Antwort, hauptsächlich deshalb, weil ihm keine einfiel. Außerdem traf ihre Antwort nicht die Wahrheit. Diese fiel eher unter die Rubrik: *Zu viel Lagavulin am Abend davor*.

»Da dir keine Antwort einfällt, möchte ich dich mit der Nachricht erfreuen, dass ich übermorgen früh aus dem Krankenhaus entlassen werde. Und dann re-starten wir dein Vernunftsprogramm.«

Peck nickte, sagte aber nichts. Also, dachte er: kein Rotwein, kein Single oder anderer Malt, keine Kohlenhydrate, nur Gemüse und dazu Kräutertee.

»Ich freue mich auf dich!« Und das traf tatsächlich den Kern. Er freute sich darauf, wieder mit Sophia die Abende verbringen zu können und mit ihr zu reden. Er freute sich darauf, überhaupt wieder mit einem vernünftigen Menschen zu reden. Seine Wohnung wurde langsam zu einer Eremitenzelle, die er abends betrat, dann zusperrte und am nächsten Morgen wieder verließ, ohne ein Wort mit jemandem reden zu können.

Die Weltnachrichten im Radio starteten mit einem Bericht über die wesentlichen Beiträge österreichischer Wissenschaftler zum amerikanischen Weltraumprogramm, aus dem Peck den Eindruck mitnahm, dass es ohne Österreich keinem Amerikaner je gelungen wäre, den Fuß auf den Mond zu setzen. Nach diesem Report zur globalen Relevanz der Nation und dem hohe Temperaturen versprechenden Wetterbericht setzte er sich mit seinem Notizbuch zum Tisch. Was stand heute auf dem Programm? Kerstin Kramer ist verschwunden. Also würde er als Erstes ein Gespräch mit seiner Auftraggeberin Elisabeth Stein führen.

Fünf Minuten später standen folgende Punkte in seinem Notizbuch:

1. Elisabeth Stein sprechen
2. Anna in Seekirchen?
3. Funke wegen KFZ-Kennzeichen
   - Silberner Mercedes S-139 OL
   - Weißer Opel Corsa S-010VH

Peck fuhr die Alpenstraße bis Anif, wo er in einer spiralförmigen Annäherung die Einfahrt zum Haus der Steins suchte.

»Unser Anwesen ist im Georg-Trakl-Weg, einer kleinen Sackgasse ganz im Westen Anifs«, hatte Elisabeth Stein am Telefon gesagt. Nummer 156 stand auf der Visitenkarte, die Peck bei ihrem ersten Besuch bekommen hatte. *Unser Anwesen* … Und es war tatsächlich wie in einem Hollywoodfilm; eine mit Platanen bepflanzte Allee führte zu dem geschotterten Platz vor dem Haus, das zu Recht den Namen *Anwesen* verdiente. Woher hatten diese Leute so viel Geld?

Er ging an einem vorbildlich gepflegten Rasen vorbei. Durchschnittliche Länge der Grashalme: zwanzig Millimeter. Plötzlich lagen da zwei welke Blätter auf dem Gras, die bisher wohl niemand bemerkt hatte. Er hob die Blätter auf, steckte sie in seine Hosentasche und stellte so die gärtnerische Ordnung wieder her.

Peck stand vor dem Eingang und drehte sich nochmals zu der Auffahrt um, die ihn zu dem Haus geführt hatte. Was er immer schon beeindruckend fand, war ein Haus in absoluter Alleinlage, ohne Nachbarn; zumindest konnte er weder ein anderes Haus sehen noch irgendwelche Gartenzäune oder Mauern, hinter denen die Welt weiterging. Nur die Größe und der neumodische Baustil des Anwesens passten nicht hierher. Wie die unüberlegte Folge eines Lottogewinns.

Er musste nach dem Läuten nicht lange warten, bis ein blondes Mädchen mit einer kecken Schürze öffnete. Als Peck irgendeinen Dank murmelte, merkte er, dass sie kein Deutsch verstand.

Plötzlich hörte er Schritte und eine Stimme.

»Merci, Colette. C'est tout. Unser Au-pair-Mädchen«, sagte Elisabeth Stein. »Aus Lyon.« Sie trug heute einen weißen Hosenanzug und eine gerüschte schwarze Seidenbluse. Ihr Gesicht war vorbildlich geschminkt, aber die tellergroßen Schatten unter den Augen waren nicht zu verbergen gewesen. Irgendwie hatte sie sich verändert, seit

Peck sie zum ersten Mal gesehen hatte. Vor genau vier Tagen.

Elisabeth Stein war fahrig und machte auf Peck den Eindruck, schlecht gelaunt zu sein. Der große Raum, in den sie ihn führte, sah fast wie ein Wohnzimmer aus. Die Farbe Weiß dominierte, blanke, weiß gestrichene Sichtbetonwände, die sich über zwei Etagen erstreckten, mit einer oben umlaufenden Galerie, von der aus zahlreiche Türen in weitere Räume führten. Die wenigen Möbel bestanden vorwiegend aus Stahl und Glas, und auf dem hellen Holzboden lag ein sportplatzgroßer weißer Teppich. Aber auch nichts von dem, was er hier sah, fand Peck erstrebenswert. Mit einer Ausnahme: Ein riesiger runder Tisch an der Wand erregte seine Aufmerksamkeit, mit rund fünfzig Flaschen darauf, in allen Formen und Farben. Mit geübtem Blick sah er, dass die guten *Single Malts* sich um das Zentrum des Tisches herum konzentrierten.

»Wann haben Sie erfahren, dass Kerstin Kramer verschwunden ist?«

»Mein Vater war mit dieser … dieser Frau verabredet, aber sie kam nicht. Das war gestern oder vorgestern. Papa sagt, sie hebt seitdem ihr Telefon nicht ab.«

»Ist sie vielleicht in ihrer Wohnung?«

»Nein. Mein Vater war dort.«

»Er hat einen Schlüssel?«

»Der Hausmeister hat ihm die Türe geöffnet. Angeblich ist alles da, die Koffer, der volle Kleiderschrank, alles … nur sie ist weg.«

Peck erlaubte sich ein Lächeln. »Jetzt haben Sie ja erreicht, was Sie wollten. Die Frau ist weg.«

Sie erwiderte sein Lächeln nicht. »Hören Sie auf mit Ihren dummen Bemerkungen. Irgendwann kommt die Polizei noch auf die gleiche Idee … und dann finde ich mich gemeinsam mit meinem Mann als Hauptverdächtige auf irgendeiner Anklagebank.«

»Sie vermuten, dass Kerstin Kramer tot ist?«

»Ich vermute gar nichts. Was werden Sie jetzt unternehmen? Aber bitte, rasch!«

»Frau Stein, erklären Sie mir kurz Ihre Familie, die engere Sippe sozusagen, damit ich weiß, wo ich die Hebel ansetzen kann.«

»Wir sind keine Sippe, und sofern Sie über einen Hebel verfügen, sollten Sie ihn diesem Weib widmen, ich meine, Kerstin Kramer. Aber wenn es denn sein muss, das mit meiner Verwandtschaft ist schnell erzählt. Neben Vater gibt es in der Familie zwei Männer, meinen Bruder Christian und meinen Mann Günther. Christian hat eine Frau, die Renate heißt und genauso kleinbürgerlich wie dumm ist.«

»Kinder?«

Elisabeth sprang auf. »Ich weiß nicht, worauf Sie hinauswollen. Ich habe einen Sohn, Billy, der ist zwölf; mein Bruder hat zwei Kinder, die deutlich jünger sind.«

»Ihr Mann ist Banker?«, fragte Peck, der in ungemütlicher Sitzhaltung auf der weißen Couch saß.

»Bülow Bank«, sagte sie, »er ist dort im Management.«

»Bei welcher Bank hat eigentlich Ihr Vater gearbeitet?«

»Bülow Bank«, sagte sie, »er war der langjährige Direktor, sozusagen der Mentor Günthers … meines Mannes.«

»Ich halte es tatsächlich für sehr wahrscheinlich, dass sich die Polizei bei Ihnen melden wird, falls jemand Abgängigkeitsanzeige erstattet.«

»Dafür wird schon mein Herr Vater sorgen.« Laut pfauchend ließ sie sich in ihren Ledersessel fallen.

»Wo könnte Ihrer Meinung nach Frau Kramer sein?«

»Herr Peck, Sie sind der Detektiv. Sagen Sie es mir!«

»Wo lebt Ihre Mutter?«

Sie winkte ärgerlich ab. »Vergessen Sie's! Kein Kontakt seit Jahren. Sie lebt seit der Scheidung von meinem Vater irgendwo hier in der Stadt. Glaube ich wenigstens.«

»Ihr Vater hat die Bank verlassen, als er neunundfünfzig war.«

»Und?«

»Wer scheidet schon freiwillig in diesem Alter aus einer gut bezahlten Geschäftsführer-Position aus und geht in Ruhestand?«

»Was hat das mit Kerstin Kramer zu tun? Aber Ihre eigenartigen Fragen zeigen mir, dass Sie meinen Vater nicht kennen. Er machte genau das, was jemand tut, der genügend Vermögen angesammelt hat und sich jetzt um die Dinge kümmern möchte, die wirklich im Mittelpunkt seines Interesses liegen.«

»Und wo ist dieser Mittelpunkt bei Ihrem Vater?«

»Spezialgebiet Zeitgeschichte. Erster und Zweiter Weltkrieg und so. Geschichte ist sein Hobby. Mein Vater weiß mehr über das letzte Jahrhundert als mancher Historiker an der Uni. Das hat er von seinem Vater geerbt.«

»Lebt der noch?«

»Mein Gott, Herr Peck, Sie entfernen sich mit jeder Frage weiter von Ihrem Auftrag. Ja, er lebt noch, irgendwo in einem Pflegeheim in Oberösterreich. Mein Großvater hat Jahrzehnte in Übersee verbracht und ist erst vor Kurzem wieder nach Österreich zurückgekehrt. Körperlich geht es ihm gut …« Sie klopfte mit dem Zeigefinger gegen ihre Stirn. »Aber da oben lebt er schon seit langer Zeit in der Welt des Vergessens.«

»Ihr Großvater muss ja im Methusalem-Alter sein.«

»Er ist sechsundachtzig, meist gut gelaunt, und läuft hinter jeder Krankenschwester her. Kein Frauenpopo ist vor ihm sicher. Der kann noch hundert werden.«

*

Einen anderen Menschen zu töten, ist eine einfache Sache, dachte Philipp Schalk. Und nun war es geschehen. Er dachte kurz nach, dann legte er den Kopf gegen die Nackenstütze. Aus den Augenwinkeln beobachtete er die wenigen Autos, die in mäßigem Tempo durch die Lasserstraße fuhren. Der Platz und die Situation waren ungünstig, weil ihm die Stoßstange an Stoßstange parkenden Autos die Sicht auf die Fahrbahn und den gegenüberliegenden Gehsteig nahmen. Aber er würde das, worauf er wartete, zu Gesicht bekommen. Früher oder später. Der Schwerverkehr zog eine Parallelstraße weiter vorbei, und er konnte das Brummen der Laster, das Stop-and-go und das aufgeregte Hupkonzert der PKWs hören, eine stinkende Blechlawine, unterwegs in Richtung Westautobahn. Dann spielte ein leises Lächeln um seine Lippen. Sie ist weg, dachte er, und wird nie wieder in Erscheinung treten. Es gibt zu viele Frauen in diesem gefährlichen Umfeld, die zu viel wissen. Vielleicht hätte er früher eingreifen sollen ... aber nein, nicht mit seinem klaren Auftrag. Und die Polizei hat von alldem noch keinen blassen Schimmer. Bald würde er seinen Auftrag zu Ende bringen. Nur noch einige Erkenntnisse, dann hatte er den sicheren Beweis. Ob das heute schon der Fall sein würde? Seine Aufregung wuchs. Der sichere Beweis ... Draußen ging eine junge Frau mit einem Schäferhund an der Leine vorbei. Die Frau hatte einen angespannten Gesichtsausdruck. Ganz in Gedanken versunken, nur der Hund zerrte an der Leine und drehte den Kopf zu ihm her. Plötzlich wanderten die Gedanken zu seiner Mutter, die jetzt allein in dem Bauernhaus lebte, in dem er geboren wurde. Im *Austragshäusel*, sagen dort die Dorfbewohner. Sie war achtzig, und er hatte sie schon viel zu lange nicht mehr besucht. Er musste unbedingt wieder mal ins Waldviertel. *Purzelkamp*. Er musste über den Namen lächeln. War es gefährlich, hier in aller Öffentlichkeit im Auto zu sitzen? Vielleicht sollte er überhaupt einen neuen Wagen kaufen oder mieten. Keinen schwarzen Golf mehr, vielleicht einen blauen Mazda oder einen Fiat. Nein. Keine Gefahr. Auch jetzt nicht, nach der *großen Aktion*. Hier im Auto bestand kein Risiko. Sehen und nicht gesehen werden. Er legte den Kopf wieder zurück und versank in eine Art Halbschlaf, und seine Augen fielen ihm zu. Aber dann kehrten die Unruhe zurück und die Angst, etwas zu übersehen. Er drehte den Kopf und blickte in beiden Richtungen die Lasserstraße entlang, nur um sich zu beweisen, dass er achtsam war. Und um seine Nerven zu beruhigen. Dann fiel ihm plötzlich die Gestalt auf, die auf der gegenüberliegenden Straßenseite hinter einem der parkenden Autos kauerte und zu ihm herübersah. Der Mann war vorher noch nicht da gewesen. Er trug Jeans und eine dicke braune Jacke. Ein Polizist? Sein Herzschlag schnellte nach oben, und er spürte ganz deutlich, dass jemand in der Nähe war. Seine Nackenhaare stellten sich auf. Da war jemand, ganz nahe, und beobachtete ihn.

Plötzlich kamen sie von zwei Seiten und rissen beide Wagentüren gleichzeitig auf. »Aussteigen! Beine auseinander und Hände aufs Auto!«

Philipp Schalk war zu lange Polizist gewesen, um sich einschüchtern zu lassen. Er schälte sich langsam aus dem Auto und ließ sich dann die

Ausweise der drei Männer zeigen. Ermittler des LKA Salzburg. Was wussten sie von ihm? Sie zerrten ihn zu ihrem Wagen, der um die Ecke in der Stelzhamerstraße geparkt war.

»Wagenschlüssel!« Der jüngere der drei hielt ihm fordernd die flache Hand vor das Gesicht. Die Autoschlüssel gab er ihnen nicht. Der ältere Beamte drückte seinen Kopf brutal nach unten und schob ihn in das Polizeiauto. Er kannte seine Rechte. Sie würden ihn nicht kleinkriegen. Scheißbullen.

*

Die Gewitter und die dunklen Wolken hatten sich verzogen, und die Hitze war zurückgekehrt. Er fluchte, als er sich am heißen Lenkrad die Hand verbrannte. Peck nahm das kleine Notizbuch und strich den ersten Punkt »Elisabeth Stein sprechen« durch.

Ecco! Punkt zwei: Anna, Seekirchen. »Affenhitze«, stöhnte er laut und verließ die Stadt auf der Autobahn in Richtung Seekirchen am Wallersee. Wie sollte er ein Mädchen finden, von dem er nur den Vornamen und eine vage Beschreibung hatte? Als er von der Obertrumer Landstraße nach Seekirchen einbog, suchte er einige Minuten einen Parkplatz und fand schließlich eine freie Stelle in der Bahnhofstraße. Er schlenderte einmal die Hauptstraße rauf und runter, ohne zu wissen, wo und wie er die Suche starten sollte. Seekirchen machte einen lebendigen, farbenfrohen Eindruck. Er landete schließlich auf der Terrasse des *Café Centrum* direkt neben der Kirche, von wo aus er dem Treiben in der Hauptstraße zusah. Der rote Schirm mit irgendeinem Werbeaufdruck für den besten Kaffee im Land spendete kaum Kühle. Schläfrig streckte er die Beine aus und bestellte einen Großen Braunen. Den dritten heute. Dann war Schluss!

Die Kellnerin, eine vollbusige Blondine mit hochtoupiertem Haar, wie es schon seit vielen Jahren aus der Mode war, brachte ihm den Kaffee.

»Ich hätte Sie gerne gesprochen«, sagte Peck.

»Das tun wir doch gerade.« Sie lächelte.

»Ich suche ein junges Mädchen. Oder eine junge Frau. Ungefähr fünfundzwanzig Jahre, braune Haare, groß und schlank.«

»Zum Heiraten? Von dieser Sorte Weiblichkeit haben wir siebenhundertachtzig Stück in Seekirchen.« Sie musterte Peck mit freundlichen Blicken. »Möchten Sie sonst noch was zum Trinken?«

»Das Mädchen heißt Anna.«

»Kein seltener Name. Davon haben wir neunhundertzehn. Ohne die Annas in den umliegenden Dörfern.« Sie nahm die leere Tasse und ging mit schnellen, trippelnden Schritten zurück ins Lokal. Peck ließ sich im Sessel zurückfallen und atmete aus. Wie sollte er hier fündig werden, wenn die Nadel so klein und der Heuhaufen so groß war? Dann erinnerte er sich daran, was Elfriede Gattinger über Anna zu berichten wusste. *Sie liest gerne. Esoterik vor allem. Und sie ist immer ungeschminkt, legt wenig Wert auf ihr Äußeres …*

Wenn eine Frau wenig Wert auf ihr Äußeres legt, dann fehlt ihr das Geld für Kleider und Schminksachen. Und wenn sie viel liest, auch für Bücher … und dann … Peck winkte der blonden Kellnerin, die grinsend angeschlendert kam. »Sie haben einen Fehler gemacht«, sagte sie. »Wenn Sie sich das nächste Mal mit einer Unbekannten verabreden, dann fragen Sie die Frau vorher nach ihrem Familiennamen oder wenigstens ihrer Telefonnummer.«

»Bringen Sie mir die Rechnung«, sagte Peck so kühl wie möglich. »Und sagen Sie mir, wo eine öffentliche Bibliothek ist.«

»Wir haben nur eine Bibliothek hier in Seekirchen, und die ist öffentlich. Aber dort arbeitet keine Anna.« Als sie Pecks Gesichtsausdruck sah, zeigte die Kellnerin mit einer zackigen Handbewegung nach rechts. »In der Bahnhofstraße, zweihundert Meter rein und dann auf der linken Seite. Steht außen am Haus. Aber die öffnen erst um zwei.«

Peck sah auf die Uhr. Halb zwei. Auf seinem Rundgang bemerkte er, dass er seinen VW genau gegenüber der Bibliothek in der Bahnhofstraße geparkt hatte. Obwohl er versuchte, den kurzen Spaziergang strikt auf der Schattenseite der Häuser zu absolvieren, betrat er Punkt zwei schweißdurchtränkt den großen hellen Raum der Bibliothek. Direkt neben der Türe saß eine hübsche Dunkelhaarige mit Brille und tippte irgendetwas in ihre Tastatur. Eine zweite Frau balancierte schwungvoll einen beeindruckenden Bücherstoß, so wie man normalerweise Brennholz trägt, und schaffte es dabei noch, freundlich zu grüßen.

»Kann ich Ihnen helfen?« Ein Schild auf dem Tisch wies die Dunkelhaarige als B. Burger aus. Peck zeigte seinen Ausweis und erzählte dann wieder die Story von der Erbschaft und dass er beauftragt sei, die Alleinerbin zu suchen. Leider wisse er nur den Vornamen: Anna.

»Sie suchen also ein Fachbuch über Erbrecht«, sagte die Frau und begann, auf ihre Tastatur zu schlagen.

»Wahrscheinlich hat diese Anna hier Bücher ausgeborgt. Ihr Fachgebiet ist die Esoterik.«

»Wir haben viel über Esoterik hier in unserer Bücherei. Wird sehr gerne gelesen. Wie alt soll denn Ihre Anna sein?«

»Mitte zwanzig. Groß, schlank, braunes, kurzes Haar.«

Die zweite Frau war herangetreten. »Anna Ludwig«, sagte sie. »Wallerseeweg Nummer 38. Sie ist meine Nachbarin. Und sie ist heute nicht in der Arbeit, zumindest hat sie mich am Vormittag von zu Hause aus angerufen. Wegen einer bebilderten Ausgabe des Kamasutra.«

Peck bedankte sich und strebte dem Ausgang zu, als eine der beiden Frauen ihm nachrief: »Was hat sie denn geerbt?«

Peck drehte sich langsam um. »Kaum der Rede wert. Einige tausend Bücher aus dem Nachlass der verstorbenen Tante. Sie kann jetzt eine Bibliothek aufmachen.«

Wie es sich gehört, zog Peck vor dem Haus Nummer 38 sein Sakko an, das er bis hierher in der Hand getragen hatte. Es gab keine Klingel, also klopfte er fest an die Tür, die zu seiner Verblüffung augenblicklich weit aufsprang. Vor ihm kniete eine junge Frau auf allen Vieren, die erschrocken zu ihm hochsah. »Was gibt's?«

»Was tun Sie da unten?«

»Ich möchte sehen, wie Sie ein Geldstück suchen, das Ihnen aus der Hand gerutscht und irgendwo hingerollt ist.« Peck sah bewundernd zu, wie sich die hagere Gestalt schwungvoll aufrichtete. »Wen suchen Sie?«

»Sind Sie Anna Ludwig?«

»Kommen Sie wegen der Erbschaft?«

Peck lächelte. Die freundliche Dame aus der Bibliothek hatte schnell zum Telefon gegriffen.

»Eine kleine Lüge. Entschuldigen Sie.« Mühsam holte Peck seinen Ausweis aus der hinteren Hosentasche.

Es war ein kleines, geducktes Haus mit einem roten Ziegeldach, das aber innen größer war, als Peck zunächst angenommen hatte. Vor der Haustüre und beiderseits des schmalen Kiesweges breitete sich ein üppiger Kräutergarten aus, und sie standen in einer Wolke aus unterschiedlichen Düften, die er aber nicht unterscheiden konnte.

»Ich bin krankgeschrieben«, sagte sie.

»Das tut mir leid. Hoffentlich nichts Ernstes?«

»Nur eine Grippe. Aber schon im Abklingen.« Die Personenbeschreibung, die Peck von Elfriede Gattinger bekommen hatte, war sehr zutreffend. Anna war dünn und knochig, ihre Haare sahen aus, als ob sie sie selbst geschnitten hätte. Im Dunkeln. Sie trug einen grob gestrickten grauen Pullover, der ihr fast bis auf die Oberschenkel reichte. Mitte zwanzig schätzte Peck ihr Alter, hageres Gesicht mit einer langen Nase und doch auf irgendeine Art attraktiv. Sie hob oft die Augenbrauen, um ihre Aussagen zu betonen, was jedes Mal kleine Wülste auf ihre Stirn brachte.

Dann drehte sie sich um und führte Peck in ein niedriges dunkles Wohnzimmer, einer Mischung aus mit Büchern vollgestopften Regalen und alten, nicht zusammenpassenden Möbelstücken. Ein eigenartig stechender Geruch lag in der Luft. Zwischen einem schwarzen, gusseisernen Ofen und dem Bücherregal hing eine Sammlung gerahmter Bilder, alle mit mystischen Diagrammen, farbigen Kreisen und Vielecken. Irgendwas Indisches.

Die Frau hatte seinen Blick zu den Bildern verfolgt. »Alles Symbole unserer Seele auf dem Weg zur Individuation.«

Peck sah sie an. »Individuation«, wiederholte er. Sie schüttelte den Kopf. »Bevor ich Ihnen was über C. G. Jung erzähle, sagen Sie mir vorher, was Sie von mir wollen. Zuerst fragen Sie die Leute in der Stadtbibliothek über mich aus, und dann schmuggeln Sie sich unter Vorspiegelung einer Erbschaft hier ein.«

»Sie waren Werners engste Freundin.«

»Das weiß ich. Und?«

»Und wie einige andere glaube auch ich nicht an einen Unfall. Also möchte ich mit Ihnen reden.«

»Es war kein Unfall«, sagte sie leise.

»Es ist beim Tauchen passiert … war das sein Hobby?«

»Nie! Er mochte keinen Sport. Er hatte Angst … große Angst.«

»Angst? Wovor? Vor dem Tauchen?«

»Vor …« Sie hielt einen Moment inne, und Peck wartete, bis sie weitersprach. »Vor den Leuten, die ihn beauftragt hatten.« Sie hob den Kopf und sah ihn an. »Aber bevor Sie fragen, ich wüsste selbst zu gerne, wer es war.«

»Und woher hatte er die Ausrüstung zum Tauchen?« Sie hob kurz die Schultern. »Keine Ahnung. ›Mitmachen und Mund halten‹, sagten sie zu ihm. Irgendjemand hat ihn bedroht. ›Sonst ergeht es dir wie der Mutter deines Freundes.‹«

»*Wie der Mutter deines Freundes*. Wer ist damit gemeint?«

»Ich weiß es nicht, aber eines Tages war er zittrig und aufgelöst zu mir gekommen. Und betrunken, obwohl Werner sonst nie getrunken hat. Und dann sagte er: *Dort ist es wie bei Anne Frank*.«

»Anne Frank? Was meinte er damit?«

»Ich kenne keine Anne Frank. Und dann sprach er noch von einem großen, alten Haus.«

»Wo sollte das sein?«

Sie schlug ihre Hände vors Gesicht und blieb einige Sekunden vor ihm still sitzen.

»Frau Ludwig, ich möchte Sie noch etwas fragen. Da gibt es eine Wahrsagerin, die Ihr Freund aufgesucht hat …«

Sie hob den Kopf. »Pythia Sibylle. Werner mochte sie. Eine kluge Frau und ein begabtes Medium.«

»Kannten Sie die Frau?« Peck bemerkte ihr Zögern, das einige Augenblicke dauerte. »Nein«, sagte sie dann leise. »Nein, ich selbst war nie bei ihr. Werner wollte es nicht.«

»Und welche Geschichten erzählte diese Sibylle Ihrem Freund?«

Sie warf Peck einen stechenden Blick zu. »Es ging nicht um Geschichten. Sie haben wenig Ahnung von diesen Dingen, die hinter unserer realen Welt liegen. Sibylle hat *Visionen*; sie hat das *Zweite Gesicht*, verstehen Sie? Hellsicht und Hellfühlen, darum geht es. Und eines Tages eröffnete sie Werner, dass das Böse auf die Welt kommen würde, um ihn zu töten.«

Wie eine todunglückliche Gestalt saß sie jetzt zusammengesunken vor Peck. Was sollte er sagen? Sie deutete mit einer matten Bewegung auf die gerahmten Bilder an der Wand. »Pythia hatte Visionen. Sie sprach mehrmals über Macht und Gold. Und sie sah ein chaotisches, asymmetrisches Mandala.«

Als sie Pecks fragenden Blick sah, schob sie nach: »Nicht symmetrische Mandalas bedeuten Unglück.«

Peck erhob sich und stellte sich vor die Bilder an der Wand.

»C. G. Jung«, hörte er ihre Stimme hinter sich. »Und Mandalas. Der Prozess vom archetypisch kollektiven Unterbewusstsein zum eigenen Ich. In der Stellage daneben finden Sie viele Bücher darüber.«

In dem Bücherregal fiel Peck ein dicker, in rotes Leinen gebundener Wälzer ins Auge: *Lebe Dich frei – Die esoterischen Grundlagen des Okkultismus, Band 1*. Aber kein Band 2. Neben dem Regal und auf zahlreichen Tischchen und Sideboards standen Räucherstäbchen im ganzen Zimmer verteilt, die einen betörenden und unangenehmen Geruch verbreiteten. »Riecht gut«, sagte er.

Es war dunkel im Zimmer. Anna stand auf und schaltete eine milchige Kugellampe ein, die über dem Tisch hing. Fahles Licht breitete sich im Raum aus, machte ihn aber kaum heller. Sie zeigte auf eines der Räucherstäbchen. »Ayurvedische Masala-Räucherstäbchen. Es gibt sie in mehreren Sorten. Das hier sind die sinnlich anregenden Bambusstäbchen nach traditionellen indischen Rezepturen.«

»Ach ja«, sagte Peck. Dann setzte er sich wieder zu Anna an den Tisch. »Diese Hellseherin. Sie sagten, dass sie über Gold sprach.«

Sie nickte. »*Aurum*. Sibylle hat mit Werner einige Male in einer Vision über das *Aurum* gesprochen.«

»Was bedeutet das Ihrer Meinung nach?«

»Ich weiß es nicht. Kennen Sie Elisabeth Kübler-Ross?«

»Eine Schweizer Ärztin.«

»Die in Amerika geforscht hat. Sie hat Beweise gefunden, dass es ein Leben nach dem Tode gibt.«

Peck war da sehr skeptisch, sagte es aber nicht. Er holte das Foto aus der Tasche, das er von Elfriede Gattinger bekommen hatte. »Wer sind die drei?«

»Oh Gott! Da war er ja noch ein Bub.« Sie zeigte auf den links Stehenden. »Das ist Werner.«

»Und die beiden anderen?«

»Kenne ich nicht.«

Peck bedankte sich und stand auf.

»Rufen Sie mich an, wenn Sie irgendetwas erfahren«, sagte sie und hielt ihm die Hand hin. »Ich stehe im Telefonbuch.«

Die Atmosphäre in Annas Wohnung hatte Pecks Stimmung verändert. Nachdenklich bummelte er zurück zur Bahnhofstraße. Auf dem Weg las er an einem der Häuser *Fleischhauerei Pommer Lorenz*. Sofort überfiel der Hunger ihn, und er musste sich zwei Leberkässemmeln kaufen. Gerade als er aus dem Geschäft trat, sah er auf der gegenüberliegenden Seite der Straße einen knallroten japanischen Kleinwagen mit einem großen schwarzen Punkt an den Türen. Wie ein Marienkäfer. Und dann bemerkte er die Frau, die gerade dabei war, sich in das Auto zu zwängen. Jutta Lamprecht aus Linz, die neue Partnerin von Kurt Moser. Und wieder mit einem Mietwagen unterwegs. Was trieb die Frau hier in Seekirchen? Spontan überfiel Peck schlechtes Gewissen. Er hätte Jutta Lamprechts Spur weiterverfolgen sollen, als er auf die Sache mit dem Mietwagen in Linz gestoßen war. Schließlich hatten sie und Kurt Moser ihn angelogen. »Jutta hat nicht mal einen Führerschein«, hatte Moser gesagt. Dafür war sie heute mit dem Kleinwagen schnell weggebraust ... Sollte er ihr nachfahren? Peck beschloss, es sein zu lassen. Er wüsste nicht mal, auf welcher Ausfahrt Jutta Seekirchen verlassen hatte. Langsam ging er zu seinem Auto und holte sein Handy aus der Tasche. Kurt Moser hob sofort ab.

»Guten Tag, Herr Moser. Ich habe noch eine Frage an Frau Lamprecht.«

»Nicht da.«

»Wann kommt sie zurück?«

»Keine Ahnung. Sie pflegt ihre Schwägerin, die schwer erkrankt war.

Wahrscheinlich ist sie erst nächste Woche wieder hier. Sie ist erst vor zwei Tagen hingefahren.«

»Wohin?«

»Bialystok, zweihundert Kilometer nordöstlich von Warschau. Fast an der weißrussischen Grenze. Ich habe vor zehn Minuten mit ihr telefoniert. Der Schwägerin geht es schon besser.«

*

Als Peck ohne Anklopfen in Sophias Zimmer trat, lagen zwei unbekannte Frauen nebeneinander in ihren Betten und sahen ihn vorwurfsvoll an.

»Wo ist Sophia?«, rief er laut.

»Ich bin hier Patientin, junger Mann«, sagte die ungefähr neunzigjährige Greisin im Bett beim Fenster, »und nicht das Fundbüro für Ihre verloren gegangenen Weiber.«

Wie in Panik irrte er durch die Gänge, bis er hinter einem hell erleuchteten Glaskasten auf eine mürrische Krankenschwester stieß, die sich durch lange Tabellen arbeitete und ihn schließlich auf Zimmer 316 verwies.

»Kommst du wegen mir oder wegen des geheimnisvollen Patienten, der gestern eingeliefert wurde?« Sophia sah ihn stirnrunzelnd an, als er abgehetzt ins Zimmer stürmte.

»Warum liegst du in einem Dreibettzimmer?«

»Downgrading.« Sie lächelte. Und plötzlich fiel ihm auf, wie sehr er dieses Lächeln liebte.

»Ich habe zwar eine Zusatzversicherung, aber wie bei dir bin ich auch hier ein nachgiebiger Mensch. Zu viele Leute im Krankenhaus und zu wenige Zimmer.« Die beiden Frauen in den Nachbarbetten hatten sich aufgesetzt und hörten aufmerksam zu. »Also habe ich mich freiwillig hierher verlegt. Ich komme ohnehin übermorgen raus.«

Sie sah ihn an, und ihr Lächeln verschwand. »Du hast Ringe unter den Augen. Welchem abstrusen Lebensstil folgst du, wenn ich nicht auf dich aufpassen kann?«

»Ich habe Rückenschmerzen und schlecht geschlafen. Die Tuchent war zu schwer, der Polster zu dick, und im Schlafzimmer war es zu heiß.«

»Mit Whiskydämpfen über dem Bett hat man immer Schlafprobleme …« Die alte Frau, die links von Sophia lag, lachte meckernd. Peck warf ihr einen bösen Blick zu, holte sich einen unbequem aussehenden Plastiksessel und setzte sich neben das Bett. Sophia winkte ihm mit dem Zeigefinger, und er beugte sich über sie. »Die machen das alles sehr geheimnisvoll hier. Der Mann, der verletzt eingewiesen wurde, soll fast noch ein Bub sein«, flüsterte sie. Peck sah, dass die Alte im Nebenbett an ihrem Hörgerät drehte.

»Angeblich ein Unfall, Rippenbruch und Verdacht, dass die Lunge verletzt ist.«

»Weißt du, wo er liegt?«

»Auf der Intensiv. Da kommst du nicht ran.« Peck legte den Zeigefinger an die Lippen, und als er in Richtung Tür ging, hörte er gerade noch, wie die alte Frau zu Sophia sagte: »Bravo! Dem haben Sie's aber gegeben.«

Blöde Kuh, dachte er und schlenderte den Gang entlang, in dem es nach Bohnerwachs und Desinfektionsmittel roch. Weißhaarige Frauen schlurften schrittweise dahin, auf ein Eisengestell gestützt, das wie ein Einkaufswagen aus dem Supermarkt aussah, und alte Männer, manche nur Haut und Knochen, marschierten verbissen den Gang entlang, einen baumelnden, halb gefüllten Plastikbeutel an der Seite. Peck bemühte sich, nicht hinzusehen. Er erinnerte sich, dass seine Mutter immer sagte: »Geh in ein Krankenhaus, und du kommst zufrieden wieder raus!«

Auf der Wand hing ein Schild: *Intensivbereiche*, und ein schmaler Gang zweigte nach rechts ab, in dem Peck auf eine hohe Gitterbox mit Rädern stieß, auf der frisch gewaschene und gebügelte Krankenhauskleidung gestapelt war. *Nur für Ärzte* stand auf einem schmalen Schild. Peck drehte sich kurz um. Kein Mensch zu sehen. Er klemmte sich einen hellgrünen Kunststoffanzug und eine türkisfarbene Plastikkappe unter den Arm und betrat die nächste Toilette. Nachdem er in den Overall geschlüpft war, zog er sich die Plastikmütze wie eine Friseurhaube über die Ohren. Vor dem Spiegel stehend, versuchte er noch, sich ein weißes Tuch über Mund und Nase zu binden, verwarf es aber wegen des zu abenteuerlichen Anblicks. *Dr. med. Peck,* sagte er zu seinem Spiegelbild, *alle Kassen, Termin nach Vereinbarung*.

Mit federndem, schnellem Schritt und ohne einen Blick nach links und rechts, betrat er die Intensivstation. Keiner kümmerte sich um ihn. Rechts hinter durchschimmernden Vorhängen befanden sich einige Kojen, in der ersten lag irgendein armer Mensch mit einer Sauerstoffmaske auf dem Gesicht und einigen Schläuchen aus allen möglichen Körperöffnungen. Hinter dem Bett waren Röntgenbilder an der Wand nebeneinander gereiht. Wie in einer Gemäldegalerie, nur durchsichtig, schwarz-weiß und weniger erbaulich.

Im dritten Bett lag ein junger Mann, der gerade eine Infusion in den Arm bekam. Peck ging um das Bett herum, wo er auf einem kleinen Schild den Namen Adolf Stommel entziffern konnte. Der Sohn des Architekten? Und erst jetzt sah Peck, dass der junge Mann ihn schon die ganze Zeit beobachtete, wie er um das Bett schlich.

»Da sind Sie ja«, sagte Peck im Stil eines Mediziners und rieb sich die Hände. Der Patient runzelte die Stirn.

»Wie geht's uns denn heute?« Peck nahm die eine Hand und fühlte nach dem Puls.

»Sieht gar nicht schlecht aus. Nur ein bisschen blass, aber die Blutwerte sind ganz okay.« Adolf Stommels Gesicht war weiß wie Schnee, und seine Unterlippe zitterte. Eingefallene Wangen und außer seinem senfbraunen, dünnen Haar keine Ähnlichkeit mit dem Vater. Jetzt war ihm auch klar, warum er gestern hier im Krankenhaus auf den Architekten gestoßen war. Der hatte seinen Sohn besucht. Während er die Befunde, die am Fußende des Bettes hingen, durchblätterte, überlegte Peck fieberhaft, wie er das Gespräch jetzt weiterführen sollte. »Schildern Sie mir doch noch einmal, was genau gestern auf der Baustelle passiert ist.«

»Die Mauer ...« Die Stimme war so leise, dass Peck näher herangehen musste, um verstehen zu können, was der Junge sagte. »... sie kippte plötzlich zur Seite und begrub mich unter sich.«

»Renovieren Sie schon lange?«

Peck sah, dass Adolf Stommel nickte und bereit war zu antworten, es sich aber dann überlegte. »Hängt davon meine Genesung ab? Warum wollen Sie das alles wissen?«

Sein Gesicht bekam plötzlich Farbe – und einen noch skeptischeren Ausdruck. Und Peck beschloss, das Gespräch extrem abzukürzen. Ruckartig richtete er sich auf. »Ich muss Sie leider verlassen. Andere Patienten ... Sie verstehen?« Er klopfte dem jungen Mann aufmunternd kräftig auf seinen blutigen Verband auf der Brust, sodass dieser schmerzverzerrt aufstöhnte.

»Sagen Sie mir noch, zu welchem Zweck Sie die Burg am Schwarzklammsee renovieren. Werden das Wohnungen?«

»Sie sind kein Arzt!«, rief der Mann plötzlich, versuchte, den Oberkörper aufzurichten, und griff nach der Klingel, die über seinem Kopf hing. Peck stürmte aus der Intensivstation, band sich den Mundschutz unter die Nase, bis sich ihm nach einigen Schritten eine junge Schwester in den Weg stellte. »Herr Doktor, der Patient auf Zimmer 300 macht Schwierigkeiten!«

»Ich komme sofort«, sagte Peck. »Geben Sie mir fünf Minuten. Sollte es länger dauern, machen Sie ihm eine Ganzkörpermassage.« Er ließ die verdutzte Schwester stehen, die ihm kopfschüttelnd nachschaute, als er mit quietschenden Sohlen um die nächste Ecke preschte, auf der Suche nach einer Toilette. Er musste schnellstmöglich seinen Overall loswerden. Dann erstarrte er. Da vorne kam Herrmann Stommel. Peck verlangsamte sein Tempo und ließ mit abgewandtem Gesicht den Mann passieren. Stommel hatte ihn nicht erkannt. Peck versperrte die Klotüre hinter sich und riss sich Mundschutz und Plastikhaube vom Kopf. Der kalte Schweiß stand ihm auf der Stirn. Er stopfte die Krankenhauskleidung in den Papierkorb, und eine Minute später saß er wieder an Sophias Bett. Hier würde ihn niemand suchen. Hoffte er wenigstens.

Sophia bedeutete ihm mit dem Zeigefinger, näher zu kommen. »Was hast du erreicht?«

»Ich habe dir doch von dem Architekten erzählt, den ich gestern niedergeschlagen habe.«

»Und?« Sie nickte.

»Der in der Intensivstation ist sein Sohn.«

»Was ist das für ein Typ?«

»Kleines Tattoo am Hals, großer Verband auf der Brust und misstrauisch wie sein Vater.«

In diesem Moment kam wieder die blonde junge Schwester herein, deren frisch gestärkte Tracht heute noch weiter über dem Knie endete. Und auch heute bot sie nicht nur Sophia, sondern auch ihm eine Tasse Tee an. Als die Krankenschwester den Raum verließ, gelang es Peck diesmal, ihre Beine zu begutachten. Sophia sah ihn an und hob ihre Augenbrauen in gefährliche Höhen. Peck beugte sich zu ihr hinunter und gab ihr einen Kuss. »Unattraktiv. Und viel zu dick die Beine. Kein Vergleich zu deinen!« Alle Frauen in den drei Betten zischten ihn an, als er aus dem Krankenzimmer flüchtete.

*

Auf dem Parkplatz des Krankenhauses rief er Elfriede Gattinger an, und er musste lange warten, bis sie ans Telefon ging.

»Wann bekomme ich das Foto zurück?«, sagte sie zur Begrüßung.

»Genau um dieses Bild geht es. Wer ist der junge Bursche, der neben Ihrem Sohn Werner steht?«

»Ben«, sagte sie.

»Wer ist Ben?«

»Eigentlich Benjamin. Den Familiennamen kenne ich nicht. Wir haben damals in Großgmain gewohnt. Und der Bub irgendwo in der Nachbarschaft, gemeinsam mit seiner Schwester Luisa. Die beiden waren oft bei uns. Wann bekomme ich das Foto zurück?«

»In zwei Tagen haben Sie es wieder. Versprochen.«

Peck lehnte sich zurück, bis sein Kopf die Nackenstütze berührte. Wo hatte er den Namen Ben schon mal gehört? Nicht lange her … Er blätterte lange in seinem Notizbuch, und dann fand er es. Die betrunkene Luisa hatte kurz einen Stiefbruder namens Ben erwähnt. *Noch ein Fehltritt meiner Mutter, und wieder von einem anderen Mann.*

Zufall? Peck glaubte nicht an so viele Zufälle. Er kramte sein Mobiltelefon aus der Hosentasche. Luisa meldete sich mit einem Zungenschlag, der Peck zeigte, dass sie wieder getrunken hatte.

»Frau Miller, vor mir liegt eine Fotografie, die viele Jahre alt ist. Sie sind darauf vielleicht achtzehn Jahre, aber gut zu erkennen …«

»Betreiben Sie jetzt Ahnenforschung? Ich habe Sie beauftragt, den Mörder meiner Mutter zu finden.«

Peck Stimme wurde vielleicht etwas zu laut. »Hören Sie mir zuerst mal zu. Neben Ihnen stehen auf dem Foto zwei Buben, die etwas jünger sind als Sie. Und einer davon heißt Werner Gattinger und ist seit über einem Monat tot.«

Pause. Dann ihre leise Stimme: »Ich weiß. Ich habe es in der Zeitung gelesen.«

»Das Bild stammt aus jener Zeit, in der Sie in Großgmain gewohnt haben.«

»Dann ist der andere auf dem Foto Ben. Mein Halbbruder.«

»Er wohnt in Salzburg, sagten Sie. Stimmt das?«

»Ich glaube, ja.«

»Wo kann ich Ben finden?«

»Ich habe keine Ahnung, wo er wohnt, aber er ist Musiker und spielt spät abends im *Limerick Town*. Ein irisches Pub, irgendwo in der Nähe der Getreidegasse.«

»Wie heißt Ben mit Nachnamen?«

Sie kicherte. »Ich sagte immer Ben zu ihm, aber ich glaube, er heißt Widorn oder so ähnlich. Ben wuchs nicht bei unserer Mutter auf. Ich glaube, die Widorns haben Ben adoptiert.«

»Wie alt ist er?«

»So um die zweiundzwanzig. Vielleicht auch ein Jahr älter.«

»Kennen Sie eine Frau namens Anna Ludwig?

»Nie gehört.« Peck wusste selbst nicht, warum er ihr diese Frage gestellt hatte.

Nach dem Telefonat blieb er noch einige Minuten im Auto sitzen. Er hätte schon beim ersten Gespräch mit Luisa Miller nach Ben und seiner Mutter fragen sollen. Pecks Erregung wuchs. *Noch ein Fehltritt meiner Mutter, und wieder von einem anderen Mann.* Karin Moser. Die Ermordete war auch die Mutter von Ben. Dann startete er den Motor und fuhr langsam in Richtung Autobahn nach Salzburg.

*

In der Elisabethvorstadt, nach der Kaiserin Sissi benannt, gab es noch einige der alten, schmalen Gassen. Und die Scheiblgasse war eine davon. Nummer 118 war ein lächerlich kleines Einfamilienhaus, das eigentlich nicht hierher passte. Dunkles Holz und grüne Fensterläden, zwergenhaft fast, wie ein Hexenhäuschen aus dem Märchen. Und genau vor dem Haus fand Peck eine Parklücke. Ein Mann mit einem schwindsüchtig aussehenden Windhund kam ihm entgegen, als er in den Vorgarten des Hauses einbog.

Pythia Sibylle. Lebensberatung.

Das Häuschen mit seinen dunkel aussehenden Fenstern machte einen merkwürdig verschlossenen und leblosen Eindruck, und Peck war nicht überrascht, als ihm auch nach mehrmaligem Läuten niemand öffnete. Er holte sein Handy aus der Tasche und hörte nochmals Pythias rauchige Stimme auf dem Anrufbeantworter. Das Haus hatte so gut wie keinen Garten; nur eine Reihe moosbewachsener Waschbetonplatten lag um das Gebäude herum, die Peck zu einem vertrockneten Flecken Gras und einer schmalen Hintertüre führten, die halb offen stand. In dem dämmrigen Vorhaus hing der Geruch nach altem Isoliermaterial und Räucherstäbchen. Wie bei Anna in Seekirchen. Peck tappte den schmalen Flur entlang, bis links eine steile Holztreppe nach oben führte, die bei jedem Schritt knarrte. Früher hatte Peck immer Skrupel, auf diese Weise in ein Haus einzudringen. Also vertrieb er das schlechte Gewissen, indem er laut »Hallo! Sind Sie da?« rief, aber keine Antwort erhielt. Am Ende der Treppe stieß er eine nur angelehnte Türe mit einer Milchglasscheibe auf und fand sich plötzlich in einer anderen Welt wieder, irgendwo zwischen Rokoko und Bordell. Dunkelrot tapezierte Wände, weiß gehäkelte Zierdeckchen auf jeder Kommode und dem runden Tisch in der Raummitte. Das abgewetzte dunkelbraune Ledersofa und daneben der üppig geschwungene Sessel sahen aus wie im Siegmund-Freud-Museum. Einige im Raum verteilte Räucherstäbchen verströmten, obwohl sie nicht entzündet waren, einen betörenden Duft, den er bereits im Treppenhaus wahrgenommen hatte. *Ayurveda Masala-Räucherstäbchen,* wie

Peck nach der Nachhilfestunde von Anna wusste. Auf einem schwarz lackierten Klavier standen zwei siebenarmige Kerzenleuchter und einige vergoldete Rahmen mit Schwarz-Weiß-Fotos von Leuten in altertümlichen Anzügen und bodenlangen Kleidern, die wie erstarrt in die Kamera sahen. Über dem Klavier hing ein monströs gerahmtes Gemälde mit fantastischen allegorischen Motiven. Engelsgestalten in weißen Gewändern, die über eine schmale, geländerlose Brücke balancierten und bäuerlich gekleidete Menschen vor dem Absturz bewahrten. Die weiß gekleideten Figuren trugen Bildchen vor sich her, auf denen Mandalas in unterschiedlichen Varianten dargestellt waren. Auf dem Klavier lag ein dickes Buch, das Pecks Aufmerksamkeit erregte. *Lebe Dich frei – Die esoterischen Grundlagen des Okkultismus, Band 2.* Interessant, dachte Peck. Immerhin wusste er, wo sich Band 1 befand.

Auf einem halbrunden Tischchen an der Wand standen ein altmodisches schwarzes Telefon und daneben ein in Gold eingebundenes Büchlein. Ein Kalender, und fast auf jeder Seite waren Uhrzeiten und Namen eingetragen. Waren das die Kunden, die bei Pythia Rat suchten?

Auf dem gehäkelten Deckchen, das im Zentrum des runden Tisches stand, thronte das wohl wichtigste Requisit einer Wahrsagerin: die Kristallkugel. Peck rief noch einmal ein lautes »Hallo« durch die Gegend, das ungehört verhallte. Vor dem kleinen Fenster bewegten sich zitternd die kahlen Äste eines dürren Baumes, der direkt vor dem Haus stand. In der Scheiblgasse waren kein Auto und kein Fußgänger zu sehen. Sommerliche Stille in einer ruhigen Seitengasse der Elisabethvorstadt.

Plötzlich hörte er ein leises Stöhnen. Von hinten. Pecks Füße standen einen Moment wie festzementiert auf dem dicken roten Teppich, dann wirbelte er herum und lief zu der Türe am Ende der Wohnstube, die in das winzige Schlafzimmer führte. Die Frau lag neben dem Bett und stöhnte, ihre Stirn war blutig, und neben dem Kopf hatte sich auf dem grauen Linoleumboden eine ansehnliche Blutlacke gebildet. Der linke Arm war seitlich in einem unnatürlichen Winkel weggestreckt. Wahrscheinlich gebrochen. Das lange schwarze Kleid aus einem glänzenden Stoff war hochgerutscht und zeigte einen spitzenbesetzten Unterrock. Eine alte Frau, mit tiefen Falten im Gesicht, das dick mit weißer Schminke verschmiert war, ein Anblick, der ihn an eine Figur aus der *Addams Family* erinnerte, einer Fernsehserie aus den Sechzigerjahren. War das Pythia Sibylle? Wahrscheinlich. Peck bückte sich. Er konnte nicht unterscheiden, ob die weiße Gesichtsfarbe von der Schminke oder der Ohnmacht herrührte. Eines der Augenlider zitterte. Peck griff nach seinem Mobiltelefon und rief Funke an, der jedoch nicht erreichbar war. Er schilderte der Frau am Telefon kurz, was passiert war, gab ihr die Adresse und bat sie, die Rettung zu verständigen. Peck bemühte sich, nichts anzugreifen und ließ die Frau so liegen, wie er sie vorgefunden hatte.

Plötzlich erstarrte er. Irgendwo waren Schritte zu hören, schnelle, trampelnde Geräusche. Unten. Mit fliegenden Haaren stürzte er die Treppe nach unten und sah gerade noch jemanden aus dem Haus laufen. Einen Mann. Mehr der Schatten eines Mannes, von dem Peck nur strähnige schmutzig braune oder graue Haare erkennen konnte und dass er Jeans und ein hellblaues Hemd trug. Jetzt würden sich zehn Kilo weniger und ein regelmäßiges Fitnesstraining auszahlen, dachte er, als er schnaufend dem Schatten hinterherlief, der bereits um die Ecke verschwunden war. Der Mann vor ihm war in einen schmalen, grasbewachsenen Fußweg eingebogen. *Caritasheim* stand auf einem verwitterten Holzpfeil, der genau in die Richtung zeigte, in die der Mann jetzt lief. Am Rande es Fußwegs wuchsen Hollersträucher und anderes Gebüsch, das die davoneilende Gestalt die meiste Zeit verdeckte. Kurz bevor Peck nach etwa hundert Metern mit schmerzendem Rücken die Plainstraße erreichte, hörte er einen Dieselmotor aufheulen. Offenbar hatte der Mann sein Auto direkt bei der Wegeinbiegung geparkt. Und, wie befürchtet, war nichts mehr zu sehen, als Peck die Plainstraße erreichte. Er hätte nicht einmal sagen können, in welche Richtung der Wagen davongefahren war; doch dann sah er, dass die Plainstraße eine Einbahn war. Also nach links, Richtung Itzling. Stadtauswärts. Schnaufend und schwitzend kam Peck wieder zurück zum Haus, als die Polizei und ein Rettungswagen mit Blaulicht gleichzeitig eintrafen. Peck führte die Rotkreuzleute in den ersten Stock und ging dann wieder langsam die Holzstiege hinunter ins Erdgeschoss.

»Der Herr Detektiv!«, sagte Funke zur Begrüßung. »Stets vor Ort.«

»Stets vor der Polizei am Tatort.« Sie standen auf dem Gehsteig, Funke war von Zigarettenqualm umgeben und wollte gerade ins Haus gehen, als ihn die drohende Handbewegung eines Uniformierten stoppte, der sich räusperte und mit einer verlegenen Geste auf die Zigarette in Funkes Mundwinkel zeigte. Er verstaute den Zigarettenstummel in einer kleinen Blechschachtel, die er aus der Hosentasche zog, dann ließ Funke sich auf dem Weg nach oben erzählen, was passiert war. Peck sah, wie der Polizist eine langsame Runde durch das Wohnzimmer drehte, und als er aufmerksam die Glaskugel auf dem Tisch betrachtete, ließ Peck das goldfarbene Büchlein mit den Namen und Telefonnummern in seiner Hosentasche verschwinden.

»Das muss ein interessanter Beruf sein. Kennen Sie die Dame persönlich, Herr Detektiv?«

»Nie gesehen.«

»Und warum sind Sie dann hier? Herr Peck, ich glaube, wir müssen mal miteinander reden.«

Peck nickte, kam aber nicht zum Reden, weil in diesem Moment der Notarzt aus dem Schlafzimmer kam.

»Sie lebt. Nach der ersten Untersuchung schwere Kopfverletzungen, gebrochener Arm und Prellungen. Sie ist tief bewusstlos.«

»Wird sie überleben?«, fragte Peck.

Der Mediziner wackelte mit dem Kopf. »Hoffentlich hat sie keine inneren Verletzungen. Kann ich erst in der Klinik sagen.« Der Arzt eilte zur Türe, blieb aber dann nochmals abrupt stehen und wandte sich um. »Übrigens ... wenn Sie mich fragen: Das war ein lupenreiner Mordversuch. Gott sei Dank nicht ganz geglückt.«

In diesem Moment bekam Funke einen Anruf und entfernte sich einige Schritte. Durch das Fenster sah Peck, dass sich vor dem Haus einige Neugierige versammelt hatten.

»Sie hat eine Tochter«, sagte Funke und zeigte mit der Bewegung seines Handys, dass er diese Nachricht gerade erhalten hatte. »Ruth Koller heißt sie.«

»Wo bringen Sie die Frau hin?«, fragte Peck.

»Unfallkrankenhaus.«

»Ich rate Ihnen, gut auf sie achtzugeben. Wenn der Kerl, dem ich nachgelaufen bin, gemerkt hat, dass sie noch lebt, kommt er wieder. So was hier macht keiner grundlos.«

Funke nickte. »Wir werden die Wahrsagerin gut bewachen und sie dann an einem sicheren Platz unterbringen, sobald sie transportfähig ist. Darüber werde ich mich mit ihrer Tochter abstimmen.«

»Seien Sie vorsichtig. Der Mann ist mit großer Brutalität vorgegangen.«

»Den Aufenthaltsort der Frau werden nur zwei Leute erfahren.« Funke zeigte mit dem nikotinbraunen Daumen auf seine Brust. »Ich und ihre eigene Tochter. Übrigens: Wie alt war der Mann, der vor Ihnen davonlief?«

»Er war zu weit entfernt, und ich konnte ihn nur von hinten sehen, aber ... kein ganz junger Mann mehr. Glaube ich.«

»Warum glauben Sie das?«

»Die Bewegungen, etwas eckig, wenn Sie verstehen, was ich meine.«

»So eckig wie bei Ihnen, Herr Detektiv?«

»War schön, Sie getroffen zu haben, Herr Polizist.« Funke ging ins Nebenzimmer, und Peck hörte, wie er seinen Beamten einige Hinweise gab. »Denken Sie mal logisch! Versuchen Sie's wenigstens einmal ...« Dann kam ein junger Polizist mit rotem Kopf aus dem Schlafzimmer und lief die Stiege hinunter.

Peck setzte sich auf die Ledercouch und ließ seinen Blick noch einmal durch den Raum schweifen. Was steckte wirklich dahinter? Pythia sollte angeblich von Gold gesprochen haben. Die Frage war, ob sie außer Werner Gattinger noch jemandem etwas über Gold erzählt hatte. Und überhaupt ... welches Gold? Nein, dachte Peck. Es war genau anders herum: Werner hat Pythia von einem Goldfund berichtet. Ein überlegenswerter Gedanke ... Und was, wenn Werner noch anderen Personen davon erzählt hatte? Anna, seiner Freundin, vielleicht auch seiner Mutter? Und wem noch?

Er fühlte sich plötzlich sehr müde und ließ sich entspannt in die Couch zurücksinken. Warum kann eine Wahrsagerin nicht auch den

Überfall auf sich selbst voraussehen? Peck glaubte nicht daran, dass die Kristallkugel dort auf dem Tisch einen Blick in die Zukunft ermöglichte. Müsste er mehr Mitgefühl der Frau gegenüber empfinden, die erst vor einer halben Stunde halb totgeschlagen wurde und jetzt wahrscheinlich schon auf dem Operationstisch lag? Wenn er den Täter nicht gestört hätte … War er gefühllos geworden? Eine Folge seines Berufes, den er noch nicht lange ausübte? Seitdem er als Detektiv arbeitete, war er immer wieder Gewalt und Brutalität begegnet … oder war das eine Folge des Alters? Lassen die Empfindungen nach, wenn man älter wird? Weil im Alter das Fell dicker wird?

Funke kam aus dem Schlafzimmer zurück und sah Peck mit ausgestreckten Beinen auf der Couch sitzen.

»Kennen Sie den Todesfall eines jungen Mannes namens Werner Gattinger? Angeblich ein Tauchunfall.« Peck sah den Polizisten fragend an.

»In den Pinzgauer Bergen? Warum wollen Sie das wissen?«

»Weil es wichtig ist für mich.«

»Sehr wichtig?«

»Sehr wichtig«, sagte Peck und sah Funke an.

»Ich war damals nur am Rande involviert und habe die Details nicht im Kopf. Muss schon einige Wochen her sein.« Peck nickte.

»Ich habe mal in dem Akt geblättert …«

»Und?«

»Es gab einige Zweifel an dem Todeszeitpunkt. Irgendwas passte nicht zusammen; die Leiche Gattingers wies einige Verletzungen auf, die wohl aber nicht die Todesursache waren.«

Peck richtete sich auf. »Ertrunken oder nicht ertrunken?«

»Ich habe die Details nicht parat, aber ich glaube, man hat kein Wasser in der Lunge gefunden.«

»Das heißt, jemand hat ihn ins Wasser geworfen. Aber tot war er schon vorher.«

»Bei der Obduktion konnten wohl alle zweifelhaften Punkte geklärt werden. Soweit ich weiß, liegt jetzt der Fall als Unfalltod bei den Akten.«

*

»Schuld sind Sie, dass wir hier sitzen«, sagte Peck zu Funke. Sie saßen mitten im lauten Treiben des Müllner Stadtteilfestes, in das sie zufällig hineingeraten waren, eine bunte Mischung aus Marktständen, Grillstationen und Hunderten Möglichkeiten, frisch gezapftes *Stiegl* Bier und hervorragenden Grünen Veltliner zu trinken. Gruppen von Jugendlichen, schreiende Schulkinder und deren Eltern, Geschäftsleute der Umgebung und die Lehrer der nahen Volksschule saßen an langen Tischen, tranken und lachten und forderten Peck und Funke auf, sich zu setzen.

Nach einer Stunde wurde es kühl am Müllner Hügel. »Gehen wir noch irgendwo einen trinken? Hier ist es mir zu laut.« Funke sah Peck fragend an und erhob sich.

»Eigentlich wollte ich nicht, aber jetzt haben Sie mich überredet.« Peck wusste nicht, warum er zugestimmt hatte, vielleicht, weil zu Hause niemand auf ihn wartete. Am Mittwoch wird wieder alles anders. Am Mittwoch kommt Sophia aus dem Krankenhaus. Sie gingen in eines der fürchterlichen Beiseln in der Altstadt, wo es nach Alkohol stank, wo das Rauchverbot noch nicht angekommen war und wo sich ganz selten Touristen hinverirrten.

Funke fühlte sich wohl. Er rauchte eine nach der anderen, noch dazu diese stinkenden, filterlosen Zigaretten aus Frankreich …

»Wann hören Sie mit dem Rauchen auf?«

»Ich erinnere mich, dass mir mein Sohn, als er mitten in der Sturm- und Drangphase war, mal versprach, dass er die Unterwäsche wechseln würde, sobald ich zum Rauchen aufhöre.«

»Und?«

»Er hat die Unterwäsche auch so gewechselt.«

Plötzlich durchsuchte Peck alle seine Taschen und reichte Funke den Zettel, den er heute früh geschrieben hatte. »Zwei Autonummern. Ich bitte Sie, für mich herauszufinden, wer die Fahrzeughalter sind. Bei der ersten KFZ-Nummer glaube ich, es zu wissen.«

»Wo haben Sie diese Nummern her?«

»Von zwei Autos.«

Funke verzog das Gesicht. »Sehr witzig.« Er steckte den Zettel achtlos in die Brusttasche und griff nach seinem Bierglas. Die ältliche Kellnerin wartete bereits neben ihm, bis er ausgetrunken hatte. »Noch eines?«

Peck wartete, bis das frische Bier vor ihm stand. Sie prosteten sich zu, und Peck sah, wie sich Funke mit dem Handrücken über den Mund wischte. »Kennen Sie einen Architekten namens Stommel?«

»Herrmann Stommel?«, fragte Funke.

»Mit zwei R und zwei N.«

»Kommt mir bekannt vor.« Dann erzählte Peck von seinem Abenteuer im Haus des Architekten.

»Wollen Sie nicht Anzeige erstatten?«

Peck dachte an den Aktenordner und schüttelte den Kopf. »Später vielleicht.« Am Nebentisch saß eine vollbusige Blondine mit einem wesentlich älteren Mann. Immer wenn der Mann ihr etwas ins Ohr raunte, begann sie, perlend und laut zu lachen. Peck überlegte, welche Botschaften der Mann, der vom Alter her ihr Vater sein konnte, der Frau ins Ohr flüsterte.

»Es gibt Neuigkeiten bei uns im LKA.« Peck wandte sich von der Blondine ab und wieder Funke zu, der schon wieder vor einem leeren Bierglas saß. »Mein Chef hat einen Profiler eingestellt, einen ehemaligen Kollegen, der dann studiert hat und uns jetzt bei den Ermittlungen unterstützen soll.«

»Profiler?«

»Genaue Berufsbezeichnung Fallanalytiker, halb Psycho, halb Polizist. Georgius Dolezal heißt der Mann, Mutter Griechin, Vater aus Ottakring. Ein Arschloch.«

»Was soll der machen?«

Funke machte eine abwertende Handbewegung. »Der hat alle Prüfungen auf der Uni mit ausgezeichnet bestanden, dann war er ein halbes Jahr in Amerika, und jetzt redet er nur noch in englischen Fachausdrücken. Er soll Täterprofile erstellen, und bei der Mordermittlung Karin Moser darf er schon mal üben.«

»Und? Gibt es schon Erfolge?«

»Wozu ein Profiler? Ich habe selbst mehr Profil als ein Winterreifen und Georgius Dolezal zusammen. Noch ein Bier bitte.« Funkes Stimme klang bereits etwas belegt.

»Ich habe eine Frage an Sie, Herr Funke. Ich bin in den letzten Tagen einige Male über neonazistische Aktivitäten gestolpert. Kennen Sie einen Ihrer Kollegen, der beim Verfassungsschutz arbeitet?«

»Landesamt für Verfassungsschutz ...«, sagte Funke und verzog sein Gesicht, wie wenn er eine Seife durchgebissen hätte. »Das sind abgehobene Burschen und sehr verschlossen. Die werden Ihnen wenig sagen.«

»Kein Name?«

»Versuchen Sie's bei einem gewissen Wolfgang Kurras. Ich habe ihn mal irgendwo auf einer Fortbildung getroffen, und bevor Sie fragen: Nein, ich werde Sie nicht bei ihm avisieren!« Peck notierte sich den Namen.

»Hängt das mit dem Tauchunfall am Schwarzklammsee zusammen?«

»Ja. Aber auch dort gibt es mehr Fragen als Antworten.«

Funke grinste. »Ein Fall für Georgius Dolezal, unseren Profiler, das Arschloch.«

Als einige Minuten später Funke von der Toilette zurückkam, stellte er zwei Gläser vor Peck auf den Tisch. »Ich habe da vorne an der Bar genau fünf Minuten gebraucht, um ein Profil der Getränke zu erstellen, und einen hervorragenden Single Malt entdeckt.«

Peck nahm das Glas und roch.

»Ein zwölf Jahre alter *Oban Highland Malt*«, sagte Funke mit Ehrfurcht in der Stimme. Peck nickte. »Gesundheit pur.«

»Sie sind dran«, sagte Funke zwanzig Minuten später, als die Gläser zum zweiten Mal leer waren. »Die Gesundheit ruft.«

Es war heiß in dem kleinen Lokal, und Peck fühlte, wie er langsam zu schwitzen begann. Er sollte sich eigentlich verabschieden und nach Hause gehen. Andererseits ... auf einen Whisky mehr oder weniger kam es jetzt nicht mehr an.

»Wo kommen Sie eigentlich her?«, fragte Peck. »Sind Sie Salzburger?«

»Niederösterreich. Mautern an der Donau, Römer, Grüner Veltliner und eine hässliche, große Kaserne.«

»Und Ihre Eltern? Stammen die auch von dort?«

Funke nickte, trank sein Glas leer und sah Peck mit müden Augen an. Zu viel um die Ohren und zu wenig Schlaf.

»Mein Vater war Oberwachtmeister beim Bundesheer. Tagsüber hat er die Rekruten geschliffen, und abends hat er sich regelmäßig betrunken. Und eines Tages hatte er genug von alledem. Er trank spätnachts eine Flasche Wein in der Küche und erschoss sich dann mit seiner Dienstpistole. Meine Schwester hat ihn am nächsten Morgen gefunden.«

Es entstand eine lange Gesprächspause. Peck fiel nichts ein, was er jetzt sagen sollte. Er sah auf die Uhr. Halb zwölf. Überall in dem Lokal sah er lachende und lärmende Menschen. Peck würde morgen zuerst zu Fuß in die Stadt gehen müssen, um das Auto aus der Altstadtgarage zu holen. Er stand mühsam auf und ging in leichten Schlangenlinien zur Toilette. Was hatte er für morgen früh geplant? Vernebelte Gedanken an Sophia und seine Tochter Julia zogen vorbei, als er wieder zurück zum Tisch kam. »Alles okay?«, fragte Funke.

»Alles okay«, wiederholte Peck und wischte sich den Schweiß von der Stirn. »Ich muss nach Hause.«

Wieder einer dieser Tage, dachte er, als er in der Johannes-Filzer-Straße aus dem Taxi kroch und wie immer die Haustüre weit offen vorfand. Wieder einer dieser Tage, sagte er zu sich, als er sah, dass der Aufzug außer Betrieb war. Im Treppenhaus stank es nach Katzenpisse. Grausam. Warum musste Peck jedes Mal, wenn er hier in den fünften Stock hochkeuchte, an den alten Griechen Sisyphos denken? Im dritten Stock machte er eine kurze Verschnaufpause, und seine Gedanken wanderten zu Pythia. War es ein Mordversuch oder ein Einbruch? Und wie hing das mit den übrigen Geschehnissen zusammen? Oder gab es gar keinen Zusammenhang? Mit rasendem Puls stand er vor seiner Türe, fand fast sofort das Schlüsselloch und entledigte sich auf dem Weg zum Bett Stück für Stück seiner Kleidung, wobei ihm das kleine goldene Notizbuch Pythias in die Hände fiel. Er blätterte es kurz durch, dann fiel er wie betäubt ins Bett.

*

Da war ein schwaches Geräusch. Ganz nahe, monoton zuerst, dann wie ein unregelmäßiges Klopfen. Kam das vom Warmwasserboiler? Plötzlich war er hellwach. Sein Herz klopfte laut. Mühsam hob er den Kopf und horchte in die Dunkelheit. Er sah auf seine Weckeruhr. Halb drei. Das Geräusch kam aus der Küche. Leises Geklapper und rhythmische Schritte, wie wenn jemand im Nebenzimmer einen langsamen Walzer tanzt. Langsam stemmte sich Peck aus dem Bett. Er fühlte den kalten Schweiß auf der Stirn. Die Pistole! Sie war irgendwo im Schreibtisch in seinem Arbeitszimmer. Eine Gänsehaut lief ihm den Rücken hinunter, als er sich Schritt für Schritt der Türe näherte, die nur angelehnt war. Im Vorhaus war es dunkel, nur durch die Milchglasscheibe der Küchentüre fiel ein schwacher Lichtschein, und dann und wann erschien ein Schatten auf dem Glas. Und der Schatten bewegte sich. Da war jemand in der Küche. Peck erinnerte sich, dass der Wohnzimmer-Kachelofen vom Flur aus beheizt wurde, und hier musste irgendwo der schwere Schürhaken hängen. Der Fußboden ächzte plötzlich laut, Peck erstarrte und lauschte in die Stille. Mit lautlosen Schritten schlich er über den welligen Linoleumboden des Vorhauses, bis er genau vor der Küchentüre stand. Wie ein Schwert umklammerte er mit festem Griff den Schürhaken, atmete tief ein und stieß mit lautem Gepolter die Tür auf.

Am Küchentisch saß Julia, seine Tochter, und starrte ihn erschrocken an. »Hallo, Papa, habe ich dich geweckt?« Auf dem Teller vor ihr lagen einige kärgliche Essensreste aus dem Kühlschrank. »Ich habe Hunger.«

»Was ist los?«

»Ich bin zu Hause ausgezogen. Kann ich bei dir bleiben?«

Schnaufend legte er den Schürhaken zur Seite und setzte sich im Pyjama Julia gegenüber.

»Du bringst den Kreislauf deines alten Vaters auf Trab«, sagte er. »Gib mir auch was zu essen.«

Sie sahen sich einige Augenblicke an. »Was ist passiert? Du wirkst erschöpft und wie von der ganzen Welt im Stich gelassen.«

»Darum bin ich hier. Er hat mich wieder geschlagen. Ich halte es nicht mehr aus.«

»Dieser Dreckskerl!«

»Dabei habe ich manchmal den Eindruck, dass er mich trotz allem noch liebt. Wie kann das sein?«

»Aber er hat dich schon mal geschlagen. Er ist ein Wiederholungstäter.« Peck sah die Tränen in ihren Augen, und sein väterliches Herz geriet in Aufruhr. Julia ergriff seine Hand und drückte sie. »Warum muss alles so kompliziert sein? Warum ist er so zu mir? Ich habe mich das tausendmal gefragt.«

»Entweder er macht das, um dich zu ärgern, dann liebt er dich nicht mehr, und du solltest ihn verlassen. Oder er liebt dich noch immer, dann musst du mit ihm darüber sprechen, was hinter seinem Verhalten steckt. Vielleicht hat er Probleme mit sich selbst, mit seinem Job oder was weiß ich.«

»Das könnte durchaus zutreffen.«

»Jedenfalls musst du in diesem Fall klare Verabredungen mit ihm treffen, einen Vertrag vereinbaren, wie er sich dir gegenüber zu verhalten hat und wie nicht. Als Ehemann und demnächst als Vater deines Kindes.«

Wieder rollten die Tränen. Sie schluchzte lautstark.

»Willst du ihn für immer verlassen? Oder nur ein Denkzettel?«

»Du meinst, ich soll später wieder auf ihn zugehen?«

»Wahrscheinlich. Zuerst auf ihn zugehen und ihm dann gehörig die Meinung sagen.«

»Im Moment verspüre ich eher Lust, meinen Feldstecher umzudrehen, um ihn aus weiter Ferne zu sehen.«

»Und ganz klein.«

»Und ganz klein«, wiederholte sie.

»Natürlich kannst du bei mir bleiben.« Peck lächelte sie an. »Einmal Vater, immer Vater. Das gilt auch für deinen Bruder, der zurzeit ebenfalls einige Probleme mit sich herumträgt. Aber heute gilt das aber ganz besonders für dich.«

Sie versuchte ein Lächeln. »Ich hab noch Hunger«, sagte sie und schnäuzte sich lautstark. »Aber dein Kühlschrank ist katastrophal leer.«

»Ich müsste noch irgendwo eine Dose Gulasch haben. Und Nudeln.«

Sie stand auf und öffnete auf gut Glück einen der Küchenschränke.

»Du musst zusehen, dass er dich nicht kleinkriegt. Ich hoffe, er ist klug genug, um vernünftigen Argumenten gegenüber zugänglich zu sein.«

»Wenn er nicht getrunken hat, ja.« Sie deutete mit der Hand in Richtung Vorhaus. »Warum verteilst du all deine Wäsche auf dem Boden, wenn du ins Bett gehst? Ich wäre fast über deinen Wäschepfad gestolpert, als ich vorher reinkam.«

»Es ist gestern spät geworden, und ich bearbeite gerade einen komplizierten Fall.«

»Du siehst müde aus.«

»Du auch. Möchtest du auf dem Diwan schlafen?«

»Da müssen wir ihn zuerst von deinen Büchertürmen befreien.« Sie stand langsam auf und schlurfte zur Couch. Plötzlich dachte Peck, dass Julia ihm immer ähnlicher wurde. Sie zeigte zunehmend den gleichen, manchmal deprimierten, dann wieder ironischen und fast zynischen Grundton, den auch Sophia ihm öfters zum Vorwurf machte. Und mit dem außer Sophia viele Leute nicht umgehen konnten. Waren es vielleicht seine Gene, die Julia so stark beeinflussten, dass sie ihre Ehe in Gefahr brachte? Nein. Es war eindeutig ihr Mann, der trank und sie geschlagen hatte. Er allein war der Auslöser dieser Ehekrise.

Dann hatte Peck das Gefühl, noch etwas Grundsätzliches sagen zu müssen, um ihr zu zeigen, wie sehr er sie verstand und dass er ganz auf ihrer Seite war. »Du kannst natürlich bleiben, so lange, wie du möchtest«

»Danke.« Sie lächelte.

»Mein Job muss natürlich weitergehen.«

Ihr Lächeln wurde etwas kühler. »Ich werde dich bei deiner Arbeit nicht behindern.«

Schon wieder falsch, dachte er.

»Was ist nun mit dem Gulasch?«, fragte sie.

Dienstag, 13. Juni

»Ich habe einen Beschluss gefasst«, sagte Julia. »Ich werde deine Sophia ab morgen in der Buchhandlung unterstützen. Es ist meiner Meinung aber auch bekloppt, nach einer solchen Operation sofort wieder arbeiten zu wollen.«

»Ich werde versuchen, es ihr noch auszureden.«

»Und vielleicht ziehe ich einige Tage zu ihr. Du bist ohnehin sehr beschäftigt und brauchst definitiv derzeit weniger Hilfe als Sophia. Mit einer Ausnahme ...« Julia machte einen kritischen Blick zum Kühlschrank. »Wenn ich heute nicht eingekauft hätte, würden wie beide verhungern.«

»Du hast sehr gesund eingekauft«, sagte Peck und sah stirnrunzelnd auf das Müsli, das Gemüse und die diversen Obstsorten, die in einem Korb auf dem Tisch standen.

»Du brauchst mehr Vitamine.«

Peck schüttelte leicht den Kopf. »Ich habe gelesen, dass im Obst kaum Vitamine drin sind.«

»Quatsch. Der Mensch muss fünfmal täglich Obst oder Gemüse zu sich nehmen. Wegen der Antioxydantien.«

»Du wirst dich gut mit Sophia verstehen.«

Sie ging zum Radio, wechselte den Sender von *Ö1* auf *FM4* und schaufelte dann große Portionen Müsli auf Pecks Teller.

»Und was ist mit deiner Firma? Gehst du denen nicht ab?«

»Ich mache in Zürich das, was man in Österreich Karenz nennt. Wo wirst du übrigens die Nacht von heute auf morgen verbringen? Wenn ältere Männer die Nacht irgendwo auswärts verbringen ...«

»Geschenkt! Ich statte zuerst der Polizei in der Alpenstraße einen Besuch ab, und dann werde ich heute noch Pinzgauer Berge besteigen und dort oben mein Zelt aufschlagen.«

»So was Tolles hast du mit uns Kindern früher nie unternommen.«

»Diesen Vorwurf hätte deine Mutter an dieser Stelle auch gemacht.« Es entstand eine längere Pause, bis Julia sich direkt neben ihn setzte und seine Hand ergriff. »Entschuldige bitte. Das war nicht böse gemeint.« Dann veränderte sich ihr Gesichtsausdruck, und sie erhob sich. »Wo ist übrigens dein Auto? Es steht nicht am Parkplatz.«

Scheiße, dachte Peck. Total vergessen. »Mein Wagen steht in der Altstadtgarage. Kannst du mich hinfahren?«

»Du siehst müde aus. Und wenn das Auto seit gestern in der Stadt steht, muss der Abend tatsächlich anstrengend gewesen sein.«

»Ich habe schreckliches Kopfweh«, sagte Peck.

Julia ließ ihn am Hanuschplatz aussteigen. Es war ein sonniger Morgen, und als er in Richtung Innenstadt ging, sah er den Gaisberg mit einer Mütze aus Wolkenfetzen. Wenn das der Fall ist, hatte er von alteingesessenen Salzburgern gelernt, dann kommt schlechtes Wetter. Es war Mitte Juni, aber als er beim Vorbeigehen in die Auslagen der Kleidergeschäfte in der Getreidegasse sah, hatte er das Gefühl, dass dort bereits die Herbst- und Wintermode angeboten wurde.

Er kaufte noch einige Lebensmittel und Proviant, wobei er wenig Wert auf Antioxydantien legte, und parkte in einer der kleinen Gassen nahe der Alpenstraße. Zehn Minuten lang umrundete er den riesigen Gebäudekomplex, bis er endlich einen unscheinbaren Hintereingang fand, dann irrte er im vierten Stock weitere zehn Minuten einige fensterlose Flure entlang, bis er vor einer Tür mit geriffelter Glasscheibe stand, neben der ein kleines Schild hing: *Wolfgang Kurras, Landesamt für Verfassungsschutz*.

»Wie kommen Sie hier zu mir? Hier ist der Zutritt strengstens verboten.«

»Ich war früher Pfadfinder«, sagte Peck und lächelte.

»Besucher sind hier nicht vorgesehen«, sagte Kurras unfreundlich. »Darum gibt es bei mir auch keinen Besucherstuhl.«

Kurras hatte einen in Plastik eingeschweißten Ausweis an einem roten Band um den Hals hängen und sah damit wie der Angehörige einer TUI-Reisegruppe aus.

»Als Bekannter von Leopold Funke können Sie ja kein furchtbar unangenehmer Mensch sein. Kommen Sie rein.« Er nahm zwei Aktenordner von einem Plastikhocker, der direkt neben seinem Sessel stand, und klopfte mit der flachen Hand wie einladend auf die Sitzfläche. Kurras sah etwas wie ein Italiener aus, schwarz glänzendes, kurz geschnittenes Haar, dunkler Teint und braune Augen. Obwohl er vorbildlich rasiert war, konnte man schon am späten Vormittag erkennen, dass er einen starken Bartwuchs hatte. Ein gut aussehender Mann, hätte Sophia ihn wahrscheinlich genannt. Und rank und schlank, hätte sie noch dazu gesagt. Und hätte Peck dabei vorwurfsvoll angesehen.

Kurras hatte wohl gerade irgendeinen Vorgang auf seinem Bildschirm bearbeitet, denn Peck sah eine geöffnete Word-Datei, und der blinkende Cursor war in der Mitte einer Zeile stehen geblieben.

»Sie sitzen hier etwas abgelegen in diesem großen Gebäude.«

»Wahrscheinlich lassen die uns spüren, dass wir eigentlich nicht dazugehören.«

Peck sah ihn fragend an.

»Etwas kompliziert. Hier sitzt primär das LKA, und der Eigentümer dieses Gebäudes ist das Land Salzburg. Wir heißen zwar Landesamt für Verfassungsschutz, gehören aber zum Bund ...«

Peck schielte aus den Augenwinkeln mit Interesse auf die Word-Datei, aber erst als er etwas näher an seinen Gesprächspartner heranrutschte, konnte er auf dem Bildschirm den Namen Herrmann Stommel entziffern.

»Also, Ihre Chefs sitzen in Wien. Und was ist die Konsequenz für mich als Auskunftssuchender?«

»Der Bund ist noch zugeknöpfter. Was wollen Sie eigentlich von mir?«

»Nur einige harmlose Auskünfte. Ich habe vor wenigen Tagen einen alten Schulfreund im Pinzgau besucht, da, wo die Seen schwarz sind und die Burgen zum Verkauf stehen.«

»Sie sprechen von August Rieger, dem Bürgermeister. Ich kenne den Fall, auch wenn der Verkauf den Verfassungsschutz nicht tangiert. Die Erteilung der Baugenehmigung für die Renovierung der Burg ist für mich genauso unverständlich wie für Ihren Freund, aber so sind nun mal unsere österreichischen Gesetze. Die meisten aus der k. u. k. Zeit und alle in Stein gemeißelt.«

»Was ist da geplant in der Burg? Was haben diese Leute vor?«

»Jetzt nähern wir uns langsam den Interessensphären des Verfassungsschutzes. Nur, was die da drinnen treiben in der Burg, wissen wir nicht. Man sieht ja von außen nicht rein ...«

»Aber diese Skinheads ...«

»Hören Sie, es ist in Österreich nicht verboten, sich den Schädel zu rasieren. Natürlich gibt es eine eindeutige Verdachtslage, genauso gibt es aber unsere demokratische Rechtsordnung. Wir wüssten gerne, was da vor sich geht, aber wir können nicht reinstürmen. Wir vom Verfassungsschutz haben keinerlei polizeiliche Befugnisse. Wir beobachten, sammeln Informationen und werten diese aus.«

»Aber dass da jede Menge Skinheads aus Deutschland dabei sind, stört Sie nicht.«

»Alles mehr oder weniger ehrbare Bürger der EU. Solange die nicht straffällig werden. Wir werten aber nicht nur die Erkenntnisse unserer eigenen Ermittler aus, sondern auch die Informationen ausländischer Dienste.« Kurras grinste. »Nicht nur früher Simon Wiesenthal, auch wir haben alles gut unter Kontrolle. Mit der Bundesrepublik Deutschland arbeiten wir ausgezeichnet zusammen. Zumal sich die Neonazi-Szene in beiden Ländern bemerkenswert belebt.«

»Ich hatte vor wenigen Tagen einen sehr unliebsamen Zusammenprall mit einem Architekten aus Salzburg und dessen Sohn. Der Sohn liegt zurzeit im Krankenhaus Zell am See, der Vater zeichnet für die Renovierung der *Schwarzen Burg* in Tannwald verantwortlich.«

Kurras sah auf seinen Bildschirm, dann auf Peck, dann klickte er das Word-Dokument weg. »Sie sind gut informiert, Herr Peck. Der Architekt ist gut vernetzt in der deutschen Neonazi-Szene, und der Sohn ist ein brutaler Hund. Ich darf Ihnen keine Details verraten, aber es tut sich was in Deutschland.«

»Was tut sich in Deutschland?«

»Wenn ich in der Privatwirtschaft wäre, würde ich sagen: Die bereiten derzeit einen Kongress vor, und ich schließe nicht aus, dass dabei auch die Vorgänge in Tannwald eine Rolle spielen. Weiß der Teufel, was dieser rechtsradikale Haufen wieder plant!«

»Wissen Ihre Kollegen aus Deutschland mehr?«

»Wahrscheinlich. Die sind nicht so dramatisch unterbesetzt wie wir.«

»Kennen Sie da jemanden?«

»Die sind ähnlich organisiert wie wir. Ich arbeite meist mit Ingo Scheibner vom Bundesamt für Verfassungsschutz zusammen. Der hat sein Büro in Nürnberg.«

»Haben Sie seine Telefonnummer?«

Kurras drückte seine Bedenken durch ein Wiegen des Kopfes aus, dann schrieb er eine Telefonnummer auf einen Zettel. »Den Namen und die Nummer kennen Sie nicht von mir. Klar?« Peck nickte. »Sonst noch was?« Kurras rutschte unruhig auf seinem Stuhl hin und her und sah auf die Uhr.

»Direkt neben der *Schwarzen Burg* erhebt sich das *Teufelshorn*, ein steiler Berg …«

»Kenne ich«, sagte Kurras. »Ich war dort schon wandern mit meiner Frau.«

»Von dort oben müsste man einen guten Ausblick haben.«

»Sie meinen, einen guten Einblick in die Burg?«

»Ja. Man müsste nur auf das *Teufelshorn* klettern …«

»Sie haben recht. Ich kenne aber niemanden, der so blöd ist, da raufzusteigen.«

»Genau«, sagte Peck.

*

»Deine Tochter berichtete mir, dass du müde aussiehst, spät nach Hause kommst und dein Auto in der Stadt stehen lassen musstest«, sagte Sophia am Telefon.

Peck ärgerte sich. Sein eigenes Fleisch und Blut fiel ihm in den Rücken.

»Hat es dir die Sprache verschlagen?« Peck hörte förmlich Sophias Grinsen am anderen Ende.

»Ich bin gestern über die schwer verletzte Pythia gestoßen. Möglicherweise hat sie die Gabe, in die Zukunft zu sehen, den Mann, der sie in ihrem Haus überfiel und fast zu Tode prügelte, hat sie definitiv nicht vorhergesehen.«

»Wer hat was gegen eine harmlose Hellsichtige?«

»Wut oder Angst. Ich tippe auf Zweiteres. Sie hat wohl Kenntnisse von Dingen, die sie besser nicht hätte.«

»So wie diese Karin Moser?«

»Wahrscheinlich galt das auch für sie. So wie in alten Wildwestfilmen. *Sie wusste zu viel*.«

»Und jetzt?«

»Jetzt ist Karin Moser tot, und Pythia liegt wie du in irgendeinem Krankenhaus.«»Aber ich nicht mehr lange. Morgen bin ich hier weg.«

»Ich freue mich auf dich. Hast du das übrigens mit den Ärzten abgestimmt?«

»Was?«

»Dass du am Donnerstag schon wieder in deiner Buchhandlung stehen willst.«

»Mit solchen intimen Details belaste ich die Ärzteschaft nicht. Aber keine Angst. Ich werde im Buchgeschäft nicht stehen, sondern sitzend deine Tochter zu allen unbequemen Kunden dirigieren.«

*

Hoffentlich passe ich noch in den alten Schlafsack, dachte er. Immerhin hatte Peck etwas an Gewicht zugelegt, seit er ihn das letzte Mal im Einsatz hatte. Fast eine Stunde war er im Keller damit beschäftigt gewesen, eine schon etwas antiquierte Campingausrüstung in den riesigen Rucksack zu stopfen, sein altes Zelt, die Feldflasche und sonst noch einige Gerätschaften, um auf alle Eventualitäten vorbereitet zu sein. Zuletzt schleppte er den schweren Rucksack aus grüner steifer Zeltplane, den er von seinem Vater geerbt hatte, zum Auto.

Eine halbe Stunde später raste er mit dröhnendem Motor nach Tannwald, als ob jemand hinter ihm her wäre. Als er kurz vor dem Friedhof vom Güterweg abbog, bemerkte er, dass es hier vor Kurzem geregnet haben musste. Bereits nach wenigen Metern wurde der Boden feucht und matschig, und er bekam Angst, mit seinem VW irgendwo stecken zu bleiben. Er fluchte, weil er jetzt den schweren Rucksack nochmals eine halbe Stunde länger schleppen musste, bevor er sich an den Aufstieg wagen konnte. Aus der Ferne konnte er den Kirchturm sehen, eine Tatsache, die sein Magen sofort mit dem unmittelbar daneben befindlichen Kirchenwirt mit der kleinformatigen Speisekarte und den großformatigen Schnitzelportionen verknüpfte. Ob Katharina auf ihn wartete?

Als er den Rucksack nach mehreren Versuchen auf seinen Rücken schwingen konnte, zog das Gewicht ihn ruckartig nach hinten, sodass er einige Schritte zurückstolperte und fast hingefallen wäre, wenn es ihm nicht gelungen wäre, sich im letzten Moment an der Autoantenne festzukrallen. Dann marschierte er mit zusammengebissenen Zähnen in Richtung Schwarzklammsee. Peck erinnerte sich, dass sein Vater diesen Rucksack angeblich im Russlandfeldzug getragen hatte. Irgendwo müsste sogar noch ein Einschussloch sichtbar sein, das angeblich von Feindeshand stammte. Es war schwül nach dem Regen, und er musste von Zeit zu Zeit den Wasserlacken ausweichen, die sich wie Überschwemmungen großflächig auf den Wiesen breitmachten. Noch schien die Sonne, aber von Westen näherte sich eine bedrohlich dunkle Wolkenfront. Gewitterwolken, dachte er und blickte skeptisch zum *Teufelshorn*, das sich noch nie so steil und felsig vor ihm aufgetürmt hatte.

»Von hinten kommt man rauf«, hatte August gesagt. Peck folgte nach einer Weggabelung der Marschroute, die ihn nach links in den Wald führte. *Teufelshorn 1,5 Stunden* stand auf einem verwitterten Holzschild. Peck war jetzt schon schweißgebadet, nur seinem Rücken tat die schwere Last offenbar gut. Stärkung der Trapezmuskulatur. Vielleicht sollte er so was öfters machen.

Schritt für Schritt, keuchend, schwitzend und weit nach vorne gebeugt, trottete er den steilen Weg nach oben. Schwere Tropfen fielen von den Bäumen. Bei jedem Schritt versank er in der feuchten Erde, die sich an den Sohlen seiner Schuhe festsetzte. In lang gezogenen Serpentinen führte der schmale Weg nach oben, wobei er nach jeder Kurve schnaufend rastete, die Hände auf die Knie gestützt. Weiter oben schlängelte sich der Pfad durch dicht gewachsenes Unterholz und führte dann in östlicher Richtung steil nach oben zum Gipfel. Hier war es still, nur lautes Vogelgezwitscher und das Plätschern der

Tropfen waren zu hören, die von den Bäumen fielen. Ein jähzorniger Windstoß empfing ihn, als er den Gipfel erreichte.

Peck war froh, dass es nicht regnete, und mit einem wohligen Schnaufen ließ er den Rucksack von seinen Schultern auf die Erde gleiten. Der Aufstieg hatte sich gelohnt; von hier aus konnte er über die Baumwipfel hinwegblicken, und genau unter ihm lag die Burg etwas im nebligen Dunst, der die Baumkronen umhüllte und die Sicht ein wenig beeinträchtigte. Jetzt zwitscherten die Vögel nicht mehr. Sie ließen laute Warnrufe hören und reagierten so auf die Störung und dass er hier in ihren Lebensraum eingedrungen war. Er öffnete den Rucksack und holte seinen Fotoapparat mit dem langen Zoomobjektiv heraus, mit dem er das Gelände und die Burg absuchte. Dann pfiff er leise durch die Zähne. Genau im Zentrum des Innenhofs sah er eine riesige Darstellung der *Schwarzen Sonne*, die wie eine Intarsie aus dunklen Steinen in die großformatigen Granitplatten eingelassen war, mit denen der gesamte Hof gepflastert war. Auf der nördlichen Seite war eine teilweise eingestürzte Mauer, die zu einem der alten Gebäudeteile gehörte. Hier waren wohl im Mittelalter die Kemenaten der Bediensteten untergebracht gewesen. Steine der umgefallenen Mauer lagen weit verstreut am Boden. War das die Stelle, wo Stommel Junior zu Schaden gekommen war? An der niedrigen Umgrenzungsmauer wehten einige Fahnen, die Hakenkreuz-ähnliche Symbole trugen, und zwei junge Männer patrouillierten ständig wie auf einem unsichtbar vorgezeichneten Pfad über den Hof. Immer zu zweit, dachte Peck. Einer kann lesen, der andere schreiben. Von Zeit zu Zeit stiegen sie auf hölzerne Leitern, die an der Mauer lehnten, und beobachteten mit Ferngläsern die Umgebung. Plötzlich hallte das ganze Tal wider von Rufen und lautem Lärm, der aus der Burg zu kommen schien. Wie grölende Männer, die irgendein Spiel spielten, bei dem man sich gegenseitig etwas zurufen musste. Aber vielleicht war es gar kein Spiel. Peck stand direkt am steilen Abhang, tastete sich dann mit den Füßen vorsichtig nach vorne, bis sich plötzlich einige kleine Steine lösten und mit lautem Gepolter nach unten fielen, wo sie größere Gesteinsbrocken aus der Felswand schlugen. Durch das Teleobjektiv sah er, wie die beiden Wachen hektisch umherliefen, sich über die Mauer beugten und dann mit ihrem Fernglas den Berg absuchten. Peck zog sich blitzartig zurück. Um ihn herum zwitscherten wieder die Vögel. Sie hatten sich wohl an ihn gewöhnt oder mitbekommen, dass von ihm keine Gefahr für sie ausging. Dichte Nebelbänke waberten über den Gipfel, und die Feuchtigkeit tropfte auf Pecks Kopf und Schultern. Irgendwo in der Ferne hörte man das Aufheulen eines Autos, dann war es wieder still. Bis auf das Gezwitscher der Vögel. Langsam wagte er sich im Unterholz wieder bis nach vorne und sah kniend über die Felskante. Die Sicht war nicht ideal, aber immerhin konnte er durch das Teleobjektiv einen Großteil der Burganlage überblicken. Die beiden Wachposten waren verschwunden. Von der Rückseite des weitläufigen Gebäudekomplexes schlängelte sich ein schmaler Pfad durch den Wald nach oben. Möglicherweise konnte man auch direkt von der Burg aus den Gipfel erreichen. War er plötzlich zum Gejagten geworden? Er begann, seine unsinnige Kletterpartie zu verfluchen. Warum nahm er all diese Unbequemlichkeiten auf sich? War es sein naturgegebener Hass gegen alles, was nach Neonazis roch? Oder das Foto, das Karin Mosers Tochter gemeinsam mit ihrem Halbbruder Ben und dem jetzt toten Werner zeigte? Schließlich hatte sein ehemaliger Freund, der Bürgermeister, ihn ja um Unterstützung gebeten. August war schuld, dass er hier war, entschied er.

Und dann fiel es ihm plötzlich auf: Die Vögel waren wieder verstummt. Da war jemand in der Nähe. In Panik schloss er den Rucksack und zog ihn hinter sich her in das angrenzende Dickicht. Dann ging er nochmals zurück und kontrollierte die Stelle, an der er vorher seinen Beobachtungsposten eingenommen hatte. Und da lag mitten auf dem Weg die Tasche seiner *Nikon*. Er ebnete einige Stellen ein, wo sein Fußabdruck zu deutlich erkennbar war, und ließ den Blick nochmals prüfend kreisen. Gott sei Dank war der größte Teil des Untergrundes felsig. Einige Augenblicke herrschte Stille, dann hörte er brechende Zweige und die Stimmen zweier Männer, die schnell näher kamen. Peck holte die *Glock* aus dem Rucksack und wartete.

*

Zehn Meter vor ihm standen die beiden Skinheads in einem braunschwarzen Tarnanzug, jeder ein Gewehr um die Schulter gehängt. Peck beugte sich in dem Gebüsch ganz tief nach unten und hielt den Atem an.

»Hier ist niemand«, sagte der kleinere der beiden Männer.

»Doch!« Der andere nahm das Gewehr von der Schulter und ging einige Schritte auf Pecks Versteck zu.

»Scheiß Wetter«, sagte der Kleinere. »Es wird schon dunkel. Lass uns abhauen.« Peck konnte den Gestank der beiden riechen. Er sandte ein Stoßgebet zum Himmel, dann hörte er wieder die Schritte der Männer. Sie entfernten sich. Tiefes Durchatmen. Das Gezwitscher der Vögel hatte ihm möglicherweise das Leben gerettet. Sein Sohn hatte recht. Twittern bringt Vorteile.

Er wartete noch fünf Minuten, dann robbte er aus seinem feuchten Versteck und wagte sich vorsichtig nach vorne, bis er die Burg wieder in Vogelperspektive unter sich liegen hatte. Die Sicht hatte sich etwas verbessert, und als er mit dem Tele nochmals die gesamte Anlage absuchte, entdeckte er an der äußeren Mauer zwei Überwachungskameras, deren Standorte er sich genau einprägte.

Das Tageslicht versickerte langsam, die Dunkelheit wurde sekundenweise stärker. Regungslos blieb er an der gleichen Stelle liegen, und langsam kroch die Kälte durch seinen Anorak. Dann war das Tageslicht endgültig verschwunden, und die Nacht zog herauf, erdrückende Schwärze, nur manchmal gaben die schnell dahinziehenden Wolkenbänke einen auf der Seite liegenden Kipferlmond frei. Wenige Minuten später startete Peck seinen aussichtslosen Kampf mit dem Zelt. Als er endlich in der Dunkelheit die Stangen in der richtigen Reihenfolge zusammengesteckt und die Plane darüber gebreitet hatte, fiel das Zelt wieder in sich zusammen. Nach kurzem Nachdenken gab er fluchend den Kampf verloren, zwängte sich in seinen Schlafsack und deckte sich grantig mit der Zeltplane zu. Unbequem auf den Unterarm gestützt, aß er das mitgebrachte Schnitzel und den Erdäpfel-Gurken-Salat aus einem Einmachglas. Dazu trank er eine kleine Flasche Shiraz. Er beschloss, nie wieder ein kaltes, fettiges Schnitzel und einen an sich wohlschmeckenden Rotwein aus Plastikbechern zu sich zu nehmen. Bevor er sich hinlegte, schielte er nochmals in die Tiefe. Die *Schwarze Sonne* auf dem Boden des Innenhofs erstrahlte jetzt im Licht dreier Scheinwerfer. Aber kein Mensch war zu sehen.

Nach zwanzig Minuten Stillliegen und zehn Minuten feuchtigkeitstriefendem Schäfchen zählen stellte er fest, dass es schwierig werden würde, einzuschlafen. Der Gurkensalat rumorte in seinem Magen, und der Shiraz brachte diesmal wenig Einschlafhilfe. Peck hätte sich nicht vorstellen können, wie groß die nächtliche Unruhe im Wald war, das stöhnende Geräusch der Zweige, das Knacken der Baumstämme und das leise Murmeln, von dem er nicht wusste, woher es kam. Einmal zog ein ausgewachsener Igel mit fünf Kleinen vorbei, die sehr an Peck interessiert waren, dann aber doch dem Leittier folgten.

Er schloss die Augen und versuchte, gewaltsam einzuschlafen. In der Schule hatte er einmal das Gedicht *Der Wald* von Eichendorff auswendig lernen müssen, in dem es sehr romantisch zuging, mit blassem Mondschein und schwärmerischen Gefühlen.

Keine Rede von Ameisen und Nieselregen.

Mittwoch, 14. Juni

Als Peck erwachte, hielt jemand ihn an den Beinen umklammert. Verzweifelt versuchte er, sich aus dem eisernen Griff zu befreien. Er schlug hektisch nach allen Richtungen, und dann sah er, dass sich seine Beine im Dickicht eines mit langen Dornen versehenen Hagebuttenstrauchs verfangen hatten. Als er mühsam die Beine frei gestrampelt hatte und etwas zur Ruhe gekommen war, bemerkte er, dass bereits der Morgen dämmerte. Und es nieselte leicht und durchdringend. Schnürlregen ganz oben auf dem *Teufelshorn*. Das ist der Gipfel, dachte er und zog fröstelnd den Kopf ein. Die klamme, feuchte Zeltplane bot keine Wärme, und er stellte fest, dass seine Finger blau und steif aussahen, die Haut aufgesprungen. Stöhnend richtete er sich auf und wunderte sich, dass sein Rücken nicht schmerzte. Er balancierte kniend am felsigen Abgrund und suchte das Gelände mit dem Teleobjektiv ab. Der Innenhof der Burg war leer, selbst die beiden Wachposten waren nicht zu sehen. Auf der schmalen Zufahrtsstraße, die zum Burgtor führte, stand mit stotterndem Motor eine Art VW-Bus und blies dunkelgraue Wolken aus dem Auspuff. Ein Mann unter einem breitkrempigen Hut kletterte aus dem Wagen und verschwand im Gebäude, kam jedoch nach wenigen Augenblicken wieder und schleppte zwei Koffer zu dem Kleinbus. Peck machte einige Aufnahmen, als weitere Männer erschienen, bepackt mit Reisekoffern und Rucksäcken. Insgesamt sechs Männer zählte er, die jetzt vor dem Wagen standen und laut über irgendetwas debattierten. In der Stille des Morgens konnte er die hektischen Rufe und manchmal ein Lachen hören, und das Echo, das von der Bergen ringsum bis zu ihm hochdrang. Er konnte jedoch nicht verstehen, was sie sprachen. Peck hatte aus der Vogelperspektive den Eindruck, dass die Männer wild durcheinanderliefen, bis sie wie auf ein geheimnisvolles Signal plötzlich im Auto verschwanden und wegfuhren. Wohin? Ob jetzt die Burg leer war? Als er beschloss, dies festzustellen, war es genau fünf Uhr früh. Und er hatte einen Plan.

*

»Scheiß Bullen!« Philipp Schalk wäre fast gestolpert, als die zwei Polizisten ihn grob in ein Zimmer schubsten, das nur aus einem kleinen Oberlicht notdürftig mit Helligkeit versorgt wurde. Wortlos drückten sie ihn auf einen Holzsessel und nahmen ihm die Handschellen ab. Der jüngere der beiden stellte sich genau hinter ihn, sodass ihn Schalk nicht sehen konnte, der zweite Polizist verschwand und knallte die Türe hinter sich zu.

Plötzlich hörte er Stimmen, und ein Mann in einem schlecht sitzenden dunklen Anzug und mit einer dünnen Aktenmappe in der Hand stürmte in das Zimmer. Er hatte diesen Mann noch nie gesehen. War das der Boss? Oder irgendein Verhörspezialist? Er beschloss, sich nicht aufzuregen. Schließlich war er gestern schon stundenlang verhört worden, und er hatte den Beamten eine Mischung aus Wahrheit und Erfundenem präsentiert. Erstaunt reagierten die Polizisten auf den Namen und die fantasiereiche Geschichte, die er ihnen auftischte. Er war jetzt ein James Burger, ehemaliger Versicherungsvertreter, der vor einundzwanzig Jahren nach den USA ausgewandert war und jetzt am Stadtrand von Billingsgate in Montana lebte. Fast eine Millionenstadt nahe der kanadischen Grenze. Er befürchtete jeden Augenblick, dass seine wahre Identität auffliegen würde, aber nichts geschah. Schließlich war er bis vor einigen Jahren Polizist gewesen, und seine Fingerabdrücke mussten noch irgendwo gespeichert sein. Aber möglicherweise hatten sie in ihren Datenbanken nur in der Abteilung *Gangster und Halunken* gesucht. Er musste lächeln.

»Ihnen wird das Lachen schon noch vergehen«, sagte der Mann in dem schlecht sitzenden Anzug und setzte sich ihm genau gegenüber. Der Mann roch intensiv nach Knoblauch, hatte blondes kurz geschnittenes Haar und ein paar Kilo Übergewicht.

»Mein Name ist Kirchner«, sagte er.

»Das macht nichts.«

»Wir wissen, wer Sie wirklich sind.«

»Was mich stört: Sie halten mich unberechtigt fest. Ich habe nichts verbrochen.« Schalk sagte es laut und mit fester Stimme. Er hatte sich die beiden kurzen Sätze lange vorher übergelegt.

»Bringen Sie unsere Fundstücke her.« Der Mann wandte sich dem Beamten zu, der hinter Schalk stand, augenblicklich aufsprang und zwei Fotoapparate, ein teuer aussehendes Holzkästchen und drei allerneueste Mobiltelefone auf den Tisch legte.

»Kennen Sie das?«

»Was soll das?« Schalk deutete auf den Tisch vor ihm. »Das ist eine Kamera, und das ein Handy. Die Schatulle sieht interessant aus. Was ist da drin?«

»Sie kennen den Inhalt. Das haben wir in Ihrem Hotelzimmer gefunden. Alles Diebesgut aus Ihren Wohnungseinbrüchen.«

»Ich möchte sofort meinen Anwalt anrufen.«

Der Mann legte ihm sanft die Hand auf die Schulter, so als ob er beabsichtigte, ihn auf dem Sessel festzuhalten. »Sie brauchen keinen Anwalt. Das Einzige, was Sie brauchen, ist ein Alibi für die Tatzeit all dieser Einbrüche. Mal in eine Wohnung, mal in ein allein stehendes Haus …«

»Dieses Zeug habe ich noch nie gesehen. Und es kann auch nicht aus meinem Hotelzimmer stammen.« Er griff in seine Innentasche und legte eine Visitenkarte auf den Tisch. *Hotel Pension Margit. Feldstraße 38, Salzburg*.

»Da wohne ich seit fast zwei Wochen.«

Stille im Raum. Der Beamte, der sich als Kirchner vorgestellt hatte, wirkte plötzlich verunsichert und drehte sich zu dem Polizisten, der hinter Schalk stand.

»Wir werden das alles genau nachprüfen«, sagte Kirchner, nahm die Visitenkarte vom Tisch und verließ den Raum, ohne sich noch einmal umzudrehen.

Schalk lehnte sich zurück und schloss kurz die Augen. Plötzlich fühlte er sich unendlich erschöpft. Sie hatten nichts in der Hand gegen ihn. Keine Beweise. Vielleicht war ihnen auch nur ein Fehler passiert, und sie hatten im falschen Hotel gesucht. Oder sie wollten ihm etwas anhängen. Aber warum? Scheiß Bullen.

»Bis zur Klärung bleiben Sie unser Gast«, sagte der Mann hinter ihm und führte ihn dann zurück in die Zelle. Schalk wusste, dass die Zeit fast abgelaufen war, die sie ihn ohne richterlichen Bescheid festhalten durften. Sie würden keine handgreiflichen Fakten finden, also würde er kurzfristig wieder in Freiheit sein. Schalk wusste selbst nicht, warum er so sicher und ohne Angst war, dass sie nicht auf die Wahrheit stoßen würden. Lächelnd setzte er sich auf die Pritsche und lehnte den Kopf gegen die Mauer. Nein. Die Wahrheit würden sie nicht finden. Wenn er hier raus war, würde er sofort das Hotel wechseln. Er schaute in den fast blinden Spiegel über dem Waschbecken und konnte das, was er hier sah, kaum ertragen. Um Jahre gealtert. Er setzte sich wieder und griff nach dem Buch, das die Bullen akribisch durchgeblättert hatten, bevor sie entschieden, es ihm doch zu belassen. *Der Fänger im Roggen* von irgendeinem amerikanischen Autor, der in dem Buch einen Mann beschreibt, zwar um einiges jünger als er, mit dem er sich aber seelenverwandt fühlte. Er verstand *Holden Caulfield*, der sich als Ich-Erzähler in dem Roman durchs Leben treiben lässt, ohne Ziele und immer auf der Flucht vor der in seinen Augen verlogenen Gesellschaft.

Nein. Er durfte sich nicht treiben lassen. Er würde jetzt seine Pläne zu Ende bringen. Da flog die Tür auf, und ein dicker, schwitzender Beamte entfernte die Handschellen, ließ ihn zwei Formulare unterschreiben und geleitete ihn dann zum Ausgang. »Sie können gehen.«

Eine Minute später stand er auf dem Gehsteig in der prallen Sonne und schloss, nicht mehr an diese Helligkeit gewöhnt, kurz die Augen.

Ja, zuerst würde er zu seiner Pension gehen, die Rechnung bezahlen und sich dann eine neue Unterkunft suchen. Nach einigen hundert Metern betrat er in einer schmalen Seitenstraße ein Beisl und ging schnurstracks auf die Theke zu, wo eine Blondine, den Kopf etwas zur Seite gelegt, ihn mit einem Lächeln erwartete.

»Sie sehen aus, als ob Sie einen Schnaps brauchen.«

Er nickte, trank einen doppelten Obstler und dann noch einen. Als er aus dem Lokal auf die Straße trat, schaute er aufmerksam nach links und rechts. Kein Mensch zu sehen, nur auf der gegenüberliegenden Straßenseite stand ein älterer Mann, der eine braune Lederjacke trug und intensiv mit seinem Handy redete. Philipp Schalk wandte sich nach rechts in Richtung Bahnhof. In einer Viertelstunde würde er in der *Pension Margit* sein. Vor einem Waffengeschäft blieb er stehen und bewunderte die Gewehre und Pistolen in der Auslage. Als er weiterging, sah er wieder den Mann in der braunen Lederweste wenige Schritte hinter ihm.

*

Der Regen und der Wind waren stärker geworden. Inzwischen war er völlig durchnässt, und zitternd vor Kälte rollte er die Zeltplane zusammen, als einige Vögel laut aufschrien. Es klang wie ein spöttisches Gelächter ob seiner Unfähigkeit mit der Technik des Zeltbauens. Während des Abstieges wurde der Sturm stärker. Vorsichtig, um nicht ins Rutschen zu kommen, stapfte er Schritt für Schritt nach unten, und als er zu der Stelle kam, wo sich der Pfad gabelte, ging er nach rechts. Das musste jetzt der Weg sein, der direkt zur Burg führte, und auf dem gestern seine unliebsamen Besucher nach oben geklettert waren. Kurz darauf verlor er in einer der engen Kurven, in denen der Steig nach unten lief, den Halt, schlug mit der rechten Schulter gegen einen Felsbrocken und glitt drei Meter nach unten, bis es ihm gelang, seine Füße gegen einen Baum zu stemmen und so die Rutschpartie zu stoppen. Die Schulter schmerzte, er lag auf dem Rücken und rang nach Luft. Er rappelte sich auf und erreichte unter ständig stärker werdendem Donnergrollen den Waldrand, wo er stehen blieb und zur Burg spähte, die wie ein großer schwarzer Klotz in der Dämmerung vor ihm lag. Und dann begann er, seinen Plan umzusetzen. Das Gewicht des Rucksacks drückte seinen Oberkörper nach vorne, er versuchte dennoch, sich wie ein harmloser Bergwanderer der Burg zu nähern, wobei er darauf achtete, nicht ins Blickfeld der Überwachungskameras zu geraten. Es war totenstill, aber er beschloss, sich nicht darauf zu verlassen, dass die Burg menschenleer war. Vorsichtig ging er am Rande des ehemaligen Burggrabens entlang, und als er vor dem wuchtigen, eisenbeschlagenen Tor stand und auf die steil vor ihm aufragende, massive Steinmauer blickte, war er kurz davor, seinen Plan aufzugeben. Er drehte wieder um und ging um das Gebäude herum, dort, wo sich das Gemäuer den Hang hinauf zum Wald hinzog.

Dort war die Burgmauer niedriger, und er suchte nach einem Fenster oder sonst einer Art Zugang, doch er sah nur den wahrscheinlich meterdicken Wall aus mächtigen Steinquadern, die seit vielen hundert Jahren stabile und unverrückbare Sicherheit für die Burgbewohner garantierten. Langsam schlich er die Mauer entlang, und jeder seiner Schritte rief in dem morastigen Boden ein laut schmatzendes Geräusch hervor. Peck rechnete jeden Augenblick damit, dass einer der Neonazis mit einer Waffe in der Hand um die Ecke bog. Am Ende der Mauer stieß er auf ein einstöckiges Nebengebäude aus dicken Holzbalken, die sich auf ein brüchiges Steinfundament abstützten. Zwischen der eigentlichen Burgmauer und der Hütte klaffte ein Spalt von ungefähr vierzig Zentimetern. War das zu schaffen? Er ließ den Rucksack von den Schultern gleiten und lehnte ihn an die Mauer. Unter drastischem Einziehen des Bauches zwängte er sich seitlich durch das schmale Loch und stolperte gleich über einige Eisen- oder Holzstangen, die in der Scheune lagerten. Langsam gewöhnten sich seine Augen an die Dunkelheit, und er konnte altes Gerümpel, Kisten und verstreut herumliegendes Brennholz erkennen. Ein Blick nach oben zeigte ihm in etwa zweieinhalb Metern Höhe eine direkt in die Außenmauer der Burg eingelassene Holztüre. Ein wie sinnlos aussehender Ausgang aus der Burg in diesem verkommenen Schuppen? Vielleicht ein geheimer Seiteneingang, durch den zu Ritterzeiten die von Burg zu Burg fahrenden Sänger Zutritt zu den Burgfräuleins bekamen, um mit ihnen der Minne zu frönen? Die Tür war für ihn in unerreichbarer Höhe. Und war sie überhaupt offen? Er schleppte einige der herumliegenden Holzkisten heran und stellte sie, wie eine wackelige Stiege an die Mauer gelehnt, übereinander. Er war ins Schwitzen gekommen und schnaufend stieg er Kiste für Kiste nach oben. Die Tür war aus altem Holz, verwittert und mit Eisenblech verstärkt. Und mit einem neu aussehenden Vorhängeschloss, das Peck mit Interesse untersuchte. Wie kam das Schloss hier an die Außenseite? Es sah nicht allzu massiv aus. Nach einigem Suchen entdeckte er eine Eisenstange, mit der er wieder nach oben hastete und mit Schweißperlen auf der Stirn versuchte, den Bügel des Schlosses aufzubrechen, was jedes Mal ein lautes Geräusch verursachte, da die Türe nach jedem Schlag wie eine riesige Lautsprechermembrane schepperte. Als es gelang, das Schloss auszuhebeln, warf der Schwung ihn fast in die Tiefe. Falls ihn vorher ein etwaiger Burgbewohner noch nicht bemerkt hatte, jetzt konnte er sicher sein: *Peck ante portas*.

Mit leisem Knarren öffnete sich die Tür, und er betrat einen dämmrigen schmalen Flur. Durch schmale Schießscharten auf der rechten Seite hatte Peck freien Blick auf den Burggraben und den gegenüberliegenden Wald. Plötzlich hörte Peck hinter sich ein lautes Rascheln. Er wirbelte herum und sah eine Fledermaus durch eines der Fenster flattern.

Eine rissige Holztüre führte ihn in einen fast quadratischen Raum, der frisch verputzt war und nach Farbe roch. In der Mitte des Zimmers thronte ein schwerer runder Tisch, um den vierzehn lederbezogene Holzstühle mit hohen Lehnen standen. Jeweils genau dahinter hingen rätselhafte Bilder an der Wand, die irgendwelche heraldischen, aus geheimnisvoll aussehenden Runenzeichen zusammengesetzte Motive zeigten. Peck konnte damit nichts anfangen. Einer der Stühle war höher als die anderen, und dahinter an der Wand stand ein Gedicht.

Mach dein Herz zum Felsenhorst
im Reich Ostaras steht das Wort
der neuen Templer. Und geweiht
steht fest die Burg im Drang der Zeit.
Reinheit heißt das edle Gut.
Reinheit in des Deutschen Blut,
das Volk und Rasse stets verbindet,
und den Endsieg uns verkündet.

Rund um den Text waren wie in einer allegorischen Szene ein Engel und ein Faun dargestellt, einander zärtlich zugetan, und darunter wie eine Unterschrift die Buchstaben ORDO NOVI TEMPLI.

ONT, dachte Peck, die neuen Templer. Er verließ den Raum und durchstreifte ziellos ein Wirrwarr an dunklen Gängen, die noch nicht renoviert waren und sich wie in einem Labyrinth kreuzten oder plötzlich im Nichts endeten. Möglicherweise hauste in diesem Gewirr noch irgendein mittelalterliches Monster. Vielleicht hätte er ein Wollknäuel mitnehmen sollen, um hier wieder rauszufinden. Eine niedrige Maueröffnung, die er in einer dunklen Nische entdeckte, führte ihn in einen kleinen dunklen Raum, in dem der hölzerne Fußboden eigenartig unter seinen Füßen schwankte. Er tappte zur Außenmauer, öffnete die grün gestrichenen Fensterläden, und in dem müden Licht sah er, dass auch hier mustergültig renoviert worden war, neue Heizkörper an den frisch gestrichenen Wänden und ein runder Glastisch in Raummitte, auf dem ein PC stand. Als Peck die Maus berührte, wurde der Bildschirm plötzlich hell. Peck setzte sich und war nicht überrascht, dass ein sich langsam drehendes Symbol der *Schwarzen Sonne* als Bildschirmschoner fungierte. Kein Passwort erschwerte den Zugang, und so klickte er sich mit Herzklopfen durch den gesamten *Arbeitsplatz*. Doch alle Ordner waren leer, alle Dateien gelöscht. Vielleicht war etwas vergessen worden, dachte er und suchte akribisch alles durch. Dann öffnete er *Outlook*. Nicht ein einziges Mail, auch der Papierkorb war leer. Dann nicht … und genau in diesem Moment ein leises *Pling*! Ein Mail war eingetroffen. *Koordinationstreffen Codename Herrmel* las er im Betreff. Absender *BNMM*. Und sichtbare Kopie an *NSDAP-AO*. Den Begriff NSDAP kannte er, nicht jedoch die übrigen Abkürzungen. Nach der Überschrift *Koordinationstreffen* folgten im Mail nur wenige Zeilen, die wie früher in seiner Firma einer *Kurzerhand-Einladung* zu irgendeiner Besprechung ähnlich waren, unter Weglassung aller Höflichkeitsfloskeln reduziert auf die notwendigen Fakten. Aber wahrscheinlich gab es unter diesen Leuten ohnehin keine Höflichkeit.

Koordinationstreffen Ostmark Safehousing
Ort: Schwarzer Heidekrug, Z
Zeit: Mittwoch, 14. Juni, 20 Uhr

Peck verstand den Begriff *Safehousing* nicht, er wusste jetzt nur, dass ein Treffen stattfinden würde. Heute Abend. Im *Schwarzen Heidekrug*.

Und wo? Z, dachte er und erinnerte sich an den Wagen, in den Herrmann Stommel auf dem Parkplatz des Krankenhauses gestiegen war. Z wie Zwickau. Irgendwo in Sachsen in Ostdeutschland. Und dann wusste er, wo er seinen heutigen Abend verbringen würde. Wie lange fährt man nach Zwickau? Er lächelte, da er hier am Tisch sein persönliches Auskunftssystem vor sich stehen hatte. Er öffnete den Firefox und wusste nach fünf Minuten alles. Nur der *Heidekrug* hatte keine Webseite. Salzburg – Zwickau fünf Stunden. Er sah auf die Uhr. Kurz vor sechs, also hatte er noch genügend Zeit, Sophia vom Krankenhaus abzuholen und ausgiebig zu frühstücken. Ob Katharina in dieser Herrgottsfrüh das Gasthaus bereits geöffnet hatte? Peck machte sich Notizen und schoss mit dem Handy einige Fotos, dann verließ er auf dem gleichen Weg wieder die Burg. Gerade als er es nach dem dritten Versuch geschafft hatte, den Rucksack zu schultern, gingen der Wolkenbruch und der Sturm gleichzeitig los. Gestern hatte er die zwei Kilometer in knapp einer halben Stunde geschafft. Aber heute bei diesem Unwetter? Er nahm seine ganze Kraft zusammen und stemmte sich gegen den Sturm. Es wollte nicht hell werden. Die tief hängenden Wolken gingen nahtlos in Nebelschwaden über, die der Sturm in alle Richtungen durcheinanderwirbelte. Der Regen trommelte in Eiseskälte gegen Pecks Gesicht, und er zog die Kapuze weit ins Gesicht, die Orkanböen zerrten an seinem Anorak und bliesen ihn wie einen Ballon auf. Blitze zuckten quer durch das Tal, in dem das Unwetter mit der ganzen Kraft tobte. Der Regen prasselte fast schmerzhaft auf seinen Kopf, oder waren das bereits Hagelschauer? Das Regenwasser überschwemmte schäumend das Bachbett und vermengte sich mit den Fluten, die in dem engen Tal die Hänge herunterstürzten. Er konnte gerade noch den schmalen Pfad erkennen, der gestern noch einladend und trocken in der Sonne lag. Seine Finger waren eiskalt, und gefühllos klammerten sie sich um die Gurte des Rucksacks. Als er zu seinem Auto kam, ließ er erleichtert die Last von seinem Rücken fallen. Plötzlich ein Schrei. Er wirbelte einmal um seine eigene Achse. Doch da war nur der Regen, der auf seine Kapuze prasselte. Er kletterte in seinen VW, wo er trockene Kleidung auf dem Rücksitz hatte.

*

»Marandjosef! So früh schon! Wie sehen Sie denn aus?« Katharina Fellinger drückte beide Hände gegen ihren Mund. »Wie wär's mit einem Frühstück nach dem Duschen?«

»Nur Frühstück, bitte.« Peck wankte zu einem der Tische. »Eierspeise. Vier Eier, bitte.«

»Sie sind der erste Gast heute«, sagte sie unnötigerweise. »Und der erste Gast in meinem Leben überhaupt, dem ich zum Frühstück ein Handtuch serviere.«

Peck stellte sich vor einen kleinen Spiegel an der Wand und rubbelte seine Haare trocken. Der Blick in den Spiegel war wie eine Konfrontation mit der Dramatik der Vergänglichkeit.

Katharina kam langsam und mit schwingenden Bewegungen näher. »Ich habe mit vielem gerechnet bei diesem Wetter, aber nicht mit Ihnen. Und schon gar nicht um diese Zeit.«

Peck stürzte einen halben Liter Wasser hinunter und seufzte wohlig. Dann sah er ihr Lächeln und fühlte, dass er irgendetwas Intelligentes sagen sollte, aber es fiel ihm nichts ein.

»Möchten Sie nicht doch duschen?«, fragte sie. »Ich würde Ihnen auch den Rücken schrubben. Meine Spezialität.«

Peck wusste nicht, was er sagen sollte. Er verschlang sein Frühstück, und nach dem zweiten Kaffee kehrte sein Gefühlsleben langsam zurück.

»Erinnern Sie sich an unser erstes Gespräch? Da war noch ein Punkt offen geblieben.«

Natürlich erinnerte er sich, und er fühlte, wie seine Verwirrung wuchs. »Ich fühle mich nach diesem Unwetter noch nicht in der Lage, tiefschürfende Gespräche zu führen.«

Sie sah ihn wortlos an, und ihr Lächeln verschwand.

Peck hielt Katharina seine leere Kaffeetasse hin. »Bringen Sie mir noch einen Großen Braunen?«

»Wie Sie wollen.«

»Haben Sie eine heutige Zeitung?«

»Um diese Uhrzeit? Sie zeigte auf die Ofenbank, auf der ein Packen Zeitungen und Zeitschriften lag. »Aber alles von gestern.«

»So fühle ich mich auch«, sagte Peck. »Bringen Sie mir bitte die

Rechnung.«

Katharina sah missmutig drein. »Wie Sie wollen.«

»Wenn das Wetter besser ist, komme ich wieder.«

»Versprochen?«

»Versprochen.«

»Sonst komme ich Sie in Salzburg besuchen«, sagte sie fast drohend, »denn Sie entsprechen genau meinem Beuteschema!« Dann verließ sie die Gaststube in Richtung Küche und knallte die Türe zu. Der Regen peitschte Peck ins Gesicht, als er vor das Haus trat. Er entsprach also einem Beuteschema.

*

Es regnete immer noch in Strömen, als er in Richtung Zell am See fuhr. Seine Gedanken wanderten zurück zu dem Gespräch im Gasthaus, er hätte aber jetzt kaum noch sagen können, worüber er mit Katharina gesprochen hatte, nur, dass es ein angenehmes Gefühl war, mit ihr zu reden. Fast zu angenehm. Mit grimmigem Gesicht fuhr er rasant durch eine tiefe Wasserlacke, wie um irgendwelche Schuldgefühle zu vertreiben, für die es eigentlich keinen Grund gab. Schließlich hatte er nichts Unrechtes getan. Er hatte nur gefrühstückt, ganz wenig geredet und bloß zugehört. War er zu Katharina zu schroff gewesen?, fragte er sich. Er konnte sich nicht erinnern, wann Sophia ihm das letzte Mal den Rücken geschrubbt hatte. Sie wäscht mir eher den Kopf, dachte er, als er die Tür zu ihrem Krankenzimmer öffnete.

»Du stinkst!«

»Ich habe die Nacht auf dem Berg verbracht.«

»Du kannst hier nebenan duschen.«

»Und der Rücken?«

Sophia sah ihn fragend an. »Tut er wieder weh?«

»Vergiss es!«

Sophia saß bereits reisefertig angezogen auf ihrem Bett. »Das Schlimmste an einem Krankenhausaufenthalt ist dieses ständige Gefühl von Hilflosigkeit. Ob das Absicht ist, dass du hier zu dem Schluss kommst, kein freier Mensch zu sein?«

»Wer ist schon wirklich frei?«, sagte Peck, wartete aber nicht auf ihre Antwort. »Ich werde dir im Auto von meinen Plänen erzählen. Und jetzt komm …«

»Übrigens!« Sie unterbrach ihn mit einem leisen Schrei. »Unser junger Mann aus der Intensivstation ist weg.«

»Wie, weg?«

»Weg! Abgehauen. Verschwunden eben. Ich war gestern Abend auf einem meiner aufregenden Spaziergänge durch die Gänge, und plötzlich großer Aufruhr im Schwesternzimmer, weil der Patient aus der Intensivstation geflüchtet war. Nur die Schläuche hingen noch in der Gegend rum.«

Peck dachte einen Augenblick nach, dann trug er ihren Koffer zum Auto, und wenig später fuhren sie auf der Tauernautobahn in Richtung Norden.

»Du weißt, dass meine Tochter bereits bei dir im Haus auf dich wartet. Pflegestufe *Triple A*.«

»Und morgen ist sie bei mir im Buchgeschäft.«

»Ich habe sehr deutlich vernommen, wie dir der Arzt eine weitere Woche Schonung verordnet hat.«

»Wer mit dir zusammenlebt, hat keine Schonzeit.«

»Du bist eindeutig auf dem Weg zur Besserung.«

Peck duschte und stopfte einige Kleidungsstücke in eine Reisetasche, und eine halbe Stunde später fuhr er auf der Autobahn in Richtung Nürnberg.

Soweit er wusste, war Deutschland das einzige Land in der EU, in dem es auf Autobahnen noch keine allgemeine Geschwindigkeitsbeschränkung gab. Er gab Vollgas, bis die Tachonadel bei einhundertdreißig zitternd stehen blieb. Auf zu Ingo Scheibner.

Peck brauste auf der A8 an München vorbei und dann in Richtung Norden. Der Abstecher nach Nürnberg kostete ihn mindestens eine Stunde Zeit. Hoffentlich konnte Scheibner mit erstklassigen Informationen aufwarten. Und hoffentlich empfing er Peck überhaupt. Er legte eine CD ein und hörte fasziniert die 1955 aufgenommenen *Goldbergvariationen*, als Glenn Gould vierundzwanzig war. In der Aufnahme, die in den Achtzigerjahren kurz vor seinem Tod aufgenommen wurde, spielt Gould extrem langsam und summt am Klavier gut hörbar mit. Diese CD dauert gut zwanzig Minuten länger. Wieder ein Beweis, dass im Alter alles langsamer von der Hand geht, dachte Peck.

Kurz vor Ingolstadt rief er Funke an, der sofort ans Telefon ging.

»Wie geht es unserer Wahrsagerin?«

»Sie wurde im Unfallkrankenhaus versorgt und müsste jetzt schon irgendwo sein, wo sie keiner findet.«

»Wo?«

»Irgendwo in einem Kaff im Flachgau.«

»Und wie viele Leute in dem Kaff wissen, wo sich die Frau genau aufhält?«

»Herr Peck, nicht nur Sie, auch wir greifen manchmal zum Äußersten und denken nach.«

»Mit welchem Ergebnis?«

»Nur Pythias Tochter weiß, wo ihre Mutter sich befindet.«

»Haben Sie die Telefonnummer der Tochter?«

Peck balancierte beim Fahren geschickt mit Lenkrad, Notizbuch und Kugelschreiber, während er sich die Nummer notierte.

Als das erste Autobahnschild auf die Ausfahrt Nürnberg hinwies, klingelte sein Telefon, und Peck vernahm die selbstbewusste Stimme Gerlindes. Sofort fühlte er mürrische Gefühle in sich aufsteigen, eigentlich ohne Grund, aber wenn seine Exfrau anrief, gab es immer unangenehme Themen, irgendwelche Versäumnisse seinerseits, meist unberechtigte Vorwürfe, verbunden mit hochgradigen Forderungen nach mehr Geld. Doch diesmal tat er ihr unrecht. Glaubte er.

»Deine Stimme klingt niedergeschlagen und traurig«, sagte er.

»Meine Mutter ist gestern gestorben.«

»Mein Beileid.«

»Ist das ehrlich gemeint?«

»Das ist die Wahrheit.«

»Aber du hattest oft Streit mit Mama.«

»Deine Mutter war kritisch, oft ironisch und bissig, aber immer geradeheraus. Ich habe sie geachtet, weil sie es verstand, die Geschehnisse um sie herum mit Sachverstand zu bewerten. Und sie hat die Menschen meist korrekt eingeschätzt. Selbst mich.«

»Du solltest zum Begräbnis kommen. Am 19. nachmittags am Friedhof in Stainz. Das ist ein Montag.«

»Ich denke, das wird möglich sein.«

»Und somit kann ich zum zweiten Punkt kommen, den es zu besprechen gibt.«

Jetzt kommt die Sache mit dem Geld!

»Meine Mutter hatte mich monatlich mit einem größeren Betrag unterstützt.« Peck wartete einige Sekunden auf die Pointe. »Und?«

»Und das erwarte ich jetzt von dir. Ohne diesen Zuschuss komme ich nicht über die Runden.«

»Deine Mutter ist gestern erst gestorben; da kann ich doch heute nicht mit dir über Finanzielles reden ... Das gehört sich nicht.«

»Du bist ein scheinheiliger Schuft. Spiel hier nicht den Dünnhäutigen!«

»Außerdem habe ich zurzeit den Kopf mit anderen Dingen voll, die mich belasten. Privates und Berufliches.«

»Okay. Wann reden wir?«

»Überdies bin ich gerade auf der Autobahn in Richtung Nürnberg; es ist viel Verkehr, und ich kann mich nicht so auf das Gespräch mit dir konzentrieren, wie ich es gerne möchte.«

»Du bist ein hinterhältiger Schurke«, sagte sie und legte auf. Wütend warf er das Handy auf den Beifahrersitz. Er wollte gerade seiner verstorbenen Exschwiegermutter einige friedliebende Gedanken widmen, als er feststellte, dass er an der Ausfahrt Nürnberg vorbeigefahren war. Wie kam er jetzt zur Polizei, wo Scheibner sein Büro hatte? Peck nahm die nächste Abzweigung und hatte sich innerhalb weniger Minuten total verfahren. Er kam an Schildern mit der Aufschrift *Industriegebiet* und *Messegelände* vorbei und irrte dann durch das Einbahnsystem einer Stadtrandsiedlung. Er stoppte bei einem alten Mann, dessen Hund gerade zitternd auf den Gehsteig kackte.

»Wo ist hier in Nürnberg die Polizeidirektion?«

»Das wäre nicht notwendig, dass Sie deshalb zur Polizei fahren. Ich räume das von meinem Hund gleich weg.«

Das Landesamt für Verfassungsschutz war in einem großen grauen Gebäude untergebracht, das mit einem schwarz lackierten Zaun mit oben gefährlich zugespitzten Eisenstäben gesichert war. Peck stand wie ein Bittsteller vor dem Portal, vier Stufen über ihm ein kleiner, rundlicher Mann in einem zu engen mausgrauen Anzug. Nervös wippte der Beamte auf den Zehenspitzen.

»Hier kommen Sie nicht rein«, sagte Ingo Scheibner, nachdem er lange Pecks Ausweis geprüft hatte. »Aber wir Bayern sind hilfsbereit, insbesondere Leuten gegenüber, die aus unserem liebsten Urlaubsland kommen. Haben Sie schon gegessen?«

»Ich mache mir nichts aus Essen«, sagte Peck und grinste.

»Das kenne ich. Kommen Sie mit. In die Büros dürfen Sie nicht, aber unsere Kantine verrät wenig staatsschützerische Geheimnisse.«

Peck lud sich einen Teller aufgeschmolzene Brotsuppe und ein Dutzend Nürnberger Rostbratwürste auf sein Tablett.

»Ich habe nicht viel Zeit«, sagte Scheibner. »Wir sollten gleich mit Ihren Themen starten. Bedenken Sie aber, dass wir den Verfassungsschutz auf unsere deutschen Fahnen geschrieben haben, also die Verteidigung der freiheitlich demokratischen Grundordnung unserer Republik. Also ist fast alles top secret. Verstehen Sie?«

»Ich bin ergriffen«, murmelte Peck. Die Bratwürste schmeckten hervorragend.

»Genau wie unsere österreichischen Kollegen observieren wir die aktuelle Neonazi-Szene. Aber Details werden Sie von mir natürlich nicht erwarten können.«

Die kann man ohnehin im *SPIEGEL* nachlesen, dachte Peck. »Heute Abend findet ein Koordinationstreffen statt. Zwickau, *Schwarzer Heidekrug*, zwanzig Uhr.«

Scheibner zog die Augenbrauen hoch.

»Ich bin beeindruckt! Gut informiert. Ich möchte gar nicht erfahren, woher Sie das wissen, aber wir beobachten tatsächlich seit Tagen rechtsextreme Wanderschaften in den Osten Deutschlands. Dafür ist zwar der Thüringer Verfassungsschutz verantwortlich, aber Rechtsradikalismus kümmert sich nicht um Landesgrenzen. Außerdem sind wir hier in Franken nahe dem ehemaligen Zonenrandgebiet, sodass bei uns immer noch überregionale nachrichtendienstliche Informationen zusammenlaufen.«

»In Bayern«, sagte Peck.

»In Franken«, betonte Scheibner. »Verwechseln Sie das nicht!«

»Was wissen Sie über das Treffen in Zwickau?«

»Einige wenige Details sind erlaubt. Das Ganze funktioniert nach einem durchdachten Schleusensystem. Die einzelnen Gruppen kommunizieren über Internet und Mobiltelefone und treffen sich zum Beispiel an einer Raststätte oder einem Autobahnparkplatz, bekommen dort Anweisungen und Informationen zum nächsten Sammelpunkt.«

»Gut organisiert also …« Scheibner stand auf und holte sich noch eine zweite Portion Bratwürste. Gute Idee, dachte Peck.

»Wo ist der *Schwarze Heidekrug*?«

»Eine Kneipe im Stadtteil Schwarzenborn im Norden von Zwickau.«

»Aber dieses Schleusensystem, wie Sie es nennen, kostet doch Zeit.«

»Schüttelt aber unerwünschte demokratische Störenfriede ab. Und am Zielort bleibt man dann unter sich. Die Folge ist auch, dass die Teilnehmer sich untereinander oft nicht kennen. Dann sitzen manchmal Unbekannte am selben Tisch, die nur der Zentrale mit ihrem Codenamen bekannt sind.«

So wie *Herrmell*, dachte Peck. »Und Ihre V-Leute? Sitzen die bunt gemischt dazwischen?«

Ingo Scheibner schüttelte den Kopf. »Dazu kein Kommentar. Wollen Sie noch ein bayerisches Haferl Kaffee?« Peck verneinte erschrocken. »Ich nehme einen Tee.«

»Was Ihre Heimat betrifft: Wir beobachten seit Tagen einen rechtsextremen Zustrom aus Österreich. Oder *Ostmark*, wie die sagen. Offensichtlich stehen diesmal speziell österreichische Themen auf der Agenda.«

Scheibner erhob sich und kam mit einem großen Tablett zurück. »Tee für Sie, Kaffee für mich. Und Kekse für uns beide.« Fasziniert beobachtete er, dass Tee und Kaffee den gleichen Farbton aufwiesen.

Und die Kekse kannte Peck noch von seiner Firma: Schokolade rund, weißer Zuckerguss quadratisch, länglich ohne Füllung. Und kein Stück unter hundert Kalorien.

Sein Gastgeber sah auf die Uhr. »Ich muss los. Besprechung beim Chef.« Er erhob sich und sah Peck noch einmal eindringlich an. »Ich will gar nicht wissen, wohin Sie jetzt fahren, rate Ihnen aber, diese Leute nicht zu unterschätzen. Einige sind so dumm, dass sie Weinbrand nicht von Rembrandt unterscheiden können, aber andere sind intelligent und haben eine klare Strategie. Gefährlich sind übrigens beide Gruppen.«

*

Der Verkehr wurde immer dichter, je näher er Zwickau kam. Im Rückspiegel fiel ihm ein dunkelblauer Renault auf, der, immer etwa gleichen Abstand haltend, schon lange hinter ihm herfuhr. Plötzlich überfiel ihn Angst. Kaum angekommen, wurde er bereits verfolgt. Aber da bog der Renault hinter ihm ab und verschwand in einer Seitenstraße. Mach dich nicht verrückt! Peck war vor einigen Jahren schon mal in Zwickau gewesen und hatte damals in einer kleinen Pension im Norden der Stadt übernachtet. *Hotel Garni Sonnenschein*. Er erinnerte sich an eine ältere schwarzhaarige Frau, die sich damals rührend um ihn gekümmert hatte. Langsam fuhr er den Dr.-Friedrichs-Ring im Uhrzeigersinn entlang, und dann entdeckte er das unscheinbare gelbe Schild über der Türe eines niedrigen Hauses, das einen etwas heruntergekommenen Eindruck machte. *Sonnenschein*.

»Ich kann mich wohl an Sie erinnern. Und ich habe ein Zimmer für Sie. Für wie lange?«

»Nur eine Nacht.«

Die Frau lächelte ihn wie eine alte Bekannte an. Sie war allerdings nicht mehr schwarz-, sondern grauhaarig. »Hier ist der Schlüssel. Zimmer drei. Hinten raus zum Garten. Mein schönstes Zimmer.«

Peck sah auf die Uhr. Kurz vor halb sieben. In diesem Moment betrat ein junger Mann das Wohnzimmer. »Ein neuer Gast«, sagte die Frau zu dem ungefähr sechzehnjährigen Jungen, der Peck etwas müde anlächelte und sich dann auf die Couch plumpsen ließ und die Beine weit von sich streckte.

»Das ist Karsten«, sagte die Frau und lächelte etwas verlegen. »Mein Enkel. Er lebt seit zwei Jahren bei mir.« Sie ging zur Türe und drehte sich nochmals zu ihrem Enkel um. »Hunger? Ich mach dir Abendbrot. Essen Sie mit uns? Es gibt *Weimarer Schnippelsuppe*.«

Peck lehnte höflich ab. »Ich muss gleich zu einem Termin.«

Als er mit dem jungen Mann allein war, sah er, dass dieser ihn mit einem etwas ironischen Blick musterte. Du musst wieder mal zum Frisör, dachte Peck. Der Bub hatte einen blonden Haarschopf und jede Menge Sommersprossen auf Stirn und Nase. Er trug Jeans und einen ausgewaschenen Pullover. Irgendwie erinnerte er Peck an seinen Sohn. Vor vielen Jahren.

»Was machen Sie bei uns? Business? Wollen Sie unserer hoch entwickelten Automobilindustrie was verkaufen?« Er griff unter seinen Pullover und zog eine Schachtel Zigaretten hervor. »Wollen Sie auch eine?«

Peck schüttelte den Kopf. »Ich treffe mich mit einigen Geschäftsfreunden. Im *Schwarzen Heidekrug*. Das muss irgendwo hier in der Nähe sein.«

»Kein guter Treffpunkt! Besonders heute nicht.«

»Warum?«

»Es sind eine Menge eigenartiger Typen unterwegs. Alles kurz geschorene Kerle, viele davon in Uniform.«

»Wo kommst du ursprünglich her?«

»Ick bin een Berliner.« Er lachte. »Mein Vater ist vor zwei Jahren gestorben. Und jetzt bin ich hier. Aber nicht mehr lange.«

»Und dann?«

»Wieder zurück an die Spree. Ich starte dort eine Ausbildung zum KFZ-Mechaniker. Super Job!« Wie zur Bestätigung hob er die Faust mit nach oben gerichtetem Daumen.

Er öffnete ein Fenster und warf den Zigarettenstummel hinaus.

In diesem Moment betrat die alte Frau mit einem Teller und Besteck das Zimmer und trug es zu einem Esstisch in der Ecke. Die Frau schnupperte herum, dann stemmte sie ihre Hände in die Hüften und pflanzte sich vor ihrem Enkel auf.

»Du hast geraucht, junger Mann!«

»Wer, ich?«

»Sag die Wahrheit! Du möchtest zwar fast erwachsen sein, aber ich zieh dir noch immer die Löffel lang.« Der Bub sah etwas verzweifelt zu Peck.

»Ich habe geraucht!«, hörte Peck sich sagen. »Tut mir leid, wenn Sie das in Ihrem Wohnzimmer nicht mögen.«

Sie sah zuerst ihn an, dann wieder argwöhnisch ihren Enkel. Offenbar traute sie dem Frieden nicht.

»Ich muss los«, sagte Peck, erhob sich und warf dem Jungen einen verschwörerischen Blick zu. Vor dem Haus wandte er sich nach links, um das Stadtviertel zu erkunden, von dem er nur wusste, dass es *Schwarzenborn* hieß. Hässliche, kleine Häuser überall. Eine Gegend, dachte er, in der sich die Männer jeden Tag in der Kneipe volllaufen lassen und die Frauen sauber machen und die Kinder großziehen und wo den ganzen Tag der Fernseher läuft. Er musste lächeln. Es lebe das schnelle Vorurteil. Wahrscheinlich gab es hier genauso viele nette und genauso viele dumme Leute wie in München oder in Salzburg. Nur die Arbeitslosigkeit war hier höher. Und der Dialekt anders.

Abgelegene, kleine Waldkneipe, so heißt das hier wohl, dachte er, als er den *Heidekrug* in einer schmalen Seitenstraße entdeckte. Es war halb acht. Peck wollte nicht zu früh da sein. Das Gasthaus war ein niedriges, lang gezogenes Gebäude, das einen verwahrlosten Eindruck machte. Der früher einmal weiße Putz war an einigen Stellen großflächig abgebröckelt, über der Tür brannte eine nackte Glühbirne. Durch die kleinen Fenster drang Licht nach außen, und Peck konnte eine dicht gedrängte Schar junger Leute erkennen, die wie aufgeregt hin und herliefen. Peck drehte eine langsame Runde durch das Viertel. Wie würde der Abend wohl ablaufen? Dann beschloss er, nochmals zurück zur Pension zu gehen. In seinem Zimmer fand er einen kleinen Tresor, der in den Kleiderschrank eingebaut war. Er nahm hundert Euro aus seinem Portemonnaie, die er einsteckte, die Geldtasche verstaute er zusammen mit dem Autoschlüssel und seinem Mobiltelefon im Safe. Vor dem Weggehen betrachtete er sich nochmals im Spiegel und beschloss, das Sakko im Zimmer zu lassen. Im Hemd sah er deutlich weniger vornehm aus.

Er trat aus dem Haus, überquerte die Straße, und als er sich an der nächsten Straßenecke noch einmal umsah, war ihm, als hätte er den blonden Haarschopf von Karsten gesehen, dem Enkel seiner Zimmervermieterin. Aber vielleicht war es auch nur ein Irrtum.

Mit jedem Schritt, mit dem er sich dem *Schwarzen Heidekrug* näherte, wuchs seine innere Unruhe. Eine dieser Arten von Unruhe, die einfach da war und die er weder beschreiben noch verhindern konnte.

Um Punkt acht betrat er das Gasthaus. Laute Musik, Biergestank und mindestens zweihundert Leute, die in dem großen, rustikal eingerichteten Saal an langen Tischen saßen. Fast nur Männer, junge und alte, und jeder ein Bier vor sich. Es herrschte eine ausgelassene Stimmung wie bei einem Betriebsausflug früher in seiner Firma. *Oh, du schöner Westerwald* schallte durch das Lokal, aber mit einem anderen Text, von dem Peck nur die Worte *Juden* und *Gaskammern* ausmachen konnte. Er fand einen freien Platz an einer der langen Bänke, die wie die mit weißem Papier gedeckten Tische senkrecht auf eine behelfsmäßig aufgebaute Bühne zuliefen. Neben ihm saß ein tätowierter, kahl rasierter Bursche in einem schwarzen T-Shirt, der ihn mit einem *Was-willst-du-denn-hier-Blick* fixierte. Nach einigen Minuten versuchte Peck, eine Konversation mit seinem Sitznachbarn zu starten, doch der junge Mann sah ihn mit leeren Augen stirnrunzelnd an und machte den Eindruck, dass er Peck überhaupt nicht verstand. »Soll ich deutsch-thüringische Untertitel einblenden?«, fragte Peck, worauf sich das Stirnrunzeln nur noch verstärkte.

Plötzlich ein Tusch und eine monumentale Fanfare. Liszt, dachte er, das gleiche musikalische Signal wurde bereits von den Nazis als markante Erkennungsmelodie verwendet.

Fünf Minuten später begannen auch die vor ihm Sitzenden, sich interessiert zu ihm umzudrehen. Hoffentlich entsprach das mit dem *Schleusensystem*, das Ingo Scheibner ihm in Nürnberg erläutert hatte, dass viele sich hier gar nicht kennen, auch der Realität.

Dann kletterte ein junger Mann in braunem Hemd auf die Bühne und stellte sich breitbeinig und selbstbewusst vor das Mikrofon.

»Kameraden!« Eine brüllende Stimme, die sich überschlug. »Ich und der Heimatbund Schwarzenberg heißen euch alle zu unserem Koordinationstreffen willkommen. Es gibt wichtige Informationen.« Seine Rhetorik war schlecht, und er wippte im Takt seiner Worte ständig auf und ab. »Ich danke der AO, die uns bei der Organisation des heutigen Treffens unterstützt hat. Unser besonderer Gruß gilt unserem alten Kameraden Sturmscharführer Josef Köllerer, der aus Buenos Aires angereist ist, und Herrmell, unserem neuen Gauleiter aus der Ostmark, der später zu euch sprechen wird.« Buenos Aires, dachte Peck, wie interessant …

»Kameraden! Das Reich, dem wir verschworen sind, ist größer geworden. Nicht nur um das Deutsche Reich und die Ostmark geht es, uns bewegt jetzt der Mythos des Europäischen Reiches. Europa muss arisch und weiß bleiben. Dafür kämpfen wir. Und dafür haben wir eine neue, länderübergreifende Strategie entwickelt. Organisation durch Desorganisation und dezentrale Gruppen, das ist unser Motto. Keine schriftlichen Unterlagen und nicht greifbar, aber gut vernetzt und stets präsent.«

Die Lautsprecheranlage war katastrophal und übersteuert, und an den meisten Tischen ging das Lärmen und Lachen weiter, sodass der junge Redner auf der Bühne sich nur mühsam Aufmerksamkeit verschaffen konnte. Plötzlich fiel das Wort *Safehousing*, und dann ging es um die Ostmark und die Ziele der *Schwarzen Burg*. Peck wollte sich schon einige Stichworte auf einem Zettel notieren, ließ es aber, da er sich nach wie vor von allen Seiten beobachtet fühlte. Unterschlupf geben als zukünftige Aufgabe der ostmärkischen Organisation, merkte er sich. »Die *Schwarze Burg* als Rückzugsort für unsere verfolgten Kameraden und unsere neue Ordensburg für die weltweite arische Vereinigung der neuen Templer.«

Peck beobachtete aus den Augenwinkeln die in den Bänken vor ihm Sitzenden, als der Redner plötzlich auf das Thema Gold zu sprechen kam, das zu Kriegsende in einem Alpensee versenkt worden war. »Es ist unser Ziel, das Gold der Väter den Klauen des kapitalistischen Judentums zu entreißen«, tönte es aus den Lautsprechern, und Peck hatte den Eindruck, dass die Erregung und die Begeisterung im Raum einem Höhepunkt zustrebten. Er hatte nicht alles verstanden und beschloss, sich einige Begriffe und zeitgeschichtliche Fakten von einem Experten in Salzburg erläutern zu lassen. Er wusste auch schon, von wem …

Am besten organisiert ist der unerschöpfliche Nachschub an Bier und Schnaps, dachte Peck, als mit lautem Geschrei das Essen begrüßt wurde. Der Redner gönnte seiner aufgeregten Stimme eine wohlverdiente Pause, und einige Frauen servierten einen Eintopf oder Thüringer Bratwurst. Peck entschied sich für die Wurst, die hart war, und er war überzeugt, dass seine Verdauungssäfte ihr nichts anhaben konnten. An der Wand standen jetzt einige gut gebaute Männer in Uniform, die wohl als Aufpasser wirkten, denn ständig drehten sie ihre Köpfe, um alles unter Kontrolle zu haben. Peck glaubte, zwei der Männer wiederzuerkennen. Ein Stück weiter links saß der fette Kerl mit den Aknenarben im Gesicht, und der Typ zwei Reihen vor ihm trug eine Nickelbrille, und als er sich umdrehte, sah Peck ein dreieckiges Spitzbärtchen nach Art D'Artagnans. Plötzlich näherte sich von hinten eine Frau mit kurzen blonden Haaren, die ihn durch dicke Brillengläser ansah, die in einem massiven Gestell steckten.

»Ich habe vorhin Ihren ostmärkischen Dialekt gehört. Ich beobachte Sie seitdem und bin zu dem Ergebnis gekommen, dass Sie von unserer völkischen Sache noch nicht hundertprozentig überzeugt sind.«

Was sollte Peck darauf sagen? Während er noch überlegte, setzte sie nach: »Warum sind Sie nach wie vor skeptisch?«

Peck protestierte. »Nicht Unsicherheit macht mich betroffen, sondern diese über alles erhabene Kameradschaft, an der ich teilhaben darf.«

Er quälte sich ein Lächeln ab. Die junge Frau wandte sich einem hageren Riesen zu, der neben sie getreten war und ein dunkles T-Shirt mit Kapuze trug, die ihm tief ins Gesicht hing. Der Mann sah wie ein gesichtsloser Mönch im Büßergewand aus, bis er plötzlich seine Kapuze nach hinten schlug und ein glatt rasierter Eierkopf zum Vorschein kam.

Als Peck sich durch die Menge der Leute in Richtung Toilette schob, kam er an schmalen Tischen vorbei, auf denen einige Bücher verstreut lagen. Interessante Titel, dachte er und blätterte kurz in den fleckigen, abgegriffenen Bänden.

Die Mauthausen-Lüge
Die Weisen von Zion irren nicht!
Starben wirklich sechs Millionen?

Während er sich auf der Toilette die Hände trocknete, las er die Schmierereien auf den dreckigen Fliesen. *Dreckschwein Jude* war noch eine der harmlosesten Formulierungen. Auf dem Rückweg zu seinem Platz stellte die Frau mit der Hornbrille und den blonden Haaren sich ihm in den Weg. »Wo kommen Sie eigentlich her?«

»Ostmark«, sagte Peck und versuchte, harmlos auszusehen.

»Und woher genau?«

»Salzburg. Kamerad Mozart.«

»Und was machen Sie dort?«

»Ich bin Lehrer.«

»Kein Journalist?«

»Und wenn?«, fragte Peck.

Sie grinste und verzog das Gesicht, sodass ihre große Brille auf der Nase nach unten rutschte. »Einmal hat ein Journalist sich hier reingeschmuggelt und unsere völkische Eintracht gestört.«

»Und?«

»Der ist heute noch mit einem Blindenhund unterwegs.«

Es wurde immer lauter im Raum, und das viele Bier sorgte für gute Stimmung. Dichte Rauchschwaden schwebten über den Tischen, und Peck konnte kaum noch bis zur Bühne sehen, auf der jetzt etwas vor sich ging, das er mit Schrecken beobachtete. Ein schmächtiges Männchen war auf die Bühne geklettert, links und rechts von drei bulligen Skinheads eingerahmt. Herrmann Stommel, sein Freund, der Architekt, der jetzt mit ausgestrecktem Arm genau in seine Richtung zeigte, worauf die kräftigen Begleiter von der Bühne sprangen und auf seinen Tisch zusteuerten. Augenblicklich verstärkte sich bei Peck das Gefühl, dass es mit der völkischen Eintracht vorbei war. Er sprang auf und hastete zum Ausgang. Kaum stand er auf der Straße vor dem Gasthaus, hatten die drei ihn bereits eingeholt. Aufrecht stellte sich Peck neben die Türe, mit dem Rücken zur Wand. Die drei stellten sich im Halbkreis um ihn und betrachteten ihn feindselig. Ihr Atem stank nach Schnaps und Bier. Der linke war der Akne-Kerl, der ihm schon vor der *Schwarzen Burg* in Tannwald als unangenehm und aggressiv in Erinnerung geblieben war. Was sollte er gegen die drei Schlägertypen ausrichten?

Wenn es zu einer körperlichen Auseinandersetzung kommt, hatte er mal gelernt, immer als Erster zuschlagen. Peck schätzte die Entfernung zu dem Kopf des Mannes ab, der ihm genau gegenüberstand, dann ballte er die Faust, und genau, als er sie dem Mann ins Gesicht rammen wollte, traf ein gewaltiger Hieb seine Schulter und dann noch ein fürchterlicher Schlag seinen Hinterkopf, sodass er kurz das Bewusstsein verlor und einige Schritte zur Seite taumelte. Er hatte übersehen, dass noch ein Gegner dazugestoßen war. Jetzt stand es vier zu eins. Mein Gott, dachte er, wie das wohl ausgehen würde? Doch das sollte erst der Anfang sein. Peck stützte sich gegen die Hausmauer, hielt den Kopf ruhig und wartete, bis das Geläute in seinem Kopf abgeklungen war. Er atmete flach, und trotzdem schmerzten seine Schulter und die Brust bei jedem Atemzug und jeder Bewegung. Einer der Männer packte ihn von hinten und zerrte ihn den Gehsteig entlang, weg vom Eingang des Gasthauses. »Ich habe ihn«, brüllte er. »Soll ich ihn kaltmachen?« Und dann spürte er, wie sie ihn packten, seinen Oberkörper nach vorne beugten und ihn in ein Auto drückten. Nicht das Bewusstsein verlieren, sagte er sich und wiederholte es einige Male. Er bekam alles mit, was mit ihm passierte, aber es war, wie wenn alle Vorgänge langsamer ablaufen würden, wie in Zeitlupe, und jedes Geräusch war durch einen eigenartigen Nachhall begleitet.

Es war keine lange Fahrt. Zehn Minuten, schätzte er, dann hielten sie, und Peck stellte fest, dass sie sich in einem Wald befanden. Sie schleiften ihn aus dem Wagen und stellten sich um ihn auf. Drei Gegner; der vierte war hinter dem Steuer des Wagens geblieben.

»Soll ich ihn kaltmachen?« Peck kannte diese Frage schon. Der Mann hatte einen Baseballschläger und schlug damit rhythmisch in seine geöffnete Hand.

»Nein«, sagte der neben ihm. »Zuerst möchten wir wissen, wer er ist und was er hier wollte.«

Offensichtlich der Boss, dachte Peck. Und sie reden schon in der Vergangenheit von mir. Die machen mich jetzt fertig. Und auf keinen Fall sind diese Typen darauf aus, mich gefangen zu nehmen. Ende und aus ... Wenn die Situation sich nicht schnell zu seinen Gunsten änderte, dann blieb nicht viel übrig von ihm. Vielleicht würde *Seriosität und Durchblick* auf seinem Grabstein stehen. Peck sah sich den neben ihm stehenden Mann mit dem Baseballschläger genauer an. »Baseball ist hier in Thüringen kein sehr verbreiteter Sport.«

»Das ist auch nur mein Nebenjob«, sagte der Glattrasierte.

»Im Hauptberuf bist du wohl Samurai.« Der Mann lachte nicht. Er wusste wohl nicht, was ein Samurai ist.

»Na, du Sackgesicht! Wer bist du?« Peck sagte kein Wort, worauf der Bursche mit der Nickelbrille brutal an Pecks Haaren riss.

»Hör mal, du Arschloch, wir müssen wieder zu unseren Kameraden zurück. Also werden wir das mit dir hier schnell hinter uns bringen. Du sitzt sowieso in der Scheiße. Also: Wir wissen, dass du ein beschissener Schnüffler bist. In wessen Auftrag spionierst du hier herum?« Sein Gesicht näherte sich. Zwiebel- und Biergestank. »Los, sag es uns!«

Im Wald war es dunkel. Vielleicht hatte er doch eine Chance ... keiner der Typen hatte eine Pistole in der Hand. Nur im Wagen lag möglicherweise eine, vielleicht auf dem Beifahrersitz. Peck rammte seine Faust dem Mann vor ihm ins Gesicht. Er hörte das Nasenbein krachen; das Gestell der Nickelbrille war verbogen und hatte wohl ein Auge des Burschen verletzt. Er schrie auf und taumelte zur Seite, beide Hände vor das Gesicht gedrückt.

»Du Schwein«, brüllte der mit dem Baseballschläger, und Peck konnte gerade noch einem furchtbaren Schlag ausweichen. Er wollte gerade einen Boxhieb anbringen, als er von hinten einen Schlag auf den Schädel bekam, auf die gleiche Stelle wie vorher beim Gasthaus. Einen Moment lang blieb die Zeit stehen, dann war es wie eine Explosion im Kopf, und in der nächsten Sekunde kämpfte er gegen eine Ohnmacht an. Wenn er jetzt das Bewusstsein verlor, war alles aus. Keine Ohnmacht! Alle Sinne zusammenhalten! Einige lange Sekunden hörte er dem Rauschen in seinem Kopf zu, dann drehte er sich langsam um seine eigene Achse und sah überrascht, dass der Angreifer, der ihm gerade den Schlag auf seinen Kopf verpasst hatte, hilflos und zusammengekrümmt auf dem Boden lag. Was war los? Da war plötzlich ein weiterer Mann im Spiel, der mit einem gewaltigen Satz über den am Boden Liegenden sprang und mit einer schweren Eisenkette den zwei Meter neben Peck stehenden Skinhead zu Boden schlug. Peck taumelte einige Schritte zur Seite, nahm seine ganze Kraft zusammen und lief mit unsicheren Schritten zu dem Skoda, dessen Motor soeben gestartet wurde, worauf der Wagen langsam anfuhr. Peck riss die Tür auf, bekam den jungen Mann, der verzweifelt mit seinen Füßen Kupplung und Gaspedal bearbeitete, an der Lederjacke zu fassen und zerrte ihn aus dem Wagen, der langsam ausrollte und gegen einen Baum prallte. »Tu mir nichts«, rief der Junge, »ich bin nur der Fahrer.« Er ließ sich auf den Waldboden fallen und hielt beide Arme schützend um seinen Kopf. Peck ließ ihn dort sitzen, zog den Wagenschlüssel ab und steckte ihn ein. Zwei der Skinheads lagen bewusstlos auf der Erde, der dritte, dem er das Nasenbein gebrochen hatte, saß stöhnend am Boden, gegen einen Baum gelehnt.

Peck drehte sich um und sah auf den Mann, der ihm zu Hilfe gekommen war. Er hatte wie ein Bankräuber einen Damenstrumpf über dem Kopf, nur bei den Augen waren zwei große Löcher ausgeschnitten. In der Dunkelheit sah sein Kopf wie ein Totenschädel aus. »Alles okay?«, fragte der Mann. Da Peck seiner Stimme nicht traute, nickte er nur. Sein Herz raste. »Wer bist du?«, hörte er sich dann fragen. Der Mann atmete stoßweise und stützte sich an einem der Bäume ab. Dabei hielt er immer noch die Kette in der anderen Hand. Er schüttelte den Kopf. »Nicht jetzt.«

»Komm«, sagte Peck. »Ich habe einen Wagen für uns gemietet.« Sie stiegen ein, Peck wendete und holperte im Schneckentempo aus dem Wald. Von der Ferne aus sahen sie bald die Lichter der ersten Häuser. Peck hielt irgendwo in einer der ersten Nebenstraßen an und stellte den Motor ab. »Wer bist du?«, wiederholte er.

Der andere zog sich den Strumpf vom Kopf. Ein blonder Haarschopf kam zum Vorschein. Karsten, der Enkel seiner Zimmerwirtin.

»Mein Freund, der Raucher«, sagte Peck leise. »Ich danke dir.«

»Ich bin Ihnen gefolgt, als Sie unser Haus verlassen hatten. Und es war gut so …« Er verstaute den Strumpf in seiner Hosentasche. Sie ließen das Auto stehen und gingen durch dunkle Vorstadtstraßen zur Pension *Sonnenschein*. Erst jetzt spürte Peck seine Verletzungen, und als er den Blick auf eine der wenigen Straßenlampen richtete, waren oben und unten in seinem Gesichtsfeld zwei breite schwarze Streifen, wie früher bei einem Breitwandfilm im Fernsehen. Eingeschränktes Gesichtsfeld. Sie betraten das Haus, und Peck ließ sich stöhnend auf die Couch fallen. In diesem Moment kam der Schmerz. Er griff an seinen Hinterkopf und hatte Blut an den Fingern. Und einen ekelhaften Blutgeschmack im Mund. Er musste sich im Wald auf die Zunge gebissen haben.

»Wie fühlen Sie sich?« Sein junger Retter stand vor ihm und hielt ihm ein Glas Wasser hin. Peck bedankte sich nochmals. »Ohne deine Hilfe hätte das Ganze schlimm geendet.« Der Junge lächelte. »Ich gehe regelmäßig zum Karatetraining. Das Überraschungsmoment ist oft die stärkste Waffe.«

»Hast du keine Angst vor diesen Gaunern?«

»Die haben mich nicht erkannt.« Er zog den Strumpf aus der Tasche und lächelte. »Von meiner Großmutter. Hoffentlich merkt sie es nicht.«

»Ich hatte vor, hier zu übernachten. Aber möglicherweise finden die mich hier. Und das wäre für uns beide nicht gut. Ich werde jetzt gleich ins Auto steigen.«

Der Bub nickte. »Vor zwei Monaten habe ich einige dieser Rechtsradikalen bei einem Banküberfall gestört. In Weida. Viele finanzieren so ihren Unterhalt; in Weida konnte ich gerade noch mit dem Mofa entkommen. Einer hat sogar auf mich geschossen.« Er lächelte. »Aber nicht getroffen.«

»Du bist ein mutiger Bursche.«

»Wahrscheinlich ein Erbstück meines Vaters.«

»Pass auf dich auf.«

»Ich fahre morgen nach Berlin, und danach werde ich lange nicht hierherkommen.«

Peck ging auf die Toilette. Vielleicht sollte er sein Äußeres verändern, sodass er draußen nicht erkannt wurde. Vielleicht suchten sie schon nach ihm. Sollte er sich anders frisieren? Oder den Bart abrasieren? Nein. In Salzburg gab es eine Menge Leute, denen er rasiert nicht begegnen wollte. Seine Lippen waren rissig, aber die schwarzen Schleier vor den Augen verschwanden langsam. Es lebe der Durchblick ...

Peck wusch sich das Gesicht, und als er sich nach vorne beugte, begann plötzlich das ganze Zimmer, sich rasend schnell zu drehen. Er konnte sich gerade noch mit beiden Händen an der Waschmuschel festhalten.

Vorsichtig, Schritt für Schritt, stelzte er in sein Zimmer, holte seine Sachen aus dem kleinen Safe und legte das Geld für die Übernachtung auf den Tisch. Dann trat er langsam, nach links und rechts schauend, vor das Haus. Alles menschenleer.

Es war kurz vor Mitternacht, als Peck auf dem Weg zur Autobahn an einer hell erleuchteten Tankstelle stehen blieb. Er blieb einige Augenblicke im Wagen sitzen und beobachtete seine Umgebung. Ein Auto wurde gerade betankt, und Peck sah, wie der Mann mit dem Schwamm am Stiel die Windschutzscheibe seines Wagens säuberte und dann zur Kasse ging. Das Gebäude hatte nach vorne eine gewaltige Glasfront, und bläuliches Licht fiel durch die große Scheibe. Das Ganze sah wie ein riesiges Aquarium aus. Langsam stieg Peck aus und betrat die Tankstelle, wo der Verkäufer ihn mit einem müden Blick begrüßte. Er war der einzige Kunde, und nachdem er drei Schnitzelsemmel und zwei Flaschen Cola gekauft hatte, fuhr er weiter. Wenig später kamen rasende Kopfschmerzen, die Scheinwerfer der entgegenkommenden Autos blendeten ihn, und jedes Mal tanzten rote und schwarze Punkte vor seinen Augen.

Auf der Autobahn nach Süden fand er irgendeinen Sender des ARD-Nachtprogramms, und kurz vor halb sechs Uhr früh fuhr er langsam auf den Parkplatz vor seinem Haus in Salzburg. Erschöpft blieb er noch einen Augenblick sitzen, dann öffnete er die Türe und hob sich langsam aus dem Wagen.

Donnerstag, 15. Juni

Es war zwölf Uhr, als Peck erwachte und als Erstes nicht die Kopfschmerzen, sondern eine leichte Unruhe in sich spürte. Vibrato, dachte er, wie ein kleines, schnarrendes Modellflugzeug, das im Kopf beständig seine Runden drehte. Und was, wenn er jetzt aufstand und dieses Schwindelgefühl ihn wieder erfasste, an das er mit großem Respekt dachte, seit es ihn gestern überfallen hatte. Sein Mund war ausgetrocknet, als er sich im Zeitlupentempo aus dem Bett drehte und genau in sich hineinhorchte, während er vorsichtig die Füße auf den Boden stellte. Seine Gelenke waren steif, und das Licht brannte in seinen Augen. Genau in diesem Moment kamen die Schmerzen zurück, zuerst in der Schulter, und dann spürte er wieder quälend die Wunde am Hinterkopf. Er überlegte, zum Arzt zu gehen, verwarf es aber und tat dann etwas, was bei ihm selten vorkam: Er nahm zwei Aspirin, die er mit einem halben Liter Wasser hinunterspülte.

Er konnte sich an alle Details des gestrigen Abends erinnern, und doch lag alles wie in einem grauen Nebelschleier verborgen wie die Erinnerung an etwas sehr Unangenehmes, das vor langer Zeit geschehen war. Nachdem er sich angekleidet hatte, setzte er sich auf die Couch, schloss die Augen und wartete darauf, dass die Tabletten wirkten, als er ein leises Geräusch an der Türe hörte. Da war jemand. Er schlurfte leise zur Tür und hörte, wie jemand versuchte, einen Schlüssel ins Schloss zu stecken. Dann klopfte es.

»Wer ist da?« Sollte er seine Pistole holen?

»Ich bin's. Mach auf!« Sophias Stimme. Er schloss die Türe auf und ließ sie eintreten.

»Wie siehst du denn aus? Wie geht es dir?«

»Ich fühle mich so, wie ich aussehe. Mein Kopf surrt wie ein Bienenstock. Ich habe gestern einen Baseballschläger auf den Kopf bekommen.«

»Du kannst doch Baseball gar nicht.«

»Aber mein Kopf war härter.«

»Zeig her.« Sie untersuchte den Hinterkopf. »Alles blutverkrustet und eine zentimeterlange Platzwunde. Du gehörst zum Arzt.«

»Kein Arzt«, sagte er.

»Und was ist, wenn du einen Dachschaden davongetragen hast?«

»Man kann mit einem Dachschaden nicht quer durch Deutschland fahren.«

»Du schon.«

»Wie geht es dir eigentlich?«, fragte Peck. »Wie bekommt dir der erste Vormittag im Geschäft nach der Operation? Du siehst grau aus im Gesicht.«

»Mir geht es besser, als es dir gleich ergehen wird, wenn du hörst, warum ich hierhergekommen bin.«

»Was bedeuten deine kryptischen Andeutungen? Was ist los?«

»Setz dich«, sagte Sophia mit ernstem Gesicht. »Ich muss mit dir reden.« Sie griff in ihre Tasche und holte die Brille heraus. Peck wusste genau, dass sie gut sehen konnte; aber immer, wenn sie in so einem Moment ihre Brille aufsetzte, war Gefahr im Anmarsch und ihr Inneres auf Angriff gepolt. Vor dem ersten Schuss musste gut gezielt werden; und dazu brauchte sie wohl die Brille.

»Mir geht es nicht gut«, sagte er mit weinerlichem Ton und beobachtete sie aus den Augenwinkeln.

»Ich weiß, dass du angeschlagen bist, aber die Sache, mit der ich dich jetzt konfrontieren werde, duldet keinen Aufschub.« Peck sagte nichts und duckte sich innerlich. Was war los? Er fühlte, dass seine Handflächen feucht wurden. Und plötzlich waren die Kopfschmerzen verschwunden. Vielleicht wirkten aber auch nur die Aspirin.

»Da war heute eine Frau bei mir im Geschäft.«

»Wie viele Bücher hat sie gekauft?«

»Lass die Scherze! Für fünf Minuten keine Scherze. Hör mir nur zu. Hinterher hast du ohnehin kein Bedürfnis mehr nach Scherzen.«

»Welche Frau war bei dir?«

»Ich hatte gleich von Anfang an den Verdacht, dass du sie näher kennst.«

»Ich kenne keine Frauen.«

»Keine Scherze.«

»Wie sah sie aus?«

»Eine zierliche, hübsche Frau mit kurzen Haaren und dunklen Augen. Klein, schlank, lieb und mit einem ekelhaften Pinzgauer Dialekt.« Sophia funkelte ihn an und verschränkte die Arme vor der Brust. Scheiße! Das war Katharina gewesen, fuhr es Peck durch den Kopf, und spontan spürte er seine Kopf- und Schulterschmerzen wieder; sie waren sogar noch stärker geworden. Jetzt war alles aus! Er brauchte eine Strategie! Und ganz schnell.

»Du brauchst jetzt eine gute Strategie. Und zwar schnell«, sagte Sophia. Peck dachte nach, und sein lädiertes Gehirn ratterte die prinzipiellen Möglichkeiten durch. Mach dich nicht verrückt, war dann ein Gedanke, an dem er sich festklammerte. Es ist nichts passiert, also kein Grund für ein schlechtes Gewissen. Was um aller Welt hatte diese dumme Wirtin vor?

»Wenn du auch nur den leisesten Versuch unternommen hast fremdzugehen, dann sorge ich dafür, dass Leopold Funke einen neuen Mord aufzuklären hat.«

»Und deshalb bist du eigens aus deinem Geschäft zu mir gekommen?«

»Wer ist dieses Weib?«

»Warum kam diese Frau überhaupt zu dir ins Buchgeschäft?«

»Meiner Meinung nach war das ein typisches Störgespräch. Sie hat mir mit süßlichen Worten, aber auch nonverbal zu verstehen gegeben, dass sie Interesse an dir hat und dass sie bei dir auf offene Türen gestoßen ist.«

»Bei mir waren alle Türen fest geschlossen.«

»Und sie wusste genau, wer ich bin … also hat sie beschlossen, eine Stinkbombe zu werfen, um unsere Beziehung zu stören.«

Er schüttelte intensiv den Kopf, was stechende Schmerzen zur Folge hatte. »Ich verstehe das nicht. Da war nichts!« Und dann erzählte Peck von August und dem Kirchenwirt. Und der Kirchenwirtin. »Aber da war nichts.«

»Und das soll ich dir glauben?«

»Du kannst August anrufen. Ein Bürgermeister muss immer die Wahrheit sagen.«

»Pah!«, rief Sophia. »Männer!«

Es entstand eine längere Pause, in der Sophia ihn mit bohrendem Blick fixierte.

»Wirklich nichts?« Sie sprach jetzt viel leiser als vorher.

»Wirklich nichts.« Wieder Pause.

»Weißt du«, sagte sie dann langsam, »was mich am meisten getroffen hat?« Er nickte als Aufforderung weiterzusprechen.

»Am meisten hat mich betroffen gemacht, dass, abgesehen vom Dialekt, diese Frau mir vom Typ und vielleicht sogar vom Aussehen her ähnlich ist.«

»Das ist eine Pinzgauer Wirtin«, sagte Peck, als ob das etwas erklären würde.

»Das erklärt nichts.«

»Aber du bist die Frau, die ich liebe.«

Sophia saß jetzt etwas zusammengesunken da. Sie kramte lange in ihrer Tasche und schnäuzte sich dann umständlich die Nase. »Lassen wir's mal«, sagte sie.

»Du reagierst völlig unangemessen, wenn du mich fragst.«

»Ich frage dich aber nicht.« Sie sah auf ihre Uhr.

»Ich möchte wissen, warum Gott es zulässt, dass ich von dir so ungerecht behandelt werde.«

»Jetzt mach sofort einen Punkt. Du tust, als ob das ein Theodizeeproblem wäre.«

»Deine Fremdworte sind für meinen Brummschädel zu hoch. Soll ich dich in die Stadt fahren? Ich muss ohnehin weg.«

»Wohin?«

»Zu Herrn Metzner Junior. Mein halber Auftraggeber.«

»Und der ist um diese Zeit zu Hause?«

»Der ist immer daheim. Ich glaube, er ist arbeitslos.«

»Ich fahre mit dem Bus«, sagte sie plötzlich. »Und glaube bloß nicht, dass der Fall damit für mich erledigt ist. Und auch für dich nicht!« Sie stöckelte aus der Wohnung und knallte die Türe hinter sich zu.

Als Peck aufstand, begann sich plötzlich wieder das ganze Zimmer im Kreis zu drehen.

*

Eine halbe Stunde später fuhr Peck über die Karolinenbrücke und bog dann in die Nonntaler Hauptstraße ab. Christian Metzner wohnte mit seiner Familie ganz in der Nähe seines Vaters, dachte er, als er vor dem Mehrfamilienhaus im Jakob-Hacksteiner-Weg parkte und im zweiten Stock läutete. Hinter der Tür hörte Peck eine Mädchenstimme, und dann rief eine Frau: »Tommy! Lass sofort deine Schwester in Ruhe.« Dann öffnete sich die Türe einen Spalt, und ein knochiges Frauengesicht beobachtete ihn wortlos.

»Was wollen Sie?« Eine resolute Stimme.

»Mein Name ist Paul Peck. Ich würde Sie gerne sprechen.« Langes Schweigen. Dann schloss die Tür sich wieder, und Peck wartete über eine Minute, bis die Frau zurückkam und die Türe sich langsam öffnete. Hatte sie sich umgezogen? Oder mit wem gesprochen? Hinter der jungen Frau stand ein ungefähr siebenjähriges Mädchen und noch weiter dahinter ein Bub, der ein bis zwei Jahre älter war. Das war also Tommy.

»Geht in eure Zimmer«, sagte die Frau. Sie bat Peck in ein recht geräumiges Wohnzimmer, und mit einem kurzen »Bitte!« wies sie ihm den Platz auf einer Couch an der Wand zu. Auf dem Weg dorthin blieb er einen kurzen Moment bei der Bücherwand stehen. *Du kannst nie an Büchern vorbeigehen, ohne sie anzusehen. Oder, noch schlimmer, zu kaufen*, sagte Sophia immer. Einige hundert Bücher, schätzte Peck, und alle ganz neu. Keiner der Bände, die, millimetergenau ausgerichtet, nebeneinander standen, hatte Lesespuren, keiner der farblich aufeinander abgestimmten Buchrücken zeigte irgendwelche Knicke. Eine reine Vorzeige- oder Imponierbibliothek. Peck stellte sich vor, dass solche Leute in ein Buchgeschäft gingen und *dreikommafünf Meter Klassiker und andere Romane in Dunkelbraun und Schwarz kauften*.

»Geht es Ihnen gut? Sie sehen etwas lädiert aus.« Sie deutete auf seinen Kopf.

»Nicht der Rede wert«, sagte er. »In meinem Alter sollte man nicht mehr so extreme Bergtouren unternehmen. Nur ein kleiner Ausrutscher.«

Renate Metzner hatte ihre Kinder sehr früh bekommen. Peck schätzte sie um die dreißig. Allerdings eine früh gealterte Dreißigerin.

Alles an ihr wirkte grob, das kantige Gesicht, die großen Hände, die ganze Figur.

»Guten Tag«, sagte sie unvermutet und streckte ihm die Hand hin, eine knochige, lasch zupackende, feuchte Hand. Peck zog die seine schnell zurück. Die Türe zur Küche stand halb offen, und Peck roch, dass irgendetwas mit Sauerkraut auf dem Speiseplan stand.

»Also, worum geht es?«

»Frau Metzner, ich habe von Ihnen einen Auftrag ...«

»Das war Elisabeths Idee. Christian und ich haben damit nichts zu tun. Christian ist mein Mann«, ergänzte sie.

»Warum ich gekommen bin«, versuchte er, den roten Faden wieder aufzugreifen. »Diese Frau, um die es geht ... sie ist verschwunden.«

»Sie meinen, dieses Frauenzimmer, das sich an meinen Schwiegervater herangemacht hat.«

»Wo kann sie sein?«

»Keine Ahnung. Ich kenne sie nicht mal persönlich. Aber meine Schwägerin Elisabeth wurde gemeinsam mit ihrem Gatten sehr unruhig, als sie von dieser Frau erfahren hatten.«

»Warum das?«

»Verstehen Sie doch! Plötzlich taucht aus dem Nichts die drohende Gefahr auf, dass das Vermögen des Vaters mit irgendjemand Dahergelaufenem geteilt werden müsste. Im Todesfall, meine ich ...«

»Es sieht wohl niemand gerne, wenn eine Erbschaft schmilzt.«

»Dabei haben die genug Geld. Er war ein hohes Tier bei der Bank und verdiente wahrscheinlich zehnmal mehr als mein Mann.« Sie seufzte. »Offensichtlich machen wir was falsch.«

»Was macht Ihr Mann beruflich?«

»Warum fragen Sie das nicht mich?« Eine laute Männerstimme. Die Türe zu einem Nebenraum war aufgegangen, und ein hagerer Mann in einem silbrig glänzenden Jogginganzug stand etwas verloren da und rieb sich die Augen wie ein kleines Kind, das soeben aufgewacht ist. Mittagsschlaf beendet, dachte Peck. Da nebenan ist wahrscheinlich das Schlafzimmer.

Renate Metzner sah auf ihren Mann. »Das ist Herr Peck. Er fragt, wo diese Kerstin sein könnte.«

»Stellen Sie uns das hinterher in Rechnung, dass Sie hergefahren sind und uns jetzt diese Fragen stellen?«

Peck tat so, als hätte er die Frage nicht gehört.

»Es steht übrigens in der Zeitung«, sagte Metzner.

»Was steht in der Zeitung?«

»Ich habe gerade in der heutigen Kronenzeitung geblättert. *Kerstin Kramer abgängig*, steht drin, und dass man sich bei der Polizei melden soll. Zweckdienliche Hinweise und so. Was wollen Sie von uns?«

»Herr Metzner, ich habe eine Andeutung gehört, dass es da noch ein uneheliches Kind Ihres Vaters geben soll.«

»Davon wissen wir nichts«, sagte Renate Metzner schnell. »Und wenn, wird darüber nicht gesprochen.«

Also doch! Peck sah Metzner an, der begonnen hatte, den Kopf zu schütteln.»Wissen Sie, Herr Peck, es gibt einen verfluchten Ehrenkodex in der Familie Metzner.«

»Und der besagt?«

»Dass wir über *so was* nicht reden.«

»Ich habe noch eine Frage. Da gibt es eine relativ attraktive rothaarige Frau, die bei Ihrem Vater ein- und ausgeht. Wer ist das? Oder fällt das auch unter den Ehrenkodex?«

»Geht's auch ohne Ironie? Die Rothaarige ist seine Putzfrau. Aber wie ich meinen Vater kenne, hat er mit der auch was.«

Peck machte sich einige Notizen und stellte noch einige Fragen, dann bedankte er sich und ging ins Vorzimmer, wo ihm ein mit Blumenmotiven verziertes Holzbrett mit Eisenhäkchen auffiel, an denen zahlreiche Schlüssel hingen. Genau in der Mitte hing ein Schlüssel mit einem Anhänger und der Aufschrift *Haus Papa*. Peck drehte sich um, sah, dass er allein war, und steckte den Schlüssel ein.

*

Peck erkannte die schwarzhaarige, schlanke Frau sofort wieder. Damals im *Europark* hatte sie ein Kostüm getragen, heute öffnete sie in einem weißen, bodenlangen Wollkleid. Hinter ihr stand ein Mann mit einer dicken Arzttasche, der aussah, als wollte er gerade gehen. »Also gönnen Sie Ihrem gebrochenen Knöchel Ruhe, und denken Sie daran, dass dies kein Gehgips ist. Also keine Wanderung und kein Autofahren.«

Der Mann nickte Peck, der immer noch vor der Türe stand, freundlich zu und ging dann zu einem Wagen, der vor dem Haus geparkt war.

»Guten Tag«, sagte Frau Herder, und humpelte, auf eine Krücke gestützt, zur Seite und ließ ihn eintreten.

»Guten Tag«, sagte Peck und erinnerte sich wieder an das Buch mit dem Titel: *Was sagen Sie, nachdem Sie guten Tag gesagt haben?* Aber richtig weiter half ihm das jetzt auch nicht.

»Ich bin gestürzt. Gestern Knöchelbruch, heute Gips.« Sie lächelte. »Wir bleiben hier im Atrium. Ich kann weder ins Auto steigen noch in den ersten Stock klettern.« Sie deutete auf einen kleinen Tisch und zwei ziselierte Bänke aus hellem Fichtenholz, die mitten in dem quadratischen Vorraum standen, von dem eine beeindruckende Holztreppe in geschwungenem Bogen in das Obergeschoss führte.

»Was kann ich für Sie tun?«

»Ich suche Frau Kerstin Kramer.«

Die Frau hob die Augenbrauen. »Hier ist sie nicht. Und warum kommen Sie deshalb zu mir? Ich kenne die Frau kaum. Wer sind Sie überhaupt?«

Peck zeigte seinen Ausweis, den sie aufmerksam studierte. »In wessen Auftrag ermitteln Sic?«

»Das darf ich Ihnen leider nicht sagen.«

»Wie gesagt, ich habe sie vielleicht einmal getroffen. Alles ganz flüchtig.«

Peck griff in seine Tasche und legte das Foto aus dem *Europark* auf den Tisch.

»Das sieht gar nicht sehr flüchtig aus.«

»Nochmals … ich kenne sie kaum. Kerstin und ich haben vor Jahren in der gleichen Firma gearbeitet, uns dann aber aus den Augen verloren und jetzt zufällig wieder getroffen.«

»Ist sie verheiratet?«

Frau Herder lächelte. »Ehemänner haben manchmal die Gabe, spurlos zu verschwinden.«

»Hat sie Freunde oder Verwandte?«

»Ich erinnere mich an einen Sohn. Volkmar. Glaube ich jedenfalls.«

»Haben Sie seine Telefonnummer?« Sie nickte, nahm ihr Mobiltelefon und diktierte Peck eine Nummer.

»Sie kennen Frau Kramer kaum, haben dafür aber die Handynummer ihres Sohnes. Warum?«

»Was wollen Sie von mir?«

Peck deutete auf das Foto. »Ich möchte gerne wissen, wer der Mann auf dem Bild ist.«

»Kenne ich kaum. Ein entfernter Bekannter. Wo haben Sie dieses Foto her? Was soll das Ganze überhaupt? Spionieren Sie mir nach?«

In diesem Moment erinnerte Peck sich ärgerlich daran, dass es schon einige Tage her war, seit er Funke die beiden Autonummern mit der Bitte gegeben hatte, die Fahrzeughalter ausfindig zu machen. Wenn er wüsste, wem der silberne Mercedes gehörte, müsste er der Frau nicht dumme Fragen stellen.

»Frau Herder, von diesem entfernten Bekannten erzählt man, dass er seinen silberfarbenen Mercedes sehr oft vor Ihrem Haus parkt und Sie auch regelmäßig besucht.«

»Was hat das mit Kerstin zu tun?« Peck sah, dass sie nachdachte. »Das haben Sie von dieser neugierigen Frauensperson da drüben!« Sie zeigte mit dem Finger in Richtung Nachbarhaus.

Peck deutete auf Yul Brynner. »Wenn man sich dieses Foto ansieht, kommt man eigentlich nicht auf die Idee, dass der Mann nur entfernt mit Ihnen bekannt ist. Da steckt viel Sympathie in seinem Blick. Und nicht nur im Blick.«

»Dieses neugierige Weibsstück!«

»Ihre Nachbarin? Wie gut ist Ihr Kontakt zu der Frau?«

»Nicht mein Umgang. Zu hohlköpfig und zu neugierig. Am liebsten mag ich noch ihren Hund. Manchmal gebe ich ihm was zum Trinken und Fressen.«

»Frau Herder, ich habe noch eine Frage. Kannten Frau Kramer und Ihre Nachbarin sich?«

»Flüchtig vielleicht. Ich glaube, die beiden kamen mal über den

Hund ins Gespräch. Kerstin mag Hunde, und bezüglich neugieriger und beschränkter Nachbarinnen ist sie wohl deutlich toleranter als ich.« Sie funkelte ihn an und stemmte sich mithilfe ihrer Krücke hoch. »Es ist Zeit, dass Sie gehen. Sie verstehen, dass ich Sie nicht hinausbegleite. Guten Tag.«

Kurz bevor Peck die Haustüre schloss, warf er nochmals einen Blick zurück und sah, dass Frau Herder das Handy am Ohr hatte und aufgeregt mit jemandem sprach.

Aber Peck konnte nichts verstehen.

Als er in seinem Wagen saß, legte er sein Notizbuch auf das Lenkrad. Er fragte sich, wie wichtig und zielführend die Informationen waren, die er soeben bekommen hatte. Die Frau hatte wenig gesagt, was der Wahrheit entsprach. Aber warum hatte sie gelogen?

Sollte er jetzt Sophia anrufen? Vielleicht sagen, dass es ihm leidtat? Nein, entschied er dickköpfig. Da war nichts gewesen mit der Kirchenwirtin. Also brauchte er kein schlechtes Gewissen zu haben. Es gab nichts, was ihm leidtun musste. Wissen wollte er nur, was Katharina Sophia alles erzählt hatte. Und genau das würde er noch herausbekommen. Dann legte er das Notizbuch auf den Beifahrersitz, stieg nochmals aus dem Auto und sah nachdenklich zu Karoline Scherers Haus hinüber, das wie die ganze Straße einen menschenleeren Eindruck machte. Kerstin Kramer und Frau Scherer kannten sich. Vielleicht wusste Karoline, wo Frau Kramer sich aufhalten könnte. Doch auf sein Läuten hin öffnete niemand, nur Hundegebell glaubte er zu hören, als er ums Haus ging und versuchte, in eines der Wohnzimmerfenster zu schauen. Doch die meisten Vorhänge waren zugezogen. Als er wieder um die Ecke des Gebäudes kam und sich auf den Weg zu seinem Auto machte, sah er gerade noch, wie ein Wagen mit Vollgas davonbrauste. Ein schwarzer Golf.

*

Philipp Schalk beobachtete, wie der weißhaarige Mann bei Frau Herder läutete und dann im Haus verschwand. Was wollte der Mann dort? Ob er wusste, wer diese Frau wirklich war? Und durchschaute der Mann die Zusammenhänge? Philipp Schalk zweifelte, dass jemand außer ihm die Wahrheit kannte. Er beschloss zu warten, bis der Mann wieder das Haus verließ. Nach zehn Minuten spürte er, dass er zusehends müder wurde; zu viel gegessen und ein Glas Bier zu viel. Oder zwei. Wenn er zurück in Wien war, würde er wieder vernünftiger leben. Er drehte den Rückspiegel, sodass er sein Gesicht sehen konnte. Er hatte seine Haare dunkel gefärbt und kurz schneiden lassen, und mit der Sonnenbrille sah ihm ein neuer Mann aus dem Spiegel entgegen. Er lächelte. Neu, nicht jünger. Am Vormittag war er in ein neues Hotel umgezogen, eine richtige Absteige mitten in einem unauffälligen und heruntergekommenen Wohnviertel in Liefering. Er kannte diesen Stadtteil nicht, vermutete aber, dass hier vorwiegend Leute mit niedrigem Einkommen lebten. Dann wanderten seine Gedanken zur Polizei, die ihn stundenlang verhört hatte. *Scheiß Bullen*. Aber sie hatten ihm nichts anhängen können. Plötzlich ging ein Ehepaar vorbei, das laut aufeinander einredete, und dann sah er, wie dieser Detektiv, dessen Namen er immer noch nicht wusste, wieder aus dem Haus und auf den Gehsteig trat, sich einige Male umsah und dann beim Nachbarhaus läutete. Schalk erinnerte sich, dass der Detektiv schon einmal mit Karoline Scherer gesprochen hatte. Er hasste solche Frauen, und die Scherer hasste er ganz besonders. Sozialschmarotzer! Jung genug, um zu arbeiten, aber auf Kosten der Steuerzahler leben. Er hasste alle, auch diese Kerstin und ihre Vertraute, die Herder. Alle kannten sich. Er grinste. Und das wurde jetzt allen zum Verhängnis. Wer kam als Nächste dran? Er war sich sicher, es zu wissen. Sollte er vielleicht mit der Polizei eine Wette abschließen? Oder sollte er dem Detektiv, der gerade das Haus der Scherer umrundete, einen Tipp geben? Ob der Mann eine Ahnung hatte, wo sich die Wahrsagerin aufhielt? Schalk war sicher, dass er der Einzige war, der alles durchschaute. Lächelnd startete er den Wagen und brauste mit Vollgas davon.

*

Bevor er wegfuhr, blätterte Peck in seinem schwarzen Notizbuch und stieß auf die Telefonnummer von Sibylles Tochter, die Funke ihm auf der Autobahn nach Nürnberg diktiert hatte.

»Ich weiß, wer Sie sind«, sagte Ruth Koller am Telefon. »Dieser Polizist hat Ihren Namen erwähnt. Aber woher soll ich wissen, ob Sie tatsächlich Paul Peck sind?«

»Ich stehe im Telefonbuch. Rufen Sie mich unter dieser Nummer an.« Peck hatte eine Weitereinschaltung vom Festnetzanschluss auf sein Mobiltelefon eingerichtet, das einige Sekunden später läutete.

»Meine Mutter ist bei Elsa.«

»Elsa?«

»Elsa ist die Haushälterin und Pfarrersköchin in Perwang am Grabensee und eine alte Freundin unserer Familie. Und dort habe ich meine Mutter untergebracht, nachdem die Ärzte der Verlegung zugestimmt haben. Da hat sie ein schönes Zimmer in einem Nebengebäude des Pfarrhofs.«

»Ihre Mutter hat Feinde«, sagte Peck. »Also rate ich Ihnen, niemandem den Aufenthaltsort Ihrer Mutter zu verraten.«

Sie wirkte plötzlich verunsichert und zögerte etwas mit der Antwort. »Natürlich«, sagte sie dann leise.

Als Peck in Perwang eintraf, stellte sich heraus, dass die Gemeinde bereits zu Oberösterreich gehörte. Also ein anderer Kulturkreis, dachte er und parkte auf einem kleinen, mit Granitsteinen gepflasterten Platz zwischen einem Gasthaus und der Kirche. Er schaute auf die Uhr und beschloss, der Kirche einen kurzen Besuch abzustatten. Peck betrachtete sich nicht als ausgesprochen religiös und auf keinen Fall als Freund der derzeitigen Amtskirche, aber wenn sich die Gelegenheit bot, liebte er es, im kühlen Halbdunkel einer Kirche zu sitzen, um in Ruhe einigen Gedanken über Gott und die Welt nachzuhängen. Doch zu seiner Überraschung war das Kirchenportal abgeschlossen.

Direkt an die Rückseite des Gotteshauses schloss sich ein niedriges Gebäude mit rotem Ziegeldach an. Wahrscheinlich das Pfarrhaus, durch dessen Türe soeben ein groß gewachsener, beleibter Mann in bodenlanger schwarzer Soutane in den sonnenbeschienenen Garten trat. Der Mann sah wie eine Zeichnung in Ludwig Thomas *Lausbubengeschichten* aus, und er erinnerte sich, dass darin die Schulkinder ihren Religionslehrer Kindlein nennen. Die Soutane des Pfarrers, der mit mächtigen Schritten auf Peck zuging, war vorne mit geschätzten hundert Knöpfen verschlossen, und Peck überschlug, dass es mehr als zehn Minuten dauern musste, bis der Pfarrer alle geschlossen hatte.

Peck grüßte. »Hier, in dieser sakralen Umgebung muss sich irgendwo eine Frau namens Pythia Sibylle aufhalten. Zur Genesung und zur Erholung.«

Der Pfarrer blieb, etwas vorgebeugt, knapp vor Peck stehen. »Der liebe Gott wünscht, dass wir bedrängten Geschöpfen beistehen. Und diesem Wunsch entsprechen wir.«

Er hatte ein leicht gerötetes Gesicht und einen stets zweifelnden Blick, und Peck fiel auf, dass er einem nicht in die Augen sehen konnte. Die Stimme klang weich und samtig. Der Mann ist kein feuriger, wortgewaltiger Redner, sondern eher von der sanften Sorte. Außerdem roch der Herr Pfarrer eindeutig nach Alkohol. Wein, wie Peck feststellen konnte.

»Ich habe ein paar Fragen, die ich unserer lieben Patientin stellen möchte«, sagte Peck.

»So was mögen wir hier nicht«, sagte der Pfarrer überraschend barsch. »Verschwinden Sie!« Dann drehte er sich um und ging mit unsicheren Schritten weiter, trampelte in einige Blumenbeete und blieb stehen, als er Pecks erboste Stimme hörte. »Vielleicht darf ich Sie auf ein weiteres Glas Wein einladen, Herr Pfarrer?«

Die weit geschnittene Soutane bauschte sich, als der Pfarrer eine vorbildliche Pirouette rückwärts drehte und sein rotes Gesicht Peck zuwandte.

»Mein Sohn, Jesus hat Wasser in Wein verwandelt und nicht umgekehrt. Also mache ich manchmal von Gottes vergorenen Geschenken nützlichen Gebrauch.« Er trat wieder einen Schritt auf Peck zu.

»Verschwinden Sie!« Der Pfarrer blickte Peck nochmals zornig an und wandte sich ab, als er sah, dass eine alte Frau aus dem Haus gekommen war, die ein großes Tablett trug, auf dem zwei mit einem Deckel verschlossenen Teller standen. Als sie Peck sah, steuerte sie auf ihn zu. »Sie müssen Herr Peck sein.« Sie warf dem Pfarrer einen unfreundlichen Blick zu, der wortlos den Kopf schüttelte, so als ob er nicht verstand, was um ihn los war, und dann davontrottete.

»Ich bin die Haushälterin und Köchin«, sagte die Frau. »Ruth, die Tochter unserer Kostgängerin hat mich angerufen, dass Sie kommen.«

»Wo ist Ihre Patientin?«

Sie deutete energisch mit dem Kopf zum Garten hin, sodass ihr das unförmige Kopftuch bis auf die Stirn rutschte. Peck folgte ihrem Blick und konnte hinter einigen Obstbäumen eine kleine Hütte ausmachen.

»Sie wohnt dort hinten in unserem Austragshäusel. Ich sehe alle zwei Stunden nach ihr«, sagte die alte Frau, »ob sie was braucht und wie es ihr geht. Jetzt bringe ich ihr das Essen.«

Die Frau ging in kleinen, vorsichtigen Schritten den grasbewachsenen Weg durch den Garten, blieb dann noch einmal stehen und drehte sich zu Peck um. »Lassen Sie sie in Ruhe essen. In einer halben Stunde können Sie kommen.«

Er nickte ihr zu und schlenderte dann langsam quer durch den großen Garten. Es war warm, und die Insekten summten um die Blüten, als Peck von einem schrillen Schrei aufgeschreckt wurde. Er wusste nicht, wer geschrien hatte, aber es kam von dem kleinen Haus, von dem er nur das moosbewachsene Dach erkennen konnte. Dann noch ein Schrei. Angst, Schrecken, Entsetzen. Später würde er sich fragen, warum er sofort gewusst hatte, was passiert war.

Wie in Panik lief er den Weg entlang, der etwas bergauf zu der Hütte führte. Die alte Frau saß zusammengesunken auf den Stiegen vor der Haustüre, am ganzen Körper zitternd. Als Peck sich schnaufend näherte, hob sie langsam den Kopf, schob sich ihr Kopftuch aus der Stirn und sah ihn mit leeren Augen an. Ihr Gesicht war weiß wie die Hauswand hinter ihr, und ihre Lippen bebten. Sie versuchte zu sprechen, hob aber nur ihre Hand und deutete fahrig ins Haus.

Peck lief über die Stufen in das schmale Vorhaus und weiter in eine Art Wohnzimmer. Ein furchtbarer Anblick bot sich ihm dar. Pythia lag eigenartig verkrümmt zwischen der Couch und einem Sessel auf dem Boden. Und das Gesicht ... So etwas hatte Peck noch nie gesehen. Es kam ihm vor, als hätte die Schädeldecke ein großes Loch und ein Teil des Gehirns quoll heraus. Sie musste sofort tot gewesen sein.

Die Haare der Frau waren voller Blut und wie zur Seite gekämmt. Er nahm einen Holzstuhl aus der Küche und setzte sich vor die Eingangstüre zum Wohnzimmer. Er wollte keine Spuren hinterlassen. Er betrachtete von der Türe aus nochmals die verkrümmt auf dem Boden liegende Leiche und zwang sich, auf wichtige Details zu achten. Von hinten erschlagen, dachte er; die Wunde befindet sich am linken Hinterkopf. Wahrscheinlich ein Linkshänder. Peck saß vor der geöffneten Türe wie in einem Theater und betrachtete die grausame Mordszenerie vor sich. Nur Pythia Sibylle, die Hauptdarstellerin, war tot. Sie trug das gleiche schwarze Kleid wie damals, als Peck sie zum ersten Mal gesehen hatte. Und wie damals blutete sie aus einer schrecklichen Kopfwunde, nur dieses Mal hatte der Mörder fester zugeschlagen. Neben der Leiche lag ein schwerer, eiserner Schürhaken. Wahrscheinlich die Mordwaffe. Die Polizei würde dies feststellen können. Dann nahm er sein Mobiltelefon aus der Hosentasche.

Peck ging vors Haus und legte der schluchzenden Frau, die immer noch zusammengesunken auf den Stufen saß, die Hand auf die Schulter.

»Kommen Sie«, sagte er und half ihr beim Aufstehen. Sie zitterte unkontrolliert am ganzen Körper.

»Wann haben Sie Pythia das letzte Mal gesehen? Lebend, meine ich.«

Die Alte sah ihn mit bangem Blick an. »Der Kuchen«, sagte sie mit leiser Stimme. »Ich habe ihr Kaffee und ein Stück Kuchen gebracht. Sie war müde und wollte gleich wieder schlafen.«

»Wie lange ist das her?«

»Zwei Stunden vielleicht.«

In Gedanken versunken, ging Peck kreuz und quer durch den blühenden Garten, dann hörte man aus der Ferne die Alarmsirenen der Polizei.

*

Auf dem Weg zu Ruth Koller erinnerte Peck sich an den ersten Überfall auf Pythia und was Funke damals sagte: »Wir werden die

Wahrsagerin an einen sicheren Ort bringen, den nur ihre Tochter kennt.«

Aber irgendwer musste herausbekommen haben, dass Pythia in Perwang untergebracht worden war.

»Die Polizei hat mir gerade die furchtbare Nachricht gebracht«, sagte sie, als sie Peck mit Tränen in den Augen die Türe öffnete.

Ruth Koller war ungefähr vierzig, ihre straff zurückgekämmten Haare waren dunkel, nur mit einigen grauen Strähnen, von denen Peck nicht unterscheiden konnte, ob diese echt oder eingefärbt waren.

»Was wollen Sie von mir?« Peck hörte eine leise, brüchige Stimme und sah in dunkle, verweinte Augen. »Ich wollte meine Mutter nochmals sehen und auf der Stelle nach Perwang fahren, aber der Polizist hat mich hartnäckig davon abgehalten. Und jetzt mache ich mir Vorwürfe, meine tote Mutter allein zu lassen.«

Peck stotterte ein paar Beileidsworte und bestätigte die Meinung des Polizisten.

»Sie können morgen zu Ihrer Mutter. Glauben Sie mir, es ist besser so.«

Die Frau stand in der Mitte des Raumes, wankte etwas und machte dann einen kleinen Schritt zur Seite, verunsichert wie ein ungebetener Gast in ihrer eigenen Wohnung. Sie trug enge Jeans und einen weißen Pullover und hatte die Arme vor der Brust gekreuzt, so als ob sie frieren würde. Dann seufzte sie und rieb die Hände aneinander, wie um die Kälte aus ihrem Körper zu vertreiben. Plötzlich hob sie ruckartig den Kopf, als ob ihr soeben etwas eingefallen wäre.

»Waren Sie es, der meine Mutter gefunden hat …?«

»Nein. Es war die Haushälterin des Pfarrers.«

»Elsa …«

»Die Frau wollte Ihrer Mutter gerade das Essen bringen …« Peck wusste nicht, wie er den Satz beenden sollte. »Bitte betrachten Sie mich nicht als pietätlos, wenn ich so kurz nach dem Tod Ihrer Mutter zu Ihnen komme, aber ich muss Sie etwas sehr Wichtiges fragen.«

Seufzend ließ sie sich auf den Diwan fallen und bedeckte ihr Gesicht mit beiden Händen. »Fragen Sie schon.«

»Frau Koller, nur Sie wussten, an welchem Ort Ihre Mutter sich aufhielt. Außer der Polizei.«

Erschrocken sah sie ihn an.

»Bitte verstehen Sie mich nicht falsch. Niemand macht Ihnen einen Vorwurf, aber nach allen logischen Überlegungen … Sie müssen es jemandem erzählt haben.«

»Sie mit Ihren logischen Überlegungen! Nein«, sagte sie laut. »ich habe mit niemandem darüber gesprochen. Ich wusste doch, worum es ging und dass meine Mutter in Gefahr ist.«

Sie dachte angestrengt nach, dann schüttelte sie den Kopf.

»Jemandem aus der Verwandtschaft vielleicht oder einer Freundin?«

Plötzlich hob sie den Kopf. »Sonja«, sagte sie. »Ich habe es Sonja gegenüber erwähnt.«

»Wer ist Sonja«

»Sie arbeitet in der gleichen Filiale wie ich.«

»Wie heißt die Frau noch?«

»Berger. Sonja Berger.«

»Welche Filiale ist das?«

»*SPAR*. Der Supermarkt in der Alpenstraße. Sonja hat dort eine Halbtagsstellung.«

»Erinnern Sie sich bitte. Was genau haben Sie ihr erzählt?«

»Es war ein ganz harmloses Gespräch in der Mittagspause, gestern oder vorgestern. Sie wusste, dass meine Mutter überfallen wurde. Sonja kennt meine Mutter, und sie würde niemals …« Sie sah Peck verzweifelt an.

»Wo wohnt diese Sonja?«

»Irgendwo in Taxham. Aber ich habe die Adresse nicht.«

»Telefonnummer?« Sie schüttelte den Kopf.

Peck sah auf die Uhr. Wenn er schnell fuhr, kam er noch rechtzeitig in die *SPAR*-Filiale.

Peck verabschiedete sich von Ruth Koller, und zwanzig Minuten später parkte er auf dem fast leeren Kundenparkplatz des Einkaufsmarktes. Er steckte sein schwarzes Notizbuch ein, ging auf das

Glasportal zu und starrte mehrere Sekunden auf das große Plakat, das beim Eingang hing und alle Angestellten des Marktes mit Fotos darstellte. Eine Sonja suchte er vergeblich. Halbtagsangestellte sind offensichtlich keine echten Mitarbeiter. *Marktleitung Monika Kandlberger* las er, eine tüchtig und seriös aussehende Blondine mit Brille. Er traf sie zwischen den Getränken und dem Obst.

»Wir mögen es nicht, wenn die Männerbekanntschaften unsere Angestellten jetzt schon bis zur Arbeitsstelle verfolgen.« Frau Kandlberger war nicht nur tüchtig und seriös, sondern auch sehr resolut. Ungeduldig stand sie vor Peck und wippte mit den Füßen auf und ab. »Und außerdem ist Sonja eine Halbtagskraft und erst am Samstag wieder in der Arbeit.«

Natürlich, sagte die Resolute, hätte sie die Wohnadresse und natürlich auch die Telefonnummern aller Angestellten, aber das könnte er sich abschminken, denn natürlich wären das alles vertrauliche Informationen. Und außerdem wäre es besser, wenn er jetzt sofort den Markt verließe, denn sie würde jetzt abschließen.

*

Peck parkte in der Riedenburg in einer der schmalen Seitengassen, die von der Neutorstraße abgingen, und ging zu Fuß durchs Neutor in die Getreidegasse.

Fünf Minuten später betrat Peck im Sterngässchen das *Limerick Town*.

Dunkle, verrauchte Gemütlichkeit, war Pecks erster Gedanke, als er einige Stufen hinunterstieg. Das Lokal schien nur aus einer langen Theke zu bestehen, die sich über zwei Seiten des Lokals hinzog. In einer Nische im Hintergrund standen einige Musiker, die laut miteinander sprachen und ihre Instrumente aus unförmigen schwarzen Kisten packten. Es waren kaum Leute im Lokal. Zu früh, dachte Peck, das Pub wird erst später zum Leben erwachen. Peck sah auf die unendliche Flaschengalerie hinter der Theke. Drei Meter Whisky. *Paul in Wonderland*. Das Lokal gefiel ihm, und er fühlte sich spontan wohl hier.

Er fragte bei einem der schwarz gekleideten Jugendlichen, die hinter der Theke bedienten, nach einem Whiskey *mit ›e‹* und bestellte einen *Tullamore Dew.*

Peck war mit Sophia einmal in Irland gewesen, und während sie nach schöner Landschaft Ausschau hielt, hatte er unter dem Titel *Der Weg ist unser Ziel* eine Whiskey-Rundreise von einer Destillerie zur anderen gebucht, die ihn auch nach Tullamore in den Midlands der Insel führte. Er erinnerte sich, dass dieser Whiskey in Frankreich sehr beliebt war. *Tout l'amour* sagen die Franzosen.

Mit dem Glas in der Rechten drehte er der Flaschenbatterie den Rücken zu. Er sah einen der Musiker mit trägen Bewegungen ein Banjo auspacken. Peck beobachtete aufmerksam den jungen Mann, der jetzt begann, lustlos auf dem Banjo zu klimpern. Das könnte Ben sein, dachte Peck, obwohl wenig Ähnlichkeit mit dem Foto bestand, das er bei den Gattingers am Campingplatz gesehen hatte. Aber was bedeutete das schon bei einer mehr als zehn Jahre alten Aufnahme? Peck hätte sich auf einem so alten Bild auch nicht wiedererkannt. Anders als auf der Fotografie hatte Ben jetzt lange Haare. Fast wie eine Frau. War das etwa der junge Mann, der damals spät abends über den Zaun geklettert war? Peck versuchte, sich das Bild ins Gedächtnis zu rufen. Der junge Bursche im Halbdunkel vor Metzners Tor und das Licht einer Straßenlampe, das nur einen kurzen Moment auf sein Gesicht fiel.

Langsam ging Peck auf den Banjospieler zu.

»Schenken Sie mir bitte zehn Minuten Ihrer kostbaren Zeit?«

»Zeit habe ich nicht. Schon gar nicht zum Verschenken.« Er blickte nicht mal von seinem Instrument auf.

»Ich habe damals Ihre Mutter gefunden.«

Langsam drehte er sich um und sah Peck überrascht an. »Wie, gefunden?«

»Vor eineinhalb Wochen. Ich war mit ihr verabredet, in ihrer Wohnung, aber als ich hinkam, lebte sie nicht mehr.«

Ben lehnte das Banjo an die dunkel gestrichene Wand und kam näher. Etwas verunsichert, wie es Peck schien.

»Mein herzliches Beileid.« Der Junge nickte, und seine Haare fielen ihm in die Stirn. Er strich sie sich hinter die Ohren zurück, eine Geste, die Peck sonst nur von Frauen kannte.

»Lassen Sie uns zu dem Tisch gehen«, sagte Peck. Sie gingen einige Schritte weiter ins Dunkel, wo ein runder Tisch stand, nur von einer Kerze beleuchtet.

»Wieso wissen Sie, dass ich hier Musik mache?«

»Ich habe mich mit Luisa aus Wien getroffen.«

Peck studierte Bens Gesicht und entdeckte jetzt in dem flackernden Schein der Kerze eine gewisse Ähnlichkeit mit Karin Moser. Er hatte die Augen seiner Mutter.

»Luisa?«, fragte er. »Säuft sie noch?«

»Sie hat mich beauftragt, den Mörder Ihrer Mutter zu finden.«

»Na dann. Viel Glück.«

»Wer könnte Ihre Mutter so gehasst haben?«

Peck hatte den Eindruck, dass Ben eine Antwort geben wollte, es sich dann aber überlegte und den Kopf schüttelte.

»Ich hatte zu wenig Kontakt zu meiner Mutter, um Ihre Frage zu beantworten. Sie war die letzten Jahre mit einem intellektuellen Leichtgewicht verheiratet. Ich mochte diesen Blödhammel nicht. Und dann hat sie bei der Hochzeit noch seinen Namen angenommen.«

Peck blätterte in seinem Notizbuch. »Sie heißen Widorn.«

»Das alles steht in Ihrem Buch? Die Familie, bei der ich aufgewachsen bin, heißt so.«

»Und Ihr Vater?«

Er schüttelte wieder den Kopf, was seine Haare in Unordnung brachte. Dann stand er auf und holte sich ein *Guinness* von der Theke. Peck hatte auch Durst, doch dann erinnerte er sich an Sophia und dass sie ihn sofort ansprechen würde, wenn er nach Bier roch. Vielleicht beurteilt das Sophia einfach falsch, dachte er und holte sich auch ein *Guinness*.

»Wer ist Ihr Vater?«

»Keine Ahnung. Darüber soll nicht gesprochen werden. Unmenschlich und blödsinnig. Ein sogenannter Ehrenkodex in dieser sogenannten Familie.«

»Von welcher Familie sprechen Sie?«

Er nahm einen Schluck aus seinem Bierglas. Dann schüttelte er den Kopf. »Lassen wir dieses Thema.«

Ehrenkodizes kommen sehr in Mode in der letzten Zeit. Peck holte das Foto mit den drei jungen Leuten aus der Tasche. »Erkennen Sie sich wieder?«

Ben zog die Kerze zu sich heran und beugte sich über das Bild. »Wo haben Sie das her?«

»Sie wissen, dass der Bub neben Ihnen nicht mehr lebt?«

»Werner? Wir waren Freunde damals. Er war nur etwas eigenartig.«

»Eigenartig?«

»Er glaubte an Geister und Spuk und solches übernatürliches Zeugs. Ich glaube, das hatte er von seiner Mutter.«

»Kennen Sie eine Frau namens Pythia?«

»Klingt nach einer Riesenschlange.« Ben trank sein Glas leer und sah Peck an. »War's das? Ich muss wieder zu meinen Leuten.«

»Noch eine Frage. Wo waren Sie am Dienstag, den 6. Juni, vormittags?«

»Im Bett.«

»Das wissen Sie so genau und ohne nachzudenken?«

»Ich bin am Vormittag immer im Bett. Was soll diese Frage?«

»Und wo waren Sie heute am frühen Nachmittag? So vor vier bis fünf Stunden?«

»Ich bin seit vielen Stunden hier im Lokal. Wir üben, verstehen Sie? Neues Programm und so. Wenn Sie wollen, können Sie die drei da drüben fragen. Der mit der Gitarre ist am nüchternsten.«

Pecks Glas war ebenfalls leer, und er überlegte, ob er sich noch ein *Guinness* leisten wollte. *Sei vernünftig*, raunte eine innere Stimme ihm zu. Also stand er auf und holte sich noch ein Glas.

»Eine Frage noch. Genau vor einer Woche hat mich ein Abendspaziergang nach Morzg geführt. Und im Offingerweg konnte ich interessante Dinge beobachten. Kennen Sie dort jemanden?«

»Ihre Fragen werden lästig, und ich will nicht wissen, was Sie dort so Interessantes beobachten konnten.« Er zog nacheinander an allen Fingern, bis sie knackten. Ein unangenehmes Geräusch.

»Ich war mein ganzes Leben noch nie in dieser Gegend.« Ben

rutschte von Hocker und zeigte Peck, dass er das Gespräch für beendet betrachtete.

Peck ging durch das Neutor und fand nach einiger Suche sein Auto wieder. Auf der Fahrt zu Sophia dachte er an die tote Wahrsagerin, und mit einem Mal hatte er das Gefühl, dass noch weitere Personen in Gefahr waren.

Als er an der Salzach entlang in Richtung Josefiau fuhr, wanderten seine Gedanken nochmals ins *Limerick Town* und zu Ben, wie er ihm an dem runden Tisch gegenübersaß. Und plötzlich wusste er, was ihm noch aufgefallen war: Ben hatte sein Bierglas in der linken Hand gehalten.

*

Sind im Kino. Der kleine Zettel lag genau in der Mitte des Küchentisches. Und darunter stand: *Vielleicht kommen wir später!* Mit Rufzeichen!

Peck warf den Schlüssel, den er bei den Metzners eingesteckt hatte, schwungvoll in die Messingschale, die auf der Vitrine im Vorzimmer stand. In der Küche bückte er sich, wobei seine Kopfverletzung wieder zu schmerzen begann, und starrte einige Sekunden ziellos in den Kühlschrank. Dann holte er sich einen Lagavulin, machte es sich in seinem Lehnsessel bequem und blätterte so lange in seinem Notizbuch, bis ihm die Augen zufielen. Plötzlich zuckte er zusammen. Wie lange hatte er geschlafen? Sollte er sich noch einen Whisky holen? Nur zwei Zentimeter …

Zwei Morde. Karin Moser und die Wahrsagerin; und wenn man Werner, den jungen Taucher, dazurechnete, drei. Waren da Gemeinsamkeiten? Gab es überhaupt einen Zusammenhang? Er beschloss, alle bisherigen Erkenntnisse zusammenzufassen und so wie früher in seiner Firma in Form einer *Mind Map* übersichtlich darzustellen. Vielleicht konnte er dann eventuelle Zusammenhänge und Verbindungen zwischen den drei Todesfällen erkennen.

Irgendjemand hat panische Angst, dass eine unbequeme oder gefährliche Wahrheit ans Licht kommt, dachte er. Aber welche Wahrheit?

Wurde Werner Gattinger doch ermordet? Vielleicht, weil er beim Tauchen auf wertvolle Erkenntnisse oder versunkene Schätze gestoßen war. *Der Schatz im Silbersee?* Welche anderen Gemeinsamkeiten waren denkbar, wo war der gemeinsame Nenner? Und wer hat mit wem gesprochen? Jeder Mörder hat ein Motiv. Das alles musste er herausfinden. Licht ins Dunkel bringen.

Die nächste Stunde saß Peck konzentriert am Küchentisch, über ein Blatt Papier gebeugt. Ins Zentrum stellte er die drei Todesfälle, daneben die handelnden Personen, die Orte und Schauplätze sowie die derzeit bekannten Zusammenhänge. Und dazu notierte er die offenen Fragen und möglichen Motive. Kernpunkt einer eventuellen Verbindung der drei Fälle war die Fotografie, die sowohl zu Karin Mosers Kindern Ben und Luisa als auch zu den Gattingers führte. Nur ein Zufall? War das Bild tatsächlich eine belastbare Spur von der ermordeten Karin Moser zum Tauchunfall Werners?

Und dann erkannte er noch eine rätselhafte Verknüpfung: der Unbekannte im schwarzen Golf, den er bereits mehrmals beobachtet hatte, zuerst in der Weingartenstraße, wo Kerstin Kramer ihre neue Eroberung Willy Metzner besuchte, dann direkt vor den Häusern von Frau Herder und Karoline Scherer und schließlich in Tannwald, wo Peck sogar einige Worte mit dem Mann gewechselt hatte. Wen verfolgte dieser übergewichtige Typ mit dem Schnurrbart?

War der Mann hinter einer der Figuren auf der *Mind Map* her, die jetzt in einem ersten Entwurf vor ihm lag? Oder war er selbst der Gejagte?

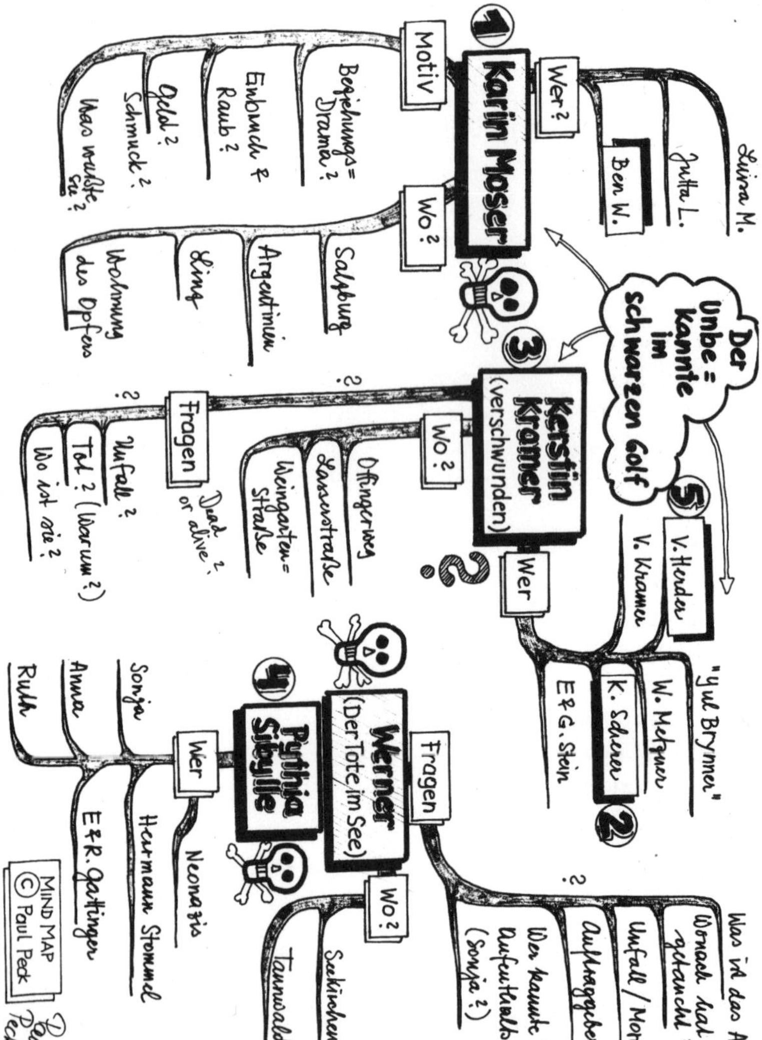
Karin Moser
1
Wer?
Luisa M.
Jutta L.
Ben W.
Motiv
Beziehungs=Drama?
Einbruch & Raub?
Geld? Schmuck?
Was wußte sie?
Wo?
Salzburg
Argentinien
Linz
Wohnung des Opfers
Der Unbe= kannte im schwarzen Golf
3
Kerstin Kramer (verschwunden)
Wo?
Offingerweg
Lasserstraße
Weingarten= Straße
Fragen
Dead or alive?
Unfall?
Tot? (Warum?)
Wo ist sie?
Wer
5
V. Herder
V. Kramer
"Yul Brynner"
W. Meßner
K. Scherer
E & G. Stein
2
Werner (Der Tote im See)
Fragen
Was ist das Aurum?
Wonach hat er gesucht?
Unfall/Mord?
Auftraggeber?
Wer kannte Pythias Aufenthaltsort? (Sonja?)
Wo?
Seekirchen
Tannwald
4
Pythia Sibylle
Wer
Sonja
Anna
Ruth
Neonazis
Hermann Stommel
E & R. Gattinger
MIND MAP © Paul Peck
Paul Peck

Peck war mit seinem Werk zufrieden. Zwar gab es noch deutlich mehr Fragen als Erkenntnisse, aber immerhin auch interessante Zusammenhänge. Dann fiel sein Blick auf den Namen *Sonja*, die er noch etwas Wichtiges fragen wollte. Er durchsuchte alle Telefonbücher im Internet, fand jedoch keinen Eintrag. Sonja Berger hatte keine Telefonnummer und keine Adresse.

Er schob das Blatt zur Seite und lehnte sich zurück. Wie es wohl seinem Sohn ging? Er griff zum Telefon.

»Ich bombardiere alle Firmen, die für mich infrage kommen. Allein heute habe ich fünfzehn Bewerbungen geschrieben.«

»Und?«

»Heute kamen auch die ersten Absagen.«

»Aber die ganze Welt sucht junge, gut ausgebildete Leute!«

»Ich will aber nicht in die ganze Welt. Ich suche etwas hier in der Umgebung.«

»Vielleicht solltest du den Radius auf der Landkarte etwas weiter spannen.«

»Du meinst, so tausend bis zweitausend Kilometer?«

»Warum nicht?«

»Uns geht langsam das Geld aus.«

»Aber Monika? Ihr Job ist doch sicher, oder?«

»Bei der läuft alles vorbildlich. Nur bei mir ist der Wurm drin. Das Problem ist, wir haben zwei größere Kredite zu tilgen. Für unser Auto und so.«

Peck überlegte kurz. »Maile mir deine Kontonummer.«

»Wozu?«

»Auf etwas Geld könnte ich monatlich verzichten. Zu euren Gunsten.«

»Das wäre toll. Danke dir, Papa.«

Peck legte das Telefon auf den Tisch vor sich und lehnte sich zurück. Einmal Papa, immer Papa …

Sollte er noch einen Whisky trinken? Er hatte diese wichtige Frage kaum bis zum Ende durchdacht, als Sophia und seine Tochter ins Zimmer traten. Während Julia ihn auf die Wange küsste, sagte Sophia kein Wort. War sie immer noch sauer?

»Was habt ihr im Kino gesehen?« Er sah Sophia an und ließ keinen Zweifel, dass er die Frage eher an sie gerichtet hatte.

»Rainman«, sagte Julia.

»Und, wie war's?«

»Dustin Hoffman spielt einen jungen Autisten. Ein sehr berührender Film.«

Peck mochte berührende Filme nicht. Er sah zu Sophia, die an der Küchenkredenz lehnte, und hatte den Eindruck, dass sie ihn beobachtete, konnte aber aus ihrem Gesicht nicht ablesen, was sie dachte.

»Wie geht es deinen Kriminalfällen?«, fragte Julia.

»Erinnerst du dich an Pythia«, fragte er in Richtung Sophia.

»Die Wahrsagerin.« Die erste Antwort Sophias, dachte er. Immerhin ein Start …

»Ich habe sie heute mit eingeschlagenem Schädel gefunden. In einem kleinen Dorf, eine Autostunde von Salzburg weg.«

Julia schlug die Hände vors Gesicht und setzte sich. »Du hast einen Job!«

»Das Problem bei diesem Fall ist, dass es mehr Verdächtige als Alibis gibt.«

»Frauen oder Männer«, fragte Julia.

»Macht das einen Unterschied?«

»Sicher«, sagte Sophia, »Frauen töten, um jemanden loszuwerden; Männer töten, um jemanden zu behalten.«

»Ich glaube, bei diesen Morden geht es um Menschen, die etwas wissen, was sie nicht wissen sollten.«

»Aber wer begeht deshalb einen Mord?«

»Jemand, der befürchtet, sein Leben, Macht oder viel Geld zu verlieren.«

Es entstand eine kurze Gesprächspause, und Peck spürte, dass er sehr hungrig war.

»Gibt's was zu essen?«, fragte er mit leiser Stimme.

»Küche geschlossen.« Sophia drehte sich um und stolzierte aus der Küche.

»Das widerspricht den Menschenrechten«, rief er ihr nach.

»Das ist typisch für dich«, hörte er von draußen ihre Stimme. »Erst stellst du mir eine Frage, und dann passt dir die Antwort nicht.«

Unruhig lag er eine Stunde später neben Sophia im Bett und konnte nicht sagen, ob er geschlafen hatte oder all diese bedrohlichen und bedrückenden Gedanken in einer Art Halbschlaf über ihn hergefallen waren. Ihm war heiß, und er strampelte die Decke weg. Den ganzen Abend über war er erschöpft und tramhapert gewesen, und jetzt konnte er nicht schlafen. Sophias regelmäßiger Atem verriet ihm, dass sie fest schlummerte. Und plötzlich fühlte er sich wie ein Versager in der Dunkelheit des Schlafzimmers, wie ein miserabler Schüler, dessen Klassenziel in unerreichbarer Ferne lag. Selbst in seinem Fall kam er nicht weiter. Wenn er aufstand, war die Schlaflosigkeit zweifellos leichter zu ertragen. Auf Zehenspitzen schlich er in die Küche. Es war zwei Uhr. Er holte sich ein Glas Wasser und setzte sich an den Küchentisch, auf dem noch immer die *Mind Map* lag. Zu viele Personen, zu viele nicht durchschaubare Verbindungen und Zusammenhänge. Entmutigt stieß er das Blatt mit dem Zeigefinger weg, das daraufhin auf den Boden segelte. Er ließ es liegen.

Plötzlich hörte er ein Geräusch, und Sophia stand in der Tür. Sie ging barfuß zum Kühlschrank, holte sich ein Glas Milch und setzte sich zu ihm.

»Ich bin nicht kleinlich und nicht rechthaberisch«, sagte er leise. »Und ich habe nichts getan, was dich verletzen könnte. Ich liebe dich.«

Sie legte ihre Hand auf die seine. »Ich glaube dir.«

Er versuchte ein Lächeln. »Weißt du noch, wie ich dir vor vielen Jahren einmal sagte, dass ich mit dir alt werden möchte.«

»Damals kannte ich dich erst wenige Wochen. Und ich war geschockt über diese Aussage.«

»Und manchmal denke ich, jetzt bin ich alt.«

»Und ich denke manchmal, dass du gerade das durchmachst, was bei Frauen Wechseljahre heißt. Nur passiert das bei uns ein paar Jahre früher. Und der Verlauf ist ein anderer.«

Er sah sie an und wusste nicht, was er sagen sollte.

»Du bist nicht alt … du bist etwas älter geworden, genau wie ich. Also verändert sich nichts zwischen uns.«

Peck beugte sich über den Tisch und küsste sie. Zärtlich strich sie ihm über die Wange.

»Ich habe Hunger«, sagte sie. »Im Kühlschrank ist noch ein großes Schnitzel, das ich gut versteckt habe.«

»Ich mag diese Art von Versteckspiel, und ich mag diese Art von Versöhnungen.« Er grinste ihr versöhnlich zu. Sophia holte das Schnitzel aus dem Kühlschrank und Peck zückte ein Messer.

»Für mich bitte die kleinere Hälfte«, sagte sie. Dann bückte sie sich, hob das Blatt vom Boden auf und strich es glatt. »Was ist das?«

»Meine Art, hinter die Kulissen zu schauen, wenn es zu viele Kulissen gibt.«

»Das sieht wie das Gekritzel aus einem der Kinderbücher aus, die ich in der Buchhandlung verkaufe.«

»Quatsch. Ich wende jetzt moderne Managementtechniken an, die ich von früher kenne. Damit trenne ich die Spreu vom Weizen.«

»Wow«, sagte Sophia mit vollem Mund. »Könnte auch moderne Kunst sein, irgendwo zwischen Piet Mondrian und Kandinsky.«

»Das ist eine *Mind Map*. Wir haben im Büro damit gearbeitet, um Ideen zu entwickeln und komplexe Zusammenhänge zu erkennen.«

»Männer haben immer dann Schwierigkeiten, wenn die Komplexität steigt.«

»Ich nehme deine Ironie und die Offenbarung des Schnitzel-Depots im Kühlschrank als Hinweis, dass du mir nichts mehr nachträgst.«

Sie lächelte und nickte ihm zu. »Ist wohl so.«

»Zurück zur *Mind Map*. Wir Menschen sind nicht in der Lage, in mehreren Dimensionen zu denken. Und *Mind Mapping* hilft darüber hinweg.«

Sophia lächelte immer noch. »Frauen brauchen so was nicht. Wir sind von Geburt und Veranlagung aus multitasking-fähig.«

»Das ist verwerfliche Gender-Apartheid«, murmelte er.

Sie betrachtete das Blatt. »Ich glaube, ich versteh das Prinzip. Drei Tote und eine verschwundene Frau stehen im Zentrum deiner Überlegungen.«

»Genau, und das Bild gibt mir Hinweise über mögliche Zusammenhänge und Ansatzpunkte für meine Recherchen.«

»Und? Schaffst du den Durchbruch in diesem Wirrwarr?«
»Ja, ich befürchte nur, dass vor der Aufklärung dieser Todesfälle noch etwas Furchtbares geschieht.«
»Was?«
»Ein weiterer Mord.«

Freitag, 16. Juni

Als Peck aus dem Haus trat und auf sein Auto zusteuerte, hörte er hinter sich eine heisere Stimme: »Halt! Woher und wohin?«

Peck drehte sich um. »Fragen wir uns das nicht alle?«

Zwei Männer standen vor ihm, davon einer in Uniform, die, wie es aussah, auf ihn gewartet hatten. Mit drei großen Schritten trat der ältere der beiden vor Peck hin und nestelte eine runde Metallplakette aus seiner Hosentasche.

»Georgius Dolezal vom LKA Salzburg«, sagte er »und das ist mein Kollege Atsuppi.«

Der Profiler, fuhr es Peck durch den Kopf. Wie hatte Funke gesagt? Mutter Griechin, Vater aus Wien, Ottakring. Breitbeinig stand der Mann vor ihm, etwas untersetzt, braune, dünne Haare und ein breites, sonnengebräuntes Gesicht. »Wir möchten mit Ihnen reden.«

»Hier, vor dem Haus?« Peck sah sich um, als suchte er auf dem Parkplatz ein ihm bislang verborgen gebliebenes Besprechungszimmer.

Der Mann deutete mit dem Kinn nach rechts. »Da, in unserem Wagen.«

Der pickelgesichtige Polizeilehrling war so jung, dass selbst seine Polizeimütze ihm zu groß war. Er zeigte auf einen VW Passat, der am Ende des Parkplatzes stand. Peck und der Mann, der sich mit Dolezal vorgestellt hatte, ließen sich im Fond des Wagens nieder, der junge Uniformierte kletterte auf den Beifahrersitz und legte die Arme auf die Rückenlehne, so als ob er auf eine jetzt beginnende Vorführung gespannt war.

»Mein Name ist Dolezal«, wiederholte der Sonnengebräunte.

»Das macht nichts«, sagte Peck.

»Sie wissen, wer ich bin?«

»Sicher. Sie sind der Mann, der hier im Passat neben mir sitzt.«

Der Polizist bewegte einige Male ruckartig sein flächiges Gesicht, wie um die Antwort Pecks abzuschütteln. Peck öffnete die Wagentüre. Frische Luft ist zum Überleben notwendig. Dolezal roch intensiv nach Maiglöckchen. Vor einigen Minuten hätte man den Polizisten noch für einen Mann gehalten, der sich auskannte im Leben; jetzt war sein anfängliches Selbstbewusstsein etwas in Unordnung geraten und für Peck offenbarte sich der beschränkte Charme eines Kleinbürgers.

»Haben Sie einen Termin bei mir?«, fragte Peck.

»Das brauche ich nicht. Sie sind verpflichtet, mir Auskunft zu erteilen. Ich könnte Sie auch vorladen lassen.«

»Welche Art von Auskünften soll ich erteilen?«

In diesem Moment gingen zwei Frauen, die im Nachbarhaus wohnten, an ihnen vorbei, das Polizeiauto und Peck mit neugierigem Blick fixierend. Morgen würde es die ganze Pezoltstraße wissen.

»Was wollten Sie bei dieser Wahrsagerin? Und warum sind Sie nach Perwang gefahren? «

»Ich könnte Ihnen zum Beispiel erzählen, dass ich einen Blick in ihre Kristallkugel erhaschen wollte, um die Zukunft besser zu verstehen. Zum Beispiel, wann Sie hier wieder verschwinden.«

»Reden Sie keinen Blödsinn.«

»Das passiert von Zeit zu Zeit sogar den Besten.«

»Viele Tote knapp hintereinander, finden Sie nicht auch, zuerst Frau …« Dolezal winkte dem jungen Polizisten auf dem Vordersitz, der ihm diensteifrig einen Zettel nach hinten reichte. »… Frau Moser und jetzt noch diese Pythia. Und wer war bei jedem der Morde in unmittelbarer Nähe?«

»Sagen Sie's mir.«

»Sie natürlich.«

»Ich kann nichts dafür, wenn ich schneller bin als die Polizei.«

Dolezals Stimme gewann an Schärfe und Lautstärke. »Sie behindern die Polizeiarbeit, und Sie unterschlagen regelmäßig Beweismaterial.«

Trotz des intensiven Aftershave-Geruchs ging Peck mit seinem Kopf weit nach vorne. »Das müssen Sie mir erst beweisen.«

»Wenn Sie uns weiter ärgern, sperre ich Sie in eine gemauerte Zelle, die so groß ist wie dieses Auto und mit einem Fenster kleiner als das Handschuhfach. Dann müssen Sie lange auf die Sonne verzichten.«

In so einer Zelle war ich mal, dachte Peck. In Paris.

»Erwarten Sie von mir keine Gefälligkeiten, nur deshalb, weil Sie im Besitz eines Detektivausweises sind, der außerhalb Ihrer Wohnung nichts wert ist. Wo ist Kerstin Kramer?«

»Sie sind doch der Profiler. Also denken Sie fallanalytisch. Was ist denn Ihre Meinung? Wo könnte sie sein?«

»Ich habe eine Meinung, aber die erfahren Sie nicht. Sehe ich aus, als ob ich gehirnlos wäre?«

»Das weiß ich nicht«, sagte Peck. Der junge Polizist auf dem Vordersitz kicherte.

»Lachen Sie nicht!«, schnauzte Dolezal seinen Mitarbeiter an und wandte sich dann wieder Peck zu.

»Ich habe da bereits eine Theorie entwickelt. Das alles sind eindeutig Morde aus Hass. Ohne Ausnahme.«

»Sie tun so, als ob es kein Verbrechen aus Liebe gäbe, Herr Profiler.«

»Das ist Schwachsinn! Liebesmorde! So was passiert im wirklichen Leben nicht. Sage ich als Psychologe.«

»So etwas gibt es heute wie zu allen Zeiten. Klytämnestra erschlug Agamemnon, und Woyzeck erstach seine Maria. Das Problem des Liebesmordes ist Teil der menschlichen Tragödie, und diese hat sich in den letzten dreitausend Jahren nicht verändert. War das nicht Teil Ihrer Ausbildung, Herr Analytiker?«

»Ich mag Sie nicht.«

»Wer mich nicht mag, kann mich gern haben«, sagte Peck, sah gerade noch das Gesicht Dolezals dunkelrot anlaufen und stieg aus dem Auto. Durch die Scheibe konnte er das Grinsen des jungen Polizisten erkennen.

Als Peck in die Aignerstraße einbog, klingelte sein Handy, das neben ihm auf dem Beifahrersitz lag. Als er die Stimme hörte, wurde ihm heiß und kalt gleichzeitig. Katharina Fellinger! Die Kirchenwirtin. *Sie sind genau mein Beuteschema …*

»Ich möchte Sie gerne sehen.«

»Ich habe viel zu tun.« Peck schaltete seine Stimme auf kühl. Soweit es ihm gelang.

»Ich weiß von August Rieger, unserem Bürgermeister, dass das *Bazar*

Ihr Lieblingscafé ist. Vielleicht komme ich ja mal überraschend vorbei, wenn ich in Salzburg bin.«

Was sollte Peck jetzt erwidern?

»Ich glaube, meine Sophia würde das nicht gern sehen.« Stille am anderen Ende.

»War nett, mit Ihnen zu plaudern«, hörte er, dann legte sie auf.

Peck blieb für einige Sekunden starr sitzen, dann wählte er eine Nummer, die in seinem Mobiltelefon eingespeichert war. August Rieger saß bereits in seinem Bürgermeister-Büro. Und offensichtlich gut gelaunt. »Guten Morgen, mein lieber Paul! Wie geht es dir, und wann kommst du wieder mal nach Tannwald?«

»Ich bade gerade die Folgen deiner Geschwätzigkeit aus.« Pause.

»Du hast eurer Wirtin von Sophias Buchhandlung erzählt, und von dir weiß sie, dass ich oft und gerne im *Café Bazar* bin.«

»Das ist doch etwas ganz Harmloses.«

»Deine Harmlosigkeiten zerstören meine Partnerschaft, meine Nerven und meine Freundschaft zu dir. Bring das wieder in Ordnung!«

»Was soll ich tun?« Ein kleinlauter August.

»Geh ins Gasthaus, trink ein Bier und sag ihr, dass ich nach Japan versetzt worden bin.«

Beim Frühstück hatte Peck lange über seinem schwarzen Notizbuch und der *Mind Map* gesessen, dann beschloss er, das längst überfällige Gespräch mit Wilhelm Metzner zu führen. Willy, dachte er, pensionierter Banker, der nur wenige Tage Zeit hatte, Kerstin Kramers Liebhaber zu werden. Dann verschwand sie.

»Sie wollen mich hier im Haus besuchen?« Metzners Stimme durchs Telefon zeigte einen ausgeprägten ironischen Unterton. »Das kommt überhaupt *nicht in die Tüte*!«

Nicht in die Tüte. Der Mann muss früher oft mit Kunden aus Deutschland zu tun gehabt haben.

»Ich habe am späten Nachmittag am Finanzamt in Aigen zu tun«, begann Metzner einzulenken, als Peck hartnäckig blieb. »Da können wir uns sehen.«

»Am Finanzamt?«

»Blödsinn. Kennen Sie das *Gasthaus Überfuhr*? Dort bin ich um ein Uhr. Seien Sie pünktlich.«

Peck sah auf die Uhr. Er hatte noch reichlich Zeit. Er beschloss, Karoline Scherer aufzusuchen. Immerhin kannte sie Kerstin Kramer. Und Frau Herder.

Blauer Himmel lag über Salzburg. Es war wenig Verkehr, und eine Viertelstunde später parkte Peck direkt vor dem Haus in der Weingartenstraße. Gerade als er ausstieg, wirbelte ein ungestümer Windstoß durch die Straße und blies durch sein Sakko.

Warum war er nicht überrascht, als keiner ihm öffnete? Nur der Boxerhund bellte. Mehr ein Winseln allerdings. Peck wiederholte die gestrige Tour durch den verwilderten Garten, stapfte durch das Gras, das aussah, als ob es noch nie gemäht worden war, dann entdeckte er hinter einem Hollerbusch ein ebenerdiges Fenster, das gekippt war. Nach einer feldaufschwungähnlichen Turnübung stand Peck im dämmrigen Vorhaus, in dem es nach Hundescheiße stank. Er tappte den Flur entlang, und als er die Vordertür, an der ein Schlüssel steckte, öffnete, jagte der Hund winselnd an ihm vorbei ins Freie. Der große Drang in die Natur.

Im Wohnzimmer, in dem leise der Fernseher lief, stank es unerträglich nach Hund. Laut nach Karoline Scherer rufend, eilte Peck durch alle Räume. Doch da war niemand. Der Boxer kam wieder herein, setzte sich vor Peck auf den Boden und begann, ihn mit angelegten Ohren anzuwinseln. Peck erinnerte sich, dass Karoline den Hund mit dem Namen Baldo gerufen hatte. Hunger und Durst, dachte Peck, das kenne ich.

Er ging zuerst zur vorderen Haustüre, sperrte sie wieder ab, dann stieß er nach einigem Suchen auf ein großes Depot an Konserven mit Hundefutter. In der Küche öffnete er eine der Dosen, die der Hund gierig in sich hineinfraß. Dazu füllte er eine Schüssel mit Wasser und begann dann einen zweiten Rundgang durch das Haus. Im Badezimmer machte er einen kurzen Blick in den Spiegel, und als ihn ein müder Mann ansah, drehte er sich schnell weg.

Alles war ruhig im Haus, doch dann hörte er ein kurzes Knacken und danach ein leises Rauschen, wie wenn sich ein Kühlschrank eingeschaltet hätte. Aber ein Blick in die Küche zeigte ihm, dass der Eiskasten nicht lief.

Auf dem Weg zur Haustüre fiel ihm ein, dass Baldo schon gestern hinter der Türe gebellt hatte, als Peck vor dem Haus stand. War Karoline verreist? Erst jetzt fielen ihm die Briefe und der Berg an Werbeprospekten auf, die vor dem Türschlitz lagen. Er blätterte die Briefe durch. Zwei Rechnungen, eine Postkarte mit verwischter Schrift, auf der eine gewisse Waltraud beste Urlaubsgrüße aus einem Ferienclub in der Türkei übermittelte.

War Karoline auf einer Urlaubsreise? Vielleicht mit Kerstin, die ja auch seit Kurzem spurlos verschwunden war? Immerhin kannten die beiden Frauen sich. Aber kein Mensch verreist und lässt den Hund tagelang allein zurück.

Da vernahm er wieder das leise Knacken. Er stand im Vorzimmer und horchte; und dann war er sicher: Das Geräusch kam von unten. Er kletterte die steile Steinstiege hinunter und sah in jeden der drei kleinen Kellerräume. Altes Gerümpel, verstaubte Möbel und ein gut bestücktes Weinregal. Den größeren Raum nebenan benutzte sie als Waschküche, und an der Wand stand eine Tiefkühltruhe. Peck hätte wahrscheinlich sofort wieder die Türe hinter sich geschlossen, wenn ihm in diesem Moment nicht eine rot blinkende Kontrolllampe an der Vorderfront der Tiefkühltruhe aufgefallen wäre. Er öffnete den Deckel und taumelte wie vom Blitz getroffen zurück. Reingestopft, fuhr es ihm durch den Kopf, mit aller Kraft musste der massige Körper der Frau hineingequetscht worden sein. Sie lag auf der Seite, nur das Gesicht war nach oben gedreht und über einer dünnen Eisschicht, die ihre weit geöffneten Augen bedeckte, lag etwas Raureif wie Pulverschnee auf einem zugefrorenen Teich. Eindeutig Karoline Scherer. Die Haare waren weiß und steif gefroren, ihr Mund wie zu einem Schrei aufgerissen. Aber es war kein Laut zu hören, nur das leise Brummen der Tiefkühltruhe. Peck ließ langsam den Deckel nach unten sinken, bis er sich mit einem schmatzenden Geräusch der Gummidichtung schloss. Sollte er die Kühltruhe ausschalten? Er entschied sich dagegen, und während er die Stiege nach oben ging, holte er sein Mobiltelefon aus der Tasche. Peck hörte förmlich sein Herz rasen. Mord in der Gefriertruhe. Oder war sie schon vorher getötet und erst als Leiche in die Truhe verfrachtet worden?

»Tut mir leid«, sagte er zu Baldo, »du störst jetzt. Nur für eine halbe Stunde.« Er sperrte ihn in einen Abstellraum und schaltete das Licht ein, bevor er die Türe schloss. Peck war zu unruhig und aufgeregt, um sich irgendwo hinzusetzen, also wanderte er ziellos noch einmal durch alle Räume, bis ihm auffiel, dass der Spiegel im Bad etwas schief hing, wodurch sich auf der linken Seite ein kleiner Spalt zur Wand bildete. Er griff dahinter und brachte einen braunen Briefumschlag der Größe A5 zum Vorschein. Das zusammengefaltete Blatt entpuppte sich als Fotokopie einer Landkarte, die ihn an einen Plan erinnerte, nach dem sie als Kinder in ihren Räuber-und-Gendarm-Spielen nach vergrabenen Schätzen gesucht hatten. Und dann fand er in dem Kuvert noch eine Schwarz-Weiß-Fotografie, die er sofort wiedererkannte. Das gleiche Bild, das ihm in Karin Mosers Wohnung in die Hände gefallen war, lag schon bei ihm zu Hause. Drei Soldaten in Uniform, Angehörige der Wehrmacht oder der *SS*.

Alois M., stand auf der Rückseite. Und *April 1945*. Und mit zittriger Schrift war noch eine Adresse vermerkt, die er ebenfalls bereits kannte. *Avenida Augustin Debenedetti 146 – Rio de La Plate – Dock Sud*.

Die mit der Hand gezeichnete Landkarte sah aus wie die schlechte Kopie einer schlechten Kopie. Er beschloss, diese Unterlage unter Licht nochmals genauer zu studieren. Er steckte den Umschlag ein und schlenderte ins Wohnzimmer, wo neben dem Festnetztelefon auf einem schmalen Sideboard ein Handy lag, das er ebenfalls einsteckte. Wie sagte Dolezal in der Früh? *Sie unterschlagen regelmäßig Beweismaterial. Wenn Sie uns weiter ärgern, sperre ich Sie in eine gemauerte Zelle.*

Peck trat ans Fenster und warf einen Blick in den verwahrlosten Garten. Dahinter war ein Teil des Nachbargebäudes zu sehen, in dem er gestern noch mit Frau Herder gesprochen hatte. Ob sie etwas gehört oder gesehen hatte? Immer die Nachbarn fragen. Er ging hinüber, doch auf sein Läuten öffnete niemand. Er begab sich wieder ins Haus, sperrte hinter sich ab und stand kaum im Wohnzimmer, als jemand zuerst Sturm läutete und gleich darauf energisch gegen die Türe schlug. Funke mit seinen Ermittlern.

»Warum sperren Sie sich ein?«

»Ich sperre mich nicht ein. Ich lasse nur alles in dem Zustand, wie ich es vorgefunden habe. Fast jedenfalls.«

Eine halbe Stunde später saßen Peck und Funke im Wohnzimmer, als einer der jungen Beamten hereinkam, den Peck bereits von dem Polizeieinsatz in Perwang kannte.

»Beide Haustüren waren verschlossen«, sagte der Uniformierte bedeutsam. »Aber nur am Vordereingang steckte innen ein Schlüssel.«

Funke sah Peck fragend an, der mit den Schultern zuckte, dann richtete er seinen Zeigefinger auf den jungen Beamten. »Und was sagt uns das, Herr Kollege?«

»Sie muss ihren Mörder hereingelassen haben.«

»Und nach dem Mord?«

Der Polizist dachte kurz nach. »Da hat der Mörder das Haus verlassen. Wahrscheinlich durch die Hintertür.«

»Und dann hat die Leiche hinter ihrem Mörder die Türe abgesperrt, den Schlüssel verschluckt und sich wieder in die Tiefkühltruhe gelegt«, ergänzte Funke.

Der Polizist lief rot an. »Das muss ich dann noch einmal überdenken.«

Funke schüttelte den Kopf. »Dem prophezeie ich keine steile Karriere bei uns.«

»Und, wie kam ich in das Haus?«, fragte Peck.

»Wollen Sie mich testen? Durchs Fenster?«

Peck nickte. »Und der Mörder hat die Hintertüre von außen abgesperrt und den Schlüssel mitgenommen. Ich wette, wenn wir den Mörder haben, finden wir auch den Schlüssel bei ihm.«

Dann erzählte Peck von dem Auftritt Dolezals in der Früh vor Sophias Haus.

»Als Profiler darf er selbst nicht ermitteln und schon gar keine Verhöre durchführen.«

»Lassen Sie es gut sein, deshalb kam der Mann auch mit einem Alibibeamten angefahren. Im Übrigen hatten Sie recht.«

»Womit?«

»Dolezal ist ein Arschloch.«

Funke nickte zustimmend und erhob sich. »Kommen Sie mit in den Garten. Ich muss eine rauchen.«

In diesem Moment kam der Polizeiarzt in einem weißen Overall ins Zimmer und zog mühsam seine Gummihandschuhe aus.

»Und?«, fragte Funke.

»Der Todeszeitpunkt ist bei einer tiefgefrorenen Leiche auf die Schnelle nicht zu sagen. Da müssen wir uns bis zur Autopsie gedulden. Aber sie hat eine schwere Kopfverletzung.«

Vor dem Haus war es sommerlich warm und beinahe friedlich. Irgendwo in der Ferne schlug eine Kirchenglocke.

»Sie erzählten mir vor zwei oder drei Tagen von Ihrem Zusammenstoß mit einem Architekten.«

»Herrmann Stommel, der Neonazi?«

»Genau. Ich habe mich erkundigt. Dieser Stommel füllt bei meinen Kollegen dicke Aktenordner. Er verbüßte wegen neonazistischer Umtriebe bereits zwei Haftstrafen und wurde bereits aus der Architektenkammer rausgeworfen. Aber jetzt kommt's: Er ist vor Kurzem vom Täter zum Opfer geworden. Jedenfalls hat er einen Denkzettel bekommen.«

»Denkzettel?«

»Ja. Stommel liegt bereits seit zwei Tagen im Krankenhaus.«

»Was fehlt dem armen Mann?«

»Schwere Gehirnerschütterung und Stauchung der Halswirbel, vielleicht sogar ein Schädel-Hirn-Trauma.«

»Wer macht denn so was?«

»Wir erklären uns das so, dass Herrmann Stommel aus irgendwelchen Gründen bei seinen eigenen Leuten in Ungnade gefallen ist, die daraufhin mit ihm ins Gericht gegangen sind. Der Architekt verweigert dazu aber jede Aussage.«

Plötzlich stand der junge Polizist wieder vor Funke. »Es tut mir leid, Sie belästigen zu müssen«, stotterte er aufgeregt und mit rotem Kopf. »Da sind Geräusche hinter einer Tür. Es befindet sich eindeutig noch eine verdächtige Person im Haus.« Der Polizist zeigte in Richtung Flur. Funke sprang erregt auf und folgte seinem Beamten nach drinnen. »Hier drin!« Der Polizist zeigte auf eine Türe, die, wie Peck wusste, in einen kleinen Abstellraum führte. »Ich habe noch nicht nachgesehen, aber von da drinnen hört man eigenartige Kratzgeräusche.«

Peck lachte und öffnete die Türe. Mit leisem Winseln, aber wedelndem Schwanzstummel schlich der Hund aus dem Raum.

»Das ist Baldo«, sagte Peck.

»Der Hund des Hauses? Und was machen wir jetzt mit ihm?«

»Ich nehme ihn mit. Er mag mich.«

»Wir sprechen uns später«, sagte Funke zu dem jungen Mann, der mit eingezogenem Kopf davonschlich.

Der Hund hatte sich zu Pecks Füßen gelegt und sah ihn mit traurigen Augen an. Peck wusste, dass Boxer besonders viele Wulstfalten im Gesicht haben, doch Baldo sah jetzt besonders unglücklich aus.

»Sie schulden mir übrigens noch was«, sagte Peck zu Funke. »Schon vergessen? Die KFZ-Nummern.«

Funke griff in die Brusttasche seines Hemds und überreichte Peck mit einer übertrieben galanten Geste einen Zettel.

»Die eine Autonummer gehört der Nachbarin da drüben.« Peck deutete zum Nebenhaus. »Aber wer ist Oscar Lindner?« Das musste Yul Brynner sein.

»Als neugieriger Mensch habe ich das überprüft. Dieser Lindner hat ein Antiquitätengeschäft in der Innenstadt.«

»Was für Antiquitäten?«

»Wie ich auf seiner Webseite sehen konnte, hat der Mann zwei verschiedene Geschäftsbereiche. Einmal verkauft er teure Kuriositäten; zum Beispiel bietet er online die gesammelten Liebesbriefe eines früheren ÖVP-Landeshauptmanns an seine diversen Geliebten an sowie eine Unterhose von Constanze Mozart. Die Unterhose ist etwas billiger.«

»Und was ist das zweite Segment?«

»Er ist Spezialist für Gold. An- und Verkauf.«

*

Auf der Fahrt nach Aigen taten ihm plötzlich wieder die Schulter und der gesamte Brustbereich weh. Sophia sagte einmal, dass Schmerzen in der Brust ein ernstes Alarmsignal darstellen, aber Peck schob solche apokalyptischen Gedanken beiseite. War alles noch ein Überbleibsel seiner Zwickauer Raufhändel. Nichts anderes. Er stöhnte. Selbst das Autofahren tat ihm weh. Er griff in die Aspirinschachtel, die neben ihm auf dem Beifahrersitz lag. Im Rückspiegel sah er Baldo, der, aufrecht sitzend, mit Interesse den Autoverkehr beobachtete.

Kurz nach eins saßen sie sich unter den Kastanienbäumen im Gastgarten der *Überfuhr* gegenüber. Aber es war vom ersten Moment an kein freundschaftliches Gespräch. Willy Metzner war widerborstig und misstrauisch.

»Ich habe mir einen Detektiv immer viel jünger vorgestellt.« Dann sah er kurz unter den Tisch. »Ihr Hund?«

Peck nickte. »Ich wäre für dieses Gespräch auch gerne zu Ihnen nach Hause gekommen.«

»Das glaube ich Ihnen gern. Aber mein Haus gehört dem Privaten und Angenehmen. Und das Gespräch mit Ihnen ist genau das Gegenteil. Was wollen Sie? Und wieso von mir?«

»Wenn Ihr Haus dem Privaten gewidmet ist, warum haben Sie dann Ihren Geburtstag nicht zu Hause gefeiert?«

Er lächelte.

»Sie und ich, wir haben möglicherweise unterschiedliche Auffassungen über Pflicht und Neigung. Ein langer Geburtstagsnachmittag mit meinen Kindern, deren langweiligen Partnern und dazu noch laute und schlecht erzogene Fratzen, das ist harte Pflicht. Aber, wo ich meinen Geburtstag begehe, fällt generell in ein Kapitel, das Sie nichts angeht.«

Peck hatte in den langen Jahren seines Berufslebens gelernt, dass Menschen nichts ohne Grund tun.

Willy Metzner war ein gut aussehender Sechziger mit markantem Gesicht und grauen Schläfen. Selbst wenn er saß, konnte man erkennen, dass er groß gewachsen war. In einem Liebesdrama im Fernsehen hatte kürzlich ein ähnlich aussehender Schauspieler reihenweise junge Mädchen verführt. Metzner trug ein mitternachtsblaues Sakko aus feinem Tuch, blaue Jeans und ein unverschämt weißes Baumwollhemd.

Peck bestellte bei einem jungen Mädchen ein Schnitzel mit Reis und ein Achtel Grünen Veltliner vom *Jamek*. Für den Hund hatte die Kellnerin eine Schüssel Wasser mitgebracht. Sollte er auch für Baldo ein Schnitzel bestellen? Die meisten Tische waren besetzt, mit Stammgästen, wie es schien. Nur am Nebentisch saß eine Amerikanisch sprechende Familie und quälte sich mit der deutschen Speisekarte ab.

»Irgendwer hat mir erzählt, dass Sie ein wahrer Experte für Zeitgeschichte sind. Vielleicht können Sie mir einen Tipp geben, wo dieses Foto aufgenommen wurde.« Peck legte das Bild, das er nun schon zweimal besaß, auf den Tisch, während er genau beobachtete, welche Reaktion die Fotografie bei Metzner auslöste. Entweder er erkannte niemanden auf dem Bild, oder er hatte sich gut im Griff. Metzner sah konzentriert auf das Foto, las die Jahreszahl auf der Rückseite und fuhr sich dann mit den Fingern über den Kopf, genau dort, wo die Haare schon etwas schütter waren. Die Geste stammte wohl noch aus einer Zeit, wo an dieser Stelle seines Kopfes die Haare in voller Kraft gesprossen waren.

»Ich kenne ähnliche Aufnahmen«, sagte er schließlich. »Das könnte der Grimmitzsee in der Schorfheide sein. Er hob den Kopf und lächelte. »Görings damaliges Jagdgebiet. Dort liefen noch bis kurz vor Kriegsende Soldaten der Wehrmacht und der *SS* herum. Wie in einigen anderen Seen wurde auch dort im Frühjahr 1945 irgendwelches belastende Material von der *SS* versenkt.«

»Kennen Sie die Männer auf dem Bild?«

Er kratzte sich nachdenklich an der Nase. »Wie sollte ich? Das war 1945. Die Leute hier auf dem Bild sind jetzt alle über neunzig oder tot.«

»Ihr Vater lebt noch?«

»Sie machen obskure Gedankensprünge. Ja, er lebt noch. Er ist neunundachtzig. Und dement.«

Peck hatte das kleine Notizbuch aufgeschlagen vor sich und machte von Zeit zu Zeit einen Blick hinein. »Fahren Sie nicht einen schwarzen Golf?«

»Ich leiste mir einen Toyota Landcruiser. Ein unvernünftiges Fahrzeug; zu viel Sprit, und alleine für die Reifen braucht man jedes Mal einen Kleinkredit.« Er lachte über seinen Scherz. »Aber ein tolles Auto, vor allem für Querfeldeinfahrten.«

»Zu Ihrer Hütte im Wald?«

Willy Metzner schüttelte leicht den Kopf und starrte Peck an, so als ob er mit seinen Fragen nicht einverstanden wäre.

»Zum Beispiel«, sagte er und nahm einen Schluck aus seinem Bierglas.

»Herr Metzner, der eigentliche Grund, mich hier mit Ihnen zu treffen, hängt mit einer Reise nach Ostdeutschland zusammen, die ich vor Kurzem unternommen habe.«

»Und was, wenn mich Ihre Urlaubsreisen nicht interessieren?«

»Lassen Sie mich bitte von Ihren Expertisen über die Zeit des Dritten Reichs profitieren. Eines Abends befand ich mich in Zwickau im Kreise junger Menschen, die über interessante Aktivitäten in den Pinzgauer Bergen berichteten, über eine mittelalterliche Burg in Tannwald beispielsweise, die derzeit mit viel Geld und Aufwand renoviert wird. Diese Burg liegt übrigens direkt am Schwarzklammsee.«

»Nie gehört. Der Pinzgau ist nicht mein Revier. Warum erzählen Sie mir das alles?«

»Taucher sollen dort interessante Relikte aus der Nazizeit gefunden haben. Auch von einem Goldfund war die Rede.«

»Seit Jahrzehnten wird in den Zeitungen über Nazigold und andere versenkte Schätze berichtet. Erinnern Sie sich nur an die Märchen über den Toplitzsee. Alles Unfug.«

Metzner hatte sein Bierglas ausgetrunken und sah sich nach der Kellnerin um, was er mit den Worten »Ich muss jetzt los« kommentierte.

»Einige wenige Fragen noch. Es wird nicht lange dauern.« Metzner machte eine ungeduldige Handbewegung, dass Peck sich gefälligst beeilen sollte.

»Ist bei Ihnen in letzter Zeit eingebrochen worden? In Ihrem Haus, meine ich.« Überraschung zeigte sich in Metzners Gesicht, wobei Peck nicht unterscheiden konnte, ob die Verblüffung daher rührte, weil tatsächlich eingebrochen worden war oder weil er mit der Frage nichts anfangen konnte.

»Ich habe eine gute Alarmanlage im Haus. Aber unser Gespräch wird mir langsam zu abstrus. Was wollen Sie wirklich von mir?«

»Wo könnte Kerstin Kramer sein?«

Jetzt zeigte sein Gesicht Überraschung. »Was soll das? Ich habe die Frau seit Tagen nicht mehr getroffen.«

»Wann haben Sie die Frau zum letzten Mal gesehen?«

»Irgendwann letztes Wochenende. Warum?«

»Sie müssten doch beunruhigt sein. Da geht eine Frau ein und aus bei Ihnen, und plötzlich verschwindet sie. Machen Sie sich da keine Gedanken?«

»Mache ich. Deshalb habe ich gestern die Polizei verständigt. Was noch?«

»Und wo könnte sie Ihrer Meinung nach sein?«

»Keine Ahnung. Warum interessiert Sie das? In wessen Auftrag stellen Sie überhaupt all diese eigenartigen Fragen?«

»Ich bin beauftragt, Frau Kramer zu suchen.«

»Von wem?«

»Von jemandem aus ihrer Familie.«

»Soweit mir Kerstin sagte, besteht ihre Familie nur aus ihrem Sohn, der irgendwo in Bayern lebt.«

»Meine letzte Frage bezieht sich auf eine schmale Wohnstraße in Gnigl. Weingartenstraße Nummer 48.«

»Sagt mir nichts. Und warum ist die Straße wichtig?«

»Weil dort zwei Frauen leben, unmittelbar nebeneinander, in einer nicht ganz konfliktfreien Nachbarschaft.« Peck machte eine kurze Pause. Willy Metzner saß jetzt etwas vorgebeugt vor ihm. Konzentriert und erwartungsvoll.

»Die eine heißt Karoline Scherer. Und die ist tot, wie wir seit vier Stunden wissen.«

»Und?«

»Und die Nachbarin heißt Herder. Bekannt?«

»Frau Herder kenne ich gut«, sagte Metzner und ließ sich im Sessel zurückfallen. »Das ist meine geschiedene Frau, mit der ich fünfzehn Jahre verheiratet war.«

*

Peck blieb noch einen Moment im Auto sitzen. Zum ersten Mal hatte er das Gefühl, dass er mit seinen Recherchen nicht mehr hinterherhinkte. *Zeitnah* hätte man dies in seiner früheren Firma bezeichnet, unverzüglich und rechtzeitig auf aktuell auftauchende Erkenntnisse zu reagieren. Doch was waren Erkenntnisse wert, die ihn nicht konkret weiterbrachten? Aber immerhin gab es einige ergänzende Fakten für die *Mind Map*.

Er parkte in der Faberstraße und kurbelte beide Fenster etwas herunter.

»Du bleibst da«, sagte er zu Baldo, der schläfrig auf der Rückbank lag und nicht mal ein Ohr bewegte.

Die Aufschrift auf dem großformatigen, glänzenden Messingschild deutete auf die beiden Geschäftsbereiche hin, von denen Funke gesprochen hatte:

Oscar Lindner. Top Antiquitäten und preiswerte Altwaren.

Peck blieb vor der Auslage stehen, die vorwiegend den *preiswerten Altwaren* gewidmet war. Eine reich verzierte, gusseiserne Balkenwaage stand auf ihren Löwentatzen neben einer elfenbeinernen Mädchenfigur, die an Jugendstil erinnerte, altes, mit einem breiten Goldrand versehenes Geschirr und ein von der Decke hängender Wohnzimmerluster, der kunstvoll aus einem Hirschgeweih gefertigt war. Alles verstaubt und wie zufällig im Schaufenster präsentiert. An einer blechernen Gießkanne lehnte ein matter und mit zahlreichen braunen Flecken versehener Spiegel, in dem Peck sich betrachtete. »Du bist nicht alt«, hatte Sophia neulich zu ihm gesagt. Auf der anderen Straßenseite stand ein silberfarbener Mercedes. Peck ging einige Schritte zur Seite, um einen Blick auf die Nummerntafel zu werfen. *S-039 OL*.

Ein mehrstimmiges Glockengeläute war zu hören, als Peck den Laden betrat. Der kleine Raum war dämmrig und ungemütlich vollgeräumt, der Boden mit überquellenden, staubigen Bücherregalen und surreal aussehenden Holzfiguren zugestellt, sodass nur ein schmaler Pfad frei blieb, der sich irgendwo im hinteren, fensterlosen Teil des

Raumes verlor. Genauso hatte George Orwell sein Antiquariat im Roman *1984* beschrieben. Peck nahm eines der Bücher aus dem Regal, blies die zentimeterdicke Staubschicht weg und fühlte augenblicklich, wie seine Handflächen zu jucken begannen. »Was kann ich für Sie tun?« Erschrocken wandte er sich um und erkannte Yul Brynner, der, die Hände in die Hüften gestemmt, hinter ihm stand. »Suchen Sie was Bestimmtes?«

»Ja«, sagte Peck. »Ich möchte mit Ihnen reden.«

»Und worüber?«

»Über Gold.« Peck sah, dass der Mann überrascht die Augenbrauen nach oben schob.

»Kommen Sie!«

Peck folgte dem Mann, und sie stiegen einige Stufen nach unten, und hinter einer schmalen Wandöffnung fand er sich in einer anderen Welt wieder: helle, hohe Räume, polierter Glanz auf Möbeln aus Metall und Glas und auf dem Boden ein quadratischer Perserteppich, auf dem einige Vitrinen und mit Samt beschlagene Tischchen standen. Der Mann beobachtete ihn misstrauisch und machte eine Handbewegung, die Peck als Einladung verstand, worauf er sich vorsichtig auf einem der filigranen Sessel aus dünnen Messingrohren niederließ.

»Also«, sagte Oscar Lindner und verschränkte die Arme vor der Brust. »Worum geht es?«

»Ich möchte einige Informationen von Ihnen.«

»Über Gold?« Lindners Interesse schien zu wachsen. Auf seinem kahlen Schädel spiegelten sich Hunderte kleiner Lämpchen eines vielarmigen Leuchters, der über ihnen hing.

»Möchten Sie kaufen oder verkaufen?«

»Da Sie professionell mit Gold handeln … ist Ihnen vielleicht in den letzten zwei Monaten Gold angeboten worden? Möglicherweise in größeren Mengen.«

In Lindners Gesicht zuckte es leicht. Aber es kam keine Antwort. Peck beschloss, noch deutlicher zu werden. »Und stammte dieses Gold vielleicht aus den letzten Kriegswochen des Jahres 1945?«

Wieder ein Zucken im Gesicht. Ins Schwarze getroffen, dachte Peck.

»Ich verstehe Sie nicht.« Lindner erhob sich, so als ob sich die Sitzfläche seines Sessels plötzlich erhitzt hätte.

»Wer sind Sie?«

Peck legte seinen Ausweis auf den Tisch. Lindner blätterte mit beiden Händen aufmerksam das Dokument durch, während er sich langsam wieder setzte, und dann wechselte sein Blick zu Peck, wie um das Foto in dem Ausweis mit der Realität zu vergleichen.

»Bleiben wir zuerst im Allgemeinen«, startete Peck einen neuen Vorstoß. »Wenn ich in den Besitz eines Goldbarrens käme, so groß wie ein Ziegelstein etwa.« Er formte mit den Händen einen Ziegelstein in der Luft. »Reines Gold und zirka 12,5 Kilogramm schwer ... was würden Sie mir raten, wie ich das Trumm zu Geld mache?«

Ein Anflug von Verunsicherung lag in Lindners Gesicht. Peck konnte förmlich sehen, wie dessen Gehirn ratterte, um herauszufinden, was die Frage sollte und ob ihm das Ganze Unannehmlichkeiten bringen könnte. Langsam lehnte er sich zurück.

»Da gibt es zwei Möglichkeiten. Entweder Sie gehen zu einem professionellen, seriösen Händler, so wie ich einer bin, der Ihnen das gute Stück abkauft, oder Sie bieten es einer Privatperson an. Mit etwas Glück erzielen Sie dort den *Spotpreis*, mit viel Glück sogar etwas mehr. Prinzipiell gilt allerdings die Regel, dass kleinere Goldbarren leichter zu verkaufen sind als große.«

»Ebay?«, fragte Peck.

Lindner nickte. »Manchmal werden Zwölf-Kilo-Barren online angeboten, die meist über den Spotpreis weggehen.«

»Und was kostet nun ein Barren?«

»12,5 Kilo? Rechnen Sie mit einer halben Million Euro. Im Moment sogar etwas mehr.«

»Es gibt Gerüchte über größere Goldfunde. Und gar nicht weit weg von hier.«

Lindner hatte die Augen zu Schlitzen zusammengedrückt.

»Nazigold? So was gibt's nicht! Alles Märchen.«

Sollte Peck ihm den Plan zeigen, der ihm bei Karoline Scherer in die Hände gefallen war? Er entschied sich dagegen. »Besitzen Sie eigentlich einen schwarzen Golf?«

»Mein Auto steht vor der Tür. Ich fahre Mercedes. Sonst noch was?«

»Ja. Ich suche eine Frau.«

»Ich bin kein Heiratsinstitut.«

»Sie heißt Kerstin Kramer.«

»Kenne ich nicht.«

Peck legte das Foto auf den Tisch, das Oscar Lindner im *Europark* zeigte, in lachender Gesellschaft von Frau Herder und Kerstin Kramer.

»Die Dame, die ich suche, sitzt rechts neben Ihnen.«

»Mit all diesen Fragen sind Sie bereits Frau Herder auf die Nerven gegangen. Warum kommen Sie jetzt zu mir?«

»Sie hat Sie angerufen?«

Lindner begann, seinen Kahlkopf zu massieren. »Um Ihre nicht gestellte Frage zu beantworten, ich kenne die Frau links von mir genauso wenig wie die andere auf dem Bild.«

»Und deshalb liegt Ihre Hand vertraulich auf der Schulter der Dame?«

»Lassen Sie mich zufrieden. Eine flüchtige Bekanntschaft. Mehr nicht.«

»Aber Sie gehen seit langer Zeit sehr regelmäßig bei dieser flüchtigen Bekanntschaft ein und aus. Mit und ohne Übernachtung.«

Lindners Gesicht färbte sich rot. »Das haben Sie von dieser neugierigen Nachbarin, die neben Frau Herder wohnt«, zischte er durch die zusammengebissenen Zähne. »Irgendwann drehe ich der den Hals um!«

»Das brauchen Sie nicht mehr.«

»Was heißt das?«

»Sie ist tot. Die Polizei hat sie heute in ihrem Haus gefunden. Ermordet.« Der Mann wurde blass und wollte etwas erwidern, doch Peck ließ ihn nicht zu Wort kommen.

»Herr Lindner, kennen Sie eine Karin Moser?«

»Nie gehört. Ich möchte, dass Sie mein Geschäft jetzt verlassen. Sofort!«

Peck bedankte sich höflich, und als er in das helle Licht vor dem Geschäft trat, stieß er auf eine hübsche Blondine in einem uniformähnlichen Kostüm, die gerade dabei war, einen weißen Briefumschlag hinter die Scheibenwischer seines Wagens zu stecken.

»Nein!«, rief er und trat nahe an sie heran. »Ich bin Detektiv, und ich bin dienstlich unterwegs.«

»Doch«, sagte die Blondine, »ich bin Politesse, und ich bin auch dienstlich unterwegs.« Sie lächelte ihn an und entfernte sich mit schwingenden Bewegungen. Dann blieb sie nochmals stehen und drehte sich zu ihm um. »Hier ist übrigens einer der attraktivsten Parkplätze Salzburgs, genauso zentrumsnah wie teuer. Und die Tatsache, dass Ihr Hund im Auto sitzt, wirkt sich für Sie nicht weiter verteuernd aus.«

Peck verließ mit seinem Auto den teuren Parkplatz und beschloss, das Strafmandat auf seine Honorarnote zu setzen.

Nazigold? Alles Märchen! Peck glaubte Lindner das nicht. Was sollte er jetzt tun? Bernhard, dachte er. Bernhard kann mir helfen.

*

»Egal, was du von mir willst«, sagte Bernhard Heissig zur Begrüßung, »ich habe den Rotwein unmittelbar nach deinem Anruf dekantiert. Übrigens ein Chianti Classico aus Greve, im Herzen der Toskana.«

»Rotwein vor siebzehn Uhr? Ist deine Frau verreist?«

Er senkte den Blick und seine Stimme wurde leise. »Sie ist auf Kur. Ihr Rücken. Ich bewache in der Zwischenzeit das Haus … und meine Rotweinbestände.«

Sie gingen hintereinander ins Wohnzimmer, und Peck roch, dass Bernhard schon vorher getrunken hatte. Auf einem kleinen Tisch an der Wand stand die bereits geöffnete Weinflasche, aus der Bernhard Pecks Glas zu einem guten Drittel füllte.

»Ein auf den Hund gekommener Herr ist ein Herrchen«, sagte er und zeigte auf den hechelnden Boxer.

»Ich habe mich seiner angenommen. Er ist durch unglückliche Umstände zum Vollwaisen geworden.«

Peck strich dem Hund über den Kopf.
»Und die Vollwaise hat Durst«, sagte Bernhard, verschwand in der Küche und kam mit einer großen Salatschüssel voll Wasser wieder. »Wie geht es meiner Lieblingscousine Sophia?«
»Ihr geht es besser als dem Buchgeschäft«, sagte Peck, nachdem sie angestoßen hatten. »Wo kaufst du übrigens deine Bücher? Der Umsatz muss in der Familie bleiben.«
Bernhard deutete auf die gut gefüllten Bücherschränke. »Ich habe beschlossen, erstmals das zu lesen, was in meinen Regalen steht. Kein Platz mehr für neuen Lesestoff.«
»Ich kenne das«, erwiderte Peck. Dann überlegte er, wann er Bernhard zuletzt gesehen hatte, kam aber zu keinem Ergebnis. »Seit wann bist du übrigens in Pension?«
Er sah Peck lange an, so als ob ihm keine Antwort einfallen würde. »Ich bin vorige Woche fünfundsechzig geworden. Ein furchtbares Alter.« Er sah Peck etwas verwirrt an. »Aber ich bin nicht in Pension«, setzte er nach, und seine Stimme zitterte.
»Sondern?«
»Ich bin emeritiert.«
»Was ist der Unterschied?«
»Ich kann ab sofort genauso zerstreut und senil sein wie ein Pensionist, bekomme aber etwas mehr bezahlt.«
»Welche Vorlesungen hältst du?«
»Das ist das Problem. Nur noch eine. *Zweiter Weltkrieg. Die historischen und politischen Folgen des Krieges für unsere Region*.«
»Das passt genau. Ich habe einige Fragen mitgebracht.«
Bernhard sieht müde aus, dachte Peck, und er macht einen bedrückten Eindruck, so als ob er krank sei.
»Fehlt dir was?«
»Nein«, erwiderte Bernhard leise. »Auf geht's! Wo bleiben deine Fragen? Und wenn's länger dauert: In der Küche steht noch eine Flasche.«
Peck legte das Foto mit den drei Soldaten auf den Tisch, worauf Bernhard umständlich seine Brille aufsetzte und dann durch die Zähne pfiff.

»Ich glaube, ich weiß, wo das aufgenommen wurde. Pinzgau. Schwarzklammsee.«

»Respekt! Du könntest auf Anhieb ins Schwarze getroffen haben. Was sind das für Soldaten auf dem Bild?«

»Der Junge hier links ist ein Wehrmachtsangehöriger, soweit ich es erkennen kann, ein Obergefreiter. Die beiden anderen tragen eine *SS*-Uniform.«

Peck wies ihn auf die Rückseite des Bildes hin, und Bernhard las laut vor: »*Alois M., April 1945. Avenida Augustin Debenedetti 146 – Rio de La Plate – Dock Sud.*«

»*Alois M.* Sagt dir das was?« Bei Erwähnung des Namens erinnerte Peck sich daran, dass er noch ein Telefongespräch führen musste. Er machte sich eine Notiz, dann sah er sein Gegenüber erwartungsvoll an. Doch Bernhard schüttelte den Kopf. »Die Adresse klingt spanisch. Und der mit *Alois M.* bezeichnete Soldat müsste der mittlere der drei sein, vom Rang her *SS*-Obersturmführer. Der andere ist wohl ein Sturmscharführer. Und ich bin sicher zu wissen, was die drei hier am Seeufer tun.«

»Nämlich?«

»*April 1945*. Das ist ganz sicher Ende April, irgendwann zwischen dem fünfundzwanzigsten und dem dreißigsten.«

»Woher bist du da so sicher?«

»Weil ich Historiker bin. Als im April '45 Berlin bereits großteils in Schutt und Asche lag, liefen teilweise mit den letzten Spritreserven noch einige Transporte hierher in den Süden. Die Alpenfestung hieß das damals. Du kennst wahrscheinlich die unrühmliche Geschichte der Arbeitslager, die die Nazis in den Hohen Tauern betrieben haben.«

Peck erinnerte sich an Augusts Berichte und nickte. Ein Blick unter den Tisch zeigte ihm, dass Baldo die Salatschüssel leer getrunken und seinen Kopf auf Pecks Schuhe gelegt hatte. Der Hund schien zu schlafen.

»Auf drei LKWs.« Die Stimme Bernhards holte ihn zurück ins Jahr 1945. »Das ist historisch belegt, und auf diesen Lastwagen wurde ein Teil des Schatzes der Reichsbank in Form von Goldbarren, Devisen und Druckstöcken über München hierhertransportiert.«

Peck wies mit dem Finger auf die handgezeichnete Landkarte, die er hinter dem Spiegel in Karoline Scherers Haus gefunden hatte.

»Und was ist das?«

Bernhard studierte den Plan einige Sekunden lang, dann zeigte er mit einem Kopfnicken, dass er zu einer Meinung gekommen war. »Ich kenne diese Art von Karten. Einige sind, wie diese hier, so detailliert, dass es in den letzten Jahren immer wieder Tauchern gelungen ist, einige der versenkten Kisten aufzuspüren und zu bergen.«

»Wie im Toplitzsee?«

»Schlechtes Beispiel, Paul. Aber vielleicht so wie hier im Schwarzklammsee.«

»Lag oder liegt dort auch ein Goldschatz im Wasser?«

»Genau weiß das keiner, aber es ist sehr gut möglich. Das Gelände dort ist extrem unwegsam, und die Gegend war zur damaligen Zeit menschenleer, ideal für das Verstecken von Wertgegenständen.«

»Heute hat mir gegenüber jemand das Thema Nazigold als Märchen abgetan.«

»Quatsch! Dieser Jemand hat entweder keine Ahnung, oder er lügt.«

Bernhard angelte sich nochmals die vergilbte Landkarte, nahm seine Brille vom Kopf und beugte sich tief über das Blatt. Dann ging er ins Nebenzimmer und kam mit einer großen Lupe zurück, mit der er die Karte absuchte.

»Dieser Plan ist extrem detailreich. Man hat offenbar in diesem Fall die Kisten, oder was immer es war, nicht einfach im See versenkt, sondern zusätzlich an einem Stahlseil befestigt, das man, vom Ufer ausgehend, in sicherer Tiefe vergraben hat. Das Seil ist hier deutlich eingezeichnet.«

Bernhard hob den Kopf und sah Peck an. »Du schaust skeptisch drein.«

»Und wenn das alles ein Faschingsscherz ist?«

»Paul, ich konnte noch mit zwei alten Frauen reden, die als Kinder bei solchen Versteck-Aktionen dabei waren. Das sind weder Faschingsscherze noch Märchen.«

Peck nickte. »Noch eine Frage. Ich habe nicht ganz offiziell an einem sogenannten Koordinationstreffen in der Nähe von Zwickau teilgenommen. Neonazis unter sich, und einer der Redner sprach über den neuen Gauleiter der Ostmark, und das Stichwort war *Herrmell*. Danach fiel noch, ich glaube, in Zusammenhang mit der Burg in Tannwald, der Begriff *Safehousing*.«

»Herrmell kenne ich. Das ist der Codename für einen Architekten aus Salzburg, an dessen wirklichen Namen ich mich nicht erinnere, aber er fungierte bisher als sogenannter *Linkman*, wie es in der neofaschistischen Szene heißt, quasi ein internationaler Koordinator zwischen Deutschland, Österreich und noch anderen benachbarten Ländern.«

»Was koordiniert ein *Linkman*?«

»Er ist verantwortlich für alle grenzüberschreitenden Aktionen. *Comrade Herrmell* aus Salzburg ist ein wichtiger Mann in der Szene. Man sagt ihm gute Kontakte zu Großbritannien nach. Dort nennen sich die Burschen BNMM.«

Peck dachte an Herrmann Stommel und sein Abenteuer mit ihm.

»BNMM?«

»British National Socialist Movement.«

»Also Nazis in ganz Europa?«

»Und darüber hinaus. Tatkräftige Unterstützung vor allem in finanzieller Hinsicht kommt aus den USA. Das läuft dort unter NSDAP-AO. AO steht für Auslandsorganisation.«

»Dieses Schlagwort habe ich in Zwickau mehrmals gehört. Und was ist *Safehousing*?«

»Auf gut Deutsch: Unterschlupf gewähren, was sich möglicherweise direkt auf die Burg in Tannwald und die dortigen Bauarbeiten bezieht.«

»Unterschlupf?«

»Immer wieder müssen irgendwelche Kameraden aus der Neonazi-Szene kurzfristig aus dem Verkehr gezogen werden, weil sie irgendwo aufgefallen sind. Als deutsche Rechtsterroristen Anfang der Achtzigerjahre eine Serie von Bombenanschlägen auf amerikanische Einrichtungen verübt haben, boten die englischen *Comrades* ihnen *Safehousing* an, bis sie später in Deutschland geschnappt wurden.«

»Also *Safehousing* in der renovierten *Schwarzen Burg* in Tannwald?«

»Möglicherweise. Aber vielleicht auch so etwas wie eine neue Ordensburg, genau wie beim alten Himmler ein Ausbildungszentrum und eine Kultstätte für ihre neue Templer-Idiotie.«

»*Ordo Novi Templi*«, sagte Peck und dachte an das Gedicht, das in der Burg an die Wand geschrieben war. »In dem Fall, den ich gerade untersuche, spielt Argentinien eine offenbar wichtige Rolle, die ich noch nicht ganz verstanden habe. Argentinien war wohl ein beliebter Rückzugsort für NS-Verbrecher.«

Bernhard erhob sich mit einem leisen Stöhnen aus seinem Sessel, ging in die Küche und kam mit einer vollen Rotweinflasche ins Zimmer.

»Ich fühle, dass du irgendwelche Probleme hast«, sagte Peck.

Bernhard schüttelte leicht den Kopf, dann runzelte er die Stirn. »Etwas zu kühl, der Wein.« Er füllte beide Gläser und setzte sich dann wieder Peck gegenüber, der das Gefühl bekam, dass Bernhard alle Kraft und Konzentration zusammennahm, um zu seinem Thema zurückzukehren. »Mir geht es tatsächlich nicht gut«, sagte er dann nach einer langen Pause. Zusammengesunken saß er vor Peck und fixierte irgendeinen Punkt auf dem Fußboden.

»Meine Frau hat Krebs. Die Ärzte sagen, sie hat noch einige wenige Monate … Und mich hat man in allen Ehren, wie mein Chef bei einer Abschiedsfeier an der Uni sagte, vor zwei Wochen in die Pension entlassen. Der kleine Lehrauftrag, den ich vorher erwähnt habe, ist nur ein kurzes Trostpflaster.«

»Aber ein anspruchsvolles Pflaster.«

Plötzlich verbarg Bernhard das Gesicht in seinen Händen und begann, wie ein kleines Kind zu weinen. »Ich weiß nicht mehr weiter«, sagte er schluchzend. Peck wusste in diesem Moment nicht, was er tun, geschweige denn, sagen sollte. Also beschloss er, ruhig sitzen zu bleiben, bis sein Gegenüber sich beruhigt hatte. Nach wenigen Sekunden ging Bernhard mit hängendem Kopf ins Bad und erschien nach einigen Minuten wieder.

»Ich schäme mich fast vor dir. Entschuldige bitte mein Benehmen.«

»Du hast dich nicht danebenbenommen, Bernhard. Im Gegenteil, ich kann dich sehr gut verstehen. Mach dir darüber keine Gedanken.«

»Wo waren wir stehen geblieben?«

»Beim *Safehousing*. Und bei der Rolle Argentiniens.«

»Safehousing in Argentina.« Bernhard putzte sich lautstark die Nase. »Unter Péron hatte die Verbindung zwischen Argentinien und dem Dritten Reich sich vertieft, und so entstand nach dem Krieg die *Rattenlinie*, wie sie später genannt wurde, ein Fluchtweg, der von Deutschland über Italien nach Argentinien führte, auf dem Tausende Naziverbrecher aus Deutschland entkamen. Übrigens auch unter aktiver Mitwirkung der katholischen Kirche.«

»So wie auch bei Eichmann.«

»Genau. *SS*-Obersturmbannführer Adolf Eichmann. Die *SS* hatte eigene militärische Ränge. Der eine auf deinem Bild ist nach seinen Rangabzeichen ein Obersturmführer, was in der Wehrmacht dem Oberleutnant entspricht.« Bernhard nahm nochmals die Fotografie in die Hand. »Obersturmführer *Alois M.*«, las er vor. »Spielt der eine Rolle bei deinem Fall?«

»Ja«, sagte Peck, »und ich glaube, ich weiß auch, wer das ist.«

*

Freilassing ist eine Stadt ohne richtiges Zentrum, dachte Peck, als er kurz vor sechs Uhr seinen Wagen auf dem Parkplatz neben der Kirche abstellte. Sollte er Baldo im Auto lassen? Nein. Der Hund hat genauso ein Recht auf Durstlöschen wie ich. Sie stiegen aus, und Peck sah sich um. Einige wenige Leute, die alle in hektischer Eile zu sein schienen, tätigten noch schnell vor Ladenschluss ihre Einkäufe. Auf der Hauptstraße zum Grenzübergang nach Österreich war in beiden Richtungen langsam, aber stetig fließend eine stinkende Autokolonne unterwegs, die nur bei Rot an einer Kreuzung anhielt, sonst aber kein offensichtliches Interesse an der Stadt Freilassing und ihren Sehenswürdigkeiten zeigte.

»Um 18 Uhr im Café in der Hauptstraße, direkt bei der Kirche«, hatte Volkmar Kramer am Telefon gesagt. Peck drehte sich um. Kein Kaffeehaus zu sehen. Ein kräftiger Bayer mit Lederhose, offensichtlich ein Eingeborener, kam ihm entgegen und rempelte ihn im Vorbeigehen unsanft an.

»Öha«, rief der Bayer.

»Sie könnten sich schon entschuldigen«, sagte Peck.

»I hob eh öha gsogt!«

»Hier muss irgendwo ein Kaffeehaus sein.«

»Ko scho sei.«

»Aber wo ist es?«

»I trink koan Kaffe.«

»Aber Sie haben doch Kaffeehäuser hier?«

»Des scho!«

»Es soll direkt bei der Kirche sein.«

»Do is de Kircha. Kaffe kenn i do koans net.«

»Vielleicht ein Stück weiter vorne?«

»Do vorn kenn i mi neama aus.«

Peck bedankte sich.

»Is scho recht«, hörte er noch, bevor der Bayer die Straße überquerte. *Café Bavaria* stand dort an dem Haus direkt gegenüber der Kirche.

Langsam trat Peck in die Neonröhren-Helligkeit des Kaffeehauses. Rauchschwaden zogen durch den Raum. Von einer Nichtraucherregel hatte man hier noch nichts gehört. Peck stand bei der Türe und sah auf jeden, der an einem der kleinen Tische saß. Eine Atmosphäre wie im Raucherabteil eines Bahnhofwartesaals, ungemütlich helles Licht, Plastiktische, Plastiktischtücher und Plastiksessel. Nur hier keinen Kaffee trinken. Er erinnerte sich an seine Theorie, die Länder dieser Welt in Kaffee- und Nichtkaffeeländer einzuteilen. Hier ist reinrassiges Nichtkaffee-Areal, dachte Peck, und dann entdeckte er in der Ecke einen jungen Burschen, der hinter einem Glas Bier saß und ihn erwartungsvoll ansah. Peck steuerte auf das Bierglas zu, und Volkmar Kramer erhob sich halb von seinem Platz. Er war ein kleiner, schmächtiger Junge, fast noch ein Kind, dachte Peck, zwanzig, vielleicht knapp darüber, trotzdem aber bereits deutliche Anzeichen für eine beginnende Glatze. Er hatte Ringe unter den Augen, und über der linken Augenbraue prangte ein dunkelroter Pickel.

»Danke, dass Sie gekommen sind.« Volkmar Kramer hatte eine spitz zulaufende Nase und dunkle, rosinengroße Augen. Wie eine Maus oder ein Stofftier mit einem Knopf im Ohr. Als er den Kopf zur Seite drehte, sah Peck, dass Volkmar einen goldenen Ohrring trug. *Flinserl*, dachte Peck, so heißt dieser männliche Ohrring hier in Bayern. Er suchte nach einer Ähnlichkeit mit seiner Mutter Kerstin, fand jedoch keine.

»Wo könnte Ihre Mutter sein?«

»Meinetwegen brauchen Sie sie nicht zu suchen.«

»Sie haben keine gute Meinung über sie.«

»Ist das eine Frage oder eine Feststellung? Es geht mir nicht um Meinungen. Mir ist es nur egal, wo sie ist. Ich hatte eigentlich nie eine Mutter. Sie hat mich sitzen lassen, als ich in der Volksschule war und meine Eltern sich scheiden ließen. Meine Mutter hat mich zu den Großeltern abgeschoben, bei denen ich aufgewachsen bin. Sie hatte Wichtigeres zu erledigen: Sie ist immer dem Ruf der Männer gefolgt, Wien, München, Salzburg, überall. Da bleibt keine Zeit mehr für den Sohn.«

Der Kellner kam und wartete, eine Hand in der Hosentasche, auf Pecks Bestellung. Immer genau das trinken, was das Land hergibt, dachte Peck und bestellte ein kleines Helles.

»Und Ihr Vater?«

»Der? Der arbeitet bei Siemens in Hannover.« Er nahm einen großen Schluck aus seinem Bierglas.

»Zurück zu meiner Frage. Wo könnte sie sich aufhalten?«

Er sah zur Decke, als ob da oben die Lösung abzulesen wäre, und schüttelte den Kopf. »Meine Mutter erzählte mir beiläufig vor einigen Tagen am Telefon, dass sie eine tolle Blockhütte in den Salzburger Bergen gesehen hat. Vielleicht ist sie dort.«

»Wann war das?«

»Ich bin nicht sicher, aber das Telefonat mit ihr war irgendwann Ende voriger Woche.«

Peck rechnete zurück, wann ihm Elisabeth Stein die Information gegeben hatte, dass Kerstin Kramer verschwunden war. Er blätterte in seinem Notizbuch. Das musste am Sonntag gewesen sein ...

»Und dann war meine Mutter plötzlich verschwunden. Oder verreist, dachte ich zuerst. Ich habe sie mehrmals auf ihrem Handy angerufen. Aber da ist nur die Mailbox.«

»Vielleicht ist sie tatsächlich verreist.«

»Möglich ist alles. Wissen Sie, meine Mutter war immer schon eine verrückte Person. Vor einigen Jahren ist sie plötzlich abgehauen, über Nacht und ohne mir ein Wort zu sagen.«

»Und?«

»Nichts und. Wir haben sie gesucht, und die Polizei hat sie schließlich entdeckt. In einem kleinen Hotel an der schottischen Westküste.«

Peck hatte Durst und trank das ganze Bierglas auf einen Zug leer.

»Kennen Sie einen dieser Namen?« Und dann las er aus seinem Notizbuch alle Namen vor, die ihm bisher untergekommen waren, von Karoline Scherer bis Karin Moser. Volkmar Kramer hörte aufmerksam zu, schüttelte aber nach jedem Namen müde den Kopf. Auch Peck spürte jetzt die Müdigkeit. War es das Bier, das er so rasch getrunken hatte? Er hatte plötzlich das Gefühl, keine Luft mehr zu bekommen in dieser stickigen, verrauchten Atmosphäre und versuchte, sich mit aller Kraft auf sein Gespräch zu konzentrieren. Baldo, der neben Pecks Sessel lag, schien fest zu schlafen. Volkmar Kramers Gesicht war noch blasser geworden. Peck gab ihm seine Visitenkarte. »Wenn Ihnen noch was Wichtiges einfällt ...«

»Doch! Da war noch was.« Der junge Bursche richtete sich im Sessel auf. »Eine Bemerkung, die meine Mutter am Telefon machte.« Er überlegte einige Augenblicke und drehte das leere Bierglas in den Händen. Peck wartete, bis er weitersprach.

»Es war während des Telefonats, als die Stimme meiner Mutter plötzlich einen ängstlichen Ton bekam, was bei ihr sonst nie der Fall war.«

»Und weiter?«

»Sie sagte, dass sie sich verfolgt fühlt.«

»Verfolgt? Von wem?«

»Von einem schwarzen Golf.«

*

Direkt nach dem Grenzübergang in Richtung Salzburg blieb er auf dem Parkplatz des Hotels *Brandstätter* stehen und rief Elisabeth Stein an.

»Was gibt's?«, fragte sie geschäftsmäßig.

»Nur zwei harmlose Fragen.«

»Das kenne ich bei Ihnen … also los!«

»Ich erinnere mich an Ihre Bemerkung, dass Ihr Großvater sehr lange im Ausland gelebt hat. In welchem Land?«

»Argentinien.«

Pecks Herzschlag beschleunigte sich. »In Buenos Aires?«

»Ja. Warum spielt das eine Rolle? Hat diese Kerstin Kramer sich vielleicht auch dorthin abgesetzt?«

»Ich habe zahlreiche Spuren verfolgt. Über den Verbleib von Frau Kramer gibt es keinerlei Hinweise. Wann ist Ihr Großvater nach Österreich zurückgekehrt?«

»Noch nicht lange her. Vielleicht ein Jahr. War das schon Ihre zweite Frage?«

»Sie erwähnten bei unserem ersten Gespräch ein Forsthaus oder eine Blockhütte, die Ihrem Vater gehört.«

Sie lachte laut auf. »Keine Hütte! Eher ein forstliches Landhaus. Wollen Sie es mieten?«

»Wo genau ist dieses Haus im Wald?«

Peck notierte sich die Adresse und ließ sich einige Tipps zum Anfahrtsweg geben. Dann ordnete er sich in den Stau ein und fuhr in Richtung Innenstadt. Als er Sophias Haus betrat, war es sechs Uhr vorbei. Sophia musste also bald kommen. Er ging in die Küche und öffnete eine Dose Hundefutter, die er beim *SPAR* am Salzach-Kai gekauft hatte. Dazu stellte er für Baldo eine Schüssel mit Wasser auf den Linoleumboden. Er suchte seine Hausjacke, fand sie jedoch nirgends, worauf er brummend in Sophias Arbeitszimmer ging. Nachdem er *Avenida Augustin Debenedetti 146 – Rio de La Plate* in Google eingegeben hatte, erschien ein Stadtplan auf dem Bildschirm. *Buenos Aires* las er. Keine große Überraschung mehr. Nach längerer Suche fand er neben einigen weitläufigen Hafenbecken das *Dock Sud*. Er schaltete den Rechner aus und setzte sich mit einem Glas Wasser zum Küchentisch, um die *Mind Map* auf den traurigen aktuellen Stand zu bringen. Karoline Scherer: tot, gefunden am 16. Juni. Und der Todeszeitpunkt? Vielleicht konnte Funke dazu schon etwas sagen. Er beschloss, ihn später anzurufen. Dann fielen ihm die fünf Frauennamen auf der *Mind Map* ins Auge: Karoline Scherer, Kerstin Kramer, Pythia Sibylle, V. Herder und Karin Moser.

Er kennzeichnete die Namen auf dem Blatt mit den Nummern 1 bis 5 und verband sie mit einer roten Linie. Fünf Frauen, die sich wahrscheinlich nicht nur kannten, sondern darüber hinaus irgendeine Verbindung hatten. Er trank einen Schluck Wasser. Aber welche Verbindung? Drei der Frauen wurden getötet, und eine war seit Tagen verschwunden. Sein Blick fiel auf den Namen V. Herder. Sie war noch im Rennen. Steckte sie dahinter? Hätte eine Frau wie sie überhaupt die körperliche Kraft, einen menschlichen Körper mit dem Gewicht und den Ausmaßen von Karoline Scherer über einen Meter anzuheben und in eine Tiefkühltruhe zu zwängen? Vielleicht hatte sie aber auch tatkräftige Hilfe? Den Antiquar? Dann legte er die handgezeichnete Landkarte vor sich hin, nahm die Brille vom Kopf und studierte jedes Detail genau. *Tiefenskizze* las er. *Maßstab 1:10.000*. Und alles in gotischen Buchstaben. Schönschreibschrift hieß das damals in der Schule. Der Schatz im *Schwarzklammsee*? Bernhard hatte es ohne langes Nachdenken bestätigt. Akribisch zogen sich Höhenschichtlinien über den ganzen Plan, sowohl an Land als auch auf jenem Teil der Wasseroberfläche, der als Ausschnitt auf der Karte dargestellt war. Zwei Bootshütten waren durch kleine Rechtecke gekennzeichnet, die *Schwarze Burg* hatte stilisierte Zinnen. Vom Ufer des Sees lief eine dünne Linie zum rechten Rand des Planes, wo ein handgezeichneter, gefiederter Pfeil die Richtung nach Tannwald anzeigte. Ein dickes Kreuz bezeichnete irgendeine besondere Stelle im See, ungefähr zwanzig Meter vom Ufer entfernt, und daneben entzifferte Peck das Wort Aurum. Von dem Kreuz lief eine gestrichelte Linie zu einem zweiten X-förmigen Kreuz, das mitten im Wald eingezeichnet war. *Seil in 2 Meter Tiefe* stand als Erklärung über der Linie. Peck schob das Blatt weg und lehnte sich zurück. Aurum ... Gold, dachte er und erhob sich. Gedankenversunken begab er sich auf eine kreisförmige Wanderschaft durch das Zimmer, dann durchstreifte er unruhig die ganze Wohnung, wobei er jedes Mal, wenn er in die Küche kam, über Baldo steigen musste, der ein Ohr aufstellte und ihn wie erstaunt ansah. Pecks Gedanken wirbelten unstrukturiert in seinem Kopf herum. Dann dachte er an Bernhard, seine Tränen und das, was er über die Goldtransporte in die Alpenfestung gesagt hatte. Ob die Polizei schon was über den Tod der Leiche in der Tiefkühltruhe herausgefunden hatte? Funke anrufen. Später. Er nahm nochmals die *Mind Map* zur Hand. Fünf Frauen und drei Morde. Und Frau Herder war mal mit Willy Metzner verheiratet. Während er auf das Blatt Papier starrte, wurde das Gefühl immer stärker, etwas Wichtiges nicht erkannt oder nicht verstanden zu haben.

In diesem Moment hörte er jemanden an der Tür, und wenige Augenblicke später stand Sophia in der Küche. »Mit dir und deiner Tochter sind wir jetzt vier im Haus«, sagte sie streng und zeigte auf Baldo, der den Kopf auf seinen Pfoten liegen ließ. Nur die Ohren hatte er gespitzt.

»Fünf«, antwortete Peck. »Schließlich ist Julia schwanger. Aber ich kann ja ab morgen bei mir in der Wohnung übernachten. Und Baldo auch.«

»Du siehst müde aus, und du hast getrunken.« Sophia setzte sich ihm gegenüber und blickte ihn stirnrunzelnd an.

»Das war berufsbedingter Alkohol. Wie fühlst du dich? Du siehst auch ohne Alkohol nach deinem Krankenhausaufenthalt müde aus.«

»Mir geht es gut. Neun Stunden Bücher verkaufen ohne Beschwerden. Und wie war dein Tag?«

»Nicht gut«, sagte er ernst.

Sophias Blick zeigte Mitgefühl und Sorge. »Was war?«

»Ich habe bis soeben an dem Fall gearbeitet.« Peck deutete auf die *Mind Map* auf dem Küchentisch. »Ich erzähle dir später davon. Jetzt gehe ich erst mal unter die Dusche.«

Als er später ins Wohnzimmer kam, begrüßte Sophia ihn mit der *Symphonie aus der Neuen Welt*.

»Wo ist meine Lieblingsjacke?«, fragte er. Sie antwortete nur mit einem kleinen Seitenblick, und Peck war schlagartig klar, dass dieser Blick nichts Gutes ahnen ließ. Wie eine Drohgebärde pflanzte er sich neben Sophia auf. »Ich habe meine Lieblings-Hausjacke vorgestern zum letzten Mal in meine Arme geschlossen. Seitdem ist sie verschollen!«

»Zerfranst, Hunderte Löcher und ausgeleiert. Die Jacke hing dir auf einer Seite schon bis zu den Knien. Ich habe sie weggeworfen.«

»Das geht nicht!«, rief Peck in Panik. »Meine Jacke war so, wie ich bin und rede: formlos. Ich bin mit ihr groß geworden, und sie hat mich im Leben begleitet; in guten wie in schlechten Tagen!« Baldo stand auf und trottete langsam aus dem Zimmer. Wahrscheinlich konnte er tragische Ereignisse nicht ausstehen.

Das ist gut, dachte Peck fünf Minuten später, als er auf Baldo sah, der mit wedelndem Schwanzstummel vor Sophias Bücherschrank stand.

»Schau«, sagte er. »Er mag deine Bücher.«

Das ist schlecht, dachte Peck dann, als sich Baldo von den Büchern in die Mitte des Wohnzimmers begab und auf den weißen Teppich pinkelte, worauf Sophia einen schrillen Schrei ausstieß. »Er ist nicht mal stubenrein!«

»In guten Stuben ist er rein.«

»Paul Peck!«, zischte Sophia. Ganzer Name! Wenn sie mich mit Vor- und Zunamen anspricht, ist die Bedrohung nahe.

»Der Hund muss weg! Entweder er oder ich.«

»Der Hund bleibt. Baldo ist ein Waisenhund.«

Sophia schnaubte. »Du bist rechthaberisch!«

»Nicht auch kleinlich? Kannst du das bitte so erklären, dass Baldo und ich es auch verstehen?«

»Er muss dringend aufs Klo«, sagte Sophia und sah zu Baldo, der mit angespanntem Blick bei der Türe stand.

»Ein Hund muss nicht aufs Klo. Er braucht einen Baum.«

»Ich habe keine Bäume in meinem Wohnzimmer, nur erstklassige, saugfähige Teppiche. Geht hinaus in die Welt! In der Salzach-Au kann der Hund direkt vor der Haustüre gegen tausend Bäume pinkeln.« Sie deutete auf das geöffnete Fenster.

»Komm, Baldo«, sagte Peck mit leiser Stimme. »Wir beide haben soeben eine Niederlage erlitten.«

Kaum hatte Peck die Haustüre geöffnet, war der Hund über die Straße gelaufen und im Unterholz verschwunden. »Bleib da, und zwar sofort!«, rief Peck, drehte sich dann um und näherte sich der Mülltonne vor dem Haus. Und dann fand er sie, zusammengeknüllt und versteckt unter einigen stinkenden Müllsäcken: seine Lieblingsjacke. Er zog sie vorsichtig aus der Tonne und hob sie triumphierend hoch. Wie sagte die *Stimme von oben* am Ende von Goethes Faust? »Ist gerettet!«

Nachdem der Hund seinen Pflichten nachgelaufen war, kehrten sie ins Haus zurück, wo Peck seine Jacke Sophia-sicher versteckte.

»Wo ist eigentlich meine Tochter?«, fragte Peck, als er das Wohnzimmer betrat, wo Sophia mit einem Buch auf der Couch saß.

»Sie trifft sich mit irgendwelchen Freunden in der Altstadt. Freunde aus alter Zeit, sagte sie.«

»Baldo und ich machen morgen eine Bergwanderung in der Nähe von Faistenau.«

»Warum?«

»Baldo und ich brauchen Bewegung.«

Außer einem skeptischen Blick kam von Sophia keine Reaktion. Eine halbe Stunde später blickte sie von ihrem Buch auf. »Möchtest du was essen? Ich habe noch ein gutes Schnitzel eingefroren.«

Er verzog das Gesicht. »Ich esse ab heute keine tiefgefrorenen Sachen mehr.« Und dann erzählte er ihr von seinem grausigen Fund in der Kühltruhe und dem Gespräch mit Bernhard, den plötzlichen Tränen und der Krankheit seiner Frau.

Peck sah sie müde an. »Ich weiß nicht, wann ich das letzte Mal geweint habe. Meine Mutter hat immer gesagt, Buben weinen nicht.«

»Ich weiß«, sagte sie. »Ein Indianer kennt keinen Schmerz. Das ist eine falsche Einstellung und kein guter Ratschlag für beeinflussbare junge Buben.«

»Warum?«

»Auch Männer dürfen und sollen weinen.«

»Es ist alles furchtbar«, stöhnte Peck. »Drei Morde, die verschwundene Frau, eine schwangere Tochter mit massiven Eheproblemen und der blödsinnige Streit mit dir wegen einer Wirtin aus dem tiefsten Pinzgau. Manchmal habe ich das Gefühl, nur noch auf der Schattenseite des Lebens zu stehen.«

»Das ist möglicherweise Teil deines Jobs. Du musst lernen, dich abzugrenzen. Halte dich wenigstens von der Wirtin fern.«

»Wie soll Abgrenzen möglich sein, wenn ich vor einer tiefgefrorenen Frauenleiche stehe? Das hat mich heute sehr betroffen gemacht.«

Sophia nickte. »Ich habe in meinem Leben bisher nur einmal einen Toten gesehen. Im *Grand Hotel* in Krems. Aber der Gedanke daran lässt mich nicht los.«

Peck griff nach dem Zettel mit der *Mind Map*. »Gewalt hat viel mit Ohnmacht und Ausweglosigkeit zu tun. Irgendwo hier lebt ein Mensch, der sich aus diesen Gründen zum Mord getrieben fühlt.«

»Hat dieser Mensch Karoline Scherer auf dem Gewissen?«

»Sehr wahrscheinlich.«

»Und auch diese Wahrsagerin?«

»Ja. Eine Astrologin, die nicht mehr in der Lage war, ihren eigenen Tod vorauszusehen.«

»Es liegt alles im Aszendenten«, sagte Sophia bedeutungsvoll. Peck sah auf den Hund, der soeben lautlos den Raum durchquerte und in der Küche verschwand. Baldo, dachte er, was ist wohl dein Aszendent?

Als Peck zehn Minuten später in seiner Jacke das Mobiltelefon entdeckte, das er bei Karoline Scherer eingesteckt hatte, fand er im Telefonverzeichnis den Eintrag Karin. Eine Mobilfunknummer. War das vielleicht …? Er wählte die Nummer und hörte die Stimme der toten Karin Moser auf dem Anrufbeantworter. Er pfiff leise durch die Zähne. Die beiden Frauen kannten sich …

»Was machst du?« Sophia hatte ihr Buch zur Seite gelegt und sah ihn fragend an.

»Ich habe vor Jahren in einem Gasthaus einen unendlich traurigen Mann kennengelernt, mit dem ich beim Bier ins Gespräch kam. Er erzählte mir, dass seine Frau an Leukämie gestorben ist und er immer dann, wenn er sich besonders einsam fühlt, zu Hause anruft, nur um die Stimme seiner Frau vom Anrufbeantworter zu hören. Die Frau ist schon über ein Jahr tot, aber er hat die Aufnahme nie geändert.«

»Und?«

»Das Gleiche ist mir soeben passiert. Karin Moser ist seit zehn Tagen tot.« Und warum hatte Karoline Scherer die Handynummer von Karin Moser abgespeichert?, dachte er.

Und woher kannten sich die beiden überhaupt?

Leise knarrte die Wohnzimmertüre, und Baldo kam wieder zurück. Er setzte sich genau vor Peck hin, sah zu ihm hoch und legte eine Pfote auf sein Knie. Baldo, dachte Peck, du bist Rechts-Pföter, also unverdächtig. Er griff nach seinem Mobiltelefon und rief Funke an, der erst nach einigem Läuten abhob.

»Guten Abend, Herr Polizist! Haben Ihre Fachleute schon die genaue Todesursache von Karoline Scherer ergründet?«

»Ja. Ein einziger, sofort tödlicher Schlag auf den Hinterkopf. Eindeutig von einem Linkshänder.«

Samstag, 17. Juni

Peck war nervös, als er inmitten einer ungeduldigen Autoschlange langsam über die Staatsbrücke fuhr. Irgendetwas hatte soeben laut gekracht, und es war bei ihm schon zu einer Manie geworden, auf jedes Geräusch aus dem Motorraum sensibel und ängstlich zu reagieren. Er musste dringend den VW zum Service bringen. Als er mit Baldo aus der Tiefe der Raika-Garage ins Sonnenlicht des Elisabethkais kam, blieb er stehen. Ein Gedanke schoss ihm durch den Kopf. Ob Baldo sich in Tannwald wohlfühlen würde? Und ob August bereit wäre … Nachdenklich ging Peck bis zum Makartsteg und stellte sich neben die eiserne Figur des schwindsüchtig aussehenden Radfahrers. In der Sonne stehend, führte er ein langes Telefonat, dann ging er hundert Meter weiter in Richtung Staatsbrücke, wo er fünf Minuten im *Café Bazar* Pause machte und seinen ersten Großen Braunen genoss. Es war sommerlich warm, und der Wind raschelte durch die Bäume und Büsche vor der Terrasse. Er saß auf einer der grünen Bänke unter der Markise und beobachtete die auf dem Elisabethkai vorbeiflanierenden, sommerlich gekleideten Damen und die sich im Fahrtwind bauschenden Röcke der Radfahrerinnen. Er sah auf die grüne Salzach, den auf der anderen Seite des Flusses liegenden *Fisch Krieg*, den Turm des Alten Rathauses, darüber hochgetürmt die Festung, und genoss die Kaffeedüfte, die aus der Dämmerung des hinter ihm liegenden Cafés ins Freie strömten.

In einer der Zeitungen stieß er auf einen kurzen Bericht über eine Leiche in der Tiefkühltruhe, ansonsten nur langweilige Artikel und Kommentare zur österreichischen Innenpolitik und zu einer der kleineren Oppositionsparteien, deren Botschaften eine unverhüllte Affinität zu neonazistischem Gedankengut erkennen ließen. Als der zweite Große Braune kam, wedelte Baldo erfreut mit dem Stummelschwanz.

»Er mag Kaffee«, sagte der Kellner.

»Er mag das *Bazar*«, erwiderte Peck. Nachdem er die Zeitung zu dem drehbaren Zeitschriftenständer im Inneren des Lokals zurückgebracht hatte, beschloss er, auf seriöse Literatur umzusteigen, worauf er die zusammengefaltete *Mind Map* aus seiner Innentasche nahm und sie vor sich glatt strich.

V. Herder stach ihm als Erstes ins Gesicht. Je öfter er darüber nachdachte, desto wahrscheinlicher erschien es ihm, dass die Herder ihre Nachbarin getötet hatte. Es ging um viel Geld, und Karoline hatte offenbar trotz ihrer intellektuellen Schwerfälligkeit einen der verborgenen Wege zum Reichtum entdeckt. Hatte sie irgendwelche Informationen von Kerstin Kramer erhalten, die wie auch Oscar Lindner ständig bei Frau Herder zu Gast war? Oder hatten die systematischen Bespitzelungen, während denen Karoline das Nachbarhaus und die Herder ausspionierte, zu gefährlichen Informationen geführt, die ihren Tod zur Folge hatten? *Sie wusste zu viel*. Peck spürte, wie sich sein Puls beschleunigte. Wenn es so war, dann hat die Herder auch Kerstin Kramer als gefährliche Mitwisserin verschwinden lassen. Aber um welches Wissen ging es? Das Wissen über das Aurum? Peck hatte das Gefühl, auf der richtigen Spur zu sein, aber vieles lag noch im Verborgenen. Er beschloss, Frau Herder heute noch einen Besuch abzustatten. Sein Blick streifte unkonzentriert über die Mind Map und blieb beim Namen Ben hängen. Ben, dachte Peck, der Sohn von Karin Moser, unehelicher Sohn eines unbekannten Vaters. Und keiner sagt was. Ehrenkodex der Familie. Sein Blick fiel auf den Namen Kurt Moser, von dem er den Eindruck gewonnen hatte, dass Ehrenkodizes und familiäre Heimlichkeiten ihm egal waren, solange es nicht seine eigene Sippe betraf. Kein Telefonat hier auf der Terrasse, dachte er, streichelte Baldo kurz über den Kopf und ging einige Schritte in Richtung Salzach.

»Es ist Samstag«, knurrte Kurt Moser mürrisch. »Sie stören, Herr Peck.«

»Nur eine Frage: Wer ist der Vater von Ben?«

»Meinen Sie den Halbbruder von Luisa?«

»Genau den. Ben Widorn.«

Ohne nachzudenken, kam die Antwort. »Wilhelm Metzner. Der millionenschwere Exbanker. Er ließ Karin als junges Mädchen sitzen, als sie von ihm schwanger geworden war.«

Peck bedankte sich und blieb noch einige Augenblicke in der Sonne stehen und starrte ins Wasser.

Ob Ben erbberechtigt war? Peck war mit dem österreichischen Erbrecht wenig vertraut, erinnerte sich aber einen Fall aus seiner früheren Firma in Deutschland, dass die Erbberechtigung dann erlischt, wenn das Kind bereits als Minderjähriger adoptiert wurde. War das vielleicht bei Ben der Fall? Er beschloss, sich über die Rechtslage zu informieren.

Warum kletterte Ben in der Dunkelheit bei seinem eigenen Vater über das Gartentor? Kein gutes Vater-Sohn-Verhältnis jedenfalls. Jetzt wusste Peck auch, auf welcher Seite Ben stand, der offensichtlich schon früh entschieden hatte, sich mit der Mutter zu verbünden. Gegen seinen Vater. Peck ärgerte sich. Er hätte sowohl in seinem Gespräch mit Ben im *Limerick Town* als auch bei Willy Metzner hartnäckiger sein und sich nicht mit fadenscheinigen Hinweisen auf einen familiären Ehrenkodex abspeisen lassen sollen. Dann hätte er viel früher herausgefunden, wer Bens Vater war. Als er zurück zu seinem Platz ging, war Baldo bereits aufgestanden und suchte aufgeregt nach seinem Herrchen. Peck warf nochmals einen Blick zurück zur Salzach. Plötzlich erstarrte er. Er traute seinen Augen nicht; auf dem Kai marschierte leichtfüßig und zielgerichtet eine zierliche Frau in Richtung *Bazar*. Klein, schlank, dunkles Haar. Katharina Fellinger in sommerlich kurzem Kleidchen. Verdammt! Hatte August ihr nicht ausgerichtet, dass er jetzt eigentlich schon in Japan war? *Sie entsprechen genau meinem Beuteschema …*

»Baldo, der Feind kommt.« Peck zog den Hund hinter sich her und flüchtete durch die weit geöffnete Terrassentüre ins Innere des Kaffeehauses. Unterwegs drückte er dem erstaunt dreinschauenden Kellner einen Zehn-Euro-Schein in die Hand, flüchtete in Richtung Toiletten, ging aber nicht die Stiege nach oben, sondern benutzte den mit dem Schild *Kein Durchgang* versehenen Notausgang. Mit klopfendem Herzen fand er sich auf dem Gehsteig in der Schwarzstraße wieder, vermied es strikt, sich umzudrehen, und eilte zur Garage. Hatte Katharina ihn gesehen? Und seine Flucht bemerkt? Er schob den Gedanken von sich.

Eine halbe Stunde später fuhr Peck durch Faistenau, nahm die sonnenbeschienene Stegleitenstraße und später den Almweg in Richtung Westen, auf die bewaldeten Berge zu. Die schmale Straße war nicht asphaltiert, steinig und uneben, und über allem lag eine Schicht braunen Staubs. Die Räder des Wagens wirbelten ihn zu durchsichtigen Wolken auf, die in der windstillen, flirrenden Hitze langsam dahinschwebten. Er ließ einige Einfamilienhäuser hinter sich. Danach wurde der Weg schmaler und schlängelte sich, wie von einem Betrunkenen in die Landschaft gezeichnet, in ständigen, unmotivierten Richtungswechseln stetig bergauf, so als ob der Weg selbst nicht wisse, wohin er führt. An einer Kreuzung wuchs eine eindrucksvolle Buche. Hier bog er nach rechts ab, bis der Weg nach einer weiteren Biegung zu einem einsamen Gehöft führte, wo Peck den Wagen parkte und die Wanderschuhe aus dem Kofferraum holte.

Ab dem Bauernhaus führte der Weg im Wald steil bergauf. Er ließ Baldo frei, dem der Ausflug ganz offensichtlich gefiel und der aufgeregt auf der schmalen Straße hin und her lief, einmal ganz weit nach oben, bis Peck ihn nicht mehr sehen konnte, dann kehrte er hechelnd zurück und verfolgte jeden Vogelschrei mit gespitzten Ohren. Baldo, dachte Peck, du wirst heute doppelt so weit gelaufen sein wie ich.

Tiefer im Wald begrüßte sie eine angenehme, schattige Dämmerung. Der Schotterweg, der in Serpentinen stetig aufwärts führte, hatte vom Regen ausgewaschene, tiefe Rinnen, in denen manchmal Reifenspuren zu sehen waren. Kein Fall für einen Käfer, dachte Peck; ohne Vierradantrieb war hier kein Weiterkommen. Immer stärker schnaufend, stapfte Peck Schritt für Schritt den Berg hinauf. Baldo hat die bessere Kondition, dachte er. Der Kies knirschte unter seinen Sohlen; links und rechts standen die Bäume wie riesige dunkelgrüne Ungeheuer. Waren da neben seinen Schritten noch andere Geräusche? Er blieb keuchend stehen. Seltsame Töne aus der dunklen Tiefe des Waldes drangen an sein Ohr. Tiere? Baldo stand wie versteinert da, mit aufgestellten Ohren, die rechte Vorderpfote leicht angehoben. Nein, da war nichts.

Nach einer weiteren Stunde öffnete sich der Weg und gab den Blick frei auf ein Stück Wiese und ein Holzhaus, das wie bei einer Bauparzelle genau in der Mitte des Grundstücks gebaut war. Die Sonne lag heiß über der Lichtung, die von einem lauten Summen und Vogelgezwitscher sowie dem Rauschen der ringsum stehenden hohen Nadelbäume erfüllt war.

Neben dem Haus stand ein steinerner Grander, in den aus einem eisernen Rohr, das seitlich direkt aus dem Erdreich ragte, Wasser sprudelte. Peck wusch sich Gesicht und Hände.

Boxerhunde haben immer Durst, dachte Peck, und sah Baldo zu, der am Granter gierig seinen Durst löschte. Wie hier auf der Lichtung wohl vor zehn Tagen die Geburtstagsfeier der Familie Metzner abgelaufen sein mochte? Das Haus ruhte auf einem Steinfundament und war aus rohen Baumstämmen zusammengefügt. Durch das verwitterte Schindeldach ragte ein dünner, eiserner Rauchfang. Ein Fenster hing schief in den Angeln; der Fensterkitt war rissig und teilweise herausgefallen. Durch das Fenster konnte man im dunklen Inneren nur schemenhaft einen Kachelofen und eine lange Bank erkennen, die sich an der einen Wand entlangzog, und davor einen Holztisch. Vor der verschlossenen Eingangstüre war das Dach zu einer kleinen schattigen Veranda verlängert, auf der ein stabil aussehender Tisch und einige roh gezimmerte Sessel standen. Ein traumhaftes Stückchen Erde, dachte er. Es roch nach Sonne und Tannennadeln. Mit einem wohligen Seufzer ließ Peck sich in einen der Stühle fallen, der daraufhin gefährlich knackte. Vielleicht sollte er eine Zeitungsanzeige aufgeben: *Suche einsames Blockhaus* … oder im Internet. Solche ehemaligen Forsthäuser kann man nicht kaufen, überlegte er, die werden eher zum Mieten angeboten oder zum langfristigen Pachten. Wenn dieses Haus hier ihm gehören würde … Bücherregale, dachte er, aus roh behauenen Brettern, das würde er als Erstes einbauen. Gute Literatur und Philosophie! Bücher zum Nachdenken, das käme hier in die Hütte. Tiefsinnige Gedanken gehören in die Stille des Waldes, dachte er. Baldo lag neben ihm auf der Wiese, den Kopf auf seine Vorderbeine gelegt. Warum waren sie überhaupt hier heraufgewandert? Er zuckte mit den Schultern. Reine Neugierde.

Am Ende der Lichtung, schon halb im Schatten der mächtigen, laut rauschenden Fichten, sah er eine kleine, krumm dastehende Holzhütte am Waldrand. Langsam ging er quer über die Lichtung. Das Gras stand hier höher, es roch nach trockenem Holz und Harz, als er vor der unversperrten, schief hängenden Türe der aus rohen Brettern zusammengenagelten Hütte stand.

Plötzlich schoben sich schwarze Wolken vor die Sonne, und schlagartig wurde es dunkler vor der Hütte, und ein energischer, kühler Windstoß fegte über die Lichtung. Und dann ging alles ganz schnell. Peck sah auf Baldo, der aufgesprungen war und plötzlich laut zu bellen begann. »Ruhe«, rief Peck, und in einem windstillen Moment hörte er das Läuten eines Telefons. Er drehte den Kopf nach allen Richtungen. Woher kam der Klingelton? Wie versteinert blieb Peck stehen. Da war jemand! Verdammt, dachte er, warum hatte er seine Waffe nicht mitgenommen! War da jemand im Wald? Mit großen Schritten lief er, begleitet von Baldo, der ihm jetzt nicht von der Seite wich, von der Hütte weg, kroch durch das dichte Unterholz, bis er mit wild klopfendem Herzen zwischen den ersten Baumreihen des Mischwaldes stand. Erst als er einen dicken Ast gefunden hatte, der ihm notfalls als Waffe dienen konnte, wurde er ruhiger. Da war das Geklingel wieder, und jetzt konnte Peck es eindeutig orten. Es kam aus der kleinen Hütte am Waldrand.

Aufgeregt und schnaufend ging er mit dem Holzprügel in der Hand langsam über die Lichtung, bis er vor der schief in den Angeln hängenden und halb geöffneten Türe der Holzhütte stand.

»Kommen Sie raus!«

Stille. Nur die Bäume rauschten. Langsam öffnete Peck die Türe, die dabei ein knarrendes Geräusch von sich gab. Dann bewegte er vorsichtig seinen Kopf nach vorne und sah in die Hütte. Die schmalen Lücken zwischen den Brettern warfen ein zebrastreifiges Schattenmuster auf das alte Gerümpel, das er schemenhaft in der Dunkelheit der Hütte ausmachen konnte. Zwei Stühle, ein stark verschmutzter, zerrissener Perserteppich, Schaufel und Krampen und am Boden zahlreiche Holzbretter in unterschiedlichen Längen. Baldo war nach ihm in die Hütte gekommen, schnüffelte erregt herum und begann, dann wieder laut zu bellen. Peck warf den alten Teppich zur Seite und lehnte die übereinandergeschichteten Bretter an die Wand. Darunter kam ein neu aussehender, aber stark verschmutzter Zement-Estrich zum Vorschein. Peck beruhigte sich langsam. Er sah sich nochmals in der Holzhütte um, räumte noch den Rest an altem Gerümpel zur Seite. Nein. Da war niemand. War er verrückt, oder hörte er bereits Gespenster? Doch er war sicher, dass auch der Hund das Telefon gehört hatte. Und plötzlich kam ihm ein furchtbarer Gedanke.

Er trat vor die Hütte und rief Volkmar Kramer auf dem Handy an.

»Guten Tag, hier ist Paul Peck. Ich brauche Ihre Unterstützung. Bitte geben Sie mir die Mobilfunknummer Ihrer Mutter.«

»Können Sie Gedanken lesen?«, fragte Volkmar. »Ich habe meine Mutter soeben zweimal angerufen. Doch da ist nur die Mobilbox.«

Peck speicherte die Nummer Kerstin Kramers ab, und wenige Augenblicke nach dem Wählen hatte er Gewissheit: Das Läuten kam, gedämpft, aber klar und laut, irgendwo aus der Tiefe unter dem Zementboden ...

Peck war plötzlich nicht wohl. Er lehnte sich gegen die Holzwand der Hütte, die leicht nachgab. Sein Herz hämmerte. Langsam ging er aus der Hütte ins Freie. Der Himmel war fast schwarz, und Peck fröstelte. Alles kam ihm hier plötzlich bedrohlich vor, die Einsamkeit der Lichtung, das lauter gewordene Rauschen der Bäume. Kein Vogelgezwitscher war mehr zu hören. Schwindel erfasste ihn, seine Gedanken kreisten wild. Was machen wir jetzt, Baldo? Peck hatte vor mehr als zwanzig Jahren das Rauchen aufgegeben, doch plötzlich verspürte er Lust auf eine Zigarette.

Jetzt keine falschen Schlüsse, sagte er sich. Sicher ist nur eines: Unter dem Fußboden liegt zumindest ihr Handy. Aber wer vergräbt ein Mobiltelefon im Wald und verlegt dann eine Bodenplatte darüber?

Peck war sich sicher: Da unter dem Boden lag die Leiche Kerstin Kramers.

Er verlor keine Zeit und begann, die kleine Hütte leer zu räumen und den Zementboden freizulegen, auf den jetzt durch die schmalen Schlitze zwischen den Bretterwänden verwaschene Lichtstreifen fielen. Der Boden war mit Erde verschmiert, wie mit Absicht, um den Estrich älter aussehen zu lassen. Unter dem Werkzeug fand sich ein schwerer Vorschlaghammer.

»Bring dich in Sicherheit«, sagte Peck. Der erste Schlag mit dem schweren Hammer ließ die Hütte erzittern, und der Knall setzte sich in einem tausendfachen Echo fort. Wie weit man wohl den Lärm hören konnte? Nach einem weiteren gewaltigen Schlag zersplitterte die dünne Betonschicht wie eine Eisplatte im Winter. Darunter kamen einige Holzbretter und eine Plastikplane zum Vorschein. Mit dem Krampen konnte Peck die geborstene Platte vorsichtig zerteilen und in großen Teilen abheben. Als er mühsam die Zementreste von den Brettern und der Plane abgeschlagen hatte, sah er das ganze Ausmaß der Katastrophe vor sich: ein menschlicher Körper, leicht zusammengekrümmt auf der Seite liegend. War das Kerstin Kramer? Peck bückte sich und sah auf das Gesicht, das verschmutzt und von dunklen Blutflecken überzogen war. Er konnte eine tiefe Wunde erkennen, die den gesamten Hinterkopf deformiert hatte. Und deutliche Anzeichen von Verwesung. Ein Büschel blonder Haare war zu erkennen. Eindeutig eine Frau. Entsetzlicher Gestank stieg ihm in die Nase, und Peck spürte, wie ihm schlecht wurde. Wurde die Frau erschlagen? So wie die übrigen Frauen auch? Mit einem Knüppel oder einem anderen schweren Gegenstand? Die Tote trug einen Anzug, der einmal hellgrau gewesen sein dürfte. Peck sah nach draußen, wo der Hund winselte und wie verstört Peck nachlief, der vor die Hütte trat, sein Mobiltelefon suchte und Kerstin Kramers Nummer wählte. Das Handy, das irgendwo in dem Hosenanzug steckte, begann sofort zu läuten, wurde dann aber leiser. Akku leer.

Peck trat ins Freie, atmete tief durch und ging einige Schritte zum Granter, wo er sich das Gesicht wusch und etwas Wasser trank. Dann setzte er sich auf die Bank vor dem Haus. Ihm war schlecht. War Kerstin Kramer hier im Wald getötet worden? Peck glaubte es nicht. Irgendwo anders, entschied er, und dann die Leiche hierhergefahren. Er sah zur Hütte und dachte an das tiefe Loch unter dem Estrich. Wo ist die viele Erde geblieben? Abtransportiert? Peck kletterte über das Dickicht am Waldrand, brach ein und blieb mit dem Fuß irgendwo stecken. Mühsam und unter Schmerzen befreite er sich aus dem Unterholz und marschierte im Wald kreisförmig um die Lichtung herum, erweiterte dann den Radius und entdeckte wenig später einen einigermaßen frisch aussehenden Erdhaufen, der mit Ästen und Fichtenzweigen notdürftig abgedeckt worden war. Wahrscheinlich hatte der Täter das Erdreich in eine Plastikplane gefüllt und dann hier verteilt. Viele Stunden harter Arbeit. Das sollte Funke mit seinen Spuren-Fachleuten klären. Er ging nochmals zur Holzhütte, deckte die Leiche wieder sorgfältig mit der Plane zu, legte die Holzbretter darüber und machte sich mit Baldo auf den Weg zurück zum Auto. Als Peck die Lichtung verließ, warf er nochmals einen Blick über seine Schulter zurück zur Hütte. Ein schmaler Lichtstreifen fiel durch die Wipfel der hohen Bäume und schien auf die Holzhütte. Und dann sah es einen Moment so aus, als stünde im Schatten neben der Hütte eine Gestalt. Eine Frau? Peck wusste genau, dass dort niemand stand, dass es nur eine Vision war, ein Trugbild aus Schatten und Licht. Und trotzdem kam es ihm vor, als ob die tote Kerstin Kramer ihn daran erinnerte, ihren Mörder zu finden.

Als Peck die weitläufigen Serpentinen im Wald hinter sich gelassen hatte, kam er zu dem Bauernhaus, wo er seinen Wagen geparkt hatte.

»Du bleibst im Auto«, sagte er zu Baldo und sah sich um. Jeder, der hier in den Wald hinauffährt oder -wandert, muss an dem Haus vorbei. Peck ging zu der kleinen Tür, die in das breite Holztor eingeschnitten war, und fand diese unversperrt. Dahinter öffnete sich der für Vierkanthöfe typische Innenhof, rechts die Stallungen, aus denen Peck Kühe muhen hörte, geradeaus die Tenne und das Gebäude zur Lagerung des Heues und links das Wohnhaus. Vor der Türe stand ein verwittertes Holzfass und daneben die Hausbank, die dem etwas tiefer gelegenen Hof zugewandt war, in dem einige Hühner unsichtbare Körner pickten. Die Sonne war bereits hinter dem Dach der Stallungen verschwunden, und der Hof lag im Schatten. Neben der Türe schlief eingerollt eine Katze auf den warmen Steinen und kümmerte sich nicht um Peck, der laut an der verschlossenen Haustür klopfte. Nach einigen Sekunden öffnete sich im Zeitlupentempo der eine Türflügel, und eine weißhaarige Frau mit Stock und Kopftuch erschien, die einen etwas verschlafenen Eindruck machte.

»Sind alle noch auf dem Feld«, sagte sie. »Was wollen Sie? Wir kaufen nichts!«

»Entschuldigen Sie die Störung, ich möchte Ihnen nur eine Frage wegen des früheren Forsthauses da oben im Wald stellen.« Peck hob die Hand, um die Richtung anzuzeigen, in der das Blockhaus am Berg oben lag.

»Das ist kein altes Haus. Das wurde mit viel Geld neu hergerichtet. Was wollen Sie wissen? Es gehört irgendeinem reichen Salzburger.«

»Kennen Sie seinen Namen?«

»Ich mag diese Leute nicht. Ein typischer Städter, arrogant und stinkt nach Geld.«

»Er? Also ein Mann?«

»Sagte ich doch. Ein arroganter noch dazu. Und immer junge Frauen dabei.«

Die Alte, die leise sprach und dabei stark nuschelte, als ob sie ihr Gebiss im Haus vergessen hätte, sah ihn mit zugekniffenen Augen an und bekräftigte jedes ihre Worte, indem sie mit ihrem Stock rhythmisch auf den Steinboden klopfte.

»Was für einen Wagen fahren diese Leute?«

»Das konnte ich nicht sehen. Glauben Sie, ich habe die Zeit, hier zu stehen, um mir Autos anzusehen? Aber es muss ein starker Motor sein; man hört ihn bis ins Haus brummen, und jedes Mal klirren die Fensterscheiben, wenn der Wagen vorüberbraust.«

»Kam der Mann mit den jungen Frauen oft hier vorbei?«

»Vor zwei Wochen war halb Salzburg da oben, ich glaube, zwei oder drei Autos hintereinander. Und eine Frau hat mich gefragt, ob sie Milch und Eier kaufen kann.«

»Wie hat die Frau ausgesehen?«

Die Alte schlug mit ihrem Stock wie zornig durch die Luft. »Furchtbar! Dünnes Gestell, schwarze Haare, aufgedonnert und Stöckelschuhe, gerade richtig zum Bergwandern.«

»Wann haben Sie die Leute zuletzt gesehen?«

»Das kann ich nicht genau sagen. Für mich sind die Tage alle gleich. Ich glaube, es wird so vor einer Woche gewesen sein.«

»Ist Ihnen da etwas Besonderes aufgefallen?«

Die Alte sah ihn zunehmend unfreundlich an. »Ja. Ich habe den Wagen in der Früh gesehen, sehr früh … Wenn ich nicht schlafen kann, stehe ich manchmal auf und gehe hinauf zum Wald. Und da kam wieder das stinkende Auto angefahren.«

»Und was war da Besonderes?«

»Er kam nicht aus Faistenau herüber, sondern der Wagen kam von oben … aus dem Wald. Deshalb habe ich mir das gemerkt.«

»Wann war das genau?«

»Sagte ich doch schon. Weiß ich nicht! Vor ungefähr einer Woche. Das Auto muss schon in der Nacht nach oben gefahren sein. Vielleicht haben die sogar im Blockhaus übernachtet. Und in der Früh fuhr dann der Wagen wie der Teufel hier an mir vorbei.«

»Und das kam Ihnen ungewöhnlich vor?«

»Ja. Sonst kam er immer am Tag oder gegen Nachmittag.«

»War der Mann alleine im Auto?«

»Weiß nicht. Ich sehe nicht mehr gut. Kann gut sein, dass neben ihm jemand saß.«

Sie sah ihn jetzt misstrauisch an. »Warum wollen Sie das alles wissen?«

»Reine Neugierde«, sagte Peck, bedankte sich und stieg wieder zu Baldo ins Auto.

Bevor er wegfuhr, rief er Funke an.

Das Gespräch dauerte über zwanzig Minuten. Funke war während des Telefonats laut und ungeduldig. Ärgerlich warf Peck sein Handy auf den Beifahrersitz.

»Hast du auch Hunger?« Peck fuhr in Richtung Faistenau und kaufte in einer Fleischhauerei am Marktplatz vier Leberkässemmeln. Vier dividiert durch zwei, dachte Peck, das wäre eigentlich eine gerechte Aufteilung zwischen Mensch und Tier.

Baldo verschlang gierig die Leberkässemmeln, aber trotzdem hatte Peck kein schlechtes Gewissen, als er den Hund um eine halbe Semmel betrog.

Er fuhr in Richtung der B158, überlegte es sich aber dann anders, nahm eine der schmalen Straßen nach Ebenau und bog nach links zur Strubklamm ab. Der Himmel hatte sich mit weißgrauen Wolken gefüllt, und die Temperatur war um einige Grade gesunken. Nach zehn Minuten erreichte Peck seinen *Sinnier-Baum*, eine tausendjährige

Linde, die mitten auf einem Kukuruzfeld stand und nur über einen schmalen, grasbewachsenen Pfad erreichbar war. Er wusste weder, wie viele tausendjährige Lindenbäume es in Österreich gab, noch ob das mit der Altersangabe auch stimmte, aber er kam öfters hierher, um Ruhe zu suchen und seine durcheinandergeratenen Gedanken zu sortieren. Neben Baldo stand er im Schatten der weit ausladenden, knorrigen Äste, die teilweise durch eiserne Ringe gehalten wurden. Rund um den Baum wuchsen Gras, Unkraut und einige blühende Hollerbüsche, dann begann das Kukuruzfeld, das wie ein umlaufender Sichtschutz den Baum umzingelte. Einer der Äste entsprang dem meterdicken Stamm knapp über dem Boden, lief ein Stück fast waagerecht, bis er es sich anders überlegt hatte und in Richtung Himmel umgebogen war. Auf diesem Ast saß Peck und spürte im Rücken die rissige Rinde durch sein Hemd. In ihm war immer noch die Erregung wach. Hätte er den Mord an Kerstin verhindern können? Nein. Er brauchte sich keinen Vorwurf zu machen. Aber dennoch schwebte eine Art von schlechtem Gewissen über ihm. Die vierte Tote in einer Reihe. Aber was war das Motiv, wo war der teuflische Auslöser? War hier ein bestialischer Serienmörder unterwegs, ein triebhafter Psychopath, ein geistig abnormer Sadist?

Peck glaubte das nicht. Er hatte ein differenzierteres Bild über die brutalen Vorgänge. Da war eine andere Art von Motiv am Werk, dachte er, nämlich Angst. Und dann entwarf er eine Hypothese, wie es abgelaufen sein könnte. Vielleicht ging beim ersten Mord, der ihn vor der Enthüllung bewahren sollte, etwas schief. Der Mörder hatte etwas übersehen, eine Kleinigkeit vielleicht nur, eine wichtige Information, oder er fand plötzlich eine Verbindung zu einer anderen Person, einer Nachbarin oder jemandem aus der Verwandtschaft, und der Mörder lebte in panischer Angst, entdeckt zu werden, vielleicht auch, seinen Reichtum wieder zu verlieren. Und er kam zurück, um seinen Fehler zu bereinigen.

Er blätterte in seinem Notizbuch und stieß auf die Frage: Woher kannten sich Frau Moser und Karoline Scherer? Er wählte Luisa Millers Nummer, die nach langem Läuten schließlich doch ans Telefon ging.

»Hier ist Paul Peck. Ich habe noch eine Frage an Sie. Ich weiß, dass Ihre Mutter Kontakt zu einer gewissen Karoline Scherer hatte, sie zumindest kannte. Wissen Sie, ob diese Bekanntschaft schon früher bestand?«

»Ich glaube, ja. Meine Mutter sprach davon, dass sie sich einige Male mit dieser Karoline getroffen hat, und sie telefonierten wohl auch öfters. Die beiden sind, so glaube ich mich zu erinnern, in die gleiche Hauptschulklasse gegangen.«

Peck sah auf Baldo, der mit großem Interesse die Vögel beobachtete, die über dem Maisfeld kreisten. Peck lehnte seinen Kopf an den Baumstamm, und dann kam ihm Platons Höhlengleichnis in den Sinn. Er schaffte es einfach nicht, in der Höhle der Erkenntnis genügend weit nach oben zu klettern. Nur manchmal bekam er das Gefühl, hinter den Schattenbildern die Wahrheit zu erkennen. Doch wie bei den Gefangenen in der Höhle war es unendlich mühsam für ihn, sich von den Fesseln der Irrtümer und Lügen zu befreien, um in steinigem Aufstieg das Licht der Sonne zu erreichen. Steckte Willy Metzner hinter all dem Blutvergießen? Warum hatte er seinen Geburtstag nicht in seiner komfortablen Villa, sondern in der Waldhütte gefeiert? Diese Frage hatte sich auch seine Tochter Elisabeth gestellt. Und warum wurde die Leiche ausgerechnet unter dem Zementboden seiner Hütte im Wald versteckt?

Oder doch die Herder? Hätte sie das ohne Hilfe geschafft? Den Transport der Leiche, das Ausheben der Grube in der Hütte? Hatte sie Helfer? Und wer war ihr Verbündeter? Wieder beschlich ihn das Gefühl, etwas Wichtiges übersehen zu haben.

Plötzlich fegte ein Windstoß über die Landschaft, und durch einen Riss zwischen den Wolken fiel das Sonnenlicht wie ein gebündelter Scheinwerferstrahl auf das wogende Feld und die Linde. Peck nahm dies als Zeichen, dass er das schaffen würde. Immer noch aufgewühlt und müde, aber immerhin etwas zuversichtlicher, machte er sich auf den Heimweg.

*

Frau Herder war nicht zu Hause. Ausgeflogen. Peck stand in der Weingartenstraße vor der verschlossenen Haustüre, dann warf er einen Blick hinter das Haus und sah, dass einige Jalousien auf Halbmast standen und die Vorhänge zugezogen waren.

Sollte er jetzt zuerst die Rothaarige im *SPAR*-Markt oder Willy Metzner aufsuchen? Eine kurze, im Kopf überschlagene Plus-Minus-Betrachtung und ein Blick auf die Uhr entschieden für Metzner.

Obwohl viel Verkehr war, kam er ohne Stau durch, und eine Viertelstunde später bog er kurz vor Metzners Haus in die Gneisfeldstraße ein. Er bremste stark ab, als er hundert Meter vor sich einen schwarzen Golf am rechten Straßenrand stehen sah. Langsam rollte er weiter und blieb zwanzig Meter hinter dem Golf stehen.

»Baldo, du bleibst im Wagen«, sagte Peck leise und stieg aus. Er fühlte, wie sich sein Herzschlag beschleunigte, als er sich von hinten dem Auto näherte. Hinter dem Steuer des Wagens saß ein Mann, und bevor dieser merkte, was vor sich ging, hatte Peck die Beifahrertüre aufgerissen und sich auf den Sitz geworfen.

»Heißen Sie mich in Ihrem Golf herzlich willkommen.« Peck versuchte ein Lächeln.

»Und dann?«

»Dann schlage ich vor, dass wir sämtliche Ouvertüren beiseite lassen und gleich zur Sache kommen.«

»Ganz meine Meinung«, sagte der Mann. »Sie heißen Paul Peck, sind Detektiv, 58 Jahre alt und jagen irgendeinem Phantom nach. Ihren Auftraggeber kenne ich aber nicht.«

»Und Sie?«

»Ich heiße Philipp Schalk, bin Detektiv und drei Jahre jünger als Sie.« Er grinste.

»Und Sie haben einen Wiener Dialekt. Nach Ihrem *Meidlinger L* vermutlich 12. Bezirk.«

Er nickte. »Ich vergeude seit mehr als einem Monat meine Zeit hier in Salzburg und im Pinzgau. Aber in wenigen Tagen ist meine Mission abgeschlossen.«

»Und wer bezahlt Sie für Ihre Zeitvergeudung?«

»Reinhold Gattinger. Ich soll ihm den Beweis bringen, dass es kein

Tauchunfall war, und sobald ich weiß, wer seinen Sohn Werner ermordet hat, gilt mein Auftrag als erfüllt.«

Peck lehnte sich zurück. Drei Jahre jünger. Aber der Mann sieht älter aus. Macht wahrscheinlich die Glatze. Die dicke Nase war wie die Wangen von aufgeplatzten Äderchen rot gefärbt, und unter der Nase wucherte ein ungepflegter Schnauzbart, der fast die ganze Oberlippe überdeckte und in dem Peck noch einige Essensreste zu erkennen glaubte. Der Mann neben ihm öffnete das Handschuhfach und entnahm ihm zwei Schokoriegel.

»Möchten Sie einen? Ich sollte eigentlich auch nicht. *Diabetes Mellitus*, sagt der Arzt.«

Der Wagen war verdreckt, die Türablagen mit McDonald's-Kartons vollgestopft, die Sitze voller Kaffeeflecken und der Boden übersät mit zusammengeknüllten Schokoriegel-Verpackungen.

»Und?«, fragte Peck.

»Was, und?«

»Wer hat nun Werner Gattinger getötet?«

»Meine Theorie ist, dass irgendjemand den Jungen beauftragt hat, nach den Goldbarren im Schwarzklammsee zu tauchen.«

»Wer hat ihn beauftragt?«

»Es gibt zwei Möglichkeiten. Die eine heißt Herrmann Stommel.«

»Der Architekt«, sagte Peck. »Und wie heißt die Alternative?«

»Frau Herder. Vielleicht in harmonischer Zusammenarbeit mit dem glatzköpfigen Antiquar.«

»Oscar Lindner.«

Philipp Schalk nickte. »Vielleicht steckt aber auch Willy Metzner mit drin. Darum stehe ich auch hier in dieser Straße.«

»Warum Metzner?«

»Weil es von ihm eine direkte Verbindung zum Gold der Nationalsozialisten gibt.«

»Kennen Sie den Lageplan mit dem eingezeichneten Seil?«

Schalk nickte. »Eine Darstellung der Wirklichkeit, detailgetreu und maßstäblich. Glaube ich jedenfalls. Und die Kisten hingen an einem Stahlseil, das in all den Jahren nicht durchgerostet ist, sodass es Werner, das ist meine Theorie, gelungen ist, die Goldkisten aufzuspüren und heraufzutauchen.«

»Und nachdem Werner erfolgreich war …«

Schalk unterbrach ihn. »Hat man sich des einzigen Mitwissers entledigt, der das Gold zu Gesicht bekommen hat.«

»Wie viel Gold?«

»Wahrscheinlich einige Kisten. Sieben oder zehn vielleicht. In jede der Kisten passen acht Barren.«

Was sagte Oscar Lindner über den Wert eines Barrens? *Rechnen Sie mit einer halben Million*. In seiner Erregung war Peck im Moment nicht in der Lage, die einfache Schlussrechnung durchzuführen, um den Gesamtwert des Nazigoldschatzes zu berechnen.

»Eindeutig Gold aus Nazibeständen?«

Schalk nickte. »Ganz offensichtlich. Der Lageplan oder die Kopie davon war wohl jahrelang in Argentinien. Ich weiß, dass Willy Metzner seinen greisen Vater dort besucht hat.«

»Alois Metzner, Avenida Augustin Debenedetti 146 – Rio de La Plate – Dock Sud.«

»Respekt!« Schalk verbeugte sich leicht. »Dort lebte jahrelang Metzners Vater, zum Kriegsende ein nicht unbelasteter *SS*-Offizier, der sich, wie viele andere auch, nach Argentinien abgesetzt hatte. Der Vater müsste jetzt an die neunzig sein, wahrscheinlich aber schon gestorben.«

Peck schüttelte den Kopf. »Sehr lebendig. Allerdings dement, angeblich zumindest.«

Schalk riss einen neuen Schokoriegel auf. »Ich erkläre mir das so: Ben, der ungeliebte und uneheliche Sohn, bricht bei seinem Vater ein, wahrscheinlich sogar mehrmals, und er findet die Karte vom Schwarzklammsee zusammen mit dem alten Foto, das die drei Soldaten zeigt. Er erkennt in dem einen *SS*-Mann seinen Großvater und pilgert mit dem Bild zu Karin Moser, seiner Mutter, die nicht zögert, Willy Metzner unter Druck zu setzen.«

»Alleine oder gemeinsam mit ihrem Sohn?«

Philipp Schalk zuckte kurz mit den Schultern. »Keine Ahnung. Spielt das eine Rolle?«

»Da gibt es noch etwas, was zeitlich davor liegt, nämlich die Frage, woher Ben wusste, dass etwas bei seinem Vater zu holen ist.«

»Und weiter?« Ungeduldig stopfte sich Schalk den Rest des Schokoriegels in den Mund und beugte den Oberkörper leicht vor. »Sagen Sie schon Ihre Meinung!«

»Werner Gattinger hat Ben ins Bild gesetzt.«

»Die beiden kannten sich?«

»Die beiden kannten sich«, wiederholte Peck. »Im Haus der Gattingers am Campingplatz können Sie sich das Foto ansehen. Ben, Werner und Luisa Miller als Jugendliche harmonisch nebeneinander.«

»Sie wissen mehr, als ich dachte.«

»Und über Werner kam auch Pythia ins Spiel. Allerdings ein tödliches Spiel, denn der Mörder muss mitbekommen haben, dass es mit Pythia eine weitere Mitwisserin gab.«

Schalk kratzte sich an der Nase, und Peck konnte förmlich sehen, wie er nachdachte. »Was ich bis jetzt nicht verstanden habe, ist die Verbindung zu Karoline Scherer. Sie ist zwar die Nachbarin dieser Frau Herder, aber ich weiß, dass die beiden Frauen sich nicht sehr schätzten und so gut wie keinen Umgang miteinander hatten.«

»Die Scherer und Karin Moser kannten sich von der Schule her. Und die beiden beschlossen, bei Willy Metzner das Maximum herauszuholen. Als der Große Unbekannte Karin Moser in ihrer Wohnung ermordet hat, muss er auf Hinweise gestoßen sein, dass die beiden Frauen sich nahestanden und sich verbündet hatten.«

»Und das war das Todesurteil für Karoline Scherer.«

Peck nickte. »Aber welcher Weg führte zu Kerstin Kramer?«

»Es ist natürlich kein Zufall, dass Metzner über diese Frau Kramer gestolpert ist. Die Herder hat auf irgendeinem Weg von dem Gold Wind bekommen, und da sie selbst bei ihrem Ex nicht aktiv werden konnte, rief sie Kerstin Kramer, ihre attraktive Freundin aus Wien, hierher. Und die bekam den Auftrag, sich an Willy Metzner heranzumachen. Genauer, an seine Millionen.«

»Noch genauer gesagt, an die Goldbarren. Ich weiß auch, wie die Herder von dem Gold erfahren hat.«

»Nämlich?«

»Von dem Herrn Antiquar.«

Schalk nickte langsam, drehte den Kopf und sah nachdenklich auf die menschenleere Straße. Auf seiner Glatze glitzerten Schweißperlen. Es war heiß im Auto, Peck kurbelte sein Fenster herunter und betrachtete Schalk mit gerunzelter Stirn.

Schalk sah ihn aus geschwollenen Augen an. »Und bevor Sie mir was über mein Aussehen erzählen: Was glauben Sie, wie Sie ausschauen? Müde und erschöpft.« Er versuchte ein Lächeln.

»Haben Sie sich schon mal überlegt, dass auch Sie in Gefahr sein könnten?«

»Einsam und risikobehaftet ist das Geschäft des wackeren Detektivs.« Schalk grinste und zauberte einen *Mars*-Riegel aus dem Handschuhfach. »Wissen Sie, wo die Kramer sich aufhält?« Schalk fragte es fast lauernd, und sein Grinsen wurde stärker.

»Im Leichenschauhaus.«

Das Grinsen verschwand. Mühsam richtete er sich in seinem Sitz etwas auf.

»Sagen Sie's schon!«

»Sie wurde bereits vor einigen Tagen fachgerecht einbetoniert. Ich habe die Leiche vor genau sechs Stunden aus ihrem Zementgrab befreit.«

»Noch eine Tote mehr. Und was sagt uns das jetzt? Wer ist nun der Große Unbekannte? Ich tippe auf die Herder.«

Wahrscheinlich kein schlechter Tipp, dachte Peck. »Und Sie?«, fragte er dann. »Wer sagt mir, dass nicht Sie die drei Frauen getötet haben? Sie schleichen seit Wochen durch Stadt und Land Salzburg. Montag, 12. Juni. Überfall auf Pythia Sibylle. Wo waren Sie da?«

Schalk lächelte säuerlich. »Diesen Tag kenne ich gut. Da saß ich gerade bei der Polizei im Verhörzimmer. Ich weiß nicht mal, warum diese Wahrsagerin umgebracht wurde. Und vor allem, wie unser Großer Unbekannter herausgefunden hat, an welchem geheimen Ort Pythia sich aufhält, nachdem sie aus dem Krankenhaus entlassen wurde.«

»Genau das erfahre ich in einer halben Stunde«, sagte Peck und sah auf die Uhr. »Ich muss los.«

*

»Hast du gut geschlafen?« Baldo lag ausgestreckt auf der Rückbank. Als Peck nach rechts abbog und langsam am Gartentor zu Willy Metzners Grundstück vorbeifuhr, erinnerte er sich an den Hausschlüssel, den er bei Sophia vergessen hatte. Er stellte seinen Wagen halb auf dem Gehsteig ab. Hoffentlich war hier nicht wieder die blonde Politesse unterwegs.

Langsam flanierte er an den mannshohen Rhododendronbüschen entlang, die weiter vorne von einer dichten Ligusterhecke abgelöst wurden. Ohne Maschendrahtzaun dahinter, wie er feststellte. Nach einigem Suchen entdeckte er eine Stelle, an der er das Buschwerk auseinanderdrücken und durchschlüpfen konnte. Irgendwo im unteren Drittel seiner Hose machte es *Ratsch*. Er wollte in diesem Moment gar nicht wissen, wo. Vorsichtig schlich er an den Büschen entlang, bis das Haus vor ihm lag. Ab jetzt hatte er keinen Sichtschutz mehr, also betrat er die ausgedehnte Rasenfläche und ging aufrecht wie ein Soldat und ohne Eile auf das Gebäude zu. Im Garten war kein Mensch zu sehen, was nicht viel bedeutete, da auf der weiten Grünfläche in unregelmäßigen Abständen Sträucher und Bäume standen, hinter denen jemand verborgen sein konnte. Am hinteren Ende der parkähnlichen Anlage lag ein Swimmingpool und daneben ein grün gestrichenes Holzhaus mit einer überdachten Terrasse.

Peck beschloss, das Haus zu umrunden, und als er um die Ecke bog, stand er vor einer schmalen, schwarz lackierten Tür. Gleich daneben war ein kleines Fenster mit einer Milchglasscheibe. Wahrscheinlich die Toilette. Einige Meter weiter kam er zu einem Fenster, das allerdings so hoch war, dass er nicht hineinsehen konnte. Er sah sich um, und sein Blick fiel auf einen verrosteten Eisentisch mit grazilen, verschnörkelten Beinen und obenauf einem Gartenzwerg aus Plastik. Der Zwerg hatte eine rote Zipfelmütze und hielt einen Schubkarren in den Händen, der als Blumenbeet hergerichtet war. Peck stellte den Gartenzwerg ins Gras und trug den Tisch bis zur Hausmauer, genau unter dem Fenster. Wenn der Tisch schon jahrelang den Gartenzwerg sicher trug, würde er auch Pecks Gewicht aushalten. Gerade als er sich auf den Tisch schwang, entdeckte er den langen Riss in seiner Hose, genau oberhalb des Knies. Langsam richtete er sich auf und hätte fast einen Überraschungsschrei ausgestoßen. Direkt vor ihm saß Willy Metzner an seinem Schreibtisch, von Peck nur durch die Glasscheibe getrennt. Hätte Metzner gerade zum Fenster geblickt, wäre ihm aufgefallen, dass Peck schlecht rasiert war. Soweit er in dem Sekundenbruchteil erkennen konnte, lagen einige Papiere vor Metzner auf dem Tisch. Gott sei Dank war Metzner auf seine Papiere konzentriert und hatte nicht nach vorne gesehen. Genau in diesem Moment krachte der verrostete Tisch unter ihm zusammen. Er versuchte noch, sich an der Dachrinne festzuklammern, was sich wie ein Trommelschlag anhörte, fiel zuerst auf das rechte Knie und dann bäuchlings auf den Schotterstreifen an der Hausmauer. Das Knie schmerzte, und Peck humpelte, so schnell er konnte, um die Hausecke und quer über den Rasen. In Panik suchte er die Stelle, an der er vorher durch die Ligusterhecke geschlüpft war. Im Laufen drehte er sich noch einmal um und sah Metzner, der wie ein wilder Stier vom Haus weg in den Garten lief. Gott sei Dank in die falsche Richtung.

Peck hinkte zu seinem Wagen, und als er sich in den Sitz fallen ließ, spürte er fast schmerzhaft die Müdigkeit. Sein Hemd hatte dunkle Schweißflecken auf der Brust und unter den Armen. Laut schnaufend kurbelte er am Lenkrad, wendete und fuhr dann in Richtung Berchtesgadenerstraße, wo er rechts zur Alpenstraße abbog. Er würde noch rechtzeitig beim *SPAR* sein.

*

»Ich wusste, dass Sie kommen. Ruth hat mich angerufen.« Sonja Berger sah aus, wie man sich ein irisches Mädchen vorstellt, lange rote Haare und Hunderte Sommersprossen im Gesicht. Irgendwie kam sie Peck bekannt vor. Und plötzlich erkannte er sie wieder. War das die Frau, die er damals vor Metzners Haus beobachtet hatte? Er betrachtete sie aufmerksam, während sie sich auf Pecks Ausweis konzentrierte. Die gleichen roten Haare, dachte er, das muss sie sein. Sonja Berger bemerkte, wie Peck sich suchend im Raum umsah.

»Ruth hat heute keinen Dienst. Kommen Sie …« Sie gingen vom Verkaufsbereich quer durch das Lager, wo einige Paletten mit in

Plastikfolie eingeschweißten Getränkeflaschen aufgetürmt waren, dann öffnete sie eine rot lackierte Eisentüre, und sie kamen auf den Parkplatz ins Freie. Sonja griff in eine ihrer Taschen, und als sie sich eine Zigarette anzündete, sah Peck, dass auch ihre Handrücken voller Sommersprossen waren.

»Sie haben ein Loch am Knie und darüber Rostflecken. Fängt ein Mann Ihres Alters an dieser Stelle zu rosten an?«

Sie würde sich gut mit Sophia verstehen, dachte Peck. In diesem Moment läutete sein Handy, und er hörte Sophias Stimme. »Ich bin heute gut gelaunt und habe deshalb beschlossen, dich und deine Tochter abends zu bekochen.«

Peck entschuldigte sich bei Sonja Berger, die sich wie beleidigt wegdrehte, auf ihre Uhr sah und dann einige Schritte zur Seite ging.

»Wann?«

»Es geht heute andalusisch zu in meiner Küche. Es gibt *Ajo Blanco*, eine kalte Knoblauch-Mandel-Suppe, und danach *Cordera a la Moruna*. Das Lamm ist schon in der Bratpfanne.«

»Es gab heute wieder einen Mord«, sagte Peck leise. »Kerstin Kramer. Kein schöner Anblick.«

»Um Gottes Willen. Erzähle!«

»Ich habe noch ein Gespräch zu führen, dann komme ich nach Hause. Ich bin müde, und sowohl meine Hose als auch das Selbstbewusstsein sind angeknackst.«

Er steckte das Mobiltelefon ein, dann näherte er sich wieder Sonja Berger, die mit überkreuzten Füßen neben der roten Türe stand und graue Wolken in die Luft blies.

»Ich möchte Sie etwas fragen. Sie arbeiten doch manchmal bei Herrn Metzner im Haus?«

Überrascht sah sie ihn an. »Ja. Ein- oder zweimal pro Woche.« Sie trat den Stummel am Boden aus und steckte sich eine neue Zigarette an.

»Kann es sein, dass Herr Metzner von Ihnen erfahren hat, wo Ruth Koller ihre Mutter hingebracht hat, nachdem Pythia aus der Klinik kam?«

»Wie Sie das sagen! Mein Gott, Herr Peck, ich laufe seit dem Tod dieser Frau wie ein konfuser Geist durch die Gegend. Aber habe ich was Unrechtes getan? Habe ich den Tod von Ruths Mutter verschuldet? Das glaube ich nicht. Aber ich bin ein Mensch, der immer schon mit vorauseilendem Gehorsam alle Schuld auf sich geladen hat. Ich mache mir also Vorhaltungen, und es tut mir leid, dass ich möglicherweise etwas in Gang gesetzt habe, das den Tod dieser Frau zur Folge hatte.«

Sie fuhr sich mit den Fingern durch ihr Haar und zog singend an ihrer Zigarette.

»Wem haben Sie erzählt, wo Ruths Mutter sich aufhält?«

»Es war ein ganz harmloses Gespräch ...«

»Harmlos?«

»Ja. Herr Metzner zeigte mir eine Zeitung mit Pythias Foto und einem kurzen Bericht über den Einbruch bei ihr und den Überfall.«

»Und dann?«

»Ich glaube, der Mann weiß nicht mal, wo ich arbeite und dass ich Pythias Tochter kenne. Ich glaube, ich sagte, dass die arme Frau ja nun in Sicherheit ist und dass man sich um sie kümmert und sie wieder gesund werden wird.«

»Und wo sie sich aufhält.«

»Ja, vielleicht. Dass sie in Perwang ist. Das wusste ich von Ruth. *Alles ganz normal. Ein harmloses Gespräch ohne Hintergedanken und mit einem Menschen, der nichts Böses vorhatte*.«

Als Peck sich auf der Alpenstraße der Innenstadt näherte, wäre er um ein Haar einem am Straßenrand parkenden LKW aufgefahren. Alles ganz normal. Ein harmloses Gespräch ohne Hintergedanken und mit einem Menschen, der nichts Böses vorhatte.

Die Gedanken wirbelten durch seinen Kopf. Wie passte das alles zusammen? Kurz vor dem Rudolfsplatz klingelte sein Telefon. Direkt hinter ihm fuhr ein Polizeiauto, also griff er nicht nach seinem Handy, sondern blinkte und scherte beim Künstlerhaus auf den kleinen Parkplatz neben der Straße aus. Mit zitternder Stimme meldete sich ein gehetzter Leopold Funke. »Die Staatsanwaltschaft spielt verrückt! Bei uns ist der Teufel los, so was können Sie sich gar nicht vorstellen. Der vierte Mord! Meine Chefs, die Presse und die sogenannte gesunde Volksmeinung machen Jagd auf mich! Und alle gleichzeitig.«

»Das tut mir leid.«

»Das wird Ihnen auch noch leidtun, dass Sie sich, wie unser tüchtiger Profiler es heute ausgedrückt hat, in unerlaubter und strafbarer Weise vom Fundort der Leiche entfernt haben. Das hat Folgen, Herr Detektiv!«

»Ich bin ganz zerknirscht. Aber es hat sich gelohnt, und ich habe heute wertvolle Hinweise bekommen.«

»Das nützt mir nichts!« Funke schnaubte durchs Telefon. »Die verlangen von *mir* die Erfolge, nicht von Ihnen. Sagen Sie mir schon, was Sie so Wichtiges enträtselt haben. Wer hat diesen Mord begangen?«

»Was glauben Sie?«

»Peck, ich habe keine Zeit für Quiz-Spiele!«

Das war das erste Mal, dass Funke ihn mit *Peck* ansprach, und nicht mit *Herr Detektiv*.

Später fragte Peck sich, warum Funke ihn überhaupt angerufen hatte, aber er konnte sich gut in ihn hineinversetzen. Peck würde nicht bei der Polizei arbeiten wollen.

Er blieb noch einige Zeit im Auto sitzen und sah gedankenversunken auf die endlose Kette der Autos, die auf der Hellbrunner Straße nur langsam vorankamen. Noch waren nicht alle Zusammenhänge klar erkennbar, aber was wäre, wenn Willy Metzner einen Hinweis entdeckt hätte, dass Frau Moser und Karoline Scherer sich kannten? Aber das würde bedeuten, dass die Herder … plötzlich wurde Peck bewusst, dass er etwas Wichtiges übersehen hatte.

Sonntag, 18. Juni

»Du hast im Schlaf geredet«, sagte Sophia beim Frühstück. »So laut, dass ich nicht mehr einschlafen konnte.«

»Worum ging es in meinen Selbstgesprächen?«

»Weiß ich nicht. Aber dein Geplapper hätte für zehn neue *Mind Maps* ausgereicht.«

Peck griff nach dem Blatt Papier, das auf dem Tisch lag.

»Schau dir mal die existierende Variante der *Mind Map* an. Da habe ich einige neue Erkenntnisse nachgetragen.«

Peck beobachtete verstohlen, wie Sophia konzentriert die Namen und Zusammenhänge studierte. »Diese Herder, die du verdächtigst«, sagte sie nachdenklich, »das sind nicht die Morde einer Frau. Zu viel Gewalt und zu viel Blut. Frauen können zwar auch brutal sein, aber sie sind es auf eine andere Art und Weise.«

Peck nickte, dann begann er plötzlich, wie wild in seinem Notizbuch zu blättern. Und nach einigem Suchen hatte er es gefunden. »Ich habe etwas Wichtiges übersehen«, sagte er und sah Sophia an.

»Was?«

»Die Bedeutung nicht erkannt oder nicht beachtet«, erwiderte er. Peck sprang auf und ging in die Küche. Er wusste, dass er den Schlüssel zu Metzners Haus hier irgendwo hingelegt hatte. Nach einigem Suchen fand er den Schlüssel in einer der Schubladen.

»Sorry, ich muss los. Komm, Baldo!«

»Heute ist Sonntag«, rief sie ihm nach.

Peck fuhr über die Salzach und bog nach der Brücke auf den Franz-Hinterholzer-Kai ab. Er beschloss, zu seiner Wohnung in der Johannes-Filzer-Straße zu fahren, um seine Waffe zu holen. Sicher ist sicher. Er dachte an V. Herder. Sie konnte Pythia Sibylle nicht getötet haben. Es stand groß und deutlich in seinem Notizbuch, eingetragen am Donnerstag, als er im Haus der Herder war, nur eine Stunde, bevor er in Perwang am Wallersee eingetroffen war. »Knöchelbruch«, hatte der Arzt gesagt, und: »Dies ist kein Gehgips, also keine Wanderung und kein Autofahren.«

Mit dem Gips und auf Krücken angewiesen, hätte die Herder den Mord an Pythia nicht begehen können. Zumindest diesen Mord nicht.

Peck stockte der Atem. Also doch *Plan B*. Mein Gott, dachte er. Wie erstarrt saß er hinter dem Steuer seines VW und wollte nicht glauben, was ihm nun klar wurde. Aber alles ergab plötzlich auf furchtbare Weise Sinn.

Neben Willy Metzner gab es jetzt noch zwei Personen, die über den Goldfund informiert waren: Metzners Sohn Ben und die Herder, Willys Exfrau. Und ohne in seinem Notizbuch nachzublättern, wusste Peck, dass beide für den Mord an Pythia ein Alibi hatten. Und der Mord an Karin Moser? Peck war sicher, dass Ben seine eigene Mutter nicht töten würde. Und dann kam ihm der Gedanke, dass die Herder und Ben in Gefahr waren. Ben konnte wahrscheinlich auf sich aufpassen, da war Peck eher sicher. Aber die Frau?

Er fuhr mit dem Lift in den fünften Stock und holte die *Glock 34* aus seinem kleinen Wandsafe im Wohnzimmer. *Sicher ist sicher*.

Same procedure as yesterday. Kurz vor Metzners Haus parkte er am Straßenrand und steckte die Pistole ein. »Nur mal sehen, ob im Haus die Luft rein ist«, sagte er zu Baldo.

Er schlüpfte an der gleichen Stelle wie gestern durch die Ligusterhecke, und als er vorsichtig das Haus umrundete, sah er die Bruchstücke des Eisentisches unter dem Fenster zu Metzners Arbeitszimmer und den Gartenzwerg mit seiner Schubkarre lieblos im Gras liegen. Das Haus machte einen verschlossenen, menschenleeren Eindruck, und auch in der Garage stand kein Auto.

Peck kletterte nochmals durch die Hecke, sah nach links und rechts und holte dann den Hund aus dem Auto. *Sicher ist sicher*. Pistole und Hund bedeuteten doppelten Schutz. Baldo würde im Ernstfall sicher selbstvergessen sein Herrchen verteidigen. Hoffte Peck wenigstens. Dann näherte er sich dem Fenster, durch das er gestern Metzner am Schreibtisch beobachtet hatte. Sicher ist sicher. Er versuchte, mit seinen Fingern am Fensterbrett Halt zu finden und sich so weit hochzuziehen, dass er wenigstens für einen Moment einen Blick ins Zimmer werfen konnte. Leer.

Er nahm den Hund an die Leine, dann umrundeten sie sicherheitshalber nochmals das Haus, und Peck sah mit Interesse eine schmale Holztüre, die seitlich in Richtung Garage führte. Er sperrte möglichst geräuschlos die Türe auf und fand sich in einem dunklen Flur wieder, der ihn nach einigen Metern zum Wohnzimmer führte. Kein Mensch zu sehen.

Er blickte sich um. Wo sollte er als Erstes suchen? Wenn Philipp Schalk recht hatte, bestand der Goldschatz aus neun Kisten. Die ließen sich nicht so ohne Weiteres in einer Küchenkredenz verstecken.

»Weiß deine Hundenase, wie Gold riecht, Baldo?« Sie gingen durch jeden der Räume im Erdgeschoss, und Peck öffnete alle Schranktüren, durchwühlte die Bettwäsche und sah im Schlafzimmer unter die Matratzen. Er blieb stehen und horchte. Irgendwo rauschte Wasser und dazu tönte ein gleichmäßiges Brummen wie von einem Elektromotor. Oder einem Boiler. Sonst war es still. Im ersten Stock standen zwei Räume völlig leer, der dritte war offensichtlich ein Gästezimmer, in dem sich aber nur ein schwarz lackiertes Bettgestell befand.

Baldo zog an der Leine. Er hatte wohl die Lust an der Suche verloren und strebte dem Ausgang zu. Widerwillig ließ er sich in den Keller ziehen, wo Peck sorgfältig alle Vorrats- und Abstellräume durchsuchte. Nichts. Keine größeren Behälter, keine Kisten und keine verdächtigen Schachteln. Von einem der Kellerräume bog seitlich ein schmaler Gang ab, der aber nach etwa eineinhalb Metern durch ein hölzernes Regal abgeschlossen war, in dem sich einige alte Schuhe, ein Paar Schier und ein Tennisschläger mit einem hölzernen Spannrahmen befanden. Nachdenklich stand Peck vor dem Regal. Ein unmotiviert hierher platziertes Möbelstück, dachte er, das aussah, als ob es erst gestern aus der Tischlerwerkstatt gekommen wäre. Er fuhr mit dem Finger die Regalbretter entlang. Kein Schmutz. Nicht mal ein Stäubchen. Warum wanderten seine Gedanken gerade jetzt zu Anna in Seekirchen? Sie hatte das Aurum erwähnt. Aber da war noch etwas. Peck erinnerte sich an eine Bemerkung Annas, dass ihr Freund Werner ihr von einem großen Haus erzählt hatte, in dem irgendetwas wie bei Anne Frank aussah.

Anne Frank? Er starrte auf das Holzregal, und dann fiel ihm ein, wie er mit Sophia vor zwei Jahren in Amsterdam war, und sie auch das *Anne-Frank-Hinterhaus* in der Prinsengracht besucht hatten, wo sich das jüdische Mädchen Anne Frank gemeinsam mit ihrer Familie zwei Jahre versteckt hatte, bis sie entdeckt und später ermordet wurde. In Amsterdam verdeckte ein Holzregal den vor den Nazis geheim gehaltenen Zugang zu dem Hinterhaus. Und welcher Zugang wurde hier von dem Holzgestell verdeckt?

Peck hob das Regal leicht an, und ohne große Kraftanstrengung ließ es sich zur Seite drehen. Dahinter fand sich die Fortsetzung des schmalen Ganges, der in einen kleinen Kellerraum führte, der leer war, leer bis auf einige eiserne Kisten, die übereinandergestapelt in der Mitte des Raumes lagerten. Peck zählte die schmutzigen und vom Rost zerfressenen Behälter, während er sie mit Baldo umrundete. Neun Stück. Als Peck gegen den Deckel der obersten Kiste drückte, fiel dieser scheppernd zu Boden und gab den Blick auf den Inhalt frei. Schön säuberlich nebeneinandergeschlichtet lagen acht Goldbarren vor ihm. Mit Herzklopfen nahm er einen der Barren aus der Kiste und bewegte ihn wiegend auf und ab. Zwölfeinhalb Kilo reines Gold. Im Licht einer nackten Glühlampe, die in der Mitte des Raumes von der Decke hing, entzifferte er eine vierstellige Nummer und die Ziffern 999,9. War dies der Reinheitsgrad des Goldes? Daneben waren der *Reichsadler* mit dem Hakenkreuz und die eingravierte Schrift *Deutsche Reichsbank*.

Ehrfurchtsvoll strich er mit der Hand über den Goldbarren. In seinem Kopf liefen die Gedanken Sturm. Was wäre, wenn er jetzt einen dieser Barren mitnehmen würde? Eine halbe Million. Keiner würde es wissen ... keiner würde ihn belangen. Reichtum frisst Hirn, dachte er. So schnell geht's. Dann legte er seufzend den wie ein gelber Ziegelstein aussehenden Goldbarren wieder in die Kiste.

Neun Kisten. Fünfunddreißig Millionen Euro lagen greifbar vor ihm, und plötzlich war ihm klar, warum Willy Metzner seinen Geburtstag nicht hier im Haus gefeiert hatte. Erwachsene schnüffeln herum, entdecken vielleicht Holzregale, die früher nicht da waren, Kinder suchen für ihre Versteckspiele einsame dunkle Orte im Keller.

Dieses Risiko wollte Metzner nicht eingehen. Also wurde die Party in den Wald verlegt, genau an jene Stelle, an der nur wenige Tage später eine alte Hütte mit einem neuen Betonboden ausgestattet wurde. Jeder Banker hat ein Gefühl für gutes Timing. Und für zementierte Sicherheit mit Garantie.

Baldo saß regungslos neben Peck, völlig unbeeindruckt von dem Goldschatz. Hunde sind viel vernünftiger als Menschen.

Mit einem leisen Quietschen rückte Peck das Regal wieder vor den Eingang und ging langsam die Stiege nach oben. Wieder horchte er in die Stille. Nichts. Er war allein im Haus. Er beschloss, nochmals in Metzners Arbeitszimmer zu schauen. Hier saß der Mann gestern vor dem Fenster. Peck sah auf die Uhr. Er war jetzt genau 28 Minuten im Haus unterwegs. Er öffnete die große Schublade in der Mitte des Schreibtisches. Im hinteren Teil der Lade entdeckte er einen Schlüssel mit einem Anhänger, der die Aufschrift *K. S.* trug. War das der Schlüssel zum Haus von Karoline Scherer?

Und noch etwas lag im Schubfach: ein abgegriffener Zettel, auf dem jemand mit Kugelschreiber sechs Namen untereinander geschrieben hatte:

~~Karin~~

~~Karoline Scherer~~

~~Kerstin~~

~~Pythia Sibylle~~

V. H.

Ben

Peck spürte plötzlich, wie sich seine Nackenhaare aufstellten, als er sah, dass die ersten vier Namen durchgestrichen waren, die Namen genau jener Frauen, vor deren Leichen er in den letzten Tagen gestanden hatte. Mit weichen Knien sank er auf den gepolsterten Sessel vor dem Schreibtisch und legte den Zettel mit der Namensliste vor sich hin. Ein tödlicher Maßnahmenplan, eine Liste mit bereits erledigten Morden. Und die beiden nicht durchgestrichenen Namen? Waren das die nächsten Opfer? Bereits fest eingeplant? Wer Ben war, wusste er. Verbarg sich hinter dem Kürzel V. H. Frau Herder, die Nachbarin Karolines? Er ging die todbringende Namensliste nochmals durch. Einige der Personen hatte der Verfasser nur mit ihrem Vornamen oder wie bei V. H. sogar nur mit den Initialen eingetragen. Waren das jene Personen, die dem Verfasser der Liste besonders nahestanden? H wie Herder, überlegte Peck. Und wofür stand V.?

Peck zog an der Hundeleine, und folgsam trottete der Hund hinter ihm in Richtung Ausgang, dann verließen sie das Grundstück auf dem gleichen Weg, wie sie gekommen waren. *V. Herder*, dachte er, als er sich in seinen Autositz fallen ließ. War sie die Mörderin, oder war sie in akuter Gefahr? Und auf welcher Seite stand Ben?

Als er vom Offingerweg links in die Gneisfeldgasse abbog, stutzte er und sprang auf die Bremse. Da stand wieder der schwarze Golf. Nicht genau an der gleichen Stelle wie gestern, aber kaum fünfzehn Meter davon entfernt. Was machte Philipp Schalk heute schon wieder hier? Beschattete er Willy Metzner? Peck stoppte hinter dem Golf und stieg aus. Nach dem ersten Eindruck war der Wagen leer, irritierend war nur, dass die Fahrertüre nicht verschlossen war. Peck bückte sich, öffnete die Wagentüre, und dann sah er Schalk, der schlaff im Fahrersitz hing, weit nach unten gerutscht und den Kopf unnatürlich zur Seite gedreht. Und genau auf der Stirn war ein Loch, aus dem eine dünne Blutspur an der Nase vorbei zu seinem linken Mundwinkel führte. Mein Gott, dachte Peck, eine regelrechte Hinrichtung. Schalks Mund war weit aufgeklappt. Hatte er noch versucht, um Hilfe zu rufen? *Einsam und risikobehaftet ist das Geschäft des wackeren Detektivs.* Eine große Überraschung sprach aus Schalks Gesichtsausdruck, so als ob er nicht glauben mochte, was ihm aus heiterem Himmel widerfahren war. Aber was war ihm widerfahren, außer dass er erschossen wurde? Und warum? Peck schloss die Fahrertür und ging um das Auto herum. Er versuchte, keine Fingerabdrücke zu hinterlassen, als er vom Gehsteig aus die Türe öffnete und sich auf den Beifahrersitz fallen ließ. War es Willy Metzner, der Philipp Schalk getötet hatte? Wenn ja, wäre es sein erster Mord mit einer Pistole gewesen. Aber würde Metzner einen Mord in einem Auto begehen, das nur wenige hundert Meter von seinem Haus entfernt stand, und den Toten im Wagen liegen lassen? Ich würde die Leiche irgendwohin schaffen, dachte Peck, vielleicht in ein einsames Waldstück und dort verscharren … oder in einer Blockhütte unter dem Fußboden vergraben und zubetonieren. Aber möglicherweise war der Mörder bei Schalk in Eile, vielleicht sogar in Panik. Er starrte auf den Toten, der nach unten geglitten war, aber immer noch von seinem Sicherheitsgurt gehalten wurde. Peck wickelte das Taschentuch um seine Finger und drückte auf Schalks Kinn, das sich mit geringem Kraftaufwand schließen ließ. Seit dem Todeszeitpunkt dürfte also noch nicht viel Zeit vergangen sein. Peck wusste, dass bereits zwei Stunden nach dem Tod die ersten Muskeln in einen Starrezustand übergehen, was meist bei den Kiefergelenken den Anfang nahm.

Neben Schalks rechtem Fuß lag ein Teil einer teuer aussehenden Füllfeder. Wo war die fehlende Verschlusskappe? Peck suchte alles ab und fand sie, tief vergraben in dem Spalt zwischen Sitz und Lehne. Ein Füller ist ein wertvolles und sehr persönliches Schreibgerät, dachte Peck, vor allem ein *Montblanc*-Füllfederhalter, der einige hundert Euro kostet. Kein Mensch wirft nach Beendigung seiner Schreibarbeit die Füllfeder irgendwohin, ohne sie zu schließen. Schalk ist während des Schreibens überrascht und getötet worden. Dann bemerkte Peck ein kleines Notizbuch, das auf die Mittelkonsole und hinter den Schaltknüppel gerutscht war. Er studierte aufmerksam die fast unleserlichen, mit der Füllfeder geschriebenen Eintragungen. Dann schlug er in dem Notizbuch die letzte Seite auf, die leer war, bis auf ein Wort:

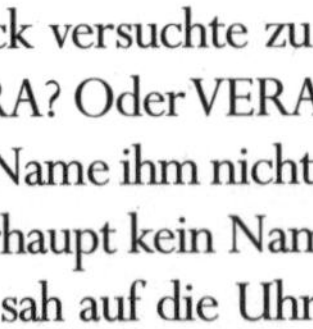

Peck versuchte zu entziffern, was diese Kritzelei bedeutete. ULA? UERA? Oder VERA? Er entschied sich schließlich für VERA, obwohl der Name ihm nichts sagte. Vielleicht war das geschriebene Wort auch überhaupt kein Name?

Er sah auf die Uhr und überlegte, was er jetzt tun sollte. Genau in diesem Moment läutete sein Handy. Peck sah auf das Display. Die Nummer war ihm nicht bekannt.

»Herr Peck?« Eine aufgeregte Männerstimme. »Hier ist Oscar Lindner.« Der Antiquar.

»Was gibt's? Ich bin im Moment sehr beschäftigt.«

Kurze Pause. »Ich auch! Und ich bin zusätzlich in großer Sorge.«

Peck hörte den Mann schwer atmen. »Was ist los?«

Wieder schweres Atmen, fast ein Schnaufen. »Bitte kommen Sie zu mir. Jetzt! Auf der Stelle.«

»Was ist los?«, wiederholte Peck.

»Ich glaube, Vera ist in Gefahr.«

»Vera? Wer ist Vera?«

»Vera Herder.«

V. Herder, dachte Peck. Vera! Peck schimpfte sich einen Ignoranten, der direkt vor der Wahrheit stand und sie nicht erkannte. »Was heißt, sie ist in Gefahr?«

»Ich bitte Sie, zu mir zu kommen. Rasch!«

»Wo sind Sie?«

»In meinem Geschäft. Die vordere Türe ist offen.«

Peck wischte sich den Schweiß von der Stirn. Er fühlte, wie eine Denkblockade sich in seinem Kopf zusammenbraute. Was sollte er jetzt tun? Bei der Polizei anrufen, Funke den Mord an Philipp Schalk ausrichten lassen und dann wegfahren? Oder Funke verständigen und hier auf ihn warten? *Einsam und risikobehaftet ist das Geschäft des wackeren Detektivs*. Lieber Philipp Schalk, überlegte Peck, dir kann ich ohnehin im Moment nicht mehr helfen, also gibt es Sinn, sich den noch Lebenden zuzuwenden. Vera Herder ist in Gefahr. Sagt Lindner. Er dachte an die Namensliste aus Metzners Schreibtisch. V. H., die Letzte der Frauen auf der Liste, die noch lebte. Und er hatte die Herder auch lange verdächtigt. Er sah sich um. Die ganze Zeit waren kein Auto und kein Fußgänger hier entlanggekommen. Sonntagsruhe allenthalben. Peck beschloss, Funke später zu verständigen, schloss möglichst geräuschlos die Autotüre des Golfs und eilte zu seinem Wagen. War die Herder wirklich in Gefahr? Und in welcher Gefahr?

»Halt dich fest, Baldo«, sagte er, bog von der Schwarzstraße nach rechts ab, am Landestheater vorbei, und als er wenige Sekunden später die Faberstraße erreichte, sah er bereits Oscar Lindner vor seinem

Geschäft stehen. Auch hier sonntägliche Stille. Keine Menschen, keine Autos.

»Gehen wir hinein«, sagte Lindner. Seine Stimme krächzte eigenartig. Er führte Peck in den rückwärtigen Teil des Geschäfts und deutete auf einen der glänzenden Metallstühle. Peck schüttelte ungeduldig den Kopf. »Was ist passiert?«

In diesem Moment taumelte Lindner einen Schritt zur Seite und klammerte sich an einen der Tische. »Mir ist schlecht. Vera hat mich angerufen. Halb tot vor Angst.«

»Wann?«

»Vor wenigen Minuten.« Lindner wischte sich über seine Glatze. Er war weiß im Gesicht, schien um Jahre gealtert und sah nicht mehr heldenhaft aus, so wie früher Yul Brynner in den Abenteuerfilmen. Aus leeren Augen und voller Verzweiflung starrte er Peck an. »Sie erzählte, dass ein Toyota Jeep vor ihrem Haus stand und dass sie genau wüsste, wem der Wagen gehörte ... dann hat jemand an ihrer Haustüre geläutet. Und unmittelbar darauf war das Telefon tot. Ich versuche schon die ganze Zeit, Vera anzurufen. Auf dem Festnetz und auf ihrem Handy. Nichts. Hebt nicht ab.«

»Kommen Sie«, sagte Peck. »Wir fahren hin!«

Auf dem Weg zur Türe blieb Peck nochmals stehen, als hätte er etwas vergessen. »Haben Sie einen Hausschlüssel zu Veras Haus in der Weingartenstraße?«

Lindner sah ihn erschrocken an. »Was haben Sie vor?«

»Den Schlüssel! Geben Sie ihn mir.« Peck hielt ihm die flache Hand hin.

Lindner zögerte, dann nickte er. »Ich bin kein Held.« Er zitterte schon die ganze Zeit, und Peck hatte den Eindruck, dass das Zittern stärker wurde, als er Baldo im Auto sitzen sah. »Ist der Hund gefährlich?«

»Keine Angst zeigen!«

»Aber ich habe Angst. Um Vera.«

»Kommen Sie endlich! Unterwegs können Sie mir noch einige Fragen beantworten.«

Er musste Lindner fast zum Wagen schleifen, dann raste Peck mit röhrendem Motor die Straße hinunter.

»Herr Lindner, woher wussten Sie, dass Metzner auf die Goldkisten im See gestoßen ist?«

Lindner saß zusammengekrümmt auf dem Beifahrersitz und sah zu Peck hoch. »Er war bei mir und hatte das Foto eines Goldbarrens dabei, der ein Hakenkreuz und den deutschen Reichsadler trug. Metzner erzählte mir irgendein Märchen von einem Mafiaboss, der ihm den Barren angeboten haben soll.«

Peck versuchte, sich trotz des Gesprächs auf den Straßenverkehr zu konzentrieren. Er trat das Gaspedal bis zum Anschlag durch, und die Häuser flogen an ihnen vorbei.

»Und Sie haben Frau Herder von dem Gold erzählt?«

»Natürlich, ich habe vor Vera keine Geheimnisse.«

Vera, dachte Peck. Es gab keine Entschuldigung für diesen Fehler, dass er zu lange Vera Herder verdächtigt hatte. Verdammt! Er war wütend über sich. Sie hatte zumindest für den Mord an Pythia ein lupenreines Alibi, und er selbst war Zeuge, als der Arzt gerade bei Vera aus dem Haus kam und sie mit ihrem Gipsfuß nicht mal in der Lage gewesen war, in den ersten Stock zu steigen, geschweige denn, nach Perwang zu fahren und Pythia zu töten. Wenn er Willy Metzner als den wahren Feind zwei Tage früher erkannt hätte, könnte Philipp Schalk noch am Leben sein. Und jetzt stand Vera Herder ganz oben auf Metzner Todesliste. Und darauf wollte Schalk in seinem Notizbuch hinweisen. Kurz bevor Metzner ihn erschoss.

Peck bremste, nahm quietschend eine enge Kurve und bog in eine kleinere Seitenstraße ein. Dann trat er wieder aufs Gas, worauf das Getriebe wie eine Kiesmühle krachte und der Wagen wieder mühsam beschleunigte. Peck kurbelte das Seitenfenster herunter, und warme, trockene Luft strömte ins Wageninnere. Er sah kurz zu Lindner hinüber, der sich blass und mit halb geschlossenen Augen an den seitlichen Griff klammerte und dessen Oberkörper nach jeder Kurve in taumelnde Bewegungen geriet.

»Und wer hat dann Kerstin Kramer ins Spiel gebracht? War das Ihre Vera? Wurde Kerstin nur deshalb aus Wien geholt, um sich an den Goldfasan Willy ranzuschmeißen? Waren Sie an dem Spiel beteiligt, das sich für die Frau als tödlich erweisen sollte?«

»Hören Sie auf!« Lindner wand sich. »Kein Ruhmesblatt, ich weiß; und ich habe erst zu spät bemerkt, was die beiden Frauen hier ausgeheckt hatten.«

»Kerstin hat wohl keine Zeit verloren, um sich an Metzner ranzumachen.«

»Ich sage es ungern, aber die beiden Frauen hatten bereits goldene Pläne für die Zukunft geschmiedet. Fünfunddreißig Millionen machen gierig.«

»Eine tödliche Gier.«

»Heute macht Vera sich Vorwürfe. Sie fühlt sich verantwortlich für Kerstins Tod.«

Peck klammerte beide Hände um das stark vibrierende Lenkrad und raste auf die zweihundert Meter vor ihm liegende Kreuzung zu. Die Ampel war außer Betrieb und blinkte Gelb. Wer hatte hier Vorrang?

»Ich habe noch eine wichtige Frage, Herr Lindner. Weiß Willy Metzner, dass Sie und seine Exfrau Vera liiert sind?«

»Bis gestern hat er es nicht gewusst. Aber am Vormittag hat er uns in der Stadt gesehen. In einem Gasthaus. Warum fragen Sie?«

»Weil jeder Mitwisser in Gefahr ist. Metzner hat panische Angst um seine fünfunddreißig Millionen.«

Oscar Lindner sah Peck von der Seite an, und große Verzweiflung sprach aus seinem Blick.

»Erklären Sie mir nochmals, was genau in der letzten halben Stunde passiert ist«, sagte Peck.

»Zuerst hat bei Vera das Telefon geläutet. Als sie abhob, hatte sich aber niemand gemeldet. Da war nur ein Schnaufen, worauf sie Angst bekam und auflegte. Und kurz danach kam der große Toyota Geländewagen, der einige Male langsam an ihrem Haus vorbeifuhr.«

»Und dann?«

»Ich habe gerade nochmals versucht, Vera anzurufen. Sie hebt nicht ab.«

»Und weiter?«

»Sie wusste natürlich genau, wem der Toyota gehört.« Sein Gesicht verzerrte sich. »Mir wird schlecht!« Lindner ließ sich zuerst wie ein Gekreuzigter in den Sitz fallen, dann krümmte er sich krampfartig zusammen. Sein Mobiltelefon, auf dem er wie panisch herumgedrückt hatte, wurde nach hinten geschleudert und verfehlte den Hund um Ohresbreite.

»Nehmen Sie sich zusammen!« Peck raste mit knatterndem Motor die Sterneckstraße entlang und bog rechts in die Minnesheimerstraße ab. Baldo schwankte auf dem Rücksitz wie ein Schilfrohr im Wind hin und her und knurrte laut, als Lindner versuchte, an sein Handy heranzukommen.

Kein Toyota Landcruiser dachte er, als er hundert Meter vor Vera Herders Haus parkte.

Lindner zitterte vor Angst und hing krampfhaft mit beiden Händen an der Schlaufe neben dem Beifahrersitz.

»Sie passen auf Baldo auf und verlassen den Wagen nicht.«

Das Letzte, was Peck durch die Scheibe sah, waren Lindners weißes Gesicht und sein verzweifelter Blick. In Riesenschritten erreichte Peck Vera Herders Haus, und dann entdeckte er den Toyota in der kleinen Seitengasse, die kurz vor ihrem Haus nach links abzweigte. Sein Herzschlag beschleunigte sich. Willy Metzner war also hier. Peck betrat das Grundstück zwischen den hohen Blütenstauden und zwei immergrünen Lorbeersträuchern und schlich dann gebückt an zwei Erdgeschossfenstern vorbei. Sein Ziel war der hintere Hauseingang, der in den Garten führte. Die Türe war versperrt, ließ sich aber mit dem Schlüssel problemlos öffnen. Leise schlüpfte er in den dämmrigen Vorraum, in dem er einen geflochtenen Korb und einige Gartengeräte erkennen konnte, die gegen die Wand gelehnt waren. Auf dem Linoleumboden standen mit Erde verschmutzte Gartenschuhe. Er blieb stehen und versuchte, ruhig und gleichmäßig zu atmen. Wer könnte im Haus sein? Nur Vera Herder. Und Willy Metzner. Aber wo? Er tastete nach seiner Pistole, die er in die Hosentasche gesteckt hatte. Welche Waffe wohl Metzner bei sich hatte? Er dachte an das kleine Loch in Schalks Stirn. Er wusste nicht, warum, aber Peck hatte plötzlich das Gefühl, beobachtet zu werden, so als wüsste jemand, dass er ins Haus eingedrungen war. Seine Nerven waren aufs Äußerste gespannt, und dann spürte er, wie sein Magen sich umdrehte. Hier musste irgendwo die Stiege sein. Plötzlich war da ein Geräusch. Ein leises Knistern. Er erstarrte. Doch da war niemand. Vielleicht nur der Fußboden. Rechts sah er eine Tür, hinter der Peck das Wohnzimmer vermutete. Langsam drückte er die Türklinke nach unten und stieß die Tür mit dem Fuß auf. Es war eine Art Wohnzimmer, das jedoch leer war. Er drehte sich langsam um und näherte sich einer Glastüre, die den Abschluss des Flures bildete. Hinter der Türe war es hell, aber der Glaseinsatz war mit Rillen versehen, und so konnte er nicht erkennen, was ihn auf der anderen Seite erwartete. Kein Licht aus einer Glühlampe, dachte er, eher Tageslicht. Langsam öffnete er die Türe und fand sich in dem quadratischen Raum, den Vera Herder als Atrium bezeichnet und in dem sie ihr Gespräch geführt hatten. Die wuchtige Holztreppe führte in beeindruckendem Schwung in den ersten Stock. Der Raum hatte noch eine zweite Türe, und Peck wusste, dass diese in den kleinen Windfang führte und dann zur Haustüre. Plötzlich hörte er Schritte. Direkt über ihm. Im ersten Stock. Behutsame, leise Schritte. Drei hin und drei zurück.

Holztreppen knarren, dachte er, ging direkt neben der Wand nach oben und probierte jede Stufe vorsichtig, bevor er sein ganzes Gewicht darauf setzte. Er umklammerte fest seine Pistole, während er Schritt für Schritt nach oben schlich. Dann waren von oben keine Geräusche mehr zu hören. Er blieb stehen und horchte. Keine Schritte mehr, nur sein eigener Pulsschlag dröhnte ihm in den Ohren. Doch dann konnte er eine Stimme ausmachen, und Pecks Magen verkrampfte sich. Plötzlich setzten die Schritte wieder ein. Leise schlich er weiter nach oben, und als er auf dem obersten Treppenabsatz angekommen war, sah er sich um. Rechts war der Gang schon nach einem Meter zu Ende, verschlossen durch einen halb leeren Bücherschrank. Der zur anderen Seite gehende Flur wurde durch zwei schräge Dachfenster erhellt, und jeweils genau gegenüber sah er zwei weiß lackierte Türen. Zwei Räume nebeneinander? Oder ein großes Zimmer mit zwei Türen? Verdammt! Er hätte sich von Lindner den Grundriss des Hauses genauer beschreiben lassen sollen. Da waren wieder die Stimmen, und diesmal etwas lauter. Er konnte nur nicht ausmachen, ob die Gespräche aus dem vorderen oder hinteren Teil des Raumes kamen.

Wahrscheinlich doch zwei getrennte Räume, vermutete er, ein Schlafzimmer vorne und daneben eine Kammer für Gäste. Die Stimmen zweier Menschen, dachte er, die er jetzt hinter der ersten Türe ortete, ein ruhiges Gespräch, fast wie ein harmloser Smalltalk auf einer Party, auch wenn er nicht in der Lage war, einzelne Worte zu unterscheiden. Er stellte sich auf die Zehen, und der Blick aus dem Fenster fiel auf zwei Obstbäume und einige schwarze Vögel, die die auf- und abschwingenden Zweige bevölkerten. Pecks Mund war ausgetrocknet, und sein Herz hämmerte laut und schnell. Jetzt war er sicher, die Leute, die miteinander redeten, mussten sich direkt hinter dieser Türe aufhalten. Peck näherte sich und horchte. Da war die Stimme eines Mannes. War das Willy Metzner? Eine dunkle Stimme, die langsam sprach, fast, wie wenn sie jemanden zu beruhigen versuchte. Peck stand jetzt genau vor der Türe. Sein Herz raste wie ein sich ständig wiederholender Trommelwirbel. Er spürte den Schweiß auf seinen Handflächen und umklammerte die Pistole noch fester. Wann war der richtige Zeitpunkt, um die Türe aufzustoßen? Jetzt! Er schlug auf die Klinke, stieß mit dem Fuß gegen die Türe und sprang mit einem Satz in das Zimmer. Nach einem hektischen Schritt zur Seite hatte er die Lage erfasst. Vera Herder lag zurückgelehnt auf einer Couch an der Wand, stieß einen schrillen Schrei aus und starrte mit erschrocken aufgerissenen Augen auf Peck. Er hatte einen Schuss befürchtet, doch Metzner hatte nicht abgedrückt, obwohl er eine Pistole in der Hand hielt, die genau auf ihn gerichtet war. Peck ließ seinen Blick im Raum kreisen. Neben der Couch, auf der Vera lag, war eine zweite Türe, die in das Nebenzimmer führte. Zwei Räume. Er hatte es richtig eingeschätzt. Peck war geblendet, weil er die beiden hellen Fenster genau vor sich hatte. Und direkt neben der Couch stand Willy Metzner. Warum fiel Peck als Erstes auf, dass Metzner die Pistole in der linken Hand hielt? Seine Haare hingen ihm in die Stirn, und sein Gesicht war rot angelaufen.

»Geht man so mit seiner Exfrau um?« Peck nahm jetzt die Waffe in beide Hände und zielte genau auf Metzners Brust.

»Der Schnüffler. Ich dachte mir schon, dass Sie mir eines Tages nochmals über den Weg laufen würden.«

»Ich bringe Ihnen Unglück, Herr Metzner.«

Metzners Gesicht wurde noch röter. Er trat zwei Schritte zurück, um Vera und Peck besser gleichzeitig im Blickfeld zu haben. Und dann tat Metzner genau das, was Peck befürchtet hatte: Er packte die Frau grob an der Hand und zog sie von der Couch hoch. Vera hatte immer noch einen Fuß im Gips, strauchelte etwas und hielt sich nur mit Mühe aufrecht, als Metzner sich halb hinter sie stellte.

»Legen Sie die Pistole weg«, zischte Metzner.

»Legen Sie die Pistole weg«, sagte Peck und versuchte blitzartig, seine Chancen abzuschätzen. Unentschieden, dachte er. Patt! Nur mit einem Unterschied: Wenn Metzner schoss, würde er nur Peck treffen, wenn Peck einen Schuss abfeuerte, bestand die Gefahr, dass er Vera traf. Und Peck wusste, dass er noch nie ein guter Schütze gewesen war.

Metzner hatte den rechten Arm von hinten um Vera Herder geschlungen, die aussah, als ob sie unter Schock stünde. Ihr Gesicht zeigte panische Angst, ihre Augen waren weit aufgerissen. Der Arm, den Metzner um die Frau gelegt hatte, zitterte. Vor Anstrengung oder vor Aufregung.

»Legen Sie die Pistole weg«, wiederholte Peck leise und versuchte, einen überzeugenden und entschlossenen Ton anzuschlagen. »Die Polizei wird gleich hier sein.«

»Sie bluffen.« Metzner schüttelte leicht den Kopf.

»Weg mit der Pistole!«

Metzner machte langsam einen großen Schritt zur Seite. Was hatte er vor?

»Sie sind ein pathologischer Fall, Herr Metzner. Karin Moser, Frau Scherer und Kerstin, die Sie erst wenige Tage kannten. Für diese Morde werden Sie lebenslänglich ins Gefängnis wandern.«

»Alles nur ein bedauerlicher Kalkulationsfehler. Jammerschade für die Beteiligten, aber nicht mehr zu ändern.«

»Ein Banker, der sich verkalkuliert? Gibt es so etwas?« Peck versuchte, Zeit zu gewinnen, und überlegte fieberhaft, wie er am besten seinen Angriff starten sollte, ohne Vera Herder zu gefährden.

Metzner beschrieb mit der Pistole einen kleinen Kreis. »Ich habe nicht einfach so getötet, weil mich das Abschlachten scharfmacht. Ich bin kein paranoider Wahnsinniger.«

»Also wird der Staatsanwalt auf volle Schuldfähigkeit plädieren.«

»Ich habe die Leute um mich unterschätzt. Das war mein Fehler. Zuerst haben einige nur etwas geahnt, dann haben sie herumgeschnüffelt und sind schließlich auf Fakten gestoßen. Dann musste ich handeln.«

»Der Detektiv mit dem schwarzen Golf. War er Ihnen zu dicht auf den Fersen?«

Willy Metzner verzog sein Gesicht zu einem grimmigen Lächeln. »Ein schmieriger und lästiger Schnüffler. Zuerst hat er mich bedroht und dann versucht, mich zu erpressen.

Aber Wilhelm Metzner erpresst man nicht! Und ab sofort sind nur noch zwei Personen für mich gefährlich. Meine Vera und Sie.«

Und wahrscheinlich Ben, dachte Peck, sagte es aber nicht. »Und die Polizei.«

»Die Polizei weiß nichts.«

»Täuschen Sie sich nicht, Herr Metzner.«

»Die Polizei weiß zu wenig, um irgendetwas beweisen zu können.«

»Die Polizei hat auch Kerstin Kramer unter der Betonplatte gefunden.«

»Diese Frau hat versucht, mich hereinzulegen.« Mit brutaler Gewalt umklammerte er Veras Hüfte, was ihr sichtlich Schmerzen zufügte. »Dass du dahintersteckst, habe ich erst sehr spät gemerkt. Fast zu spät.«

Vera Herder hing zusammengesunken in seinen Armen. Ihr Gesicht war weiß wie die Wand. Sie sah aus, als ob sie kurz davor wäre, ihr Bewusstsein zu verlieren. Peck streckte den linken Arm vor und sah auf die Uhr. »In fünf Minuten ist die Polizei hier. Wahrscheinlich früher.«

»Bluff! Mein größter Fehler war, Sie nicht sofort zu erschießen.«

»Was werden Sie tun, wenn Sie hier lebend und in Freiheit rauskommen sollten? Das Gold aus dem Keller holen und fliehen? Aber wohin?«

»Keine Sorge. Alles geplant. Alles vorbereitet.«

Peck lächelte. »Auf den Malediven kann man noch kleine Inseln kaufen. Sehr günstig sogar.«

Metzner antwortete nicht. Peck konnte sehen, wie er in seinem Gehirn alle Möglichkeiten durchspielte.

»Selbst wenn Sie dieses Haus als freier Mann verlassen sollten, kommen Sie auf Ihrer Flucht nicht weiter als bis Mondsee.«

In diesem Moment fiel der Schuss, begleitet von einem Aufschrei der Frau. Einen kurzen Moment lang wusste niemand, was passiert war und wer geschossen hatte. Peck beobachtete, wie Metzner seinen Arm, den er um die Taille der Frau geschlungen hatte, wie in Zeitlupe wegzog und dann wie ein gefällter Baum zur Seite fiel. Die Pistole glitt ihm aus der Hand und rutschte auf dem Parkettboden bis zum Fenster. Die zweite Türe, die in den Nebenraum führte, stand weit offen, und der junge Bursche hielt die Pistole immer noch hoch erhoben und sah auf den zwei Meter vor ihm liegenden Metzner.

Peck hatte plötzlich Füße wie Blei. Er starrte auf den jungen Mann, der jetzt langsam den rechten Arm nach unten nahm, und wie in einem Wildwestfilm sah Peck, dass aus dem Pistolenlauf grauer Rauch strömte. Ben, dachte Peck, Ben Widorn hat soeben seinen Vater erschossen.

Dienstag, 20. Juni

»Wir sollten uns in schwierigen Fällen von Zeit zu Zeit treffen«, sagte Peck.

»In schwierigen Zeiten von Fall zu Fall treffen«, bestätigte Funke. »Um Fakten auszutauschen, wie?«

Peck saß gemeinsam mit Sophia und Funke auf der Terrasse des *Café Bazar*, und sie tranken Kaffee, nur Funke saß vor einem bauchigen Glas mit irgendeiner perlenden, orangefarbenen Flüssigkeit und zerdrückte bereits seine dritte filterlose Zigarette im Aschenbecher. Sein faltiges Gesicht wirkte ruhig und entspannt, nur einige Muskeln in seinem Gesicht zuckten von Zeit zu Zeit. Woran dachte er?

»Fakten austauschen! Hören Sie, Herr Peck, schon dass wir hier nebeneinandersitzen und reden, ist gegen alle Vorschriften. Das muss strikt vertraulich bleiben. Wenn das unser Profiler erfährt …«

»Er erfährt es nicht. Ich würde Ihnen gerne ein bewährtes Managementprinzip erläutern«, sagte Peck, »aus meinem früheren Firmenumfeld. Nicht ganz legal, aber wirksam.«

»Uns beide betreffend?«

»Der Fachbegriff heißt kollusives Verhalten.« Funke runzelte die Stirn.

»Es geht um ein sinnvolles Zusammenspiel und um einen gezielten Austausch von Informationen, der eigentlich zwischen uns nicht stattfinden darf. Wir legen also unser Wissen aufeinander und erzeugen so Vorteile zum Nachteil eines Dritten.«

»Und dieser Dritte ist Georgius Dolezal?«

»Dieser Dritte ist der Täter. Oder die Täterin. Oder die Täter.«

»Aber die Vorschriften …«

»Je mehr Erfolg wir haben, desto weniger Vorschriften brauchen wir zu beachten.«

Funke schwieg, aber in seinem Gesicht erschien so etwas wie der Ausdruck einer verständnisvollen Hoffnung.

»Ich sehe da eine klare Synergie«, erläuterte Peck weiter. »Sie bekommen nach Aufklärung des Falles die Ehre, die Beförderung und das Lob Ihres Chefs, und ich bekomme mein Honorar als Detektiv.«

Funke runzelte die Stirn, soweit das noch möglich war. »Okay. Das klingt plausibel.«

»Also dann! Wir treffen uns von Zeit zu Zeit und reden über das Wetter und unseren Fall. Und ansonsten haben wir uns nicht gesehen. Jeder macht seinen Kram, Sie kümmern sich um Ihre Polizeiermittlungen, und ich habe den seriösen Durchblick. Und wenn wir uns über den Weg laufen, tun wir so, als ob wir uns nicht kennen.«

»Und was passiert jetzt mit Ben?«, fragte Sophia. »Immerhin hat er seinen Vater erschossen.«

Funke verzog das Gesicht. »Schwer zu sagen, wie das Gericht entscheiden wird. Vielleicht wird es ein Fall von Totschlag, vielleicht sogar nur Notwehr. In jedem Fall wird das Gericht mildernde Umstände ins Spiel bringen.«

»Ein trauriger Fall mit viel Blut und harten persönlichen Schicksalen. Ben verliert zuerst seine Mutter, die er jetzt blutig gerächt hat. Warum ist der Junge damals nach der Ermordung seiner Mutter nicht zur Polizei gegangen? Immerhin dürfte er einer der Ersten gewesen sein, der herausbekommen hatte, dass sein Vater den Mord begangen hat.«

Funke nickte. »Seine Mutter und er hatten geplant, die goldene Kuh namens Willy zu melken. Wenn Ben zur Polizei gegangen wäre, hätte diese Ermittlungen gestartet und mit hoher Wahrscheinlichkeit den Goldschatz gefunden. Dieses Risiko wollte Ben nicht eingehen.«

»Auch die Neonazis waren nahe dran«, sagte Peck. »Sie hatten mitbekommen, dass Werner den Goldkisten im Schwarzklammsee auf der Spur war. Nur die letzte Gewissheit fehlte ihnen. Deshalb bedrängten und bedrohten sie Werner.«

»Da hatte Metzner das Gold bereits in seinem Keller liegen.«Peck grinste. »Nur Anne Frank hat ihr Geheimnis erst viel später offenbart.«

»Was macht man mit fünfunddreißig Millionen?«, fragte Funke.

»Kein Problem.« Sophia legte ihre Hand auf Pecks Arm. »Shopping in Paris und New York City.«

»Kannten Sie Philipp Schalk?« Peck sah Funke fragend an.

»Nicht persönlich. Ich habe mich erkundigt. Er arbeitete bis vor wenigen Jahren wie ich bei der Kripo. In Wien.«

»Ein nicht unsympathischer Mensch. Und er hat sich einen guten Überblick verschafft, über sämtliche Beteiligten, und er hat herausgefunden, dass Metzner in den Besitz des Goldes gelangt war.«

»Hat er Metzner erpresst?«

Peck zuckte mit den Schultern. »Metzner behauptete es zumindest.«

»Der Staatsanwalt wird es herausfinden.«

»Wem gehört der Goldschatz eigentlich?«, fragte Sophia.

»Dem Rechtsnachfolger der reichsdeutschen Staatsbank. Also der Bundesrepublik Deutschland.« Funke sah Peck in die Augen. »Dank Ihres Spürhundes kommt das Gold nach fast siebzig Jahren wieder dahin zurück, wo es hingehört.«

Dann wandte Funke sich Sophia zu. »Ich wurde übrigens vor wenigen Tagen bei Ihnen in der Buchhandlung von einer jungen Frau bedient, die genauso hübsch wie schwanger war. Wer war die Dame?«

Peck nickte lächelnd. »Die Hübschheit kommt vom Vater, die Schwangerschaft von ihrem Mann. Nach einigen kleineren Zwistigkeiten hat übrigens gestern der werdende Vater klein beigegeben und seine Frau aus Sophias Buchhandlung nach Zürich heimgeholt.«

»Apropos Spürhund«, sagte Funke und sah unter den Tisch. »Wo ist Ihr Boxerhund?«

Peck drehte seinen Kopf zu Sophia. Sophia drehte den Kopf zur Seite und beobachtete intensiv, ob die Salzburger Altstadt noch an Ort und Stelle war.

»Das ist nicht mehr mein Hund«, sagte Peck leise. »Das ist jetzt der Hund des Bürgermeisters von Tannwald. Ich werde ihn übrigens bald dort besuchen.«

Sophia hob die Augenbrauen in gefährliche Höhen.

»Doch«, sagte Peck. »Baldo braucht mich.«

»Vorsicht!« Sophia zischte ihn an. »Es gibt in Tannwald nicht nur das neue Zuhause des Hundes, dort befindet sich auch das alte Gasthaus einer jungen Wirtin.«

»Ich fahre nur wegen Baldo hin«, sagte Peck kleinlaut.

»Wenn du alleine nach Tannwald fährst, hat Herr Funke demnächst einen weiteren Mordfall aufzuklären.«

Funke sah sie fragend an. »Wovon reden Sie?«

»Familieninternes Geschwätz«, sagte Peck. In diesem Moment schlug er sich mit der flachen Hand auf die Stirn und sah auf die Uhr. »Beinahe hätte ich darauf vergessen! Wenn ich sofort fahre, komme ich noch rechtzeitig nach Stainz zum Begräbnis meiner Schwiegermutter.«

Ende

Hinweis:

Dieses Buch erzählt eine fiktive Geschichte, die, wie auch alle Personen und Institutionen in dem Roman, der Fantasie des Autors entsprungen sind.

Glossar (Österreichisch – Deutsch)

Abwasch, die ....Spüle
Allibert, der ....Spiegelschrank (im Bad)
Auslage, die ....Schaufenster
Beisl ....Kneipe
Brauner, Großer, der ....großer Espresso mit etwas flüssiger Sahne (oder Milch)
bugsieren ....mit etwas Mühe jemanden ans Ziel bringen
Diwan, der ....Couch, Sofa
Durchhaus, das ....meist öffentlich zugänglicher Verbindungsweg zweier Straßen durch ein Gebäude, oftmals mit Geschäften oder Gastronomiebetrieben
Eiskasten, der ....Kühlschrank
Erdäpfel, die (Mz.) ....Kartoffeln
ergattern ....sich etwas Rares mit List, Tücke oder Ausdauer verschaffen
Granter, der ....steinerner Wasserbehälter
Greißler, der ....Tante-Emma-Laden, Gemischtwarenhändler
Hacke, die.......................Beil, Axt
Holler, der ....Holunder
Janker, der ....Jacke
Kipferlmond, der ....Mondsichel
kraxeln ....klettern
Krügel (Bier), das ....Halbe (halber Liter) Bier
Krügerl (Bier), das ....ein drittel Liter (Seiterl) Bier
Kukuruz, der ....Mais
Lacke, die ....Lache, Pfütze
Landeshauptmann, der ....Ministerpräsident (eines Bundeslandes)
leiwand (umgangssprachlich) super, toll

Marandjosef	(Maria und Josef), Ausruf des Erschreckens
Mistkübel, der	Mülltonne
ÖVP, die	Österreichische Volkspartei (»die Schwarzen«)
Pantscherl, das	Techtelmechtel, Flirt
Ringelspiel, das	Karussell
schnurstracks	auf direktem Wege
Schnürlregen, der	feiner Dauerregen
Staubzucker, der	Puderzucker
Stiegl	Salzburger Biermarke
Tintenburg, die	Verwaltungsgebäude (abfällig)
tramhapert	benommen, unkonzentriert, verschlafen
Tratschtante, die	Tratschmaul
Trumm, das	Einzahl von Trümmer, Stück
Tuchent, die	Bettdecke
Zuag'roaster	einer, der nicht hier geboren wurde
Vorhaus, das	Flur